AF397657

Sibylle Schleicher: Das schneeverbrannte Dorf

Eine junge Frau ist auf der Flucht und kehrt nach Jahrzehnten ins Dorf ihrer Kindheit zurück. Doch etwas Rätselhaftes und Unfassbares scheint geschehen zu sein. Alle Bewohner sind fort, bis auf Brandner, einen alten Bauern. Das Bewirtschaften der Felder, das Einbringen der Ernte, später das Aussäen im Frühjahr – all dies wird zur Überlebensfrage für Brandner und die junge Frau, die von der Zivilisation abgeschnitten sind und sich, so verschieden sie auch sind, miteinander arrangieren müssen.

Was ist geschehen im Dorf? Statt Auskunft zu geben, fällt Brandner in schwärmerische Erinnerungen an die Kriegszeit. Für die Frau beginnt eine intensive Zeit des Erlebens: ihre Kindheit wird greifbar nahe, das Getragenwerden durch Rituale und Gebräuche. Und ihre unmittelbare Vergangenheit holt sie quälend in der Zeit der Fieberschübe ein. Was als Flucht begann, wird nach und nach zur Rückeroberung der eigenen Erinnerung, gleichzeitig aber auch zur trügerischen Illusion, ein Stück „Heimat" wiedergefunden zu haben: hier, im schneeverbrannten Dorf, lässt es sich nicht mehr leben.

Sibylle Schleicher, geboren 1960 in der Steiermark, nach einem Jahr USA 1979–1982 Schauspielstudium in Graz. Engagements an Bühnen in Graz, Darmstadt, Bielefeld, Kiel. Zuletzt 13 Jahre Theater Ulm. Seitdem freischaffend.
Veröffentlichungen: Gedichte „ungefunden", 1994, Theaterstücke und Hörspiele. Für ihren Roman „Das schneeverbrannte Dorf" (2000 bei Haymon) Peter-Klein-Preis der Stadt Aachen. Der zweite Roman „Der Mann mit dem Saxofon" erschien 2017 bei Klöpfer & Meyer in Tübingen, im Herbst 2021 erscheint „Die Puppenspielerin" in der Edition Klöpfer bei Kröner in Stuttgart.
www.sibylleschleicher.de

Sibylle Schleicher

DAS SCHNEEVERBRANNTE DORF

Roman

Belle Musique Verlag

Bibliografische Information der Deutschen Nationalbibliothek: Die
Deutsche Nationalbibliothek verzeichnet diese Publikation in der
Deutschen Nationalbibliografie; detaillierte bibliografische Daten
sind im Internet über dnb.dnb.de abrufbar.

2. Auflage, 2021
© Belle Musique Verlag, Nersingen/Germany, 2021
Alle Rechte vorbehalten
Artikel-Nr. BMV 703
1. Auflage, Haymon-Verlag, Innsbruck, 2000

Lektorat: Anna Rottensteiner, Julia Bayer
Umschlaggestaltung: Moritz Clauß
Umschlagmotiv: Heinrich Loumann, Ölgemälde von Schäffern
Herstellung: BoD – Books on Demand, Norderstedt

ISBN: 978-3-949125-06-5

Niemand mehr da, sagt der Brandnerbauer und grinst – aber wo sind sie hin, frag ich – fort, sagt er – fort, wohin fort – fort eben – er wischt mit dem Handrücken über die spätherbstliche Landschaft – seine drei Finger zeigen überall hin und nirgends – dann setzt er sich auf die Bank unter der Linde und stopft sich seine Pfeife – schon als Kind hab ich darauf gewartet, dass ihm der Tabak danebenfällt, konnt ich erst wieder weiterreden, wenn die Pfeife gestopft war – alt ist er geworden, denk ich, alt – die Hände verrunzelt, die Lippen nur noch ein Strich, die Haare kann man zählen und verliert dabei kaum noch Zeit – aber eigentlich war er schon immer alt, schon als ich noch ein kleines Kind war und er vom Krieg erzählte – wer im Krieg war und da nicht gestorben ist, der musste ja alt sein – einen ganzen Lastwagen voller Bananen hat er im Krieg gesehen und ein Klavier im Gebüsch, auf dem sie gespielt haben, als der Angriff vorbei war, und auf den *Elferturm* in Paris hat er eigenhändig Kanonen raufgeschleppt, mit ein paar anderen – ich hab ihm eine Karte geschickt vom Eiffelturm, Jahrzehnte später – sein *Elferturm* war aufregender mit den Kanonen – meiner war nur voller Touristen, die sich gegenseitig in die Fersen traten – der Brandnerbauer hat immer eine Geschichte gewusst, und immer war sie neu und spannend – auch wenn sie einem bekannt vorkam, der Ausgang war nie voraussehbar ...

Jetzt sitzt er da und wartet – wir schauen ins Tal, einer einzigen Nebelschwade nach und einer Krähe, die hinterherfliegt – er denkt gar nicht daran, Bericht zu erstatten – ich muss anfangen, irgendwie – ich möchte es heute noch wissen, nicht erst morgen oder in einem Monat – die Häuser sind so verlassen, als könnten sie alle morgen wiederkommen – die kalten Mittagssuppen

noch auf dem Herd – vielleicht sind die Frauen ja auch
noch da – ich hab sie nur nicht gesehen – ich hab nicht
in jedes Haus geschaut – wieder ein Krieg – aber davon
müsst ich doch wissen – heutzutage – heutzutage über-
hört man keinen Krieg – ich frag ihn trotzdem, nur um
wieder einen Anfang zu finden, unser Gespräch fortzuführen, das von vor der gestopften Pfeife – ist wieder
Krieg – nein, wieso Krieg – weil die Männer weg sind,
vielleicht nur die Männer – nein, nicht nur die Männer,
die Frauen auch mit den Kindern – Krieg ist nicht – Gott
sei Dank ist kein Krieg – mit seinen paar Fingern könne
er keine Kanonen mehr schleppen, sagt er und lacht – ja,
aber was dann – ein Hochwasser – nein, doch nicht im
Herbst, neuerdings regnet's ja fast nur noch im Winter –
ich werde ungeduldig – er muss doch wissen, was ich
hören will – warum erzählt er nicht drauflos – war's ein
Erdbeben – ja, ein Erdbeben, ein kleines, er nickt – aber
das gab's doch oft, es ist ein gefährdetes Gebiet, jeder
hier weiß das, von Kind auf – ja, aber plötzlich hätten sie
genug gehabt – alle auf einmal – ja, alle auf einmal – er
nicht – einer muss ja hierbleiben, auf die Häuser aufpassen und auf die Mäuse, die sind auch geblieben – ich
denke sofort an den Käse und den Speck, den sie jetzt
ganz für sich allein haben – plötzlich merke ich, dass ich
großen Hunger habe – die überstürzte Reise, der lange
Fußmarsch, ich bin kaum zum Essen gekommen – hast
du schon was gegessen, frage ich den Brandner – ja, sagt
er, schon wieder viel gesprächiger, ich ess jetzt jeden Tag
Suppe, heut kommt die vom Schierling dran, bis jetzt
war die Riedelperda'sche die beste, ich glaub, eine bessere kommt nicht nach, sagt er und schleckt sich genüsslich die Lippen, schade, dass du da noch nicht da warst,
kannst natürlich auch was von den Suppen haben, sind

ja genügend da, werden eh nur schlecht, wenn sie so lange stehen – jetzt redet er wie in alten Zeiten – geh schon los, ich komm gleich nach, rauch nur noch auf, sagt er und nickt mir aufmunternd zu – dann grinst er mich wieder an und zwinkert: ja, ein kleines Erdbeben, so könnte man's auch nennen ...

***

Ich trotte langsam bergab – jetzt hetzt mich nichts mehr, nicht einmal der Hunger – ich bin zu müde – das Schierlinghaus ist nicht weit – einladend steht es in der Mittagssonne – ich klopfe an die Haustür – noch ein zweites Mal und ein drittes Mal, bis mir alles wieder einfällt – einfach so reingehen in ein Haus, so bin ich nicht erzogen – ich weiß nicht einmal, wer hier noch wohnt –

Die Suppe ist schwierig zu benennen, ein dünner Eintopf – heiß schmeckt sie vielleicht anders, als sie ausschaut – ich setze mich draußen in die Sonne, schlürfe ganz langsam Löffel für Löffel – ja, schade, dass heute nicht die Riedelperda'sche Suppe dran ist ...

Die Sonne steht noch hoch, wärmt das Herz und die Knochen, lässt mich müde und selig in die alten Zeiten schauen – der erste Kuss, die erste große Liebe, alles da oben auf dem Gipfel, wo man die ganze Welt spüren kann – die Zeit, in der ich noch regelmäßig mit ihm hier war, allein in den Bergen – Fliegen und Kühe und Blumen, die ihre Farbe noch nicht verloren haben – eine Schönheit, an die man schon nicht mehr glauben kann – am Abend Milch holen und ein paar Eier und Brot – wir sitzen in der Küche zusammen – Erna erzählt vom Schierlingbauern – die letzten zwei Brüder oben allein gelassen – der Hauswirt kümmert sich nicht um sie – er

hat den Herd ausgebaut seit Ostern und nicht wieder
eingebaut – kein heißes Wasser – sie kochen auf einer
kleinen Platte – Knochen, die mit Haut überzogen sind,
zwei Häufchen Elend, sagt sie – den Hauswirt müsste
man anzeigen, aber in der Nachbarschaft tut's niemand
– es käm nur zum eigenen Schaden, sie leben von der
Landwirtschaft – der Hauswirt ist ein Halbbruder von
den Schierlingbauern – die waren einmal zu fünft – fünf
Geschwister haben zusammengelebt – drei sind dann
gestorben – kein einziger verheiratet – der Hauswirt hat
eine dicke, faule Frau und einen Sohn, der nichts wert
ist – ihm gehört alles – er hat's geerbt – er müsste auf die
zwei übrig gebliebenen Brüder schauen – man könnte
ihn von Rechts wegen anzeigen – alle anderen kümmern
sich um die zwei, aber anzeigen tut ihn niemand – Erna
kauft immer für sie ein, wenn sie runterfährt ins Dorf –
sie geben ihr einen Zwanziger, den Rest bezahlt sie
selbst – mit zwanzig Schilling kommt man nicht weit –
der Hauswirt ist der Einzige, der in seiner Familie arbeitet – deswegen braucht er auch am längsten beim Heueinfahren – die zwei Schierlingbauern haben große
Schwierigkeiten mit ihren Mägen – der eine hat eine
Operation hinter sich – er zieht sich immer an wie im
Winter – Erna macht ihnen eine Suppe – dazu essen sie
eine leere Semmel – Heimatromane waren auch damals
schon nicht mehr das, was sie einmal waren ...

***

Eine traumlose Nacht – ich bin zu müde gewesen –
draußen ist es längst hell – vom Bett aus schau ich direkt
in die goldrote Blätterpracht – nirgends ist der Herbst so
schön wie hier – warum bin ich jemals von hier weg-

gegangen – und zurückgekommen, jetzt, wo es zu spät ist –

Die Turmuhr schlägt, das Bett knarrt bei jeder kleinen Bewegung – nichts hat sich verändert – alles ist anders geworden – ich warte auf meine Mutter, dass sie reinkommt und fragt, ob sie den Frühstückstisch abräumen kann – ich könnte auch gleich aufstehen, aber ich will es wissen, will wissen, ob alles noch beim Alten ist – es ist gefährlich, in die Heimat zurückzukehren, sagt schon der alte Meister Moritz – die Stille ist ungewöhnlich – das Fehlen der Alltagsgeräusche – wie lange habe ich eigentlich geschlafen – vielleicht habe ich nur geträumt – meine Reise, meine Ankunft – nicht die Suppe, die liegt mir noch immer im Magen – nein, nichts – ich war viel zu müde – die Flucht war echt – die Flucht hat begonnen – eine Flucht nach vorne – ins Nirgends, von der Nacht in die Nacht – jetzt weiß ich nicht, ob ich bleiben soll und warten –

Fest steht, dass sie mich hier nicht finden werden – zu Hause vermutet mich keiner – sie wissen ja gar nicht, wo das ist – zu viele Berge dazwischen, zu viele Geschichten, zu viele blöde Witze, zu viele Besprechungen, zu viele Fußstunden überhaupt ...

Vielleicht suchen sie mich auch gar nicht mehr.

Nein, lieber nicht träumen, das Aufwachen kann auch weh tun – ich werde hierbleiben und warten – ich werde Besuche machen – gleich nach dem Frühstück mache ich Besuche – ich besuche meine geheimen Plätze und zu Mittag den Brandner, zum Suppenessen.

***

Mit den Toten reden – das ist mir als erstes eingefallen –
vielleicht können die mir mehr erzählen – vielleicht sind
sie williger als der Brandner – das Totenhaus ist nicht
zugesperrt – ich glaube, es gibt gar keinen Schlüssel – es
war nie zugesperrt – nach der letzten Schulstunde sind
wir oft zum Totenhäusl – Sargschauen, Toteschauen –
mitunter war das Gesprächsstoff von der ersten bis zur
letzten Stunde – die Tochter des Totengräbers in unserer
Klasse – sie wusste früher Bescheid als wir, die Normal-
sterblichen – sie hat erzählt, dass der Kopf zersplittert,
getrennt vom Körper daliege – man würde sogar das
Hirn sehen – die Gedärme noch blutig – die linke Hand
völlig zerfetzt – das musste ich auch gesehen haben –
und nach der Schule waren wir wieder dort – vor dem
Totenhäusl plötzlich stummgeworden – wer geht als
erster, wer traut sich überhaupt – einzeln gehen wir hinein – man sah den geschlossenen Sarg, weiter nichts –
ein kleines Fensterchen, ein Gesicht – kaum draußen,
hatte man alles gesehen, das Hirn, die Hand, die Gedärme –

Die Geschichte blieb, egal ob erhängt, erschossen, erfroren – die sich reintrauten, haben sie weitererzählt –
draußen gräbt, schaufelt ihr Vater ein Grab – die Trauer
den Erwachsenen – der Schimmerl hat sich erschossen
beim Gewehrputzen – die Leute sagen, es sei Selbstmord
gewesen – ihren Kindern erzählen sie, er hätte unvor-
sichtig Gewehr geputzt, greift solche Dinger nie an – der
Schimmerl war geisteskrank – Inzest – da in den Bergen
ist nur noch Inzest, sagen die Leute – und die Finkenbrunner ist vom Berg gestürzt – sie war schwanger – mit
dem Kind ist sie heruntergestürzt – sie sagen, Doppel-
mord, wie konnte sie das nur machen – die Finkenbrunner hat sich vom Berg gestürzt, weil sie keinen Ausweg

mehr wusste – damit hat die Heidi eine Mutter verloren – die Finkenbrunner hat nicht daran gedacht – sie war auch geisteskrank – Inzest, sagen die Leute, da oben in den Bergen nur Inzest – zweieinhalb Stunden musste sie zu Fuß in die Schule gehen, wir hatten nur eine Stunde ...

Das Totenhäusl ist leer – reine Gewohnheit, dass ich reingeschaut habe – Tote habe ich eigentlich genug gesehen in den letzten Monaten – ich gehe ganz schnell zum anderen Ende des Friedhofs – so schnell ich eben darf – man rennt nicht im Friedhof, man schreit nicht, man spielt nicht – auch nicht am Rasen um die Kirche – da liegen die Toten von ganz früher – einmal hat uns der Pfarrer beim Gummihupfen erwischt und vertrieben – man springt nicht auf den Toten herum.

Am oberen Eck liegen unsere Familiengräber – der Vater, der Großvater, die Großmutter – ihr Begräbnis war das erste, bei dem ich dabei sein durfte – aufregende Tage – die Totenwache im Haus – die Kagerin sitzt da und sagt, wir müssen alle einmal sterben – ich frag leise, warum – die Großmutter sieht nicht viel anders aus – die Großmutter hat mit dem Wecker nach Erna geworfen – Vater erzählt, die Großmutter habe sich, als die Gestapo-Leute kamen, mitten in der Küche hingekniet und gebetet – die Großmutter war eine starke Frau, sagt er – als sie die Gedichte von Vater durchsucht haben, ist sie nur daneben gestanden – ob sie da auch gebetet hat, weiß ich nicht – die Gestapo-Leute haben Gott sei Dank nicht genau geschaut – reiner Zufall, sagt die Großmutter – sie hat nicht einmal mit der Wimper gezuckt – viele weinen um die Großmutter – der alte Pfeffer sagt, die Kinder müssten raus – warum müssen die Kinder raus – es ist zum ersten Mal, dass ich eine Tote sehe, die mit mir verwandt ist – ich möchte die Großmutter noch lange anschauen – der Wiesenbauer und die Wiesenbäurin beten, aber sie beten nie ganz durch – zwischendurch tuscheln sie miteinander – ich kann sie nur schwer verstehen – *Gegrüßet seist du, Maria voll der Gnaden, der Herr ist,* die Kinder müssten raus, *Gebenedeit unter den Weibern,* überhaupt die kleinen, *Heilige Maria, Mutter Gottes, bitte für uns arme Sünder* – ich sehe Erna zum ersten Mal weinen – überhaupt die vielen Großen, die weinen – auf der Hausschwelle senken die Träger den Sarg dreimal – die Großmutter verabschiedet sich jetzt vom Haus – der Vorbeter entschuldigt sich bei allen, denen die Großmutter Unrecht getan hat – ich schau den Vater an – aber die Großmutter war doch eine gütige und gerechte Frau – er will es mir später erklären – er weint auch – wir gehen mit Erna voraus in die Kirche, in der Hoffnung, die Glocken ziehen zu dürfen – nicht heute, sagt die Erna, nicht wo die Großmutter gestorben ist – später dann wieder – oder bei der Erna sitzen auf dem Chor gleich neben der Orgel – auch das geht heute nicht – später beim Gulasch ist alles anders – die Großen lachen wieder, erzählen Geschichten von früher, freuen sich, alte Bekannte zu sehen, die sie jahrelang aus den Augen verloren haben – ich esse eine Semmel nach der anderen, bis ich nicht mehr kann, dazu Fanta, wer weiß, wann wir so was wieder kriegen – dann dürfen wir die Seilbahn anschauen gehen – die Großmutter war eine starke Frau, sagt auch die Erna – wie alt muss man werden, bis man eine Großmutter ist, fragen wir –

Später hat die Erna vom Großvater erzählt – der Großvater hätte gewusst, dass er stirbt, dass er genau an dem Tag sterben muss – der Großvater hat sich noch gewaschen, frisch angezogen, sich dann ins Bett gelegt und ist gestorben – der Großvater wollte immer stehend begraben werden, erzählt der Vater – das ginge auf keinen Fall, bestimmte der Pfarrer – als sie ihn in die Grube senkten, ist ihnen der Sarg ausgerutscht, der Deckel aufgegangen und der Großvater, aufrecht im Sarg, beinahe herausgefallen – der Herr Regierungsrat hat wieder einmal seinen Willen durchgesetzt – der Totengräber, der das Grab neun Jahre später wieder aufgegraben hat wegen der Großmutter, hat noch das ganze Gebiss gefunden – er ist zum Bach runter und hat's gewaschen – seelenruhig hat er dann sein Jausenbrot ausgepackt, der Erna später das neben ihm liegende Gebiss gezeigt und sie gefragt, ob er es nicht haben könne ...

Die Turmuhr schlägt halb – den Vater frag ich, der hat mir immer gern geantwortet – wo sind sie, Vater, was ist geschehen – plötzlich wird's dunkel, ganz schwarz, von hinten legt mir wer die Hände über die Augen – mir läuft's kalt über den Rücken – eh ich's verhindern kann, schreie ich und denke gleichzeitig, Gott sei Dank, sie sind wieder zurück –

Es ist nur der Brandner – er lacht, dacht ich's mir doch, dass du hier bist, auf dem Friedhof, was ist, gehst schon mit zum Mostwirt, Frittatensuppe gibt's, eine Stunde werden wir schon gehen, ich muss auch noch kurz in die Kirche, nachschauen, morgen ist Sonntag – ein Vaterunser könnt auch nicht schaden, meint er, für die Flüchtlinge und für dich – meine Antwort wartet er gar nicht ab, bekreuzigt sich, dreht sich um und geht – und ich langsam hinterher.

In der Kirche ist es kalt – ich friere plötzlich – als er Flüchtlinge gesagt hat, war's mir einen Augenblick, als wüsste er alles – vielleicht aus dem Fernsehen oder Radio – ich muss ihn fragen, ob er überhaupt noch fernsieht – er hat's eilig – er tunkt seine drei Finger ins

Weihwasser, als wollt er sie drin waschen – dann geht er schnurstracks zum Altar, prüft die Kerzen, holt die verwelkten Blumen aus den Vasen – ich bleibe hinten bei der Muttergottesgrotte, die mich als Kind so beeindruckt hat – auch hier alles wie früher – ich drehe mich um, schaue direkt auf die Beichtstühle – *Und führe uns nicht in Versuchung, sondern erlöse uns von allem Übel ...*

Der Reihe nach in den Beichtstuhl – *Ich habe genascht, Ich habe gestritten, Ich war eitel, Ich habe gelogen – Ich habe unkeusch getrieben* habe ich nur schwer über die Lippen gebracht – manchmal, wenn der Wille stark war – *Ich habe unkeusch getrieben, in Taten oder in Worten,* wie oft – ich hoffte immer, dass er diese Fragen nicht stellte – manchmal fragte er, wie oft, manchmal nicht – ich hoffte immer, dass er nicht fragt, dann habe ich alle Sünden abgegolten – ich habe gelogen immer am Schluss, falls ich etwas vergessen habe – ich habe nur gelogen, bei der Beichte habe ich nur gelogen – wenn ich zwei Vaterunser bekam, betete ich vier – ich hatte Angst – *Führe uns nicht in Versuchung, sondern erlöse uns von allem Übel* – zwei und zwei antreten, wir gehen zurück in die Schule – aufpassen beim Straßenüberqueren, es ist eine verkehrsreiche Straße – zuerst links, dann rechts schauen, dann überqueren – ich hoffte immer, dass mich der Pfarrer nicht wiedererkennt im Beichtstuhl – zweimal band ich mir ein Tuch um den Kopf, damit er mich nicht wiedererkennt – es war immer eine Folter – eine Beichtfolter – einmal fragte der Pfarrer im Religionsunterricht, was heißt unkeusch treiben – gedehntes Schweigen, rote Köpfe, er gibt die Antwort selbst – unkeusch treiben heißt zum Beispiel, wenn eine Frau sich auszieht und nackt auf der Straße spazieren geht – er lacht, wir wissen nicht, ob wir mitlachen dürfen – ich hatte viele Sünden

– die, die ich beichtete, waren keine – die sorgfältig zusammengestellten Sünden bis vor den Beichtstuhl auswendig gelernt – im Hinterkopf *Ich habe gelogen, ich habe betrogen, ich habe der Katze den Schwanz ausgezogen* – und die Angst, das könnte tatsächlich rausrutschen, wenn man vor dem Pfarrer nicht mehr weiterweiß – manchmal sagte ich *Ich habe genascht*, dabei hatte ich gar nicht genascht – ich sagte es nur, weil mir nichts Besseres einfiel und weil mir *Ich habe genascht* nicht sehr schlimm erschien – zu schlimm durften die Sünden nicht sein – mit *Ich habe unkeusch getrieben* hatte ich Schwierigkeiten – die Selbstbefriedigung damals soundso nicht mitzählend – ich dachte immer, Mädchen können sich gar nicht selbst befriedigen – einmal haben wir gespielt – hinter der Scheune – Heu – wir gaben Heu ins Wasser, trockneten es, gaben es wieder ins Wasser – es war schon ein bisschen faul – wir ließen es länger im Wasser – und dann, das stinkt – das stinkt wie eine Sünde, das stinkt wie Selbstbefriedigung – ich hab es gesehen beim Nachbarsbuben – er hat es ins Waschbecken gemacht – ich durfte zuschauen – *Und führe uns nicht in Versuchung* – der Brandner flucht verhalten – ich dreh mich ruckartig zu ihm hin – irgendwas stimmt nicht mit dem Ewigen Licht.

***

Schweigsam sind wir den ganzen Weg von der Kirche bis hierher ins Gasthaus gegangen – der Brandner hat früher immer geredet, den ganzen Tag – seitdem ich zurück bin, ist das anders – zwischendurch ganz wie in alten Zeiten, dann sagt er oft nichts – als wäre ich nicht da – beharrlich nichts – ich schließe Wetten mit mir ab, ob er mir jemals erzählen wird, was passiert ist, belächle manchmal seine Geheimnistuerei und denke, es wird sich alles von selbst ergeben, dann befürchte ich wieder das Schlimmste und ärgere mich über seine Sturheit – vielleicht ist's nur das Alter – gar nichts anderes dahinter – auch nicht hinter den leeren Straßen – ich rede mir ein, dass Mittagszeit ist – da sitzen die Leute daheim beim Essen, da sind die Straßen leer – einen Moment lang kann ich's sogar glauben – bis ich die ungeernteten Apfelbäume sehe.

Schweigend ist der Brandner dann gleich in die Küche gegangen – er wärmt die Suppe auf – ein Blick genügt – ich geh ihm erst gar nicht nach in die Küche – er glaubt, dass ich noch immer nicht kochen kann – ich sitze in der leeren Gaststube, schaue direkt auf den Spruch über der Theke – *Trink, solang der Becher winkt, nütze deine Tage, ob man im Jenseits auch noch trinkt, das ist eine Frage* – dazu Weinlaub und Reben, zwei Gläser, ein Engerl.

Hier war unsere große Verdienstquelle – kistenweise haben wir leere Pfandflaschen angeschleppt – aus dem Wald, von der Fußballwiese, vom Badeteichufer gesammelte, in der Kohlenkammer gewaschene Flaschen – im alten Kinderwagen brachten wir sie dann zum Mostwirt – das Geld direkt in Süßigkeiten umgewandelt – Kaugummi, soviel Kaugummi wie möglich – mit vier Stück im Mund konnte man luftballongroße Plodern machen – der Stammtisch schon am Nachmittag besetzt – unsere Ohren gleich da liegengelassen, obwohl wir das meiste eh nicht verstanden – trotzdem hellauf mitgelacht bei den Witzen – erst wenn's politisch wurde wieder zurück zu den Kaugummis – ein kleiner Hitler gehört halt wieder her, oder zwei, damit der eine nicht größenwahnsinnig wird – da waren die Kaugummis interessanter – der Mostwirt schüttelt den Kopf – er setzt sich nicht an den Stammtisch – er tut, als hätte er die ganze Zeit zu arbeiten – aber er hört immer zu – er kann beim Flaschenzählen zuhören – er schenkt uns einen extra Kaugummi – wir mögen ihn.

Die Gasthauskinder haben es gut und auch die Kaufmannskinder – die dürfen länger aufbleiben, müssen am Sonntag nicht immer in die Kirche gehen, kriegen am Montag ein Schnitzelbrot in die Schule mit, manchmal trinken sie sogar einen Schluck Bier, können ohne einen Schilling Musicbox hören und spätabends, wenn sie eine Schokolade mögen, holen sie sich einfach eine – uneingeschränkte Freiheiten – selbst der Kaugummi umsonst – dann kommen gleich die Bauernkinder, die dürfen auf dem Traktor mitfahren und so viel Eier essen, wie sie wollen – und ins Schulbrot kriegen sie Geselchtes ...

Der Brandner bringt die heiße Frittatensuppe – hausgemachte Frittaten, ich hab sie nur nachgewürzt, sagt er – dann schweigt er wieder – ich hätte nicht gedacht, dass es mir einmal schwerfallen könnte, dem Brandnerbauern beim Schweigen zuzuhören – dass mich meine eigene Tagträumerstille bedrohen könnte –

Ich krame in meinem Gedächtnis nach seinen Geschichten und nach einem Einstieg in eine dieser Geschichten, einem unverfänglichen Einstieg natürlich, der nicht mit den letzten Tagen in Verbindung gebracht werden kann – Hauptsache, er redet wieder –

Der Mostwirtfranzl ist mit mir in die Schule gegangen, höre ich mich sagen – und lachen – einmal hat er Läuse in die Schule gebracht, weiß der Teufel, wie er zu denen gekommen ist – uns allen musste der Kopf rasiert werden – das war ein Riesengeheule, besonders bei der

Zirnberger Dorli, weil sie die allerschönsten Zöpfe hatte – eine Woche hat niemand mit dem Franzl geredet – das sei noch nichts, meint der Brandner plötzlich und legt los – Gott sei Dank, er redet wieder.

Jetzt kommt die Geschichte mit dem Pullover, der voller Flöhe war, wie es dazu gekommen ist und was daraus wurde – eine meiner Lieblingskriegsgeschichten von ihm – vor allem, weil im Laufe der Zeit die Flöhe immer mehr wurden – ich warte gespannt darauf, wie sie dieses Mal ausgeht – wenn die Flöhe nicht gar so zahlreich geworden wären, würde er sie vielleicht sogar namentlich nennen – aber es waren so viele, dass man sie gar nicht mehr auf einmal sehen konnte – und mit einem Mal fing der Pullover an, sich zu bewegen, ja, er ging förmlich, natürlich nur langsam, wie eine Schnecke bewegte er sich durch den ganzen Raum – vom Bett bis zur Tür – da packte der Brandner ihn, rannte mit ihm raus, weit rein ins freie Feld und schmiss ihn ins Feuer – ein kleines Kanonenfeuer, das noch vom letzten Angriff übrig war, setzt er hinzu und lacht dann los – und ich mit ihm ...

Dann wird er plötzlich ernst – warum bist du eigentlich da, frage er mich, du warst mindestens zwei Jahrzehnte nicht mehr hier – vielleicht Heimweh, sag ich, aber mir ist nicht wohl dabei – so, Heimweh –

Bist du auch auf der Flucht – wieso auf der Flucht, frage ich und hoffe, dass er nichts merkt, wie kommst du denn darauf – nur so, schmunzelt er und holt seine Pfeife aus der Jackentasche – ich bin erleichtert – jetzt stopft er erst einmal seine Pfeife ... – aber er legt sie nur auf den Tisch – dann schaut er mir direkt in die Augen und fragt, vor einem Mann – jetzt versteh ich ihn wirklich nicht – na, ob du auf der Flucht bist vor einem Mann,

vor der Liebe – ja, sage ich nur und denke, dass es nicht
einmal gelogen ist – bleibst du länger – vielleicht, ich
weiß es noch nicht – dann müssen wir was besprechen –
jetzt werd ich neugierig – fängt er am Ende von selbst
an, zu erzählen – was denn, was müssen wir besprechen
– wir müssen eine Bestandsaufnahme machen von den
Lebensmitteln und so, fährt er noch immer sehr ernst
fort – mir wird mit einem Mal schwindlig – wieso,
denkst du denn, dass sie nicht zurückkommen, frag ich
ihn lauter als nötig – warten sollten wir jedenfalls nicht
auf sie, antwortet er leise und bestimmt, wir müssen ja
nicht heute anfangen mit der Aufstellung, aber bald, in
den nächsten Tagen vielleicht, lenkt er fast beruhigend
ein – dann hast du das mit den Flüchtlingen ernst gemeint, vorher auf dem Friedhof – sicher – dann sind sie
also wirklich geflüchtet – wie man's nimmt, murrt er,
sind wir denn nicht alle irgendwie auf der Flucht, auf
der Flucht vor dem Leben ... – der Brandner als Philo-
soph – ich geh, sage ich – ich geh allein zurück, bis später
– ist gut, sagt er und fängt an, seine Pfeife zu stopfen ...

***

Allein schweigen ist besser, denke ich und bin froh, dass
ich mich ohne ihn auf den Rückweg gemacht habe – ich
mache einen Umweg, um auf unseren alten Schulweg zu
kommen – auf die Abkürzung – so hieß der Weg, auch
wenn er oft alles andere als eine Abkürzung war – rein
örtlich gesehen natürlich schon, und für den Hinweg
traf es auch zu, aber für den Heimweg haben wir mitunter dreimal so lange gebraucht ...
　　Am Waldanfang lag eine Matratze – alt und zerlö-
chert – manchmal, wenn wir am Morgen zur Schule

gingen, lag ein Mann darauf – er schlief – am Nachmittag war sie leer – wir reden über sie – die Landstreicher – die Landstreicher sind auch Einbrecher – ein Einbrecher muss nicht unbedingt ein Mörder sein – bei einem Einbrecher kann sein, dass man nicht stirbt – nicht jeder Einbrecher hat eine Pistole – die Einbrecher wissen genau, wie sie zugeschlossene Türen aufbrechen können – mit einem Dietrich – das wissen die Einbrecher genau – manchmal steigen sie durchs Fenster – die Einbrecher kommen in der Nacht – bei Tag sind sie irgendwo – die Einbrecher haben was über ihre Augen gezogen, damit man sie nicht erkennen kann – die Einbrecher sprechen nie in normaler Lautstärke – anders mit den Mördern, aber Angst hatte ich vor beiden – die auf den Matratzen – über ein Einbrechertum kommen die nie raus –

Und die Schleifer – auch Verbrecher – die Schere bekäme man dann gar nicht wieder zurück – das Messer auch nicht, wenn es ein gutes war – *„Zigeuner"* – das seien alles nur *„Zigeuner"* – da müsse man schnell die Wäsche abnehmen – ich lese die Geschichte mit dem toten *„Zigeunerkind"*, als die Roma und Romnija am Dorfrand eine Zeitlang ihr Lager aufgeschlagen haben – am Brunnen sitzt ein Kind, ein wunderschönes Mädchen mit langen schwarzen Haaren, wie ich sie mir immer gewünscht habe – es weint – bist du eine *„Zigeunerin"* – ja – woher kommst du – ich weiß es nicht – wie alt bist du – sechs – gehst du schon zur Schule – nein – die *„Zigeuner"* schicken ihre Kinder doch gar nicht in die Schule – *„Lustig ist das Zigeunerleben"* – die vielen *„Zigeunergeschichten"* – die Kinder ins Haus, wenn die *„Zigeuner"* kommen – *Übers Joah, übers Joah, stumpfe Messer san a Gfoah, desholb kumm i gschwind vorbei, bin für Sie fost kostenfrei, Stumpfe Messer, Scheren, die Schleiferin, die*

Schleiferin ist da, haben S' was zum Schleifen – wir verstecken uns hinter dem Tisch und lachen – es ist wie ein schlecht gelerntes Gedicht – wir lachen hinter vorgehaltener Hand – Erna sagt nein und schickt sie wieder raus – die Schleiferin geht zum nächsten Haus – kaum ist sie draußen, rennen wir zur Tür und raus und bis zum nächsten Haus – zum Müllnerbauern – *die Schleiferin, die Schleiferin ist da ...*

Beim Wegkreuz setze ich mich kurz ins Gras – es ist trocken, ich kann mich sogar hinlegen und in den strahlend blauen Himmel aufsteigen – ungewöhnlich warm ist's für die Jahreszeit – ob's gar nicht mehr kalt wird – weder im Winter noch in einer anderen Jahreszeit ... – nein, gehen ist besser, weitergehen – ich gehe, obwohl ich weiß, dass ich nicht ankommen werde – wo auch – das Gehen selbst tut wenigstens gut – ob ich nicht doch das Radio aufdrehen soll um zu hören, ob sie mich noch suchen ... – meine Haare muss ich nicht verändern, die können so bleiben – ich habe ja immer Perücken getragen – sie kennen mich ja gar nicht anders – außer Jens –

Jens.

Flucht vor der Liebe ... – und noch einmal leben würde auch nichts ändern – ich meine, noch einmal von vorne anfangen – rückgängig machen – und was würde man rückgängig machen – nichts – zuwiderhandeln – nicht mehr entkommen – die Uhr tickt – einmal für wenige Sekunden ein Clown sein, der alle Masken tragen darf, sein eigenes Gesicht nicht zeigen muss ...

Weil die Kinder Geschichten hören wollen, bevor sie schlafen gehen – und weil man nicht weiß, ob sie die Geschichten hören wollen, um das Schlafengehen hinauszuzögern oder um davon weiterzuträumen – und viele Geschichten bleiben trotzdem unerzählt ...

***

Den Nachmittag verschlafe ich – das verkürzt das Warten – das Warten auf die anderen – das Wiedersehen stelle ich mir lieber nicht vor – die Freude wird sich in Grenzen halten – vielleicht ist's besser, wenn sie gar nicht wiederkommen – ich allein mit dem Brandner für den Rest meines Lebens – da muss ich lachen – dann lieber durch den Wiedersehensfrust –

In den ersten Jahren meiner Reise dachte ich ja, sie würden weinen vor Freude, wenn ich plötzlich wieder vor der Tür stünde – alle – die Mutter, die Schwestern, die Brüder, der Brandner, die Erna, der Thomas ... – dann wollte dieses Bild plötzlich nicht mehr eintreten, war auf ewig aus dem Kopf gewischt – da wusste ich, die Frist war vorbei – niemand wartet noch auf mich und meine fadenscheinigen Erklärungen – wie als trotziges, kleines Mädchen – nach vermeintlichen Ungerechtigkeiten legte ich mich beinahe schadenfroh zum Sterben ins Bett – dann würden sie alle heulen, aber das wäre zu spät – bis zu dem Tag, als mir der Gedanke durch den Kopf schoss, was, wenn sie nicht weinen – dann wäre ja alles umsonst – seitdem ließ ich ihn gar nicht mehr zu, diesen Gedanken –

Draußen ist es finster – mir ist nicht nach Alleinsein, ich suche den Brandner.

Bei der Erna brennt Licht – ich schaue zuallererst durchs Küchenfenster, wie eh und je – er sitzt am Herd und putzt Schuhe, dabei führt er Selbstgespräche – ich klopfe an die Scheibe – er schaut kurz auf, holt sich den nächsten Schuh, deutet mir, dass die hintere Küchentür offen sei, während er ununterbrochen weiterredet –

natürlich, Samstagabend ist's – da werden die Schuhe geputzt – da saßen wir immer – zu viert, zu fünft, zu sechst – am Herd und um die Kohlenkiste – ein jeder hatte ein paar Schuhe um sich – der Brandner erzählte – auf dem Herd lagen ein paar Scheiben graues Brot zum Rösten – nach getaner Arbeit gab's darauf Butter und Knoblauch – ein wahres Festmahl zu den feuchten novembernahen Abenden – mir wird gleich warm ums Herz – und neugierig werd ich auch – neugierig darauf, was er sich da selbst erzählt.

Ich drücke die Klinke ganz leise runter, lausche in die warme Küche rein – er betet den Rosenkranz – natürlich, Samstagabend ist's – aber eigentlich kommt der Rosenkranz erst nach dem Baden – zuerst das Schuheputzen mit Knoblauchbrot, dann baden und dann, wir sind bereits im Schlafanzug, der Rosenkranz mit anschließendem Evangelium – nach dem warmen Bad, den Schlaf meistens schon in den Augen – unsere gleichmäßig schnarrenden Rosenkranzstimmen tragen das ihre dazu bei – wer einschläft, muss stehend weiterbeten – beim Evangelium ist es dann wieder ein leichtes, wach zu bleiben – diese Geschichten waren zu verstehen, das Rosenkranzbeten war überstanden ...

Der Brandner ist erst beim dritten Gesätz – *Den du, oh Jungfrau, zu Bethlehem geboren hast* – ich setze automatisch ein – bete das Volk – der Brandner ist der Vorbeter – es betet von selbst – einen Moment bin ich erstaunt über meinen Mund, wie er einfach so den bleiernen Rosenkranz preisgibt, über meine zehn Finger, wie sie einfach so die Funktion der Rosenkranzperlen übernehmen ... – beruhigend drückt mich ein *Gegrüßet seist du, Maria* nach dem anderen tiefer in den Lehnsessel – nach dem Amen ist's noch eine Weile still – bis ich aufstehe und die Butter und Knoblauch hole aus dem Fensterschrank, der um diese Jahreszeit schon gut kühl hält.

Der Brandner räumt die Schuhpaste in die Kiste und nimmt das Brot, das ich ihm reiche – einen Moment lang schaut er mich an, als würd er mich gar nicht kennen – ganz fremd und neugierig zugleich – ich fühl mich wie ein ertapptes Kind und fange an zu lachen – seit wann gehörst du denn zu der rationellen Sorte Mensch, Schuheputzen und Rosenkranzbeten in einem, greif ich ihn sofort an – er lässt mich einfach stehen, setzt sich in den Lehnsessel und beißt kopfschüttelnd in sein Brot – schmeckt's nicht, frag ich wieder – dass du den Rosenkranz noch kennst, wundert er sich – den könnt ich wahrscheinlich auch im Schlaf, spotte ich zurück – so hab ich das nicht gemeint, sagt er – wie denn – ach nichts –

Magst einen Schnaps – ja, gern – er zwinkert mir zu, der von der Erna ist halt immer noch der beste – er schenkt die Stamperl randvoll – dann kommt er wieder in die gemütliche Ecke um den Herd, die Stamperl beide in der Linken – das hat mich immer schon beeindruckt, was er mit seinen drei Fingern alles zuwege bringt – sein kindlicher Stolz, wenn er sieht, dass man staunt – auch jetzt lächelt er – ja, älter bin ich schon geworden, aber die linke Hand ist immer noch meine bessere – dann hebt er sein Stamperl mit ihr und prostet mir zu, auf deine Heimkehr – auf deine linke Hand –

Bei der Erna ist's halt am gemütlichsten – ja, sagt er seufzend – wohnst du jetzt hier, frag ich ihn – erst seit sie alle weg sind, der Erna ist die Katze weggelaufen, die Minka, das war schon davor – wann schon davor – na, bevor sie gingen, ungefähr zwei Tage davor, aber die kommt wieder, die ist öfter ein paar Wochen weg, beim

Abschied hat mich die Erna gebeten, auf die Minka zu schauen, jetzt wart ich halt hier auf sie – was, wegen der Katze wohnst du hier, nur wegen der Katze – nein, nicht nur wegen der Katze, du hast's ja schon gesagt, es ist halt am gemütlichsten hier – und du hast erreicht, was du schon immer wolltest, schmunzle ich – ja, sagt er nur und füllt sich sein Stamperl aufs Neue – ich trink auch noch einen – ein bisschen Mut kann nicht schaden, vielleicht erfahr ich doch noch mehr heute – eigentlich wollte ich nicht mehr nachhaken, aber jetzt, wo er so ganz anders ist als zu Mittag –

Sind meine Leute auch alle mit, frag ich ihn scheinbar so nebenher – du meinst, ob in deiner Familie noch alle leben – ja, das auch – mmh, aber nicht hier im Dorf, ein paar sind geblieben, die anderen haben sich aufs Land verteilt, ausgewandert ist keiner sonst, alle sind sie verheiratet, deine Mutter hat über dreißig Enkelkinder – über dreißig, wiederhole ich etwas ratlos, weil ich nicht weiß, ob ich das hören will – sind alle gesund, frag ich weiter, nur um das Gespräch fortzuführen – ja, im Großen und Ganzen ja – und meine Mutter – die auch, sie ist noch immer die Seele der Familie, eigentlich habt ihr's alle ganz gut getroffen, bis auf dich vielleicht ...

Ich geh nicht drauf ein, nehm noch einen großen Schluck und fass mir ein Herz – und der Thomas ... – ah, der Thomas, ja, der Thomas, dem geht's gut, der ist auch verheiratet und hat drei Kinder – fast mein ich, sowas wie Schadenfreude rauszuhören, da wird der Brandner wieder ernst – komm, trink noch einen, sagt er und dann – lang hat es schon gebraucht, bis er dich vergessen hat, keiner hat mehr damit gerechnet, dass er noch eine anschaut – kenn ich sie, frag ich und bereu es gleich, was geht's mich an, ich weiß ja nicht einmal, ob ich ihn noch kenn – Gott sei Dank, sagt der Brandner, nein, sie ist aus der Stadt.

Mit einem Mal will ich gar nichts mehr wissen – auch nicht, was hier passiert ist im Dorf, möchte nur noch raus in die frische Luft, in die Dunkelheit – was ist denn, was wolltest du denn hören – das weiß ich auch nicht, denke ich, jedenfalls nicht das – komisch, dass es mich so trifft – ich muss gehen, antworte ich, schon wieder müde, der Schnaps steigt langsam in meinen Schädel – wahrscheinlich nicht nur der, lächelt der Brandner und legt mir seine Linke beruhigend auf die Schulter – bis morgen – wo essen wir denn morgen – beim Kirchenwirt natürlich, morgen ist Sonntag …

***

Wie dunkel muss es werden, damit man wirklich nichts mehr sieht – ich weiß nicht, wie ich gestern Abend nach Hause gekommen bin – einfach so schnell gerannt, dass mich die Gedanken nicht einholen konnten – die Füße haben den Weg ja gekannt, die Stolperwurzeln im kurzen Waldstück, die Schotterstraße, das nasse Gras am Erdäpfelacker …

Mir ist, als hätte ich das alles schon einmal geträumt – auch wie ich hier vor dem ehemaligen Obstgarten stehe, aus dem ein riesiger Parkplatz geworden ist – ein einziger Birnbaum steht noch da, seine Birnen hängen wie Tränen – jetzt werde ich sentimental – das will ich auch, warum nicht – warum nicht der ersten großen Liebe nachweinen – der Zeit der unverdorbenen Gefühle – den Widerspruch der willkürlichen Trennung in die hinteren Winkel drängen, solange da noch Platz ist –

Ich wollte zurückkommen und was geworden sein –
nicht nur für ihn, aber besonders für ihn – die stille In-
nigkeit hat mir nicht gereicht – die Sehnsucht nach was
Aufregenderem, nach wirklich wilden Tagen trieb mich
von ihm weg – mehr war es nicht – dazu die maßlose
Gewissheit, zu ihm könnte ich jederzeit zurück – als
hätte er was geahnt, hat er ein paar Tage davor noch zu
mir gesagt, *es ist unser Los, man will immer mehr haben, als
man hat* ...

Erinnerung an das Leben, das ich mir einmal gewünscht habe – Erinnerung an eine traumreiche Jugend
– niemand gehört einem anderen – nirgends ein Bleiben
– und die wenigsten Dinge, an die man sich gewöhnt –
bevor es dazu kommen könnte, schon wieder ein anderer Ort, andere Gedanken, andere Sprachlosigkeiten, andere Bäume – alles wiederholt sich, kommt immer wieder, aber nie wirklich ganz gleich – der Bauch spricht
seine unzähligen Sprachen weiter, trägt die Kämpfe –
und das Gesicht oft versteckt hinter fest verschlossenen
Augen wie bei Kindern, wenn sie sich unsichtbar machen wollen.

Wir haben uns in unserem Turm alles geschenkt –
greifbar, ungreifbar – ein Turm ohne Mauern – zumindest für uns, die wir uns in ihm geborgen fühlten – von
außen hatte niemand Zugang – Milch, die noch weiß geblieben ist – *lieber schnell in den Bergen sterben als im Bett,*
sagt er ... – komisch, die Birnen hab ich nicht so groß in
Erinnerung – wo mir doch alles andere viel größer erschien, viel weiter – der Obstgarten, der Inbegriff von
Freiheit, nur von den Baumspitzen aus konnte man über
seine Grenzen sehen – jetzt ist daraus ein überschauba-
rer Parkplatz geworden mit regelmäßig schrägen, weißen Linien, die anzeigen, wie die Autos zu stehen haben

– der einsame Birnbaum auf die Seite gedrängt – missbraucht als Anschlagwand – ein Rasenmäher, gebraucht, wäre billig zu kriegen – und ein Tennisschläger – die Birnen schmecken nach Wasser, mehr nicht – da stimmt's wieder – früher hat alles besser geschmeckt und gerochen – früher zerging eine weiche Birne förmlich auf der Zunge.

Ich schlinge die Birne hinunter, um den Druck im Hals loszuwerden, die hochkommenden Tränen schon im Keim zu ersticken – die Birnbäume waren hier eigentlich in der Minderheit – mit den paar Zwetschkenbäumen – der Rest Apfelbäume – auf den ersten Blick überhaupt nur Apfelbäume – so weit man sehen konnte, Apfelbäume – unser *Schamalakeland* – der Obstgarten und dort, wo wir es gerade sonst auch noch wollten, war das *Schamalakeland* – aber das Zentrum war und blieb der Obstgarten – ein Lederapfelbaum, der ideal war für unseren geheimen Rat, weil er drei dicke Äste hatte – auf einem saß Emanuela, auf einem Angelika, auf einem ich – von da aus erfanden wir unsere Abcef-Welt, und weil die zu groß war, versenkten wir uns ins *Schamalakeland* –

Von der großen Welt nur geredet, die kleine gelebt – da gab es gute und böse Menschen – in klein und groß – die große *Hexa*, die kleine *Hexa*, die große *Rosa*, die kleine *Rosa* – die Hexaleute waren faul und machten alles falsch, während die Rosas überaus gute Menschen waren und fleißig – so fleißig, dass wir es uns eigentlich auch schon kaum vorstellen konnten – wir reden *Lepatschola* – eine Sprache, in der alles möglich ist – keine geheime Sprache im üblichen Sinn, mit einem Übersetzungsschlüssel – sie kann gar nicht übersetzt werden – jeder, der versteht, was sie bedeutet, kann sie sprechen – eine Sprache ohne Regeln – eine Sprache, in der man sich nicht missverstehen konnte – Voraussetzung war allerdings eine gewisse Bestimmung – wer sie beherrschen durfte, entschieden wir auf dem Lederapfelbaum – *grutschikralla kowozki* sozusagen – und *schokominzka, zekomazk, goguli moguli tschakopatschk* – aufschreiben kann man sie eigentlich gar nicht – sie ist nur zum Sprechen da, lebt für den Augenblick – wie unser *Schamalakeland* – jedes Mal von neuem erfunden – bevorzugt die schlechten Hexas durchgehechelt – *ogotschka* – *ogotschka* – der Obstgarten in seiner Weite macht alles möglich – die Apfelbäume verwandeln sich jederzeit in Rebstöcke, durch die die *Sinna*, natürlich eine *Hexa*, huscht und ihr Unwesen treibt – was genau, bleibt ein Geheimnis – naturgemäß ist es von Übel, und wir sind ihr sofort auf der Spur – der Teufel aber auch – wir müssen mit dem Teufel kämpfen, um *Sinna* überhaupt zu erspähen – mit List, versteht sich, denn auch der Teufel ist unsichtbar – *Lepatschola* ist unsere Rettung – ein einziger fulminanter Lepatscholaschwall – *tschumpalaga tschinobe, kalotschinapocka* – in endlose Wiederholungen getaucht – das hilft immer – vor allem, wenn wir es singen – erst locken wir lieblich und leise, werden immer drängender und lauter, bis wir in wilden Schreien den Sieg erringen – den Sieg auf jeden Fall, wenn wir es so wollen.

Warum haben sie den Birnbaum stehengelassen – ob sie wussten, dass er der einzige war, der den Blick auf den ganzen Teich freigeben konnte – und auf Tristan und Isolde, die beiden Schwäne – ich bin versucht hinaufzuklettern, aber der kahle Asphalt unter mir nimmt mir die Freude – der leere Parkplatz vertreibt mich zurück hinters Haus – von da aus kann ich den Obstgarten weiterhin vermuten, solange ich will ...

***

Der Brandner sitzt schon beim Kirchenwirt vor der dampfenden Suppe – du warst nicht in der Kirche, stellt er fest – nein, warst du – er gibt keine Antwort, schüttelt nur den Kopf, dass ihr aber auch die schönsten Stunden des Tages verschlaft – wer ihr, frag ich ihn leicht irritiert – na ihr, die jungen Leute eben – woher weißt du, dass ich lange geschlafen habe – das sieht man, im Alter kriegt man den Blick dafür – im Alter, wenn man nicht mehr so gut sieht.

Es gibt Beuschel – hast du das gekocht, frag ich ihn – ich weiß, dass Beuschel zu seinen Leibspeisen zählt – nein, sagt der Brandner, aufgewärmt wie die anderen – dass die noch halten, ich mein, dass die noch immer gut sind, da denkt man, dass am Land die Suppen noch hausgemacht sind, nicht aus diesen konservierungsstoffvollgepferchten Dosen, und dann das – Beuschel in Dosen gibt's auch nicht, sagt der Brandner, da merkt man wieder einmal, wie viel Ahnung du vom Kochen hast – und ich, nicht minder gehässig, wie kannst du dir das aber dann erklären, dass die Suppe noch gut ist, wo sie doch nicht einmal im Kühlschrank gestanden hat – das ist halt so, ist seine lapidare Antwort – und ich weiß wieder einmal, dass für ihn das Thema abgeschlossen ist – magst du Beuschel, fragt er mich, wieder ganz sonntäglich gestimmt, es ist viel da – nicht besonders, geb ich zu und muss gleich dran denken, wie ich mir als Kind immer gewünscht habe, für derlei Speisen einen Reißverschluss im Bauch zu haben, um mir die komische Konsistenz im Mund zu ersparen –

Können wir nicht einmal was anderes essen, so zwischendurch – erst werden die Suppen aufgegessen, bestimmt er kategorisch – aber wenn sie doch eh nicht schlecht werden – erst werden die Suppen aufgegessen – wie du meinst, erwidere ich nunmehr kleinlaut – er steht auf, um sich einen weiteren Teller voll zu holen – das Beuschel schmeckt aufgewärmt so und so am besten, meint er genüsslich und verschwindet in der Küche.

Am Sonntag nach der Spätmesse war's hier immer voll – bevor die Leute nach Hause gingen zum Mittagessen, noch schnell ein Bier – die Kinder mit dabei, am Rockzipfel – mit Blick auf die Kegelbahn – die ersten schieben schon, während die Messe erst bei der Wandlung ist – die Kugeln donnern über die Holzbahn – dann schlagen sie ein in die Kegel – wie ein umgekehrtes Gewitter, ein Kegelbahngewitter – in der immer wiederkehrenden Wiederholung bannt es das Auge manchmal über eine Stunde lang, während die Erwachsenen über die Predigt reden, sie zerlegen und neu aufsetzen, in jedem Falle wissen, was der Pfarrer versäumt hat zu sagen – ich verstehe kaum was – weder im Wirtshaus noch in der Kirche – die Predigt muss man als Kind auch noch nicht verstehen – erst nach der Firmung oder überhaupt erst, wenn man einen Beruf hat – da sind wir Kinder uns vollkommen einig.

Der Vater schickt uns zum Hanselholen – heute kocht er – wir mögen es, wenn er kocht, dann gibt's was Besonderes, aber keiner will ins Wirtshaus gehen zum Hanselholen – abgestandenes Bier – es gibt nichts Besseres für den Liptauer als abgestandenes Bier, Hansel eben – *geh, irgendwer soll einen Hansel holen vom Kirchenwirt* – wir schieben's einer auf den anderen – wir genieren uns, nach abgestandenem Bier zu fragen – besonders am

Sonntag, wo die Schankstube so voll ist – der Kirchenwirt scheint Bescheid zu wissen – das erleichtert den
Gang – trotzdem, wir müssen nicht einmal bezahlen dafür – jeder kann sehen, wie wir mit dem kostenlosen, ab-
gestandenen Bier wieder hinausgehen, heimzu – wir
handeln – du holst den Hansel, dafür übernehm ich deinen Abwasch – den Abwasch und das Holztragen,
nächste Woche – gut, den Abwasch und das Holztragen
– der Preis war hoch, aber was hätte man nicht alles getan, um nicht den Hansel holen zu müssen – der Liptauer schmeckt uns allen, aber wir sind trotzdem froh,
dass es ihn nur selten gibt …

Der Brandner schaut mich an – sagst ja nichts – was
soll ich denn sagen – was hast denn gemacht heut –
weißt es ja eh, geschlafen, spazieren gegangen – ich hab
nach dem Holz geschaut, sagt er – er fällt plötzlich in
einen ganz geschäftlichen Ton – Holz ist genug da, das
reicht noch lang, für über ein Jahr und mehr, es wird ja
auch gar nicht mehr so kalt – Holz haben wir genug.

Er redet mit mir, als hätt er mir längst alles erzählt –
vielleicht hat er's ja auch – vielleicht weiß er auch nicht
mehr und hat sich nur deshalb für seinen ganz normalen
Alltag entschieden – wahrscheinlich will er es gar nicht
wissen – wahrscheinlich will ich es auch nicht wissen …

Und Wasser – wie steht's mit dem Wasser – Wasser
ist genug da, fragt sich nur, ob man's noch trinken kann
– warum, ist es verseucht – na ja, heutzutage ist doch …
– er beendet seinen Satz nicht, schlürft seine Suppe weiter – mein Beuschel wird nicht weniger, dafür aber
kalt …

Wär's nicht am besten, wenn wir zusammenziehen
würden – eine Überlegung, die mir mehr rausrutscht,
weil ich sein Schlürfen unterbrechen möchte – du, du

willst zu mir ziehen – er schlürft weiter – ja, oder du zu mir – nein, ich will nicht bei dir wohnen, sagt er zu mir – warum nicht, frag ich und muss lachen wegen seiner entschiedenen Direktheit – ich kann's nicht ausstehen, wenn die Leute so viel schlafen, und außerdem bist du ein schlampiges Wesen, als Kind zumindest warst du's – als Kind, das kann sich ja geändert haben – der Mensch ändert sich nicht, da muss schon viel passiert sein, bevor sich der Mensch ändert, und dann ändert er sich auch nicht, nimm zum Beispiel den Bruder der Wirtin – den Riedelperda – ja, den Riedelperda, fährt er fort, viermal war er verheiratet – zweimal mit einer Ausländerin – reine Geldsachen – und du, glückliches Österreich, heirate – das war wohl das Einzige, was er sich aus der Schule gemerkt hat – man kann beim Heiraten reich werden, hat er gesagt – gesehen hat man nie viel vom Geld – das brauch ich für meine Projekte, dann werd ich noch reicher – wenn der FKK-Strand einmal gebaut ist, dann kommt das große Geld, sagt er – da muss man schon ein bisschen Zeit investieren – die Zeit hat er – das Geld für die vielen Telefonate und Besprechungsfahrten haben sie, die Frauen – reich in die Ehe gegangen, arm vom Leben verabschiedet – er ist halt kein Geschäftsmann, dann hat er sich ans nächste Projekt gemacht – um reich zu werden – und wieder eine Frau gefunden, mit Geld – das Geld hat sie, aber sie will es nicht hergeben, denn aus seinen großen Geschäften ist noch nie etwas geworden – die Ideen wären ja nicht schlecht – Hunde hat er auch schon einmal gezüchtet, aber so richtig hingehauen hat das auch nicht – es hat noch nie etwas richtig hingehauen – nur der Riecher für die reichen Frauen, der ist ihm geblieben – die jetzige will ihr Geld aber nicht hergeben – die jetzige hat sich abgesichert –

sonst liebt sie ihn ja, wenn nur die Geschäftemacherei nicht wär – aber er ist ein lustiger Mensch mit einem guten Kern – und er trinkt wenigstens nicht – er erzählt, dass das Geld gut angelegt sei – er hätte Kontakte in alle Welt – einen eigenen Hubschrauber hat er und mehrere Autos und einen Heißluftballon und Pferde – man sieht sie nur nie – einen Diener könnt er sich auch leisten, aber er will seine Frau nicht zu sehr verwöhnen – alle im Dorf wissen, dass das erfunden ist – er ist halt der Erfinder – und er hat viel Zeit, sich das alles auszudenken, während seine Frau die guten Suppen kocht – seine Frau, die jetzige, ist überhaupt eine sehr gute Köchin –

Der Brandner lächelt verschmitzt und holt sich seinen dritten Teller Suppe, während ich noch in meinem ersten herumrühre – ich würd gern was anderes essen, aber ich trau mich nicht, das Thema noch einmal anzuschneiden –

Nomineller Geschäftsführer ist er auch – die Firma besteht nicht mehr, die Schuldigen haben sich aus dem Staub gemacht, und er kann sich alleine nicht abmelden – jeden Tag kommen Briefe, meist vom Finanzamt – seit Jahren ist er schon nicht mehr in die Kirche gegangen – er hört sich die Messe im Radio an – das darf man jetzt, sagt er – dabei liest er Zeitung – in der Kirche kann er das nicht – wenn die Kinder zu laut sind, müssen sie raus – sie stören seine Andacht – danach sieht man ihn immer hier, bei seiner Schwester – nicht zum Essen – Geschäftsgespräche bei einem Seidel Bier – auch sonntags arbeitet er hart – wenn man ein freiberuflicher Geschäftsmann ist, hört die Arbeit nie auf, sagt er – vor ein paar Wochen war der Exekutor wieder da, der vom Bezirk – der macht sich nicht einmal mehr die Mühe, ins Haus zu gehen – am Fenster klopft er, reicht einen Zettel mit der Frage, ob die Gebühr bezahlt wird – sie sagt nein, er hat ja kein Geld, und sie bezahle es nicht – dann geht er wieder – zwei Wochen drauf, der Exekutor von der Hauptstadt – am Küchentisch hat er mit ihm gesessen, hat Bestandsaufnahme gemacht – nur war kein Bestand da – Geld gibt sie ihm nicht, so blöd wie die anderen Frauen sei sie nicht – aber sie wird immer zu ihm halten – die anderen im Dorf haben ihre Freude an den Geschichten – glauben tut ihm keiner – er sei immer schon ein Traumtänzer gewesen, ein Erfinder eben – aber weitererzählen tun sie die Geschichten gern – ich grins ihn an, du besonders, oder – wieso ich –

Du hast doch immer gern Geschichten erzählt, du wusstest doch immer Bescheid, wer, wo, mit wem und wann, du wusstest es immer als erster – ja früher vielleicht, meint er und klopft seine Pfeife aus – der Mensch ändert sich nicht, das hast du doch gesagt – Ausnahmen gibt's immer wieder, er blinzelt mich unverschämt an, während er seinen Tabakbeutel öffnet – und du bist eine Ausnahme – ja, sonst wär ich doch gar nicht hiergeblieben – warum bist du hiergeblieben – was soll ich woanders, hier weiß ich, wie's ist, lang leb ich eh nimmer – wieso denn, du bist doch gesund – er schweigt ...

Er räumt den Tisch ab, klappert mit den Tellern, murmelt was vor sich hin, die noch kalte Pfeife dabei die ganze Zeit im Mund – er kommt mit dem Lappen in der Hand zurück, wischt den Tisch ab und sagt ganz nebenbei, also morgen, morgen fangen wir bei den Kaufhäusern an, schauen, was da noch ist – er drückt mir den nassen Lappen in die Hand, du bist heute übrigens mit dem Abwasch dran – auf dem Weg zur Küche hält er mich noch einmal zurück – in der kommenden Woche gibt's viel zu tun – ja gut, sag ich etwas ratlos, ich helf

dir – klar, auf der faulen Haut liegen, damit ist's vorbei
– wer sagt dir, dass ich auf der faulen Haut gelegen hab
– hm – das ist alles, was er darauf sagt – was, was gibt's
zu tun – Lebensmittelbestände kontrollieren, Obst ernten, dann die Gräber richten für Allerheiligen und Allerseelen, komm, sagt er plötzlich, abwaschen kannst du
auch später, wir kegeln eine Partie – aber ich weiß nicht,
wie das geht – ich zeig's dir – gut – ich zucke mit den
Schulter – warum nicht, wo wir schon da sind …

***

Wo warst du – der Brandner lässt die Äpfel in seiner
Wut förmlich vom Füata in die Obststeige schießen –
muss ich das alles allein machen, wo warst du – ich … –
einen Moment lang suche ich nach einer Ausrede, dann
denk ich, warum eigentlich, ich bin doch kein kleines
Kind mehr – ich war am Teich, sage ich und ärgere mich
gleichzeitig über den unnötigen Trotz in meiner Stimme
– was hast du da gemacht – nichts, was schon, gesessen,
geschaut, nachgedacht – dazu ist keine Zeit, wir müssen
den abnehmenden Mond gescheit nützen, erst die Ernte,
dann die Träumereien, außerdem, wer weiß, wie's Wetter wird, vielleicht schneit's morgen – ich muss lachen –
das glaubst du doch selbst nicht – lach nicht, *Wenns St.
Severin gefällt, bringt er mit die erste Kält* – er schaut mich
bös an und hält mir das Füata ins Gesicht – ich finde ihn
noch immer komisch, wie er da verbissen mit seinem
Füata und den Gummistiefeln auf einen Rekord im
Obsternten aus ist – er allein – gegen ein menschenleeres
Dorf – es ist schlichtweg grotesk.

Steig auf den Baum, herrscht er mich an, an die oberen komm ich nicht dran – ich bin froh, da oben bin ich

vor ihm sicher – zumindest bis mein Füata voll ist – warum hat er's nur so eilig – das ärgert mich – wenn ich's mir recht überlege, ärgert es mich sehr – er behandelt mich wie eine Untergebene, scheucht mich durch die Gegend mit Aufträgen, die er mir im Grunde gar nicht zutraut – die einfachsten Dinge traut er mir nicht zu, lässt mich meine Nutzlosigkeit, wie er sagt, spüren, wie's ihm gerade in den Kram passt – ich sollte nachsehen, wie die Äpfel hinter dem Teich seien – auf dem Rückweg kam ich an unserem Baumhaus vorbei – das existiert noch immer – mit Leiter – zugegeben, etwas gealtert, um nicht zu sagen morsch, aber ansonsten, alles da – hoch oben in den Buchen – alles da – als wären nicht Jahrzehnte vergangen – unser schönstes Haus – wir hatten viele Häuser, im Wald, am Teich, hinterm Schuppen, unten am Komposthaufen, am Bach ...

Aber das war unser schönstes – immer wieder Häuser gebaut – soweit ich zurückdenken kann – zuerst aus Ästen – von Baum zu Baum Schnüre gespannt, die Zimmer gekennzeichnet – daran die Äste befestigt, die Wände sozusagen – dazwischen Lücken – die Fenster, die Tür – ich war noch bei den Kleineren damals – die Großen haben für uns gekocht, gejagt und gekocht – Froschschenkel – der Teich war ganz in der Nähe – auch ein Ferienzeltlager – wir benutzten dieselbe Latrine, wo sie doch schon einmal gebaut war – wir durften nur zu zweit aufs Klo, zur Sicherheit, damit die Ferienlager-Leute uns nicht aufspüren konnten – einer schob Wache, der andere saß auf dem Balken – das leichte Wippen machte die Notdurft zu einer besonderen Freude – es ist fast wie auf einer Schaukel – ich versuche, etwas mehr Schwung zu kriegen, tippe mit den Zehenspitzen gegen den gegenüberliegenden Baum, dessen Ast auch als

Sicherheitsgriff dient – der Schwung war zu stark – ich falle in die Latrinengrube – beinahe fliegt alles auf, unser Haus, unsere Kocherei, alles – aber Ilse weiß die Geschichte richtig zu drehen – ich werde zum Teich gebracht und gewaschen – die Scham ist groß, die Zuschauermenge auch – Angelika ruft, war's lustig, war's lustig, dann fall ich auch rein – ich heule – aber nicht, weil ich so stinke, sondern weil ich Angst hab, vor allem vor Sebastian und Ilse – sie schimpfen aber gar nicht mit mir – im Gegenteil, als wir wieder vor dem Ästehaus sitzen, krieg ich den ersten Froschschenkel, gebraten auf offenem Feuer, dazu trockenes Brot, Sauerampfersalat und Pudding, Schokoladenpudding – ein köstliches Mahl – ich genieße die Sonderbehandlung –

Meistens ist es anders – Ilse ist unsere Mutter – es passt mir nicht, dass wir immer gehorchen müssen – Susi ist genauso alt wie ich und Angelika, aber wir müssen die Jüngsten spielen – sie darf mehr – sie darf zwar auch nicht zum Jagen mitgehen, aber beim Kochen darf sie schon mithelfen, den Pudding umrühren – eine Gemeinheit ist das, da sind Angelika und ich uns einig – Ilse ist strenger als unsere wirkliche Mutter – ob Ilse noch lebt – ich muss den Brandner fragen – beizeiten – sie war Epileptikerin – einmal hatte sie einen Anfall – Sebastian war der Einzige, der zu helfen wusste – es ging alles ganz schnell – da waren auch schon ihre Mutter und ihr Vater da – nachdem der Anfall vorbei war, fiel ihr Blick auf unser Ästehaus und wohl als erstes auf die Feuerstelle – eine offene Feuerstelle im Wald – aber es sei doch nur ein Wäldchen, verteidigten Sebastian und Ilse sich kleinlaut, was den Riegler, so heißt der Vater von Ilse, nicht daran hinderte, ein Donnerwetter auf uns alle niederzulassen – mit dem Schlusssatz – räumt das weg, und dann möchte ich euch hier nie wieder sehen.

Später dann, ein Haus gebaut aus Ziegeln, alten Ziegeln – von der Schutthalde geholt – die Räume wieder klar geteilt – am Wichtigsten die Küche – das war am Teich – ganz in der Nähe das Schwanenhäuschen – eine richtige Holzhütte, direkt am Wasser – wenn's regnete, konnte man immer noch dahin flüchten – eines Tages waren die Ziegel weg – unser Haus dem Erdboden gleichgemacht – wir haben nie herausgefunden, wer das war.

Dann die *Jusisape*-Lager – *Jusisape*, der Lendelbach – *Jusisape*, ein Begriff gerettet aus dem *Lepatschola* – zusammengestellt aus den ersten Silben unserer damaligen Namen – die Namenswechsel gingen naturgemäß mit dem Häuserwechsel einher – *Jusisape* – ein Fluss mit Katarakten, um nicht zu sagen gefährlichen Wasserfällen und mit einem See, ein mal zwei Meter – das Wasser ging bis zur Hüfte – war man allein im Wasser, konnte man vorgeben, dass man schwamm und die Krokodile, die dort besonders zahlreich waren, mit bloßen Händen bezwang – unser Leben am *Jusisape* bestand darin, immer wieder ein Lager aufzuschlagen, den Fluss gleichsam zu erforschen, in mühsamen, gefährlichen Expeditionen bis an die Quelle vorzudringen, an der man natürlich längst keine Menschen mehr wähnte – alles wird genauestens festgehalten – schriftlich festgehalten – wir zeichnen Karten, prüfen das Gestein – Gold und Silber – Katzengneis, Katzengneis in rauen Mengen – Silber in rauen Mengen – das wertvolle Gestein wird in kleinen Mengen ins Lager mitgenommen, für die genaue Analyse – je näher wir an die Quelle kommen, desto dichter der Wald – wir können nur noch im Wasser gehen –

barfuß im Wasser – die vom Wasser gerundeten Kiesel gespürt, das eiskalte Wasser – die Quelle haben wir nie erreicht, der Herbst wurde damals plötzlich kalt – es begann im Oktober zu schneien – nur einen Tag lang, aber selbst mit Gummistiefeln wurde es zu kalt im Wasser …

Im nächsten Frühjahr dann das Baumhaus, gut genagelt und gestützt – eigentlich hauptsächlich von Sebastian gebaut – der Teich auch von da aus nicht weit – der Nachmittag hat mehrere Tage – ein Tag besteht aus Aufstehen, Jagen, Bauen, Essen, Schlafen – manchmal sind die Nächte gefährlich – wir müssen Wachen aufstellen – dann dauern sie mitunter eine viertel Stunde lang, und wir kappen den letzten Tag, weil wir vor der Dämmerung zu Hause sein müssen – das Oberhaupt übernimmt das Jagen, bringt Hasen, Fische und auch richtig wilde Tiere nach Hause – einen Büffel zum Beispiel – einmal bin ich dabei mit einer Bisamrattenfalle ins Wasser gerutscht – ich hatte Glück, dass sie voll war und schon zu – Sebastian hatte Kastenfallen aufgestellt, weil die Bisamratten so eine Plage waren – für einen Bisamrattenschwanz fünf Schilling – eine Menge Geld.

Es war Sonntag – die Nachmittage an den Sonntagen sind die besten, weil die längsten – es sei denn, Besuch ist angesagt – aber ansonsten – an so einem Sonntagnachmittag konnte man gut drei Tage unterbringen – ich bin dieses Mal das Oberhaupt – in der wirklichen Nacht hatte es geregnet – der Steg war noch nass – ich trage meine Sonntagsschuhe mit den glatten Sohlen – am anderen Ufer sind die Wasserbüffel – wir schleichen, verständigen uns nur mit Zeichen – Emanuela ist hinter mir, deckt mich, falls ein anderes Tier mich angreift, da draußen auf dem Steg – ich drehe mich um, winke sie zu mir – zwei Handbreit vor mir, etwas tiefer als der Steg, auf kurzen Holzpflöcken, die Falle, eine Holzkiste mehr oder weniger – ich sehe sie und rutsche gleichzeitig aus, direkt auf sie und mit ihr ins Wasser – das Wasser ist nicht sehr tief, aber der Schlamm zieht mich runter – Emanuela hilft gleich, hält mir einen Stock hin, damit ich mich rausziehen kann – die Fallenklappe ist aufgegangen, und die Ratte haut gleich ab – wir fluchen, schaffen es aber, die Falle noch einmal auf die Pflöcke zu ziehen und einzurichten – jetzt erst bemerke ich, dass viel Schlimmeres passiert ist – ich habe im Schlamm einen Schuh verloren, einen Sonntagsschuh – von da an musste ich über ein Jahr mit Alltagsschuhen in die Kirche gehen – das war die größte Strafe – das muss jeder gesehen haben – ich bete inständig, dass meine Füße wachsen, aber sie lassen sich Zeit – eine Weile spiele ich nicht mehr sehr gern da – der verlorene Schuh hatte zu viel Scham mit sich gebracht – außerdem sind wir mittlerweile zu Indianern geworden – Nscho-tschi und Winnetou – mit den Nachbarskindern konnten wir zwei Stämme bilden – natürlich verfeindete Stämme – das Gartenhausdach unser Pferd – über den Außenschornstein des Gartenhauses konnte man direkt raufklettern – da oben ritten wir und erschossen die auf der Wiese – ein großes Pferd so ein Hausdach – wir hatten zu dritt Platz drauf – wer auf dem Pferd war, durfte nicht erschossen werden, weil man von da oben so schlecht das Sterben spielen konnte – der Brandner hat uns eines Tages da runtergeholt und verpfiffen – Vater spricht hohe Strafen aus – wir können wählen zwischen Hausarrest oder Schlägen – wir entscheiden uns gleich für die Schläge, die sind schneller vorbei – vor allem aber ist es von nun an verboten, da raufzuklettern – wir könnten auch alle Bodenindianer sein, aber zu Pferd ist es

entschieden besser – wann ist dein Füata denn endlich
voll, ruft der Brandner hoch, während er die Steigen zu
stapeln anfängt – du träumst ja schon wieder.

So werden wir nie fertig mit der Ernte – wir haben
doch schon genügend Steigen voll, ruf ich zurück –
wann es genug ist, bestimm ich, schau, dass du endlich
fertig wirst da oben, das ist nicht der einzige Baum, auf
den du rauf sollst – ich hab eigentlich keine Lust mehr –
besonders nachdem ich einen halben Apfel gegessen
habe – der schmeckt genauso nach nichts wie die Birne
gestern – für wen sollen wir diese Steigen denn vollbro-
cken, wenn nicht für uns – und warum ist das Träumen
so schlimm – wenn ich unten bin, frag ich ihn das – in
Gedanken lege ich mir meine Verteidigung zurecht und
ärgere mich im selben Moment auch schon darüber – es
muss auch an der Jahreszeit liegen, dass ich immer zu-
rückrutsche in die Kindheit –

Wo sind eigentlich die Kühe und die Schweine, frag
ich den Brandner, während ich mit dem vollen Füata
runtersteige – warum willst du das wissen – haben sie
die mitgenommen, eine hätten sie uns wenigstens dalas-
sen können, damit wir frische Milch haben – kannst du
denn melken, der Brandner lacht höhnisch, du kannst ja
doch nicht melken – da hat er recht – vor Kühen hatte
ich immer Angst – wenn wir mit Eva beim Kühehalten
mitgegangen sind, blieb ich immer weit zurück – sobald
die Kühe auf der Weide waren und das Gatter zu war,
nahm ich mir vor, das nächste Mal mutiger zu sein und
bei den anderen zu bleiben – wir spielen Ballspiele – Völ-
kerball, Ball zur Suppe – das Schellen der Kuhglocken
im Hintergrund – ein beruhigendes, nahezu gleichmäßi-
ges Schellen, das ich sehr mochte – mein Verhältnis zu

den Kuhglocken ein vertrautes, genau gegenteilig zu meiner Kuhangst.

Zu Hause erzähle ich – ich habe Kühe gehalten, heute war das Treiben gar nicht so einfach, eine wollte immer woanders hin, eine Kuh – als hätt ich auch einen Stecken in der Hand gehabt – trotzdem möcht ich wissen, was mit den Kühen geschehen ist – ich stelle mir vor, wie sie sie hinter ihre Autos angebunden haben auf ihrer Flucht ...

Heute Vormittag, als wir zusammen durch die Kaufhäuser gingen, um zu sehen, was da ist, hat mir der Brandner kaum Zeit gelassen, genau zu schauen – so, als säße ihm der Teufel im Nacken – getrieben – weiter, weiter, wir müssen heut fertig werden damit – was soll ich nicht sehen, hab ich mich unweigerlich gefragt – vielleicht geh ich einmal allein in jedes Haus – ich hab immer schon gern Häuser gesehen von innen – wie die Leute leben, wie sie kochen, wie sie sitzen, wie sie schlafen, wo der Fernseher steht – vielleicht in jedem Haus einmal ein bisschen wohnen – nein – dann wäre klar, dass das Dorf leer ist – schlaf nicht, mach weiter, mault er, ich schaff ja zehn Steigen, während du nicht einmal eine vollkriegst, faules Mensch – er nimmt den Baumhaken, rüttelt so grob am Ast, als hätte er meine Haare in der Hand – ich muss lachen – Fleiß war schon immer das, was am meisten zählte, hier im Dorf – sichtbarer Fleiß.

***

So hab ich mir das nicht vorgestellt – die Tage im Obst – keine Zeit mehr für irgendetwas anderes – Äpfel, Birnen, Birnen, Äpfel – Steigen schleppen zum Leiterwagen

– den Leiterwagen zu den Bauernhöfen ziehen wie ein Esel – abladen – systematisch ernten wir die Obstgärten im Dorf ab – fehlt noch, dass er anfängt, das Obst einkochen zu wollen, der Brandner – warum fängt er eigentlich nicht an damit – wir füllen die nächstliegenden Scheunen oder Keller, wie er's gerade bestimmt – wir müssen den abnehmenden Mond nützen, dann hält das gelagerte Obst besser – er treibt, treibt mich an, wie ein Stück Vieh – kaum Zeit zum Innehalten – kaum Zeit für die Innen- und Hinterhöfe mit dem eigentümlichen, unbeachteten Glanz der Alltäglichkeit – der Leiterwagen lässt sich nicht so gut ziehen, vielleicht sind die Räder zu klein – ich suche die Höfe nach Traktoren ab – aber sie sind leer – die Fahrzeuge sind alle weg, abgesehen von den Scheibtruhen und Leiterwägen – dass mir das bis jetzt noch nicht aufgefallen ist – ich bin immer davon ausgegangen, dass sie Hals über Kopf davon sind – eine halbe Stunde vor dem Mittagessen, wegen der Suppen – aber es muss anders gewesen sein ...

Keine Zeit zum Innehalten – keine Zeit für diese gedanklichen Ausflüge, weder in unsere gegenwärtige Lage noch in die vergangenen Jahre, noch in die Kindheit – schon gar nicht in die Kindheit, wie mir scheint – dabei möchte ich jede einzelne Erinnerung zulassen, ihr nachgeben – der Brandner bemerkt das, scheucht mich wie ein Huhn, treibt mich an – Simon und Juda, die zwei, führen oft Schnee herbei, droht er mir – von diesen Sprüchen scheint er überhaupt einen schier unendlichen Vorrat zu haben.

Abends liege ich seit Tagen völlig erschöpft im Bett, schlafe trotzdem stundenlang nicht ein, wundere mich über mich selbst, warum ich das alles mitmache wie eine Maschine – der Brandner legt eine Hast an den Tag, als gelte es, das ganze Universum noch vor Jahresende zu ordnen – ich habe Schwielen an den Händen vom Steigentragen, spüre jedes einzelne Körperteil – dabei habe ich an sich keine schlechte Kondition – wir haben regelmäßig trainiert, körperlich waren wir immer vollkommen fit, Jens hat großen Wert darauf gelegt – aber die ungewohnten Handgriffe verformen meinen Körper, lassen ihn zu einer passiven Masse werden, zu einem einzigen Werkzeug, einem Werkzeug für Grobes ...

Ich kann meine Körperteile nicht mehr auseinanderhalten, weiß gar nicht zu sagen, wo genau ich was spüre – nur bleischwere Brocken – zugleich wie durch den Fleischwolf gedreht – und das nach so wenigen Tagen – er spannt mich derart ein, dass ich kaum noch zum Nachdenken komme – ich funktioniere nur noch, hebe mechanisch die Steigen auf – es ist nicht mehr mein Wille, der mich heben lässt, sondern irgendetwas anderes – irgendwas lässt mich die Steigen heben, den Leiterwagen ziehen oder schieben, wenn's bergauf geht – irgendeine Macht – ich verstehe es selbst nicht ganz – ob er das bezweckt – sogar wenn ich hier liege, in meinem Bett, stundenlang wach, warm eingepackt in die flanellbezogene Tuchent, zum Fenster rausschaue auf den dahinschwindenden Mond, wirklich denken kann ich nicht mehr – alles nur noch Fetzen, zusammenhanglos ...

Ich gehe die Tage noch einmal durch in der Hoffnung, davon einzuschlafen – eine Art Schäfchenzählen – heute zu Mittag, als wir beim Moshammer gesessen sind – es gab wieder Eintopf, aber einen guten Eintopf mit viel Gemüse und Hirse – da hab ich mir ein Herz gefasst und gefragt, wie lange sollen wir so noch arbeiten, es sieht so aus, als ob du alle Obstgärten abernten willst, was sollen wir denn mit den vielen Äpfeln und

Birnen überhaupt machen – er schaut mich an, grinst mitleidig – Schnaps, Schnaps natürlich, ich hab schon alles vorbereitet, viel Schnaps, Schnaps kann man immer gebrauchen – Apfelwurm, Birnenschnaps – und als nächstes kommen die Zwetschken dran – Zwetschken, jetzt Ende Oktober, frag ich, überhaupt, warum können wir das alles noch ernten, warum ist das Obst nicht längst halbverfault im Gras, früher war die Obsternte doch schon im September, Ende August haben wir die ersten Zwetschken vom Baum genascht, ohne Bauchweh zu kriegen – ja früher, sagt der Brandner und schaut sehnsüchtig aus dem Fenster, ja früher, es hat sich halt alles verändert …

Die Zwetschken willst du also auch noch alle ernten – ja, natürlich, Slibowitz, du könntest auch einen Kuchen backen, wenn du könntest – ich kann Kuchen backen, ich kann kochen mittlerweile – komisch, warum lass ich mich nur von ihm in diese Ecke drängen – es ist doch völlig egal, ob ich kochen kann oder nicht – in seinen Augen werd ich's nie können – und was kommt dann, frag ich und erwidre dabei seinen abschätzigen Blick, ich möcht wenigstens wissen, was noch auf mich zukommt, was kommt dann – wann – nach den Äpfeln, Birnen, Zwetschken, Trauben – die Quitten, die Erdäpfel, die Rüben, Kukuruz, Nüsse, Arbeit gibt's genug – da werden wir bis Weihnachten nicht fertig, sag ich – schon möglich, sagt er – bis dahin ist das doch alles längst vergammelt – verfault meinst du – ich nicke ungeduldig – ja, deshalb müssen wir uns ja auch so beeilen, sagt er bedächtig, dir tut alles weh – ja, mir tut alles weh, ich hätte gern einmal eine kurze Pause, heute zum Beispiel, warum müssen wir heute arbeiten, heute ist ein Feiertag – was für ein Feiertag – Nationalfeiertag, triumphiere ich

– ja und, ich hab am Nationalfeiertag immer gearbeitet, ich bin kein politischer Mensch, und jetzt, wo sich immer mehr Frauen da oben einmischen, interessiert's mich schon gar nicht, Politik ist Männersache, dazu ist nicht jeder geeignet, ich bin kein politischer Mensch, nie gewesen – nie gewesen, frag ich nach und denke, obwohl er so viel über den Krieg erzählt hat, weiß ich bis heute nicht, auf welcher Seite er gestanden hat – ob ich es jetzt wissen will, weiß ich auch nicht – später, später werd ich ihn einmal fragen ...

Am Sonntag kannst du rasten, sagt er mit der Pfeife im Mundwinkel – am Sonntag, bis dahin sind noch drei Tage – du wirst schon nicht sterben, der Samstag ist auch nicht so anstrengend, ich möcht, dass du bei euch auf den Dachboden schaust, ob ihr Platz habt, zum Kukuruzhängen und dann wegen der Schalen für die Gräber – ich schaue ihn verständnislos an – na, für die Gestecke, die müssten eigentlich da oben sein, da waren sie bis jetzt immer – ich esse noch, während er schon längst raucht – ich esse viel mehr dieser Tage – egal, wie mir die Suppen schmecken –

Ich bin noch nicht zufrieden mit seinen Antworten – ich versteh's noch immer nicht, fange ich wieder an, warum machen wir das alles, für wen – na, für uns, sagt er und klopft ungeduldig seine Pfeife aus – aber wir können das unser Lebtag nicht essen, und außerdem, nächstes Jahr ist doch wieder ein Herbst, und wer weiß überhaupt, ob wir hierbleiben können, wenn die anderen nicht wiederkommen, die müssen doch auch einen Grund gehabt haben zu gehen – du vergisst den Schnaps, sagt der Brandner – dann steht er auf, nimmt seinen Janker und geht zur Tagesordnung über ...

So komme ich nicht weiter bei ihm – er legt die Obstgärten fest, die heute noch drankommen, je nachdem
wie viel wir schaffen – in seinem Kopf ein genauer Plan,
alles ist schon eingeteilt, auch, dass ich mich fügen
werde – er geht zur Tür, streift beim Rausgehen auf der
Kredenz ein Körbchen und schmeißt's runter – mehrere
kleine Medikamentendosen kugeln durch die Küche –
er sammelt sie auf, schüttelt den Kopf dabei – die Moshammer ist eine entfernte Verwandte von der Erna –
eine Tante über ein paar Ecken – die Moshammer ist eine
komische Frau – die lebt noch, frag ich ihn – ja, ja, die
lebt noch, fährt er fort, ganz in Gedanken versunken,
tagsüber kommt sie immer wieder rauf zur Erna – sie
zieht den Mantel nie aus, trinkt einen Tee mit Rum, und
dann geht sie wieder – eigentlich merkt man gar nicht
mehr, wann sie kommt und geht, obwohl sie sich beim
Gehen immer wieder verabschiedet – sie hat seit Jahren
Lungenkrebs – überall erzählt sie von ihrem ersten
Mann, dem Alfred – der ist im Krieg gefallen – mein Se-
liger, sagt sie immer mit einer Träne im Aug – dann weiß
eh schon jeder, wen sie meint – beim zweiten kommen
ihr keine Tränen – der säuft, versäuft die ganze Rente –
im Herzen ist er ja vielleicht gut, sagt sie, aber das übrige
ist schlecht – dabei glaubt sie immer noch, dass sie ihn
ändern kann – sperrt ihn aus und lässt ihn unterm Gara-
gendach liegen – auch wenn's kalt wird – früher hat das
bisschen Härte auch immer geholfen, sagt sie – früher,
nach dem Krieg, als sie mit ihren Buben allein war, ist
ihr auch immer was eingefallen – hat ja müssen, wo sie
sie allein durchbringen musste – wenn sie schlimm waren, hat sie ihren eigenen Kopf bandagiert, sich aufs Bett
gelegt und gesagt, jetzt stürbe sie – da wären die Buben

gleich brav gewesen ... – der Brandner lacht – ein Luder, die Alte.

Ich schaue auf die Mondsichel und denke, vielleicht sollte ich das auch einmal probieren – die Hände fatschen oder gleich von Kopf bis Fuß und dem Brandner sagen, dass ich sterbe – aber der kriegt's nicht mit der Angst zu tun, der nicht – sonst wär er doch gar nicht hiergeblieben – der wird auch allein fertig mit allem ...

Oder ohne was tot spielen – das haben wir als Kinder auch immer gemacht – wer am besten tot spielen kann – die Luft anhalten, aber nicht rot werden dabei, ganz unauffällig weiteratmen und leblos daliegen – die Kitzligen hatten's schwerer – bei denen hat man bald bemerkt, dass sie nicht tot waren – ich bin nicht kitzlig – warum ich nicht einschlafen kann, obwohl ich körperlich so erschlagen bin –

Beten, beten könnte vielleicht helfen – *Im Namen Gottes schlaf ich ein, mein letztes Wort soll Jesus sein, Jesus* – eines unserer Abendgebete – insgeheim immer dazugefügt, lieber Gott, lass mich heute nicht ins Bett wischeln – und dann im Dunklen noch Pläne geschmiedet – wie wir unser Auto bauen würden, woher wir die Bretter kriegten, die Räder, ausrangierte Kinderwagenräder, wer in die Lepatscholaschule ginge – und immer wieder, wenn wir meinten, dass alles besprochen sei – *Jesus* – dann fiel uns noch was ein – das Taschengeld und wie wir es am besten aufbessern könnten – der Sebastian hat's leicht mit den Bisamrattenschwänzen und -fellen – ob man nicht was Ähnliches machen kann, was nicht so grauslich ist – *Jesus* – einer blieb immer übrig mit seinem Jesus – während die anderen längst eingeschlafen waren – deshalb wurden auch oft täglich dieselben Pläne besprochen, weil man nicht so genau wusste, wann man sein letztes Jesus gesagt hatte – wir waren zu fünft in einem Zimmer – die fünf Jüngsten – Mädchen – vier in Stockbetten, Regina im Gitterbett – in der Nacht, wenn ich schlimm geträumt hab, bin ich zu Michaela ins Bett – das war schön – mit vier anderen im Zimmer immer geborgen und sicher – beim Klogehen im Dunkeln über die Wickelkommode und die Sessel gestiegen, am Rand die Wand entlang – nur ja nicht den Boden berühren, seitdem Angelika auf eine Maus getreten ist – der Weg zum Klo wurde so ein langer – man muss schon früh genug aufgewacht sein – lieber Gott, mach, dass ich heute nicht ins Bett wischle – lieber Gott, schenke mir einen Traum, in dem ich eine echte Prinzessin bin, oder einen, in dem ich einen Schatz finde oder in dem ich als Prinzessin einen Schatz finde – das wär schön, wenn jetzt wer da wäre und mir Märchen vorlesen könnte – *Das Waldhaus* oder *Das Mädchen mit den Schwefelhölzern* oder *Rapunzel* – das waren über lange Zeit meine Lieblingsmärchen ...

Abends, wenn die Tage kürzer wurden, gab's jeden Tag ein langes Märchen, von den älteren Schwestern vorgelesen oder von der Erna – Gebrüder Grimm von vorne bis hinten – wir konnten sie immer wieder hören – manchmal haben sie nicht gelesen, was im Buch stand, sondern eine Geschichte erfunden, um zu sehen, ob wir überhaupt zuhören – die Geschichte vom *Wutschiwali* und seiner Gattin, die nicht sprechen konnte und zu ihrem Gatten sagte ... – wir sind nicht immer dahintergekommen, oft schon nach ein paar Sätzen eingeschlafen ...

***

Mein Gemüt veranlasst mich, die in neue Körper verwandelten Gestalten zu besingen – mein Gott, mein Schmierheft aus dem Lateinunterricht – Ovid – aus den *Metamorphosen* – *Das Goldene Zeitalter ist als erstes entstanden, das ohne Richter freiwillig und ohne Gesetz Treue und Recht beachtete* – *Strafe und Angst gab es nicht, und nicht wurden drohende Worte auf einer befestigten Erztafel gelesen, und nicht fürchtete die bittende Schar das strenge Antlitz ihres Richters, sondern sie lebten in Sicherheit* – *die gefällte Fichte war von ihren heimischen Bergen noch nicht herabgestiegen in das klare Wasser, um die fremde Welt zu suchen, und die Menschen kannten keine Küste bis auf ihre eigene* – meine Lateinübersetzungen – warum hab ich das Zeug nicht gleich weggeschmissen – *Es herrschte ewiger Frühling und die sanften Westwinde streichelten mit lauen Lüften über die ohne Samen entstandenen Blumen* – das war eigentlich der Koffer mit den Liebesbriefen meiner ältesten Schwester – *Die Flüsse flossen schon von Milch, schon flossen die Flüsse von Nektar, und der goldgelbe Honig tröpfelte aus der grünen Steineiche* – *es folgte die silberne Nachkommenschaft, schlechter als Gold und wertvoller als das gelbe Erz* – diese Schulsprache, irrwitzig – *Jupiter zog die Zeiten des alten Frühlings zusammen, und er führte durch den Winter, durch den Sommer und den stürmischen Herbst und durch den nur mehr kurzen Frühling das Jahr in vier Abschnitten zu Ende* – damals zum *ersten Mal flimmerte die von der trockenen Hitze versengte Luft, und ein Eiszapfen, der vom kalten Wind erstarrt war, hing herab* – ob es nicht doch ein anderer Koffer war, die Liebesbriefe hätte ich jetzt gern gelesen – wo sie die wohl hin haben – *Als drittes, nach jenem, folgte die bronzene Nachkommenschaft, wilder in Bezug auf Sinnesart und schneller zur Hand mit den schrecklichen Waffen, dennoch noch nicht verbrecherisch* – *das letzte ist aus hartem Eisen* –

sofort drang in das Zeitalter aus schlechterem Metall jeglicher Frevel ein, und es flohen Schamgefühl, das Wahre und die Treue – an ihre Stelle traten Betrug, List, Hinterhalt und Gewalt und die verbrecherische Liebe zu besitzen – komisch, dass ich das jetzt erst verstehe – *Das früher gemeinsame Licht der Sonne und Luft bezeichnet der vorsichtige Geometer mit einer langen Grenze – man fordert von der reichen Erde nicht nur Saatgut und die schuldigen Nahrungsmittel, sondern man drang bis zu den Eingeweiden der Erde vor und es werden Schätze ausgegraben, die sie verborgen hatte –* ich hab das damals sicher nicht verstanden – das kam zur falschen Zeit – wie so oft in der Schule – so viel zur falschen Zeit gekommen und deshalb nie angekommen – *Man lebt vom Raub – nicht ist der Gastfreund mehr sicher vor dem Gastgeber, nicht ist der Schwiegervater vor dem Schwiegersohn sicher, auch die Bruderliebe ist selten – der Gatte droht mit der Vernichtung der Gattin, jene mit der Vernichtung des Gatten – die schrecklichen Stiefmütter mischen tödliche Gifte –* das nehm ich mit runter, das kommt auf mein Nachtkästchen – *Besiegt liegt die Pietas darnieder, und die Justitia verließ die Länder, die nass waren vom Blut, als letzte der Götter –* und jetzt, welches Zeitalter haben wir jetzt ...

Wo sind die Briefe hin – es gab eine Zeit, da haben wir mit Marken unser Geld verdient – wir schnitten aus, was uns in die Hände kam – wir holten die Briefumschläge aus den Papierkörben raus, und als nichts mehr zu finden war, gingen wir auch an Marias Koffer im Dachboden – sie war wütend – wir wussten gar nicht, dass es Liebesbriefe waren, wir haben keine Zeile gelesen – es war die Menge an Marken, die uns abhielt – Marken in Wurstsemmeln umgesetzt und Eis – jetzt würde ich die Briefe aber gern lesen.

Ich habe den ganzen Vormittag Zeit – der Brandner ist wieder in der Kirche – es ist Samstag – bis zur Suppe habe ich Zeit – danach gehen wir auf den Friedhof, die Gräber richten – vielleicht sollten wir uns lieber um unser eigenes kümmern – Jens hat auch hin und wieder von Ovid geredet – ich weiß nicht mehr was, weil ich mich damals nur noch halb an meinen Lateinunterricht erinnern konnte – wenn er mich so sehen würde, wie ich in den alten Sachen herumkrame, mit Lust herumkrame, er würde sich verächtlich lächelnd wegdrehen.

Ja, ich bin zurückgekommen und habe mich in meine Kinderschuhe verzogen – ohne Tränen, aber schon gerührt, erzähle ich mir die alten Geschichten und entdecke meine Wünsche aufs Neue – warum nicht – er brauche sowas nicht, Erinnerungen – jetzt ist das Leben, und nach vorn schauen hat als einziges Sinn – radikal nach vorn schauen – vor ein paar Wochen noch hätte ich viel darum gegeben, mit ihm gemeinsam diese Orte aufzusuchen, hätte ich versucht, ihn zu überreden – vielleicht als Rechtfertigung für das, was geschehen ist – aber es wäre falsch gewesen, bestimmt wäre es falsch gewesen – und er hätte mir in jedem Fall davon abgeraten – es verwirrt die Fähigkeit, sich klar zu entscheiden – und das muss man können – außerdem kann man die Geborgenheit für die Gegenwart nicht in der Vergangenheit finden. Und er hätte versucht, die Orte zu erschlagen, indem er mich demütigt an ihnen – mit seiner Missachtung, seinem Spott.

Ich höre sein Lachen, höre, wie er sagt, da gibt es welche, die sagen, niemand liebt mich, oder andere, die lernen daran, die wenigsten – das Unwesen der Macht als das Wesentliche am Menschen, warum hab ich das nie wahrhaben wollen – Tränen sind Zeitverschwendung, vergiss nicht, wir sind anders als die anderen, wir müssen auch anders bleiben, sagt er, noch in der Nacht, bevor ich abgehauen bin – wir schleppen unsere Schatten und versuchen, sie beide gleichzeitig aufeinander abzuwälzen – weit ist es gekommen – was bleibt zurück, wenn nicht die für immer umwandelbaren Träume – Rücken an Rücken – wenn man nach einer Nacht immer nur noch die Hunde bellen hört, muss man gehen ...

Am Anfang war alles so anders und neu – ich liebte ihn, er liebte mich – noch nie hab ich mich so verstanden gefühlt – seine Leidenschaft so stark, mitreißend – sein Körper ein einziger Magnet für mich – seine Worte immer ins Schwarze getroffen – seine klaren, großen Augen – endlich das Leben einfach nur gelebt – weit offen, ohne Bedingungen an die Umwelt und eine Zukunft – jeder Tag ein neuer, neu erlebbarer, auch im Dreck der alten Wunden, die man zugelassen hat aus der Ohnmacht heraus – es klang immer alles so einfach bei ihm – ich habe auf einen Schlag mein Leben davor vergessen, mich ins Neue gestürzt, nur noch diesen Mann gesehen ...

Wenn er wüsste, dass er mir die entscheidende Hilfe gegeben hat zum Gehen – es ist ein kaltes und hartes Spiel, wer glaubt, dass er sich über die Spielregeln hinwegsetzen kann, bleibt genauso einsam, sagt er, aber aussteigen kann man jederzeit, wenn man kann ...

Ich will nicht mehr daran denken – schon gar nicht hier, an diesem wunderlich geheimnisvollen Ort – jetzt weiß ich, warum ich nicht gleich hier hochgekommen bin – ich hatte Angst, der Zauber könnte verlorengegangen sein – aber er ist es nicht – vielleicht ist es das Licht – oder auch der unveränderte Geruch – eine Mischung aus getrocknetem Lavendel, altem Papier, Weidenkörben, Holz und Mottenkugeln ...

Der Koffer ist zu meinem Koffer geworden, scheint's
– Schulhefte, Fotos, alte Kalender – ich werde ihn beizeiten runtertragen – vielleicht – aber wo sind die Liebesbriefe geblieben – ich hab gerade richtig Lust auf Liebesbriefe – Platz für Kukuruz ist genug – die Leinen sind
leer bis auf einen Trockenblumenstrauß – die Schalen
hab ich auch gleich gesehen, neben den Körben – die
darf ich nicht vergessen – deshalb bin ich ja überhaupt
hier oben – Blumentöpfe, eine alte Klomuschel, gebündelte Zeitungsstöße, Bretter, alte Fensterläden, Schachteln, ein altes Bett und kaputte Sessel ...

Da hinten müsste noch die Kostümkiste sein – ob die
noch dasteht – vielleicht sollte ich zuerst noch die Dachluken öffnen – ein bisschen frische Luft könnte nicht
schaden – nein, zuerst noch schnell die Kostümkiste –
ich muss wissen, ob das rosarote Ballkleid mit den falschen Perlen noch drin ist – oder vielleicht sollte ich mir
die Kiste doch für morgen früh aufheben, um sie richtig
genießen zu können – es ist spät geworden, ich hab die
Zeit wieder einmal völlig vergessen –

Aber auf der Kiste liegt was – ein weißer Pelz – da
werden die Motten ihre Freude dran haben, wenn der
schon länger da liegt – also sind da noch immer die Kostüme drin – der ist nicht zum Anziehen – das ist etwas
anderes – eine Katze – gsch – ich bleibe kurz stehen –
eigentlich mag ich Katzen nicht besonders – gsch – sie
rührt sich nicht – sie ist tot – als wär sie gerade eben verendet, wunderschön dahingestreckt wie auf einem Gemälde – tot – ich muss an Ernas Katze denken, an die
streunende, wilde, freche Katze, von der der Brandner
erzählt hat – ich muss sie ihm zeigen – das ist klar – mit

den alten Gartenhandschuhen bei den Blumentöpfen lege ich sie in einen der Körbe – dann die Schalen und das Schmierheft – ich muss zweimal gehen – die Katze ist schwer.

Plötzlich denke ich, dass ich nicht allein bin – der Korb rutscht mir fast aus den Händen, weil ich zwei Sprossen auf einmal nehmen will auf der Dachbodenleiter – ich renne zum Schinter Luis – die Katze habe ich liegengelassen, beim Holzschuppen – sie ist mir zu schwer geworden – der Brandner ist noch nicht da – es ist auch noch zu früh – ich bin froh, dass er meine aufgeregte Atemlosigkeit nicht mitkriegt, dass ich in Ruhe verschnaufen kann – ich gehe in die Küche, schaue mir die Suppe an – ein Gulasch – endlich was zwischen den Zähnen, zum Beißen – obwohl ich im Moment keinen Appetit habe – ich heize ein – hier kenne ich mich aus – wir waren oft beim Schinter Luis – beim Schinter gab's immer Fleisch – Geselchtes – keiner konnte so gut selchen wie der Schinter Luis – und Bauernbrot dazu und Most – immer war Zeit für eine Jause – dann saßen wir um den großen Tisch in der Ecke, beim Herrgottswinkel, aßen und redeten über unsere kleinen und großen Sorgen – die Frau vom Schinter Luis hat immer so gut zugehört – Antonia heißt sie – die Eva hab ich oft beneidet – nur nicht, wenn sie die Kühe halten musste ... – das Feuer brennt – ich rühre im Gulasch – jetzt müsst er dann kommen, der Brandner –

Du bist schon da, ich hab gemeint, ich könnt mir Zeit lassen, weil du immer zu spät kommst, sagt er – ich hab die Suppe schon aufgewärmt – was gibt's – Gulasch – gut – wir setzen uns hin – ich trag das heiße Gulasch auf – der Brandner ist schon am Beten – halblaut leiert er vor sich hin – *Aller Augen warten auf dich ...* – früher waren mir diese Augen immer ein Rätsel – ich hatte sie vor mir, wie sie auf den Tellern schwammen, und spürte irgendwie, dass das so nicht gemeint sein konnte – hab's nie so recht begriffen – dann hat mein Vater einmal zu meiner Mutter gesagt, heut sind aber ganz schön viele Fettaugen in der Suppe – da war mir klar, welche Augen gemeint sein müssen – der Brandner ist fertig – Mahlzeit, sagt er und ich auch – wir essen – das Gulasch ist sehr gut – der Schinter hat noch immer das beste Fleisch, sag ich genüsslich – ja, schmeckt nicht schlecht, sagt der Brandner ...

Eigentlich wird das original ungarische Gulasch ja mit Wadschinken gemacht, es ist eher ein minderes Essen bei den ungarischen Hirten – den Czikosen, ich weiß, sag ich, aber die Wiener haben daraus dann eine Spezialität gemacht – woher weißt du denn das, fragt er mich ganz erstaunt – ich war dabei, als der Vater es dir erklärt hat – der hätte übrigens seine Freude an dem Gulasch, soviel Zwiebeln wie da dabei sind – ja, dieselbe Menge Zwiebeln wie Fleisch, das ist fast das Wichtigste – und der Paprika – Rosenpaprika – wir lachen – er fragt mich, ob ich die Schalen gefunden habe – ja, ich hab sie gefunden, ich hab sie vor die Haustür gestellt, wir können sie mitnehmen, vielleicht auf dem Leiterwagen, die Schalen sind schwer – ja, sagt er nur und löffelt weiter, die Blumen nehmen wir vom Auer, der ist gleich neben dem Friedhof, Kerzen hab ich auch gefunden, in der Abstellkammer – ist eh nicht viel zu machen auf den Gräbern – ich hab noch einmal geschaut, es sind gut gepflegte Gräber – wir können danach noch drei Stunden Äpfel brocken, bis es finster wird halt – er isst schnell, ich schlinge auch.

Hast lang suchen müssen nach den Schalen – nein, sag ich – mir fällt die Katze wieder ein – ich hab noch etwas gefunden auf dem Dachboden – ja, das glaub ich, sagt er, euer Dachboden, da gibt's viel zu finden – nein, das mein ich nicht, ich hab eine Katze gefunden – ja, wie schaut sie aus – schön – schön, welche Farbe hat sie – weiß mit schwarzen Flecken – das könnt die Minka sein, er hört auf zu essen – ich leg meinen Löffel auch hin – sie ist tot, sag ich – sie ist tot, bist du sicher – ja, natürlich bin ich sicher – was hast du mit ihr gemacht – ich hab sie in einen Korb gelegt und zum Holzschuppen gestellt, neben die Regentonne – komm, wir schauen, ob sie's ist, sagt er – wir lassen alles stehen und liegen und brechen auf.

Stumm steht er da – das ist sie, sagt er plötzlich, Maria und Josef, das ist die Minka, bei euch auf dem Dachboden war sie – ja, auf der Kostümkiste – er hebt sie aus dem Korb – wir müssen sie begraben – beinah sag ich, dass es sich ja gut träfe, dass wir heut auf den Friedhof wollen, aber ich verschluck's augenblicklich – dem Brandner ist nicht zum Scherzen, er schaut sich um – ist der Schuppen offen – glaub schon, sag ich – hol eine Schaufel, wir begraben sie bei den Vier Eichen – er geht mit der Katze voraus.

Die Vier Eichen sind nur ein paar Meter entfernt – der geheimnisvollste Ort überhaupt, vielleicht vom Dachboden übertroffen, aber eigentlich nicht – ja grab, fährt er mich an und hält die Katze in den Armen, als lebte sie noch – ich grabe – größer, ein größeres Loch – ich grabe ein größeres Loch – wir brauchen eine Kiste, wir brauchen einen Sarg – er ist so ernst, dass ich ohne Widerrede losgehe in den Schuppen – wenn's nach mir ginge, wir hätten die Katze so hineingelegt –

wahrscheinlich hätt ich sie gar nicht begraben – ich leere
eine Nagelkiste aus – die müsste groß genug sein, und
einen Deckel hat sie auch – wir legen sie hinein – nein,
lass mich das allein machen, sagt er und drängt mich zurück – ich stehe und schaue zu – er holt die Katze wieder
raus, legt sie noch einmal so behutsam zurecht wie einen
Säugling – dann streicht er über ihren Kopf und sagt,
Minka – dann faltet er seine Hände – einen Moment lang
denk ich, das ist derselbe Mann, der früher die jungen
Katzen umgebracht hat – immer wenn eine Katze geworfen hat, mussten ein paar dran glauben – welche sollen leben, welche sollen wir umbringen – na gut, drei zu
zwei – zwei durften überleben – der Rest an die Wand –
angepickt – die Augen waren noch zu, die Katzen waren
noch blind – die Katzen haben ja nicht gesehen, was sie
versäumt hatten – außerdem, was hätten sie versäumt –
einmal hat sie der Brandner ertränkt – in der Regentonne
beim Schuppen – zwei kleine, frischgeworfene, blinde
Kätzchen – da war die Wand schon besser – Anpicken
geht schneller – Emanuela weint – Erna will ihr die Katzen gar nicht zeigen – aber sie will sie unbedingt sehen,
noch lebend – die Katzen sind süß – dann wird sie weg-
geholt unter irgendeinem Vorwand, und wir suchen die
aus, die überleben sollen – der Blick auf die Wand wie
eine Prüfung, die man im Leben überstanden haben
muss ...

Der Brandner fängt an, die Kiste zuzunageln – sein
Hund war mir lieber als die Katzen – hol noch mehr Nägel – wir lassen die Kiste in den Graben hinunter – er
schüttet ihn wieder zu – wir tragen das Werkzeug in den
Schuppen zurück – komm, sagt er, wir gehen wieder
zum Schinter, der hat auch einen guten Schnaps.

***

Heute liege ich nicht mehr stundenlang wach, heute werde ich schnell einschlafen – wir haben den ganzen Nachmittag gesoffen – wir waren weder beim Friedhof, noch haben wir Äpfel gebrockt – wir haben gesoffen, und der Brandner hat Geschichten erzählt, eine nach der anderen – am späten Nachmittag sind wir losgegangen zur Erna – auf dem Weg dahin fing er an, den Rosenkranz zu beten – wir beten beim Gehen – wie bei einer Prozession – bei der Erna wieder gesessen und weitergesoffen – Knoblauchbrot und Birnenschnaps – wenn die Erna das erfährt, hat er immer wieder gesagt, der Brandner, und, je später es wurde, das wird sie mir nie verzeihen, die Erna, die Minka war ihre Lieblingskatze – war sie die einzige Katze, die übriggeblieben ist, sie hat doch früher immer mehrere gehabt – ja, aber jetzt am Schluss nur noch die – ich erinnere mich, wie sich ihre Katzen früher immer mit deinem Hund gestritten haben – ja, der Bello, der ist auch schon lang tot – und danach hast du keinen Hund mehr gehabt, der Bello war doch nicht dein letzter Hund, den hab ja ich noch gekannt – ja, mehrere Hunde – warum hast du jetzt keinen Hund mehr – er starrt vor sich hin – oder hast du am Ende noch einen Hund – ja, sagt er, der erste Hund, der sich mit einer Katze von der Erna verstanden hat – ich hab geglaubt, er ist mitgegangen mit der Minka, ein schönes Paar – wie hat er denn geheißen, frag ich, weil ich hoffe, seine Schwermut wegreden zu können – er prostet mir zu – Arthur, sagt er – Arthur, ein ungewöhnlicher Name für einen Hund – ja, sagt er ...

***

Ja, das waren noch Zeiten – der Brandner nimmt die nächste Kugel – im Krieg haben wir viel gekegelt – 1940 – noch lang bevor ich meine Finger verloren hab – da waren wir auf einer Stellung wie in einem Schrebergarten – vor den einzelnen Baracken Gärten mit Stiefmütterchen – mitten unter den Geschützen Kühe – die haben alles gefressen, was ihnen in die Quere gekommen ist – die Wäsche hat man nicht draußen aufhängen können – einem Kameraden haben sie ein ganzes Hemd weggefressen – da sind heimatliche Gefühle aufgekommen, das kannst du mir glauben – wir haben sogar eine kleine Katze in unserer Baracke gehabt – eine schwarze mit weißen Flecken, ein kleines Biest – er neigt seinen Kopf versonnen, stockt kurz und donnert plötzlich die Kugel auf die Bahn – dann lacht er wieder – und da war auch so ein Landgasthof mit einer alten Kegelbahn – die haben wir uns hergerichtet – oft haben wir tagelang auf einen Angriff warten müssen – da haben wir dann gekegelt – einer war dabei, der war aus der Stadt – der Emil, der hat immer geschlafen, mitten am Tag – wir haben ihn aus dem Bett geholt – ein Angriff – dabei waren's nur die Kugeln – da ist er gleich in voller Montur dagestanden – das waren noch Zeiten, wir haben unsere Gaudi gehabt – mir ist nicht sehr zum Mitlachen, findest du das heut auch noch komisch, frag ich ihn – da hab ich eigentlich erst richtig kegeln gelernt, antwortet er – davor war's nix Gescheites – dann ist's ja klar, warum ich immer verliere – ja, er grinst, da warst du noch in Abrahams Wurschtkessel –

Der Brandner strotzt nur so vor Energie – heute erzählt er die ganze Zeit vom Krieg – wie er das aushält – er hat ja noch weniger geschlafen als ich – und noch mehr gesoffen – ich kann kaum die Kugel halten und er – mit seiner Linken kegelt er – ein Volltreffer nach dem anderen – bei mir wandeln die Kugeln nur so durch die Gegend – du zerschlägst uns noch die ganze Bande – der Mostwirt hat eh auch noch eine Kegelbahn, sag ich und lache über meine eigene Ungeschicklichkeit – wenigstens vergeht die Zeit – wenigstens schaut er mich nicht mehr so vorwurfsvoll an wie vorher, als wir uns zur Suppe getroffen haben im anderen Gasthof – beim Maidl – französische Zwiebelsuppe hat's gegeben – mit viel Käse.

Begrüßt hat er mich mit den Worten, wann warst du überhaupt das letzte Mal in der Kirche – dann hat er erst wieder geredet, als wir am Suppenessen waren – er hat den Käse gesehen und gleich mit seiner Gorgonzolageschichte losgelegt – das war 1941 im Herbst, da hat jeder ein großes Stück Gorgonzola gekriegt, als kleines Extra zur sonstigen Verpflegung – ich bilde mir ein, dass er uns Kindern immer von einem Kilo erzählt hat, pro Mann natürlich – ich war tagsüber unterwegs und am Abend schon war gar kein Käse mehr da – aber die haben den nicht aufgegessen, die haben den vergraben – den guten Gorgonzola vergraben – die haben geglaubt, der ist verschimmelt – einige haben zwar gewusst, dass der Käse genießbar ist und so ausschauen muss, aber die sind einfach überstimmt worden – na, da hab ich aber was gesagt – ich war fuchsteufelswild – bester Gorgonzola kiloweise vergraben, da darf man schon fuchsteufelswild werden – ich hab ihn wieder ausgegraben – noch am selben Abend – und dann hab ich nach jeder

Mahlzeit Käse gegessen – zu Hause haben wir Gorgonzola nur zu Ostern gekriegt – natürlich hat er ein bisschen gestunken – ich hab ja auch nicht gleich gewusst, wo ich den vielen Käse hin tun soll, hab ihn unter meinem Bett aufbewahrt, da war er halbwegs sicher – mein oberer Bettgenosse hat sich schon die Ritzen mit Papier zugestopft, damit der Geruch nicht zu ihm dringt – die Leute wissen halt nicht, was gut ist – außerdem hat er behauptet, dass der Käse noch im Schlaf meine Verdauung fördern würde und nicht das einzige wär, was stinkt – aber da hab ich ihm erklärt, das kommt, weil ich eine zu enge Haut hab – wenn ich die Augen zumach, geht's halt hinten auf –

Einmal angefangen, hat er nicht mehr aufgehört zu erzählen – er hat schnell vergessen, dass ich schon wieder nicht in der Kirche war – eine Geschichte nach der anderen vom Krieg – wenn's ihm gutgeht, erzählt er vom Krieg – wenn's ihm schlechtgeht, erzählt er auch vom Krieg – das muss schon was Besonderes gewesen sein, diese Zeit – die Kameradschaft oder was weiß ich ... – kein Wort mehr über die Minka – beim Abwasch hilft er mir, damit wir schneller zum Kegeln kommen – du nimmst zu viel Spülmittel – im Krieg haben wir das Geschirr ganz ohne Mittel nur mit heißem Wasser gewaschen, wenn wir fertig waren mit dem Abwasch, haben wir das Wasser dann mit Kleie versetzt, das war ein gutes Mastfutter für die Schweine – sind ja gar keine mehr da – was – na, Schweine, da kann ich ruhig Spülmittel nehmen, soviel ich will –

Eine Runde noch, ruft der Brandner von vorne – die Kegel haben sich verfangen, und die Maschine spinnt – aber er kennt sich aus, und mit zwei Handgriffen ist sie wieder gerichtet – er ist voll in Fahrt, freut sich, dass er heute lauter Neuner gemacht hat – seine Augen glänzen – er reißt sich das Mascherl vom Hals und macht seinen Kragen auf – dann kichert er – im Krieg hab ich dafür einmal drei Tage verschärften Arrest bekommen, weil ich zur falschen Zeit und am falschen Ort den Kragen aufgemacht hab – und einen Verweis im Strafenbuch – das war im März 1942 – ab April mussten die Kragen dann wieder offen getragen werden – das waren noch Zeiten – er schiebt die Kugel, die Kegel fallen, er kippt ein Stamperl Kirschenschnaps – ahh, solltest auch einen Schnaps trinken, wenn's dir nicht so gut geht – nach so einer Nacht darf man den Alkoholpegel nicht zu sehr aus dem Gleichgewicht bringen, sonst wird man müd – er schenkt sich wieder ein – ich hab in der Nacht noch gepresst und Apfelwurm angesetzt, der wird besser als der Schnaps hier – ich schau ihm nur zu und wundere mich, wie er das schafft, so ohne Schlaf – dann flucht er über die zwei Feiertage in der kommenden Woche – morgen machen wir den Obstgarten hinter der Feuerwehr, dann haben wir's nicht weit zum Auer, und der Friedhof ist auch gleich in der Nähe – eine Stunde vor Mittag richten wir die Gräber – beim Auer wird Suppe gegessen.

Ich habe das Gefühl, der Brandner würde auch gern am Sonntag arbeiten, aber er traut sich nicht – oder er traut sich noch nicht – wenn das Wetter die Ernte gefährdet, darf man auch am Sonntag arbeiten ...

Ich gehe nach Hause – eigentlich wollte ich wieder auf den Dachboden – heute – weiß auch nicht, vielleicht ein andermal – ich hab Schiss, dass ich irgendwo in einer Ecke auch noch den Arthur finde – der geht mir nicht mehr aus dem Kopf – ich warte lieber noch ein bisschen ... – ich werde Wäsche waschen stattdessen – wie meine Mutter, denke ich plötzlich beim Sortieren der Schmutzwäsche – immer, wenn sie am Sonntagabend nach unserer Schmutzwäsche gerufen hat, fühlten wir schmerzlich, dass das Wochenende vorbei war ...

***

Eigentlich sind's zwei verlorene Tage, sagt der Brandner und geht – was treibt ihn nur so – dass er sich das traut, hätte ich mir nicht gedacht – dass er sich das traut, heute an Allerseelen – ich hätte geglaubt, dass seine Angst vor den Toten zu groß ist – warum er überhaupt die Gräber gerichtet hat – ich gehe schon voraus zum Suppenessen, kommst dann nach – kannst dir ruhig Zeit lassen, hat er gesagt – ganz rot ist er im Gesicht – hast wieder die Nacht durchgesoffen, frag ich ihn und will ihm auf die Schulter klopfen – aber er weicht aus – ich streif ihn an der Wange – du bist ja ganz heiß, sag ich, hast du Fieber – nein, wovon denn, antwortet er unwirsch und fügt hinzu, eigentlich sind's zwei verlorene Tage – und – dreht sich um und geht ...

Es scheint, als wär es ihm nur wichtig gewesen, die Gräber zu richten – am Allerseelentag sich ein bisschen Zeit zu nehmen für die Toten, das braucht er nicht mehr – ich stehe vor den Kindergräbern – über Nacht ist es kälter geworden – von einem auf den anderen Tag stimmt das Wetter wieder, und man ist irgendwie erleichtert – es war viel zu warm in den letzten Wochen – aber heut ist's, wie es sich gehört für den November – die Vormittagssonne in Milch getaucht – über den Gräbern hängt der Nebel, als sollte man nicht sehen, wie die Toten aus den Särgen steigen ...

An diesem Tag sind die Toten unterwegs – die Särge, würde man sie heute öffnen, wären leer – in der Nacht von Allerheiligen auf Allerseelen kehren die Toten zurück auf die Erde – besser, man war brav an so einem Tag – kann sein, dass einem eine tote Tante oder ein toter Onkel über die Schulter schaut – der kalte Schauer erleichtert das Bravsein gewissermaßen – und wenn man darauf achtet, dass man immer in der Nähe der anderen ist, ist das Gruseln sogar schön – nur nicht allein sein an dem Tag – wer weiß, was dann passiert – ich lasse zur Sicherheit ein bisschen was von meinem Allerheiligenstriezel übrig – falls sie hungrig sind, die armen Seelen – aber sie waren nicht hungrig – vielleicht muss man dann gar nicht mehr essen – der Striezel ist immer liegengeblieben – auch der große Ofen des Fegefeuers ist leer – das Fegefeuer – entweder man war nur gut, dann kommt man in den Himmel, oder man war nur schlecht, dann kommt man in die Hölle – die meisten aber sind nicht gut genug und auch nicht schlecht genug – die müssen ins Fegefeuer, die Sünden büßen – eigentlich war niemand nur gut – nicht einmal die notgetauften Neugeborenen – auch sie müssen durchs Fegefeuer – das hat mich immer sehr aufgeregt, das war ungerecht – die Feuerqualen im Fegefeuer stellte ich mir am schlimmsten vor, schlimmer als Hausarrest.

An Allerseelen war's fast wie bei einem Begräbnis – der Friedhof noch voller – die Heimkehrer, der Kirchenchor, die Blaskapelle, der Kameradschaftsbund aufgefädelt – *Habt Acht, zum Gebet* – *Vater unser, der du bist im Himmel* – der Vorbeter fängt mit dem Vaterunser an – und mitten in die ersten Worte schmettert der Anführer des Kameradschaftsbundes *Habt Acht, zum Gebet* – in der Stille nach dem Amen *Ruht* – wir dürfen uns nicht anschauen – sonst lachen wir – das wissen wir – ein Blick genügt – heut muss man aber ernst sein – heute gedenken wir der Toten ...

Wenn ich denke, noch vor ein paar Tagen – wie der Brandner die Minka begraben hat – und jetzt, grad, dass er ein Kreuzzeichen gemacht hat – dann ist er zum Suppenessen – irgendwie passt da was nicht zusammen – gestern habe ich ihn den ganzen Tag nicht gesehen – ob er heimlich weiterarbeitet – das wird er sich aber doch nicht trauen – ein Grantscherben ist er heute – nur wegen der zwei Feiertage – lächerlich, hier liegt seine ganze Familie – soviel ich weiß, hat er nur noch entfernte Verwandte – neben dem Hans und der Regina liegt der Michel, sein Patenkind – ein kleiner pausbäckiger Engel schaut auf das Immergrün vom Michel – ich wär auch gern ein Patenkind vom Brandner gewesen, dann hätt ich auch so einen Engel auf mein Grab gekriegt – der schönste Grabstein weit und breit – heute gefällt mir das einfache Holzkreuz mit dem Kupferdach von Hans und Regina besser – das hat mich geärgert, dass auch der Hans durchs Fegefeuer musste – das hab ich nie eingesehen – der Hans hat doch gar nicht richtig gelebt – eine Stunde vielleicht – die Hebamme war besoffen – sie hat zu lange abgewartet – und dann ging alles zu schnell – ganz weiß soll er gewesen sein, und die Gehirnhaut zerrissen – die Hebamme hat ihn notgetauft – wenigstens muss er nicht abseits begraben werden, bei den Ungetauften und den Selbstmördern –

Noch weniger seh ich ein, dass die Regina ins Fegefeuer muss – unser kleiner Nestwärmer – fünf Jahre alt wird sie vielleicht, sagte der Arzt – zehn ist sie geworden – zehn Jahre wärmender Mittelpunkt der Familie – sie konnte gar nicht schlecht sein – sie wusste ja gar nicht,

wie das geht – mit Down-Syndrom und mit einem großen Loch in der Herzscheidewand – nach Vaters Tod
liegt sie immer öfter wie ein trauriger Hund auf der
Schwelle zu seinem Zimmer – zuletzt lacht sie nur noch
selten, zuletzt geht sie kaum noch ans Klavier, zuletzt ist
sie nicht mehr aufgestanden – immer nur liegengeblieben, zwölf Zentimeter gewachsen – sie war beinah so
groß wie ich – nur vom Liegen – eines Tages ist sie plötzlich verstummt – im bunten Schlafanzug haben wir die
Stummgewordene begraben – war vielleicht besser so,
sagen die Leute – viel länger hätte sie ja doch nicht mehr
gelebt – sie konnte ja nicht einmal reden – war vielleicht
besser so – jetzt hat's ein Ende mit der Mitschlepperei ...

Aber – wir haben sie immer gern mitgenommen –
zum Spielen, zum Einkaufen, zum Schwammerlsuchen,
zum Kirschenbrocken – einmal bin ich mit ihr über die
Wiesen – ich hab sie auf den Schultern getragen – jetzt
zeig ich dir die Welt, bevor du stirbst – bin mit ihr durch
die Hahnenkammblumen, die Kuckucksnelken, die
Margeriten, den Klee – jetzt zeig ich dir die Welt auf meinen Schultern – die wird eh nicht lang leben, sagen die
Leut, sie wird zu schnell blau, dann kriegt sie fast keine
Luft mehr, und die eigenen Geschwister lassen sie her-
umliegen – wie ein Frosch liegt sie da – wir sind stolz,
dass sie sich selbst zu helfen weiß – wenn alles wieder
gut ist, holt sie sich ein Joghurt aus dem Kühlschrank
und isst es mit ihrer Eskimopuppe – Joghurt und Apfel-
mus kann sie allein essen – sonst füttern wir sie – wenn
sie allein isst, braucht sie keinen Löffel, sie hat ja ihre
Puppe – sie kann sich so wunderbar freuen – die vollen
Windeln kann sie auch schon allein rausziehen – sie ist
uns die Allerliebste in der Familie – beim Versteckenspielen muss der Einschauer immer gleichzeitig auf die

Regina aufpassen, damit sie nicht fortgeht – aber sie geht eh nicht fort – sie mag es, wenn rundherum was los ist – auch beim Schlittenfahren – wir klemmen sie zwischen uns – je schneller, desto besser – sie lacht, und ihre Wangen sind ganz rot – unmöglich, sagen die Leute, dass sie die Kleine überall mitnehmen – war vielleicht besser so – warum sagen sie das immer ...

Besser, ich gehe jetzt auch Suppenessen – ich schaue noch einmal über den ganzen Friedhofsabhang – für einen Augenblick wirkt alles unecht, erstarrt, wie ausgestopft – wie die Minka am Samstag – selbst die ziehenden Nebelschwaden machen nichts lebendiger – die Welt bleibt jetzt öfter einmal stehen, und nur ich merke es – und vielleicht noch die armen Seelen heute ...

Als ich zum Kager komme, ist der Brandner nicht mehr da – die Suppe ist noch heiß, er muss gerade weggegangen sein – ich esse allein, überlege, was ich am Nachmittag machen soll – den Dachboden – vielleicht – mit einem Mal völlig dem Nebel ergeben, der mich sanft über die Wege trägt, die in die Kindertage führen ...

Ich gehe durch das leere Dorf – in der Nase der Geruch, wie es jetzt eigentlich riechen müsste, der Klang von Sonntagsschuhabsätzen – vorbei an den Höfen, die ums Dorf liegen – ich ziehe Kreise, kreise ums Dorf – ein, zwei Blicke durch die Fenster – ich gehe nirgends hinein – die Geschichten in den Mauern festgewachsen wie der Geruch von Kuhstall, gebackenem Brot, Herdwärme – das Ticken der Küchenuhr ...

Ich gehe langsam nach Hause, neben mir – der Nebel ist dichter geworden, lässt alles nur noch umrisshaft erscheinen – mein Leben für die Zeit des Gehens nicht das meine – wohltuend nicht das meine – so kann ich mehr aufsaugen, alles in mich reinfressen, ohne es ständig aufstoßen zu müssen – da ist die Trennung, da bin ich selbst im Nichtbezug zu einer Welt, in der ich gelebt habe, Jahrzehnte lang gelebt habe, meine Wünsche, meine Hoffnungen, mein Aufgeben – meine unzähligen Vorhaben im Kopf, Träume – da ist das Leben hier – die Äpfel, die Birnen, der Brandner – ich tauche in meine Heldenrolle – sie hat mich schon oft vor mir gerettet – ich bin der Held einer Geschichte – ich bin der Held in einem Film – jede meiner Bewegungen ist wichtig, jeder Satz wiegt schwer, mir gelingt alles, ich bin stark und gütig und werde geliebt – ich bin auch verliebt – wieder einmal barfüßig als Wolkenwandlerin mit intakten Flügeln ...

Diese Wege alle irgendwann einmal mit Thomas gegangen – er hat mich gelehrt, die Bäume zu unterscheiden, die Pflanzen zu erkennen, zu benennen, an den Eierschwammerln nicht vorbeizugehen – die erste große Liebe vergisst man nie – zu wissen, man kann lieben – das kann einen schon weit durchs Leben tragen – man wächst so langsam, wie es die Natur will – unerschütterlich umgeben von allem, was sich viel zu schnell bewegt – kann einem nicht so schnell bang werden, weiß man, wo man geblieben ist – und riecht den Herbst und alles andere plötzlich wieder – das Sauerkraut im Keller, das Obst, die abgefischten Teiche ... – der Boden unter mir wird immer weicher – schon fast zu weich als Tanzboden für meine Träumereien – oh Gott, vielleicht hat der Nebel mich in den Sumpf getrieben –

Es ist nicht der Sumpf – ich stehe in einem Meer von Pilzen – in meinem ganzen Leben habe ich noch nie so viele Pilze gesehen – Steinpilze, Birkenpilze, Knollenblätterpilze, Parasole – was das Herz begehrt – jetzt, im November, noch Pilze – ich muss sie heute noch sammeln, bevor der Frost kommt – ich hole Kübel und ein Messer – einen Moment denke ich, jetzt bin ich schon wie der Brandner – dann trete ich den Wettlauf gegen die Dämmerung an.

***

Schweißgebadet bin ich am frühen Morgen aufgewacht – draußen ist es noch dunkel – ich habe von Regina geträumt – ich bin wandernd unterwegs – sie bei mir im Rucksack, vorne, wie ein Säugling – ich weiß nicht mehr genau, wo ich hinwollte – ich habe die Orientierung verloren und vergesse die Namen – Verzweiflung – ich wohne bei Bauersleuten – meine Mutter ist auch da – ich frage sie um Rat, aber letztlich findet sich der Ort nicht, den ich suche – ich schreie nach Regina – ich habe nicht gut genug aufgepasst – es ist Nacht – die Häuser sind rot – in Blut getaucht – auch der Mond – es sieht sehr schön aus – der Tod ist ein Weib ohne Zehen – ich bleibe bei den Bauersleuten und wasche Wäsche ...

An Schlafen ist nicht mehr zu denken – ich ziehe mich an – ich will den Brandner überraschen und früher da sein als er – aber er ist bereits da, als hätte er die ganze Nacht nicht geschlafen – die Augen blutunterlaufen, aber das Gesicht nicht mehr so aufgedunsen und rot – ich frag ihn nebenbei, wie geht's – gut, gut, sagt er – keine erstaunte Bemerkung zu meinem frühen Erscheinen, auch keine böse – wir arbeiten schweigend nebeneinander – beim Suppenessen erzähl ich ihm von den Pilzen – sehr gut, sagt er, die legen wir ein, gleich heute Abend legen wir die ein – warum einlegen, einfrieren geht doch viel schneller – ja, aber wir wissen nicht, wie lang wir noch Strom haben werden – du meinst, der

Strom könnte von heut auf morgen ganz weg sein – warum nicht – ja, warum nicht – ich hab wieder dieses verflixte Gefühl, dass er genau weiß, was auf uns zukommt ...

***

Vielleicht hast du doch zu viel gearbeitet, sagt der Brandner und wechselt den feuchten Umschlag auf meiner Stirn – ich versteh das alles nicht, ich bin eigentlich ein recht gesunder Mensch – das Fieber ist zurückgegangen.

Gestern war der schlimmste Tag – mein Gesicht hochrot, morgens beim Aufwachen – der ganze Körper wie in Feuer getaucht – und dann in eiskalten Schnee – und wieder in Feuer – der Brandner muss gleich gewusst haben, dass irgendwas nicht stimmt – er hat nicht lang gewartet auf mich, er ist gleich zu uns nach Haus gekommen – er hat mir kalte Umschläge gemacht und Tee – die letzte Woche haben wir gearbeitet wie die Ameisen – selbst am Sonntag – *Im November ist hinter jeder Staude ein anderes Wetter* – und wenn der Frost droht, darf man arbeiten, sagt der Brandner, bevor ich überhaupt was dagegen gesagt habe – er hat nur gedroht, der Frost – gekommen ist er nicht – stattdessen hat es geregnet – es ist wieder wärmer geworden und hat fast ununterbrochen geregnet – wir arbeiten trotzdem weiter – solange es hell ist, arbeiten wir.

Es fängt an, Spaß zu machen – keine Gedanken mehr an etwas anderes – kein unschlüssiges Stehenbleiben vor dem Fernseher oder Radio – soll ich andrehen oder nicht – keine Fragen mehr nach dem Verbleib der anderen Leute – das Telefon rühr ich soundso nicht an –

abhörgeschädigt – das Telefon ist schon seit Jahren keine Möglichkeit mehr – müde, am Abend rechtschaffen müde vom Tagwerk – wir waren nicht einmal mehr hungrig – das ist gut – an das ewige Suppenessen hab ich mich noch immer nicht gewöhnt, wenn ich mich auch sonst an das meiste gewöhnt habe – an die Brandner'sche Arbeitsregelung – ich stehe um die gleiche Zeit auf wie er – als wär es immer so gewesen – wir treffen uns, wenn es gerade hell wird – der Brandner hat mich angesteckt – ich will auch nicht mehr wissen, ob sie noch zurückkommen – wozu soll's gut sein, sagt er – wozu soll's gut sein zu wissen, was wird ... – und was war ... – wozu soll's gut sein zu wissen, was sie von hier getrieben hat, denk ich – ich kann's eh nicht mehr ändern – und außerdem – ich kann nicht weg von hier – noch nicht ...

Vielleicht ist's auch am besten so, wie's ist – keinem Frage und Antwort stehen müssen – nur dem Brandner – das ist einfach, der bohrt nicht lange, erzählt seine eigenen Geschichten von irgendwelchen Leuten, die einem nicht mehr gefährlich werden können im Traum – die einen nicht ewig verfolgen – wichtig ist, dass ich mit dem Brandner auskomme – wichtig ist, dass er sich auch an mich gewöhnt.

Heut war ich schon wieder nicht in der Kirche, feix ich – red nicht blöd, sagt er, das ist ja was anderes heute, aber das Kegeln wird nachgeholt – er holt den heißen Umschlag von meiner Stirn – versprochen, sag ich, woher dieses Fieber wohl gekommen ist – vom Vollmond – vom Vollmond, meinst du das ernst – was wissen wir schon davon, er schaut mich bedeutend an, dann dreht er sich weg und tunkt das Tuch wieder ins Wasser – wahrscheinlich ist's nur eine Grippe, eine gewöhnliche

Grippe, sagt er, du hast dich erkältet, bei dem Regenwetter kein Wunder – erkältet hab ich mich sicher nicht, dann hätt ich ja Schnupfen oder einen Husten – der Körper brennt noch immer – der Brandner hat Angst um mich – er ist sanft und liebevoll – wirst sehen, das geht bald vorbei, in zwei Tagen hast du das überstanden – woher willst du das wissen –

Ich muss an den Jemen denken – unser Camp dort mitten in der Wüste – damals lag ich mindestens zwei Wochen im Fieberkrampf – Jens war Tag und Nacht bei mir – seine Nähe war mein Überleben – er muss mich auch geliebt haben – zumindest damals – er hat Angst gehabt, dass ich sterbe – es war irgendein Infekt – die Nächte zerrissen durch Träume – infernalische Träume – die vergangenen Nächte auch – in der Nacht holen mich die letzten Jahre ein ...

Gestern am Nachmittag ist das Fieber kurz zurückgegangen – da hat der Brandner ans Fenster geklopft und gerufen, schau einmal – es hatte aufgehört zu regnen – er hat ein Feuer im Garten gemacht und Erdäpfel gebraten, dazu Kukuruz – ich hab keinen Hunger gehabt und auch keinen Appetit – aber es war so wohltuend – einfach nur zu wissen, heute keine Suppe – dann ist er gekommen mit einem riesigen Teller, wie mir schien – gebratene Erdäpfel, Kukuruz und Gans – eine gebratene Gans – Martini ist heut, sagt er – ja, aber wo hast du die Gans her – aus dem Tiefkühlschrank von der Erna, eine selbstgezogene, nicht eine aus der Fabrik.

Es war ein Festmahl – nach dem Essen ein Apfelwurm – der erste von Brandners neuem Selbstgebrannten – eigentlich müssten wir heut vom neuen Wein kosten, aber so weit sind wir halt noch nicht, der Brandner schmunzelt, der heilige Martin wird ein Einsehen haben

– ich erbreche alles, aber das ist nicht schlimm – der Brandner wischt gleich auf – das ausgehöhlte Kürbisgesicht, das er hier während des Wartens gemacht hat, schaut uns zu – wie bei meinem ersten Rausch – damals hab ich jedem erzählt, es hätte an der schlechten Wurst gelegen – wir lachen – in Ungarn und Böhmen hat's geheißen, dass der Mensch vom Rausch am Martinstag schön und stark werden würd, sagt der Brandner und prostet mir zu – hättest vielleicht den Schnaps doch nicht trinken sollen, meint er dann – der war's nicht, lach ich, es war alles, ich hab viel zu schwer gegessen, in meinem Zustand sollt ich viel trinken, Wasser und Tee, dann wird der Körper schon selbst fertig mit allem – woher weißt du denn das, bist im Ausland gar eine Frau Doktor geworden – nein, sag ich, das sagt einem der gesunde Menschenverstand – davon hab ich mehr als du, sagt er und lächelt mild – ich bin erschöpft, und der Kopf wird wieder heiß – er sitzt an meinem Bett und erzählt mir die Geschichte vom heiligen Martin – dabei hält er meine Hand – ich bin ganz ruhig geworden, hab von weitem die Gänse schnattern hören – der halbe Mantel deckt mein Hirn zu – alles ist gut – der Brandner ist ja da ...

***

Tatsächlich war das Fieber nach zwei Tagen weg – es ist so plötzlich gegangen, wie es gekommen ist – den Regen hat es dagelassen – müde bin ich noch – von den zerträumten Nächten – arbeitest die nächsten paar Tage nicht, sagt der Brandner, wir sind ganz gut unterwegs mit unserer Ernte – ich bin froh, dass er das gesagt hat –

Die Tage danach waren von einer eigentümlichen Trägheit – ein grauer Schleier deckt mich warm und weich zu – der Regen prasselt gleichmäßig gegen das Fenster – der Regen mit seiner Wegwascheigenschaft – das Prasseln mein Wiegenlied – ich hab viel geschlafen – ich weiß nicht mehr, ob der Schlaf mich zulässt oder ob ich ihn zulasse – als kleines Kind war ich mir auch sehr lang im Unklaren, ob das Gewand kleiner wird, oder ob ich wachse – Wachsen kann weh tun – besser, es zu überschlafen ...

Seit heute früh regnet's nicht mehr – das Festmahl war leider eine Ausnahme – wir essen wieder Suppe – was jetzt, dachte ich heute früh plötzlich, als die Wiegenlieder aufhörten und mit ihnen der Schlaf – ich verordne mir wieder Besuche in die Kindheit.

Es ist noch viel zu besuchen da – ich finde mich auf unserem Schulweg wieder und plötzlich vor der Schule, unschlüssig, ob ich da wirklich reingehen soll – offen wäre sie ja – es ist eigentlich gar nicht die Schule, in die ich gegangen bin – wir waren noch im alten Bau – den gibt's gar nicht mehr – ich drücke die Glastür auf, weiß noch immer nicht so recht – der Geruch von Schülergarderoben, Kreidestaub, Klo und stickigen Klassenzimmern schlägt mir entgegen – in diesen heiligen Hallen wird mir doch nur schlecht – schon bin ich drin – einmal schnell durchschauen ...

Es ist ein bisschen das Gefühl wie an ersten Schultagen, wenn man die Schule gewechselt hat – alles neu und fremd – immer eine Überwindung, obwohl man weiß, dass es den anderen Schülern auch so geht – trotzdem eine Überwindung – auch wenn sie wiederkommen, die ersten Schultage – egal wo, egal wann – kein Gewöhnen an diese Tage im Leben ...

Die alte Schule war ganz anders mit den knarrenden Holzböden, Riesenöfen, Plumpsklosetts, und mit dem Wasser im Gang – eine Stunde vor Unterrichtsbeginn mussten die Lehrer die Öfen eingeheizt haben – zu Zeiten der Herbststürme oder wenn der Schnee besonders hoch lag, hingen um den Ofen die nassen Mäntel, Leibkittel, Hosen und Hemden – manche Kinder kommen von der anderen Seite des Berges – sie müssen über zwei Stunden gehen – gut ein Drittel der Klasse sitzt in den ersten drei Stunden in der Unterwäsche da – um den Ofen dampft es – wenn man nicht auf das Gewand schaut, könnte man meinen, der Schulkakao dampft – wir sind besser dran – wenn es arg schüttet, werden wir mit dem Auto gebracht – kurz vor dem Schuleingang achten wir darauf, dass wenigstens unsere Schürze nass wird – eine gute Gelegenheit, dieses leidige Kleidungsstück auf ein paar Stunden loszuwerden – im Winter müssen wir Hosen tragen, weil das vernünftiger ist, sagt meine Mutter – wir werden ausgelacht – Mädchen mit Hosen – wir halten nicht viel von Vernunft.

Das erste Jahr im Keller – unten in der Eselsklasse – dann kommen wir in den ersten Stock, geben an und schauen auf die herab, die in der Eselsklasse sitzen – der erste Stock bringt auch andere Vorteile – man muss nicht mehr so weit zum Klo gehen und auch nicht mehr so weit zum Wasser – die Klassenordner müssen eine Schüssel frischen Wassers bereitstellen und die Tafel mit dem nassen Schwamm gelöscht haben – im Klo gibt's immer was zu sehen – zwei riesige Fenster führen auf den Hof – aber sehr lange halten wir uns da nicht auf, es stinkt zu sehr – die Türhaken sind zum Großteil kaputt – man muss zu zweit aufs Klo gehen – einer geht rein, einer hält die Tür zu – auf dem Rückweg in die Klasse an der Pausenaufsicht vorbei – Grüß Gott, Herr Lehrer – mit dem Pausenbrot in der Hand darf man nicht laufen – in den Stunden vor der großen Pause borg ich mir von der Zirnberger Dorli die Wurst aus – die hat die beste – mit ihr stell ich mich gut – ein paar Stunden liegt die Wurst zwischen meinem Butterbrot – ich hoffe, dass die Dorli die Wurst einmal vergisst – aber das tut sie nie – in der großen Pause will sie ihre Wurst zurück – mein Butterbrot schmeckt wie ein Wurstbrot – manchmal, am Anfang des Monats, gleich das ganze Taschengeld verputzt für eine Wurstsemmel – die Lehrer haben ein englisches Klosett – ich erkenne nichts wieder – was sollte ich auch wiedererkennen, ich war ja in der alten Schule.

Der Geruch zumindest annähernd vergleichbar – der Geruch, der sofort eine ganze Bilderflut auslöst – meine Abneigung gegen alles, was wie eine Schule aussieht, ist mir selbst ein bisschen unheimlich – die Macht der Lehrer – die Macht der Schulzeit – und dann immer wieder die Versuchung, in den leeren Gängen laut zu singen – heute gebe ich ihr nach – *Non scholae sed vitae discimus* – ich singe laut – das erleichtert mich – wie früher im Winter, wenn wir im Dunklen die Außentreppe zu unseren Schlafzimmern hoch mussten – da hab ich auch immer laut gesungen, damit nur ja kein Räuber auf den Gedanken käme, ich hätte Angst –

Schule, die ewig verbindende, grenzenschlagende – anpassen, möglichst anpassen, um den Lehrern zu gefallen – zu meiner Zeit gab's hier nur eine Volksschule – in den ersten zwei Jahren Ruth Felkner, eine sehr liebe Lehrerin – die oft gelacht hat – sie hatte einen Sohn, der Epileptiker war und mit sieben Jahren von den Nazis umgebracht wurde – ich stellte mir vor, dass sie zu Hause nur weinte, hätte zu gern danach gefragt und nach dem Sohn – aber ich hab mich nicht getraut – im dritten Jahr Herr Lehrer Lechner – kein guter Einstand – ich hatte mich schon im ersten Schuljahr in ihn verliebt, und er hat meinen Heiratsantrag ausgeschlagen – einen schriftlichen Heiratsantrag – zwei Jahre darauf blieb nur noch die Scham – obwohl ich meinen Entschluss verstehen konnte – nach wie vor gefielen mir seine gewellten Haare, die blauen Augen und seine sanfte Stimme – zudem war er ein ausgezeichneter Fußballer – wie er als Lehrer war, weiß ich nicht mehr – in der vierten Klasse dann Herr Oberschulrat Berghaus – ein großer, stattlicher Mann – von weitem erkannte man ihn schon am breitkrempigen Hut – der Herr Oberschulrat geht wie eine Delegation, sagt mein Vater – wir sind vierzig Kinder, ein Riesenhaufen – wenn die Schüler zu langsam sind, beutelt er sie an den Haaren, oder sie kriegen eine Kopfnuss – wenn sie davon nicht gefügig werden, werden sie nach vorn gewatscht bis an die Tafel – die Dummen und Allzulangsamen müssen vorgewatscht werden – er erzählt wunderschöne Märchen, spielt auf seiner Geige – jeden Samstag Wettrechnen – die Dummen und Langsamen werden vor aller Augen vorgewatscht – die Betroffenen lassen es über sich ergehen – ängstlichen Auges oder mit Gleichmut – der Herr Oberschulrat hat immer recht – dann singt er uns was vor – er hat einen weichen Bariton – wir singen viel – im schlimmsten Fall der Stock – und wehe, man zieht die Finger weg – frühmorgens als erstes der Blick auf seine Schuhe – trug er die schwarzen, war er gut aufgelegt, trug er die rot-braunen, brachte der Tag noch einiges an Unliebsamem – ich war froh, dass ich bei den Schnellen war – ich hatte trotzdem eine Wut, weil Angelika bei den Langsamen war – oft besprachen wir zu Hause nie ausgeführte

Racheakte – die Bildung bewahrte mich davor, Ohren und Augen wirklich aufzumachen – denken, selbständig und selbstverantwortlich zu denken, haben die wenigsten gelernt, sagt Jens ...

Ob's bei mir vergeudete Zeit war – jedenfalls hab ich nie für mich selbst gelernt – eine anerzogene Art zu fragen – vor allem später, wenn man denkt, erwachsen wirken zu müssen – Skepsis, die nicht wirklich echt war – unverdaute Bildung, Schubladen – die Roten sind schlecht, die Schwarzen sind gut, hieß es bei uns zu Hause am Mittagstisch – Namen wurden selten genannt – als ich wählen durfte, kehrte ich die Schubladen um – aus Trotz – mit Denken hatte das nichts zu tun – es war mehr ein Spiel – eine Provokation um des Provozierens willen – Meinungen aufgesaugt wie ein Schwamm und sie als die eigenen ausgegeben – ich denke, warum ich nicht denken kann – warum erst jetzt Ansätze kommen – Ansätze, mehr ist irgendwie gar nicht drin, wenn man erzogen worden ist – jetzt rede ich auch schon wie Jens – überhaupt habe ich ihm viel zu viel nachgeredet –

Nein, es war keine vergeudete Zeit – ich war nie ungern in der Schule – der Unterricht, der Druck waren ja auch nur ein Teil davon – der andere, stärkere, die Freunde, Schulkameradinnen, das Ziehen am gleichen Strang – die abenteuerlichen Heimwege – immer zu mehreren – Höhlen entdecken – einmal hat der Gustl dabei seinen Schulranzen im Wasser verloren – alle Hefte nass – aber das Schlimmste, sein Eierspeisbrot schwamm den Bach hinunter – das gute Eierspeisbrot – im Winter den Berg runterrutschen auf dem glatten Leder der Schultasche – später Fahrschüler – da ist immer was los und wenn's nur der Kampf um einen guten Platz im Autobus ist – ob Thomas noch Lehrer ist ...

Wir gehen von der Schule fort, Herr, schütze uns an jedem Ort, auf allen unsern Wegen – Grüüüß Gott – ich bin schon wieder auf dem Heimweg – kaum an der frischen Luft, überrascht mich eine eigenartige Erleichterung – ist doch gut, nie mehr in die Schule gehen zu müssen – trotz allem Hin und Her in meinem Kopf – ich springe in eine Wasserlache, dass es nur so spritzt – mit Gummistiefeln die warmen Füße behalten – ein wunderbares Gefühl der Freiheit – heute könnte ich den Dachboden riskieren – was soll schon groß sein – ich krieg eine Gänsehaut, wenn ich mir die grausige Entdeckung ausmale – obwohl, grausig war's ja eigentlich nicht, die Minka zu finden, so wunderschön wie sie war – und es ist ja auch gar nicht gesagt, dass der Arthur da oben ist – doch lieber später – ich geh zum Brandner – bei dem kann man zwar auch seine Überraschungen erleben, aber wenigstens kommt einem nicht gleich der Magen hoch – ich weiß, dass er beim Fischen ist.

Er sitzt auf dem Steg vor dem Schwanenhäuschen – du gehst auf Karpfen, frag ich ihn, hat der Karpfen im November nicht längst Schonzeit – Schonzeit, wer sollt mich denn erwischen – der Brandner dreht sich um und grinst mich an wie ein Lausbub – aber beißen die denn überhaupt noch, wär's nicht besser, jetzt auf Hecht zu gehen – wenn's so kalt wär wie früher im November, dann ja, aber jetzt kann man ruhig noch auf Karpfen gehen, Fräulein Siebengscheit – er sitzt seelenruhig da und raucht seine Pfeife.

Ich geh auf den Steg – nicht so laut, siehst nicht, wo ich meine Angel liegen hab – machst dir halt eine zweite Gabel, sag ich und schaue prüfend auf sein Werk – eine Rute hat er auf der Gabel liegen, die andere liegt auf dem Steg – ich setz mich neben ihn – er legt auf Grund – die

Rolle hat er offen, auf der Schnur hat er ein Silberpapier als Markierung angebracht, damit er merkt, wann sich's bewegt – was nimmst denn, Erdäpfel oder Wurm – Wurm, er schaut mich beinah verächtlich an, meine Spezialmischung – und was ist deine Spezialmischung – eine Teigmischung – na sag, ich fisch dir schon nix weg – Brotteig und Wasser und Honig und Haferflocken dazu, dann beißen sie – bis jetzt hat aber noch nichts gebissen, sind überhaupt Fische drin, der Teich ist spiegelglatt, keine Luftblase, nichts, ich seh gar keine Fische, ich seh nur Wasser – natürlich, wenn du so laut bist, da verschwinden sie sofort – an mir wird's liegen, sag ich und grins, du hast viel zu wenig Schnur auf der Rolle und zu dick ist sie auch, falls einer beißt, reißt er dir die Rute gleich mit, sechzig bis siebzig Meter brauchst schon drauf, wenn er loszieht – sechzig bis siebzig Meter, der Brandner lacht, dann ist er längst im Schilf, der Karpfen, und da krieg ich ihn eh nicht – er schaut wieder raus auf den Teich, die Pfeife in der Hand, ein leichtes Lächeln um den Mund ...

Mit einem Mal ist nur noch Frieden in einem, alles ist gut, und man kann wieder unbeschwert durchatmen – so hat der Thomas immer seinen Zustand beschrieben, wenn ich ihn gefragt hab, ob ihm die Sitzerei nicht langweilig wird – er hat mir beigebracht, einen Hecht von einem Karpfen zu unterscheiden und die Regenbogenforelle von der Bachforelle – ich hab gar nicht gewusst, dass ich das noch weiß – in den letzten Jahren hätt ich mich vermutlich lächerlich gemacht damit – in der Stadt muss man so was nicht wissen. Der Brandner schaut mich prüfend an – was denkst denn – nichts, sag ich – man denkt immer an irgendwas, ich weiß schon, an wen du denkst, wo warst denn heute – in der Schule war ich

– na also – was, na also – na, da hat er doch unterrichtet
– er hat an der hiesigen Schule unterrichtet – ja – welche
Klasse – dritte, glaub ich – dritte Klasse wie der Fußballer, ich muss lachen – hast du den Steg neu gebaut, frag
ich den Brandner – nein, dazu bin ich schon zu alt – und
das Schwanenhaus – was ist da jetzt drin – kannst ja
schauen, der Angelverein stellt sein Zeug unter – seit
wann – erst seit ein paar Jahren ...

Vor dem Schwanenhäusl sind wir oft gesessen – ein
paar Nachbarsbuben – der Gustl, der Ludwig und der
Hermann – und wir, die jüngsten Schwestern – wir reden übers Kinderkriegen und das davor – wann es eine
Sünde ist – wann es anfängt, eine Sünde zu sein – unsere
Aufklärungsgespräche – verheiratet muss man sein, das
ist klar, das wissen wir alle – wie's genau geht, das wissen wir nicht alle – das weiß nur der Hermann – er hat's
bei seinen Eltern gesehen, mitten in der Nacht – beschreiben könnt er es nicht, aber zeigen könnt er's uns
schon – im Schwanenhäusl – die Buben pinkeln in den
Teich – wer am weitesten kann – wir schauen zu – *brunzen* – mit Wollust sprechen wir das Wort öfter als nötig
aus – oder *soachen* – so was sagt man nicht – wir sagen
zu Hause *Ich muss lulu* oder *Ich muss wischeln*, aber kei-
nesfalls *Ich muss brunzen* oder *Ich muss soachen* – das ist
ordinär – deshalb ist es besonders schön – es klingt nach
mehr – nach dem Weitbrunzen das Vorhautziehen – wer
kann seine Vorhaut am weitesten rausziehen – Gustl
war fast immer der Sieger – ich erinnere mich an diesen
ewigen Grinser unter dem rothaarigen Schopf – das
sommersprossige Gesicht – die viel zu kurzen Hosen,
die er ständig trug – ich hatte immer das Gefühl, dass er
seinem Gewand vorauswuchs – dagegen der Ludwig,
dunkelhaarig und verwegen – nicht so schüchtern und

unbeholfen wie der Gustl – und der Hermann, der Stämmigste, der Stärkste, der Anführer – ins Schwanenhäusl sind wir trotzdem nie mitgegangen – überhaupt ist alles sehr harmlos, aber wir versprechen uns hoch und heilig, nichts weiterzuerzählen – das darf keiner von den Erwachsenen hören – warum soll das denn gleich eine Sünde sein – der Hermann lässt nicht locker – weil's der Pfarrer gesagt hat, antwortet der Ludwig bestimmt – wir sind froh, dass wir ihn auf unserer Seite haben – ich glaub soundso, dass ich was Besseres bin und mir ein reicher Prinz bestimmt ist, auf den ich halt warten muss ...

Der Teich ist verdammt glatt – da ist kein Fisch drin, sag ich noch einmal – der Brandner zuckt mit seinen Schultern, abwarten – sind das deine Ruten, frag ich ihn, die sind ja mittelalterlich – ja, das sind meine eigenen, sagt er nicht ohne Stolz, die sind fast so alt wie ich – hast auch eine für mich – nein, schau ins Schwanenhaus, vielleicht findest du da was Brauchbares, dein Thomas hat seine Angeln auch da stehen – er ist nicht mein Thomas – na, wer wird sich denn gleich aufregen, nimm dir doch eine von den Angeln da drinnen, den Köder kannst du von mir haben – je länger ich dir zuschau, desto mehr Lust hab ich, sag ich und laufe zum Schwanenhaus – wie ich die Tür aufmache, falle ich beinah ins Wasser, so schnell renne ich zurück zum Brandner – was ist denn, kannst nicht besser aufpassen – seine Angel rutscht ins Wasser – ich hab zu spät gebremst – meine gute Rute, fluche er – da drin, sag ich und kriege kaum Luft – da drin, fange ich wieder an – na, was ist da drin – da drin sind lauter Ratzen – ja, das kann schon sein – aber viele – was heißt denn bei dir viele – Hunderte – er lacht – die leben noch – warum sollen die nicht leben – nein, die rennen nicht herum, die ...

Da kommt die erste Ratte schon raus aus der Tür und gleich die zweite – eine nach der anderen, es hört nicht auf – sie bewegen sich im Schneckentempo wie eine einzige schwabbelige Masse den Steg entlang und lassen sich ins Wasser fallen – dann versinken sie – mir ist schlecht – ich möcht am liebsten speiben – der Brandner nimmt seine Angel von der Gabel – wahrscheinlich haben sie da drin Gift gestreut, wenn die Ratzen Gift gefressen haben, dann suchen sie das Wasser und dann sterben sie – das stimmt, das weiß ich von früher, aber so viele auf einmal hab ich noch nie gesehen, das ist wie in einem Alptraum – jetzt sind die Fische endgültig weg – heut ist da nichts mehr zu holen, sagt der Brandner, während er die eine Angel mit der anderen rausfischt, seine Pfeife einpackt und geht, seelenruhig über die letzten Ratten steigt – Ratten gehen mir wie Ameisen kalt den Rücken runter – wenn bei uns in der Speisekammer wieder einmal eine Ratte war, hab ich das Naschen sein lassen, bis der Sebastian sie gefangen hat – komisch, mit Schlangen hatte ich kein Problem – auch nicht mit den Fröschen oder den Spinnen – aber mit Ratten und Mäusen – seitdem ich gehört hab, dass eine Ratte einen Säugling angefressen hat ...

Wer weiß, wie weit die gehen, hab ich mir gedacht und unters Bett geschaut, bevor ich schlafen ging.

***

Am selben Tag noch hab ich dem Brandner gesagt, dass ich weiterarbeiten will – sonst rennt uns die Zeit doch noch davon – wennst meinst, sagt er, ich wollt dir noch ein paar Tage geben – nein, mir ist's lieber so, wo wir doch auch wieder abnehmenden Mond haben – er schaut mich kurz prüfend an, dann dreht er sich schnell weg und wischt eine Kugel mit seinem Taschentuch ab – wir haben uns getroffen, am Abend, um das Kegeln nachzuholen – ich war gar nicht bei der Sache – der Brandner hat natürlich wieder gewonnen und erzählt – seine ewig lustigen Kriegsgeschichten – aber irgendwie hab ich nur noch Ratten gesehen – plötzlich sagt er, lassen wir's – das ist heut nicht der richtige Tag zum Kegeln – ist gut, bis morgen –

Es ist besser so – wieder arbeiten – das Grübeln ausschalten – dann sind die Suppen auch nicht so wichtig – essen sich schon ganz von selbst ...

Komisch, wo er jetzt ist, der Brandner – ich hab ihn schon wieder fast zwei Tage nicht gesehen – am Samstagabend zum letzten Mal – beim Schuhputzrosenkranz – ich hab meine Schuhe mitgebracht – er hat mich angeschaut, als käm ich vom Mond – er wollt mich nicht da haben, das hab ich gleich gespürt – aber verstanden hab ich's nicht, deshalb bin ich auch nicht gleich gegangen – schweigend haben wir die Schuhe geputzt – er war unruhig, ist immer wieder aufgestanden, ins Bad gegangen – ich bin ihm einmal sogar nachgegangen, um zu sehen, was er da macht, aber ich hab's nicht rausgefunden – ob's ihn störe, dass ich meine Schuhe mitgenommen hätt – nein, nein, das wär schon recht –

Endlich fängt er mit dem Rosenkranz an, bricht dieses unruhige Schweigen und scheint danach auch ruhiger zu sein – aber das täuscht – beim Schnaps wird er gehässig, fängt mit einer Geschichte über die Ratzen im Kanal an – im Krieg wären sie durch den Kanal geflüchtet und hätten gar keinen festen Boden mehr unter sich gespürt, so viel Ratzen wären da gewesen – sie hätten dabei aber seelenruhig ihre selbstgezüchteten Radieschen gegessen, so hungrig wären sie gewesen – und ein anderes Mal, an der Front, hätten sie zu zweit Nachtwache gehabt – stockdunkel wär's gewesen – da hätte man auch nicht gescheit gehen können, wär man dauernd abgerutscht, als würd man auf einem Kürbisacker gehen – erst wie's hell geworden ist, haben wir bemerkt, dass wir mitten im Schlachtfeld auf lauter Menschenköpfen stehen – aber Angst hätte er nicht gehabt – einen wie ihn, der einmal für tot gehalten worden und schon drei Tage im Totenhäusl aufgebahrt war, einen, dem schon einmal siebenundzwanzig Handgranatensplitter im Schwanz gesteckt hätten und der trotzdem noch immer vögeln würde können, wenn er wollte, einen solchen würden solche Kleinigkeiten nicht mehr groß schrecken – ich merke, wie er mich loswerden möchte, aber den Gefallen tu ich ihm nicht – ich lache und proste ihm zu – aber er gibt auch nicht auf, steht am Fenster und fängt wehmütig an zu singen – *Ach, das Herz tät mir verbluten, wenn ich denk an die Geschicht, wie zu Hamburg eine Mutter, ihrem Kind das Urteil spricht –*

Doch da hat er sich getäuscht – auch wenn das arme Kind am Schluss im Keller eingesperrt von Ratten zerfressen wird, dieses Lied weckt ganz andere Erinnerungen in mir – schöne – die Großmutter werkelt mit der Erna in der Küche und dabei singen sie ein schauriges Lied nach dem anderen – fast alle handeln sie von der Liebe, und bei manchen kommt man schier zum Weinen – mein Lieblingslied war das vom armen Waisenkind, das am Grab seiner Mutter sein Leid klagt über die harte Stiefmutter – ich merk gar nicht, wie ich längst mitsinge – aber dem Brandner ist's gleich aufgefallen, und er schaut mich erstaunt an – wahrscheinlich hat er geglaubt, dass er mich mit so einer Schnulze endgültig verscheuchen könnt – dass du das Lied noch kennst, sagt er und schüttelt den Kopf – und wir singen gleich noch eines und noch eines und wissen mit einem Mal nicht mehr, ob uns der Schnaps so herzwärmt oder die Küchenlieder – plötzlich dreht er sich weg und sagt, jetzt bin ich aber müde – ist gut, hab ich gesagt und bin gegangen – und wie ich meine Schuhe zusammenpacke, frag ich ihn, ob's ihm schlechtginge oder was er denn gehabt hätt, heut den ganzen Abend lang – was er hätte, hat er zurückgefragt – na, wenn man immer nur dich sieht, kann man ja nicht dauernd gut gelaunt sein – ich hab gelacht – glaubst, mit dir ist's besser – und bin gegangen.

Ob ich ihn beleidigt hab – das glaub ich nicht – er hat doch selbst angefangen damit – gestern hab ich auch umsonst gewartet beim Kirchenwirt – hab mir überlegt, ob ich nach ihm schauen soll – es ist so schwer zu sagen, was er will – seine Ruhe oder ...

Aber dass er das Kegeln ausfallen lässt und die Gelegenheit, mich zu schelten, weil ich wieder nicht in der Kirche war – ob ihm was passiert ist – dem Brandner passiert so schnell nichts – der hat die Schutzengel auf seiner Seite – eine ganze Kompanie davon – ich hab allein gekegelt, sozusagen gegen mich, und endlich auch einmal gewonnen.

Und heute ... – seit Tagen redet er davon, dass wir am Montag die Himmelswiese abernten, um dann gleich zum Bertl von der Himmelswiese Suppenessen zu gehen – und – er sei schon neugierig – er sei sehr neugierig, was die Alte da für eine Suppe gekocht habe – die Alte ist die Mutter vom Bertl – der Bertl ist ein uneheliches

Kind – seine Schwester auch – überhaupt weiß man nicht, wer der Vater von den Kindern der Himmelwiesnerin ist – fünf sind's – drei hat man schon bald nach der Schule nicht mehr gesehen – die sind ausgewandert – sie selbst behauptet, dass sie auch nicht wüsste, wie sie jeweils schwanger geworden sei – entweder käm's vom Schwimmbad, vom Klo oder von den vielen Apfelkernen, die sie beim Äpfelessen immer mitschluckt ...

Im Wirtshaus ziehen sie den Bertl damit auf – er sagt dann aber immer nur, das kommt halt vor – wenn ich besoffen bin, weil ich zehn Stamperl Slibowitz getrunken hab, kann man ja auch nicht von mir verlangen, dass ich genau weiß, von welchem Stamperl ich besoffen worden bin.

Die ersten drei haben's ja noch halbwegs gut getroffen, sagen die Leute, und die Sefferl ist wenigstens schön, aber für den Bertl hat's nicht mehr gereicht – der ist halt ein Todel – oder vielleicht auch nicht und er tut nur so, sagt der Brandner – ein notorischer Dieb ist er jedenfalls – wenn irgendwo was gestohlen worden ist, schaut man zuallererst beim Bertl nach – ich weiß noch, dass man seinerzeit von seinem Großvater, dem alten Himmelwiesner, schon gesagt hat, dass er vom Stehlen lebt – dabei waren's nur Kleinigkeiten – aus der Kirche die Fingerabwischtücher beim Hochaltar – mindestens dreißig bis vierzig Stück – die hat er dann als Taschentücher oder Fußlappen verwendet – beim Bertl war's manchmal auch mehr, sagt der Brandner – da war schon einmal ein Fahrrad drunter oder ein kleiner Fernseher, ein bisschen Gold- und Silberschmuck oder Geld – dann wieder nur Lippenstift, Rasierwasser, Parfüm und Kugelschreiber ...

Der Bertl muss ein bisschen älter sein als ich – eigentlich kenn ich ihn hauptsächlich von den Geschichten, die über ihn erzählt worden sind – in der Schule hat man ihn selten gesehen – der Brandner behauptet, er könne weder lesen noch schreiben, aber so blöd, wie die Leut tun, sei er trotzdem nicht – es ist jedes Mal das Gleiche – die Gendarmen können ein Lied davon singen – wenn sie hinkommen, schreit die Himmelwiesnerin, was sie denn überhaupt wollten, dass dies ein ehrbares Haus sei, hier niemand stehlen würde, schon gar nicht ihr armer, kranker Sohn – dann knöpfen die Gendarmen sich den Bertl vor – wenn der redet, fuchtelt er mit den Händen vor seinem Gesicht herum, weil er immer Angst hat, dass er eine abfängt – die Gendarmen herrschen ihn an, in knappen Sätzen, drohend und laut zugleich, reden dann wieder ganz normal untereinander – wenn der Bertl auch lauter wird, schreien sie ihn an, dass er nicht so schreien soll – er zuckt zusammen, aber nur aus Angst vor der Züchtigung – alles andere ist ihm egal – sie fragen ihn – er lügt wie gedruckt, sagt aber letztlich dann doch die Wahrheit, wenn sie lange genug darauf warten – dann durchsuchen sie das Haus – wenn sie was finden, geht die Alte auf den Bertl los, macht ihn vor den Gendarmen zur Sau, fotzt ihn und keift heulend, dass sie nie gedacht hätte, dass aus ihm ein Dieb werden könnte, wo sie doch alles für ihn getan hätte – dabei hat sie sich die schönsten Stücke längst unter den Nagel gerissen – die werden dann bei ihr gefunden, und sie weiß nicht, wie sie dahin gekommen sein könnten – mit den Ohrringen geht die Tochter längst spazieren – die wären ehrlich gekauft – die Gendarmen suchen weiter, drohen mit dem Gefängnis oder einer anderen Anstalt – da wirft sich die Mutter vor ihren Sohn, schreit, dass sie das gar nicht zulassen würde – der arme Bertl wär doch nicht gesund, und ohne sie könnt er wahrscheinlich gar nicht überleben – sie kämpft wie eine Löwin – wenn sie ihn mitnähmen, würd die Sozialhilfe flachfallen – das ist beim Bertl nicht wenig – er selbst sieht natürlich nie was von dem Geld – dann gehen die Gendarmen wieder – sie nehmen ihn nicht mit – er sei halt ein schwachsinniger Trottel, da wär nix mehr zu machen – und solange er nur stiehlt ... – der Bertl weiß, dass ihm eigentlich nicht viel passieren kann – im Wirtshaus erzählt er die ganze Geschichte nur sehr langsam – ein paar Bier müssen dabei schon rausspringen – der Brandner bringt ihn oft stockbesoffen nach Haus –

Beim Wildern ist er schlauer, da lässt er sich nicht erwischen, der Bertl, da hat er seinen Stolz – dem Brandner hat er öfter einmal ein Reh oder einen Hasen geschenkt, nachdem er ihn beim Heimbringen verdroschen hat – dafür hat ihn der Brandner dann auch ins Bett gebracht – ausschauen tut's bei denen, sagt er – da leben die Ziegen und Schweine noch in der Stube mit den Menschen – drunter und drüber geht's da – muss das denn sein, dass wir dort auch Suppe essen, frag ich – wer weiß, was da mittlerweile drin ist – ich hab außerdem nicht das Bedürfnis, zusammen mit einer Ziege Mittag zu essen – die Viecher haben sie ja mitgenommen – trotzdem, wenn das so verwahrlost ist – kann dir nicht schaden, auch einmal so was zu sehen, sagt er – und jetzt sitz ich allein da – reingelegt hat er mich, der Brandner.

Er hat wahrscheinlich gar nicht vorgehabt zu kommen – ich sollt ihn auch reinlegen und die Nudelsuppe gar nicht essen – heimgehen und mir was anderes kochen – aber ich trau mich nicht – vor ein paar Tagen hab ich mir Kastanien geröstet, weil's wieder Beuschel gegeben hat – da hat er mich sofort erwischt und zusammengestaucht – erst werden die Suppen gegessen – jeden Tag ein Haus – und was soll ich mit den Kastanien machen, die werden auch nicht besser – lager sie, die können wir später noch gebrauchen – wenn ich das schon hör, später – was wissen wir denn, wie lang wir hier noch leben – ich trau mich trotzdem nicht – vielleicht kommt er ja doch noch vorbei – gestern beim Koller war die Suppe warm – das heißt, dagewesen muss er sein – ob er mich kontrolliert – zuzutrauen wär's ihm – weil ihm alles zuzutrauen ist – ich esse die Suppe ganz schnell, weil ich Angst hab, die Ziegen und das ganze Ungeziefer, das hier gewesen sein muss, zu schmecken – plötzlich merke ich, was ich da tu und geniere mich über mich selbst.

Die Suppe schmeckt ganz normal – wie eine Nudelsuppe halt schmeckt – langsam gewinnt meine Neugierde die Oberhand – das Haus kenn ich ja nur von außen – wir haben immer gemunkelt, wie's innen wohl ausschauen könnte – über dreißig Katzen wären drin, und in den Vorhangsäumen wär das Geld versteckt ... – wenn wieder einmal Hochzeit war, war die Himmelwiesnerin immer die erste beim Strickhalten, hat sich verkleidet als alte Frau und ihren Most ausgeschenkt – ich hab gemeint, dass sie ihr Leben lang schon so ausgeschaut hat wie eine alte Hex, und vermieden, dass ich ihr zu nahe komme – die Stube allein ist schon enttäuschend, die anderen Zimmer aber auch – altmodisch eingerichtet, nicht besonders sauber, aber auch nicht dreckig – und auf dem Boden wächst gar kein Gras ...

Die Wiese draußen ist wirklich wie eine Himmelswiese – fruchtbar, wunderbar verwildert wie unser Obstgarten ...

Ob ich nicht doch schauen gehen soll, was mit dem Brandner los ist – aber dann ärgert er sich vielleicht nur, und ich krieg den Rest des Tages seine unausstehliche Seite zu spüren – darauf kann ich eigentlich verzichten.

Heute Nacht hab ich von ihm geträumt – ich sitze mit ihm im Zug – draußen zieht die Landschaft vorbei – zuerst nur Apfelbäume – dann der Obstgarten, der Teich, der Hausberg, das Schwanenhäuschen, die Himbeersträucher, das Heckenloch hinter der Linde ... – ich möchte aussteigen und an diesen Orten verweilen, aber es geht nicht – der Brandner schafft's irgendwie – ich sehe ihn winken, fahre alleine weiter – plötzlich ist Krieg draußen – leiberzerfetzende Bomben, die neben mir einschlagen, mich knapp verfehlen – ich sitze zwar noch immer im Zug, weiß aber nicht, ob ich sicher bin – ich will aussteigen und wegrennen – es schneit – der Schnee flirrt, tanzt über den Boden, wird Wasser, bevor er das Gras erreicht – das Gras bleibt grün – der Zug stinkt – Rauch in den Gängen, vollgepferchte Abteile – in meinem Bauch eine rote Fischdose gleich einem Vollmond – ich weiß, das ist mein Kind, stelle plötzlich fest, dass da, wo die Augen hingehören, nur leere Höhlen sind, ausgefressen – im Halbschlaf denke ich, das waren die Ratzen ... wenn der Brandner morgen auch nicht kommt, schau ich nach, was los ist.

***

Der Brandner geht schnell – ich stolpere hinter ihm her, halbwach, mit bleiernen Gliedern – es ist noch nicht ganz hell – ein langer Weg – zu Fuß über den Berg in die nächste Ortschaft – zuerst noch zwei gute Stunden am

Fluss entlang – bis zur Brücke – dann über den Fluss in den Wald hinein.

Vor zwei Stunden stand er plötzlich vor meinem Bett – komm, wir gehen über den Berg – ich hab zuerst gemeint, das sei einer meiner typischen Morgenstundträume – aber es war kein Traum – er ist mit einem kalten Waschlappen über mein Gesicht gefahren – können wir das nicht morgen machen, frag ich und hoffe, dass es überhaupt nur einer seiner Scherze ist – nein, heut, heut ist ein guter Tag dafür – wofür – na, zum Gehen.

Das Tempo wird er nie durchhalten, dazu ist er zu alt – manchmal ist er schon ein komischer Kauz, ein sturer Hund – wenn er sich was in den Kopf gesetzt hat, gibt's kein Zurück – er hat einen Rucksack um – da ist alles drin, hat er zu mir gesagt, du musst nichts mehr einpacken – wieso, wandern wir aus, frag ich ihn und such betont langsam nach meiner Jacke – nein, sagt er ernst, heut Abend sind wir wieder zurück – der ist's imstand und hat auch die Suppe vom Pierhöfer eingepackt – da hätten wir heute nämlich gegessen – außer dem Rucksack hat er noch ein Gewehr umhängen – brauchen wir so was, frag ich ihn – man kann nie wissen, sagt er, und als ich ihn drauf anschau – Bären, in letzter Zeit hat man öfter Bären gesehen in unseren Wäldern – seine Augen kriegen plötzlich einen herausfordernden Glanz – ja sicher, Bären hier bei uns, seit wann lässt du dir denn so einen Bären aufbinden – das ist kein Schmäh, sagt er, aber vielleicht kommt uns auch nur ein Reh unter, oder ein Hirsch – das klingt schon wahrscheinlicher – ein kapitaler Hirsch, das wär was, den könnten wir gut gebrauchen für den Winter – welchen Winter, frag ich ihn – ich seh noch immer nicht ein, warum wir in aller Herrgottsfrühe losgehen müssen – ist das dein Schießprügel, frag ich – nein, ich hab ihn vom Riedelperda geborgt, der hat die besten, der schießt auch am besten im ganzen Ort.

Warum müssen wir überhaupt da hin, frag ich ihn und hoffe, damit sein Tempo etwas drosseln zu können – die haben eine Apotheke dort, sagt er und wird noch schneller. Wir haben nichts – wir haben nichts – die Leut haben so ziemlich alles mitgenommen, ein paar Aspirin sind geblieben und die hab ich dir bei deinem Fieberanfall gegeben, wir brauchen mehr, falls du wieder so einen Schub kriegst – warum sollte ich, frag ich ihn, siehst doch, wie gesund ich bin, sind denn da überhaupt noch Leute – weiß ich nicht, sagt der Brandner, ich war ja auch noch nicht dort seitdem, aber warum sollen da keine Leute sein – vielleicht ist das ganze Land ausgezogen, sag ich – ach geh, das ganze Land, außerdem brauchen wir eh keine Leut, wir brauchen eine Apotheke.

Es ist kalt – ich hab zu wenig angezogen – der Brandner hat's gut, der hat sogar Handschuhe mit – hoffentlich kommt bald die Sonne – nicht so schnell, Brandner, das halten wir nie durch – red nicht so viel, spar dir die Luft fürs Gehen.

Gut aufgelegt ist er grad nicht – vorgestern haben wir noch gefeiert – das ganze Wochenende gefeiert – mit den Äpfeln und mit den Birnen sind wir soweit fertig – weiß der Teufel, wie der Brandner da vorgeht – wir haben nicht alle Obstgärten abgeerntet – er hat genau gewusst, welche wir stehenlassen – als ich ihn gefragt hab, wie er das denn entschieden hätte, also nach welchem Schema, hat er mich erst einmal einfach stehengelassen – ich hab noch einmal gefragt, warum ernten wir nicht alle Äpfel und Birnen – ein paar Leut sind's einfach nicht wert – du bist zerstritten mit denen – ja, so kann man's auch sagen

– worum ist's denn gegangen – manche Leut spinnen eben – nähere Auskunft kann man vom Brandner manchmal nicht erwarten – jedenfalls hat er strahlend verkündet – heute wird gefeiert, wir sind zwar längst noch nicht mit dem Pressen und allem anderen fertig, aber so eine zünftige Feier muss auch einmal sein – wir haben beim Hofer Suppe gegessen – er hat sein Sonntagsgewand angehabt, sich eine Serviette umgehängt, eine Tischrede im Stehen gehalten – zum ersten Mal, dass er mich gelobt hat – er hätte ärgere Bedenken gehabt, als ich aufgetaucht sei, aber ich hätt mich doch ganz gut gefügt und wär doch nicht so arbeitsscheu, wie er mich in Erinnerung hätte ...

Wie ich ihn so stehen hab sehen, hab ich mich zum ersten Mal gewundert, wie viel er in seinem Alter noch schafft – er muss doch fast achtzig sein – dann hat er sein Glas erhoben – mit Most – auf das Leben – wir haben überhaupt nur Selbstproduziertes getrunken – es hat zwar alles irgendwie gleich geschmeckt, trotzdem war's was Besonderes – wie selbstgebackenes Brot oder so – im Schweiße unseres Angesichts geschaffen – redselig war er wieder, der Brandner – dieses Mal hat er die bösen Geschichten ausgepackt – wie sie die Kameraden reingelegt haben, hintereinander – einmal haben sie auch ihn reingelegt – er war besoffen, und sie haben gewettet, dass er sich in diesem Zustand nicht mehr auf ein Pferd setzen könnte – auf ein Pferd schaff ich's immer noch, jederzeit – es ist ein sehr kurzer, wilder Ritt daraus geworden – der Hengst konnte keinen Alkohol riechen – er hat ihn abgeworfen, in weitem Bogen – die Landung war nicht angenehm – er hätte zwar Glück gehabt und sich keine Knochen gebrochen, sich dafür aber eine Urinsperre geholt – zwei Tage nur mittels Katheter uriniert – als es endlich wieder ging, hat er sofort drei Humpen Bier auf einen Sitz getrunken, um zu prüfen, ob's nicht nur ein Zufall gewesen wär – da wüsste man doch zu schätzen, was die Natur einem mitgegeben hat – den nächsten hätte es ärger erwischt – der rennt jetzt mit einem Kalbsknochen im Oberschenkel herum, wenn er nicht eh schon gestorben ist – von der einen auf die andere Minute hat man ihm den Rausch plötzlich angemerkt – die Geschichten wurden immer banaler und belangloser – ich hab fast befürchtet, dass ich ihn dieses Mal nach Hause schleppen muss – sternhagelvoll – aber dann war er mit einem Mal wieder stocknüchtern – so, jetzt geh'n wir kegeln, hat er gesagt und wieder in einem fort gewonnen – der mit seinen Neunern – ich hab weit weniger getrunken und konnte die Kugel kaum halten – dann wollt ich gehen – da hat er mich noch mit Vorträgen übers Schnapsbrennen festgehalten – das Einmaischen – das Einmaischen ist nicht so einfach, wie du denkst – schön reif müssen die Äpfel sein und gib ja keine faulen dazu – keine Angst, Brandner, ich rühr dir da schon nix an, sag ich – doch, das musst du lernen, falls ich nicht mehr bin und du allein weiterbrennen musst – ich allein brennen ... was der immer hat mit seinem Sterben – wo er doch unwahrscheinlich rüstig ist – vielleicht ist es die Angst vor dem Tod, dass er immer wieder darüber reden muss ...

Ein Wahnsinn, wie schnell der geht – das halten wir nie durch – langsam traut sich die Sonne auch raus – jetzt bin ich froh, dass ich nicht wärmer angezogen bin – auf der Brücke bleibt er endlich stehen, setzt den Rucksack ab und das Gewehr und sagt, so, da machen wir unsere erste Rast – er holt eine Decke aus dem Rucksack, einen Tee, einen Schnaps, einen Laib Brot und Käse – das schaffen wir leicht hin und zurück, sagt er vor sich hin, während er den Tee ausschenkt – was sagst du, frag ich – ach nix – er segnet das Brot, bevor er's anschneidet – ich lass den heißen Tee in mich reinrinnen – das tut gut, jetzt kann der Tag anfangen ...

War ein bisschen anders, das Aufwachen, sagt er und grinst sein Lausbubengrinsen, das ihn augenblicklich in einen aufgeweckten Buben verwandelt, dem man nichts mehr verübeln kann – er schneidet ein Stück Käse ab und hält ihn mir unter die Nase – selbstgemachter, sagt er stolz – zieh doch deine Handschuh aus, bei der Sonne, sag ich und will das Käsestück nehmen – da zieht er's mir weg – noch nicht, meine Finger sind noch immer kalt – jetzt gibt er mir den Käse doch, nimmt die Schnapsflasche, trinkt daraus und schüttet sich dann was zum Tee – aha, Schnaps mit Tee – das ist gesund – auf jeden Fall wärmt's, sag ich lachend – er lehnt sich gegen das Brückengeländer und schaut über den Fluss – das wird ein schöner Tag, genau der richtige zum Gehen – jetzt glaub ich's auch –

Warum haben die eigentlich nie die Brücke da hinten gebaut, das wär eine gute Abkürzung – ich deute auf die Flussstrecke, die wir schon geschafft haben – kein Geld, sagt der Brandner – kannst dich noch erinnern an deine Lufthakelbrücke – an was, fragt er mich – ich weiß noch genau, als ich ein Kind war, hast du mir weismachen wollen, dass man die Lufthakelbrücken gerade erfinden würde, und dass die Wege alle nicht mehr so lang werden würden dadurch, weil man überall, wo man's eben gerade brauchte, diese Brücken aufschlagen könnt – ja, Abkürzen war immer schon eine Leidenschaft von mir, sagt er, wenn die Leut gescheit genug gewesen wären, diese Lufthakelbrücken herzustellen, so wie ich sie im

Kopf gehabt hab, hätt man viel Geld damit verdienen können, richtig reich hätt man werden können – bestimmt, dann hättest du auch endlich dein Versprechen wahrmachen müssen – welches Versprechen – wenn ich einmal reich werd, hast du gesagt, gehen wir wallfahrten nach Mariastein, und ich kauf euch dort, was ihr wollt – das soll ich gesagt haben – ja, ich erinnere mich noch genau, du hast dabei Salatpflanzerl eingesetzt, und ich hab mir einen eigenen Rosenkranz und einen Blechkinderwagen gewünscht –

So ein Fußmarsch war für uns eine halbe Weltreise – nur übertroffen von einer Fahrt in die Landeshauptstadt – und zu meiner Zeit erst, der Brandner gerät ins Schwärmen, wie ich ein Bub war, bin ich einmal im Monat mit meinem Vater mit in die Landeshauptstadt zum Bauernmarkt, mit dem Autobus sind wir gefahren und haben dort Schnaps verkauft und manchmal Schinken – damals hat man noch Verzehrungssteuer zahlen müssen – an der Stadtgrenze haben Beamte den Bus angehalten und untersucht, einmal ist es ein Neuer gewesen, der hat meinen Vater gefragt, haben S' was mit – ja, was denn, hat mein Vater gefragt – Gemüse zum Beispiel – ja, dieses Junggemüse, hat er geantwortet und auf mich gedeutet – oder einen Schinken – ja, auf dem sitz ich drauf, hat er gesagt – dann haben sie beide gelacht und der Beamte ist weiter – gute vier Kilo Geselchtes sind unter seinem Allerwertesten warm geworden, und gefreut hat er sich wie ein kleines Kind, dass er die Steuer geprellt hat – du bist deinem Vater sehr ähnlich, oder – kann sein, sagt er und lächelt still vor sich hin ...

Es ist schon was Seltsames um die Launen vom Brandner – wie sie sich innerhalb einer Minute grundlegend verändern – reinschauen müsst man können in so

einen Menschen – in sein Hirn und sein Herz – früher
war so eine Reise noch was Besonderes, sagt er, egal wohin, heut, wo man alles ins Haus geliefert kriegt und
keine Menschen mehr kennenlernen kann, wenn man
unterwegs ist, weil sie alle nur mit sich selbst beschäftigt
sind, macht's einfach keinen Spaß mehr – hast du so
schlechte Erfahrungen gemacht, frag ich ihn – nein, ich
denk mir halt, dass es so ist, wenn man hört, was die
Leut von ihren Urlauben erzählen, und dann sind die
doch alle nur noch mit einem Zug oder Flugzeug unterwegs, gehen tut da keiner mehr – ich muss lachen –
wann bist du denn das letzte Mal verreist – das war, ja,
wann war denn das –

Nach dem Krieg nicht mehr, wie denn auch, Autofahren kann ich nicht, in ein Flugzeug kriegt mich keiner
rein und in einen Zug schon gar nicht – warum – weil
ich dann ständig an die Bomben denken müsst, die mich
einmal beinah zerfetzt haben – wo, wann, die Geschichte
kenn ich ja gar nicht – das war 44 in Frankreich, wir waren mit einem Transport zu unserem neuen Einsatzort
unterwegs – ein trüber, regnerischer Tag – wir haben gerade im Viehwaggon geschlafen – das Beste, was man
machen kann bei so einer Art von Stellungswechsel – sehen tut man ja doch nix – plötzlich ein höllischer Krach
– durch die Ritzen konnte man sehen, dass vor uns was
brennt – meine erste Reaktion war, wo sind meine
Schuhe – ich hab sie auch gleich angezogen – der
Mensch muss Schuhe anhaben, wenn er ein Held sein
will – wie der Zug weiterfahren hat können, ist mir heut
noch ein Rätsel – jedenfalls krachte es noch ein zweites
und noch ein drittes Mal – und viel lauter – der vordere
Teil unseres Waggons halb weggefetzt – alles schrie
durcheinander – der Tommy – meine Füße – das sind

Bomben – die Lok ist entgleist – das Blut spritzte nur so durch die Gegend ... – es waren wirklich englische Jagdbomber, die plötzlich aus der tiefen Wolkendecke aufgetaucht sind und Bomben vor die Lokomotive gesetzt haben – neben mir hat es zwei Kameraden erwischt – da war nichts mehr zu machen – und dabei hast du deine – ja, dabei hab ich meine Finger verloren – ich hab Glück gehabt – überhaupt wir alle, die überlebten – ein französisches Mädchen hat gleich reagiert und einen entgegenkommenden Personenzug gewarnt – mit dem Fahrrad ist sie losgewetzt – der D-Zug ist hundert Meter vor uns zum Stehen gekommen – mir wird jetzt noch ganz anders, wenn ich daran denk, was da noch alles hätte passieren können ...

Seitdem hab ich kein Interesse mehr am Zugfahren – das kann ich verstehen – der Brandner schenkt sich noch einmal Schnaps mit Tee nach – eigentlich hat er nie erzählt, wie er die Finger verloren hat, aber mir war von jeher klar, dass es im heldenmutigen Kampf geschehen sein muss – weiß gar nicht, warum ich das dachte – von richtigen Kampfeinsätzen hat er nie erzählt – immer nur von Kameradschaft – die Feinde klangen ja auch irgendwie harmlos: der Ivan, der Tommy, der Ami, der Franzmann – oft beruhigte mich die Vorstellung, dass eh nur fünf Leute aufeinander geschossen hätten ...

Ob er auch schießen musste – ob er einmal wen erschossen hat – ich frag ihn einfach – aber nicht jetzt – kannst du denn umgehen mit so was, frag ich ihn stattdessen und deute auf das Gewehr – was denkst du, was ich im Krieg gemacht hab, da lernt man manchmal schießen – ja, aber hat sich denn seitdem nicht viel verändert mit diesen Dingern – abdrücken muss man immer noch, soviel wird sich da schon nicht geändert haben, wichtiger ist soundso das Zielen, sagt er und legt das Gewehr an, kannst du schießen – ich, wieso ich – ja, warum nicht, bist doch auch so eine Emanzipierte oder wie das schon heißt – ich muss lachen – und solche Frauen magst du nicht – nicht besonders, früher war's besser.

Er nimmt das Gewehr wieder runter und streicht über den Lauf – der Riedelperda hat was los auf diesem Gebiet, schießen kann der, eine Repetierflinte, Kaliber 12/70 Magnum, acht Schuss hat die – ist sie denn geladen – na, was denkst du, das Magazin ist voll, ist schon was Ausgefalleneres für unsereins, eigentlich darf man damit nicht jagen – und wie kommt der Riedelperda dann zu einem Waffenschein für so ein Gewehr – er ist auch beim Sportschießen, er schießt am besten im ganzen Ort, im ganzen Bezirk, denk ich sogar – das braucht man zum Leben, sagt er, damit schütz ich meine Familie, wahrscheinlich hat er zu viel Wildwestgeschichten geschaut ... Gott sei Dank hat er nicht alle Büchsen mitgenommen – hat er noch mehr dagelassen – ja, Schrotflinten, altes Zeug –

So, genug gerastet, wir müssen weiter – übergangslos fängt er an, wieder alles zu verstauen – hektisch, getrieben – ich springe auch schnell auf, lege die Decke zusammen – er hält mir die Teehäferln hin – wasch die geschwind aus unten im Fluss – gleich, sag ich, wenn ich die Decke fertig hab – das kann ich doch machen derweil, sagt er ungeduldig – die paar Sekunden werden wir doch noch haben, sag ich, du musst ja die Häferln nicht die ganze Zeit halten – alles muss man selbst machen, schimpft er und rennt die Flussböschung runter – ich schaue ihm nach, packe den Käse und das Brot ein dabei – he, vergiss nicht, deine Fäustlinge auszuziehen, ruf ich noch, aber es ist schon zu spät – Kruzifix, flucht er los und schmeißt die Häferln so wild in die Wiese, dass die nassen Wollfäustlinge durch die Gegend spritzen – und flucht noch immer, wie er die Böschung raufkommt – trinkst halt noch einen Schnaps, bevor wir weitergehen, dann werden die Finger auch noch warm werden – halt dein vorlautes Maul, fährt er mich an – im gleichen Augenblick seh ich, dass seine linke Hand bandagiert ist – was hast denn da gemacht – nichts – ich will die Hand greifen – er zieht sie unwirsch weg – verstaucht oder so – den Verband solltest du runternehmen, der ist auch ganz nass – ach was, sagt er und stopft den Rucksack voll – wir müssen weiter – er rennt los – ich kopfschüttelnd hinterdrein, aber in normalem Tempo – den Abstand braucht er jetzt, scheint's – jetzt muss man ihn in Ruh lassen – ich kenn den Weg ja eh.

Gleich hinter der Brücke geht's in den Wald hinein – der Weg ist so breit, dass es den Anschein hat, die Sonne würd für uns einen Mooswurzelteppich aufrollen – ein wunderschöner Tag – hoffentlich versaut der Brandner ihn nicht wegen seiner nassen Handschuhe – die werden schon wieder trocken werden – am Wegrand immer noch Pilze – bei dem Wetter nicht verwunderlich – der Brandner ist längst aus meinem Blickfeld – erst nach einer Stunde, wie ich aufs Gendarmendenkmal zukomme, sehe ich ihn wieder –

Er sitzt auf dem Gedenkstein und wartet mit der Pfeife im Mund – als ob er selbst das Denkmal wär, umgeben von der quadratisch abgesteckten, schweren Kette, die den Stein seit jeher noch gewichtiger, noch mahnender gemacht hat – das Gendarmendenkmal war für uns immer ein wichtiger Wegweiser – erstens wussten wir, dass wir richtig sind, und zweitens ist's fast die Hälfte der Wegstrecke – ganz abgesehen von der wüsten

Wilderergeschichte, die wir uns beim Stein immer wieder erzählten – wahrscheinlich in so abgewandelter Form, dass sie gar nichts mehr mit dem ursprünglichen Tathergang zu tun hatte – auf dem Stein steht nur, dass an diesem Ort ein ehrlicher Mann seiner Gendarmenpflicht nachgekommen ist und einen Wilderer gestellt hat, welcher ihn daraufhin erschossen hätte – der Wilderer ist angeblich nie erwischt worden – also haben wir ihn immer in unserer Nähe gewähnt, da ja bekanntlich der Mörder an den Ort seiner Tat zurückkehrt – außerdem wurde unsere Auslegung der Wahrheit natürlich wesentlich bereichert – durch eine Liebesgeschichte, über die sich die Erwachsenen in Schweigen hüllten – aber einer von uns hat es heimlich genau mitgehört, dass der Gendarm und der Wilderer das gleiche Mädchen geliebt haben – der Stein ist ziemlich verwittert – gerade, dass man noch die Jahreszahlen entziffern kann – weißt du, was damals wirklich passiert ist, frag ich den Brandner – nein, ich glaub, nach dem, was da alles erzählt worden ist, kennt keiner die wahre Geschichte ... – nicht einmal du, staune ich und blinzle ihm zu – er lacht – wenn ich alle Wilderergeschichten aus dieser Gegend kennen würd, hätt ich viel zu erzählen, viele sind auch gar nicht wahr – aber sie könnten wahr sein – ja, wenn man's so nimmt ...

Wir gehen gemeinsam weiter – eine Zeitlang kommt jetzt ein schmaler Schotterweg, der schon ganz schön zugewachsen ist – der Wald wird dichter und dunkler – fast nur noch Nadelbäume – dieser Weg ist mir so vertraut – und doch schaut er mich heute mit fremden Augen an – jetzt bin ich froh, dass der Brandner neben mir geht – wenn ich länger auf die Steine schau, die da vor mir auf dem Weg liegen, hab ich das Gefühl, dass die wachsen – und still ist's, ungewohnt still – kein Knacken im Unterholz, keine Vögel in den Wipfeln – weißt noch, welche Geschichten du uns auf diesem Weg immer erzählen hast müssen – eigentlich möcht ich gar nicht, dass er redet, aber die Stille will ich noch weniger hören ...

Du meinst diese Schauergeschichte vom Kegelkreuz, wo um Mitternacht einer umherirrt und den Kopf unterm Arm trägt – und die von den Riesen, sag ich, die in einer Höhle beim Haiderbauern hausten, und vom Schatz drin im Rabenkogel, und wie der Teufel auf der Ruine im Nebelwald die Felsmauer neu aufgetürmt hat ... uns ist's immer eiskalt über den Rücken gelaufen, aber gern gehört haben wir sie doch – und hier, auf dem dunklen Stück hat's sein müssen – und zum Schluss immer die von den wunderschönen Waldfrauen, wie sie im Frühling singend ihre schneeweißen Kleider ausbreiteten und den guten Menschen halfen, wenn die unverschuldet in Not gerieten – am wichtigsten aber, dreckige Kinder bestraften sie – wenn die Buben vom Dorf die ausgebreiteten weißen Kleider sahen, rannten sie schnell zum nächsten Brunnen, um sich gründlich zu waschen – dann mussten wir fragen: und was taten die Mädchen – und der Brandner hat eine Pause gemacht und ganz bedeutungsvoll in die Runde geschaut – gar nichts, dreckige Mädeln gibt's in der Gegend nicht – und dann lachten wir Mädchen drauflos – auch noch später, wenn's steil bergauf ging auf der Wiese, als müssten wir den Schauer weglachen ...

Da müssten wir eh bald sein – ungefähr zehn Minuten sind's noch bis zur Reitbauerwiese, wenn überhaupt – der Brandner zieht wieder an – als hätte er im selben Moment auch gedacht, dass wir erst die Hälfte hinter uns haben – wir haben auf der Brücke zu lange gerastet, sagt er nur ...

Auf einmal bleibt er stehen – hörst du auch was, fragt er mich – jetzt, wo du's sagst, ja – ein Rascheln und Knacken – wir gehen langsam weiter – ob da noch wer ist – irgendein Viech wird's sein, sagt er – das ist dein Bär, sag ich – er bleibt wieder stehen, dreht sich zu mir und legt den Zeigefinger auf seine Lippen – das Rascheln wird stärker – das ist nicht nur einer, das sind mehrere, flüstre ich – er nickt nur und nimmt das Gewehr von seiner Schulter – dann plötzlich Bellen – mein Gott, das ist der Arthur, entfährt's dem Brandner ganz aufgeregt – und dann sieht man ihn schon – erst der Arthur, hinter ihm ein Rudel Füchse – langsam kommen sie auf uns zu – der Brandner strahlt – ich hab gewusst, dass er noch lebt, Arthur, mein Gott, Arthur – im selben Moment sehen wir den weißen Schaum um die Fuchsmäuler, das gesträubte Fell – auf den Baum mit dir, zischt der Brandner – und du, mit deiner Hand – der Arthur hat auch weißen Schaum um sein Maul – kannst du so überhaupt schießen – da jagt der Arthur schon auf ihn zu – der Brandner schmeißt das Gewehr weg, reißt seine Arme kreuzweise vors Gesicht – der Hund fällt ihn an – jetzt geht alles sehr schnell – der Brandner flucht und tritt gegen seinen Hund – drei Schritte vor mir liegt das Gewehr – ich greife danach, schaue im selben Moment auf die Füchse – zuerst muss ich den Hund erschießen, geht's mir durch den Kopf – das Anlegen, Nachladen geht von selbst – das könnt ich im Schlaf – die Magnum ist todelsicher, liegt gut in der Hand und lässt sich leicht nachladen – ein Pistolengriffschaft mit ventilierter Gummischaftkappe – der Hund will sich im Arm vom Brandner festbeißen, aber der hat noch Kraft, wehrt sich, versucht rückwärts wegzurennen, stolpert über eine Wurzel, fällt – der Arthur ihm nach, macht einen Satz – ich drück ab, erwisch ihn im Sprung – er fällt wie ein nasser Sack auf die Füße vom Brandner – die Füchse auch, stöhnt der Brandner auf dem Boden – die haben die Tollwut – ich bin mit einem Mal ganz ruhig – die 17, höre ich Jens sagen – es ladet mechanisch nach, visiert an, drückt ab – das Magazin ist voll – ich weiß nicht mehr genau, wo ich bin – ich höre die Kommandos, gebe sie an mich weiter – es schießt – erschießt einen Fuchs nach dem anderen – die letzte Patrone trifft genau den letzten Fuchs – dann ist es still.

Ich komme langsam zu mir – der Brandner stöhnt – jetzt weiß ich wieder, wo ich bin – ich beuge mich über ihn – hat er dich erwischt – die haben die Tollwut, stöhnt der Brandner wieder – ich zieh den Hund von ihm runter – hat er dich erwischt – ich weiß es nicht – hast du einen Biss gespürt – nein – er dreht sich auf die Seite – hast du dir was gebrochen, frag ich ihn – ich glaub nicht, sagt er und versucht sich aufzusetzen – nicht so schnell, bleib noch einen Moment so liegen – ich ziehe die Decke aus dem Rucksack und wickle ihn so gut's geht ein – einen Schnaps brauch ich jetzt, sagt er – als ich ihm die Flasche ansetze, rinnt die Hälfte daneben – nimm auch einen Schluck, bevor sie ganz leer ist – er lächelt ganz weich, und ich denke schlagartig, hoffentlich stirbt er mir jetzt nicht – du hast mir das Leben gerettet, flüstert er und drückt meine Hand – mir wird's ganz warm, und die Kehle schnürt sich langsam zu – Gott sei Dank, sag ich, ich wüsst nicht, was ich ohne dich tät – ohne mich alten Trottel, spottet er und blinzelt mir zu – ja, ohne dich alten Trottel, sag ich und drück meine Lippen auf seine Stirn – ah, das tut gut, seufzt der Brandner – na, gar so arg scheint's dich doch nicht erwischt zu haben, sag ich und lache – hast wieder einmal ganz schön Glück gehabt – es scheint so.

Er setzt sich umständlich auf – lass schauen, sag ich, hat er dich bei den Armen erwischt – nein, aber den Verband hat er halb runtergefetzt – komm, ich leg ihn dir neu an – er reißt seine linke Hand weg – lass mich, das kann ich schon selbst – er wurschtelt am Verband herum – stell dich nicht so an, Brandner – ich mach einen neuerlichen Versuch – ich tu dir schon nicht weh – aber er zieht die Hand noch einmal weg und schaut mich bös an, wo hast du schießen gelernt, keiner im Dorf hätt so eine Serie getroffen, nicht einmal der Riedelperda, eiskalt und gut gezielt – ein Zufall, das waren Schrotkugeln, da hätt ich nicht groß zielen müssen, der Schrot hätte die schon zerfetzt – ich kann nicht schießen, äfft er meine Stimme nach, ich mag's nicht, wenn man mich anlügt – ich hab nie behauptet, dass ich nicht schießen kann, sag ich – und, wo hast du's gelernt – in der Stadt – so, in der Stadt – da braucht man das heutzutage, manchmal – dass ich nicht lach, wenn alle so schießen könnten wie du, gäb's keine Menschen mehr in den Städten – er ist noch immer mit seinem Verband zugange, schnauft vor sich hin – ganz weiß ist er im Gesicht – dann schreit er aus heiterem Himmel los, du hast ihn umgebracht, du hast den Arthur erschossen, warum hast du das getan – ich, aber wenn ich ihn nicht erschossen hätt, dann wärst du ... – hast du so schnell gesehen, dass der auch die Tollwut hat – wenn ich ihn nicht – wenn das Wörtchen wenn nicht wär, wär der Misthaufen Butter, faucht er mich an – er schmeißt sich auf den Arthur und weint – du hast ihn umgebracht – hör auf, schrei jetzt ich, berühr ihn nicht, siehst doch, dass er auch weißen Schaum vor dem Mund hat – der hat keine Tollwut, das hätt ich bemerkt, sagt er ganz leise, schau dir doch sein Fell an, wunderschön, wie immer – trotzdem – lass mich, schreit der Brandner – dann fällt er um.

Angst, ich spür nur noch die Angst hochkriechen – Brandner, ich hab's doch nicht so gemeint, Brandner – sein Puls ist schwach – oder war das meiner – nein, seiner – er lebt noch, Gott sei Dank – ohnmächtig – ich bring ihn in die Seitenlage, schaue, dass er mir nicht an seiner Zunge erstickt, fühl seinen Puls noch einmal, leg meine Hand auf seine Stirn, spüre, wie sie nass wird – es regnet – ich muss was tun – hier können wir nicht bleiben – ich muss ihn wegschaffen – aber wohin – zurück ist besser als über den Berg – da würd ich ja ewig brauchen – außerdem ist kein Schuss mehr übrig – aber wenn es uns einregnet – ich suche noch einmal nach einer Bisswunde – hab ich die Füchse überhaupt alle erwischt – verflucht, ich weiß zu wenig über die Tollwut – kann er so einen Transport überhaupt aushalten – ob's den Heuschober noch gibt auf der Reitbauerwiese – ich suche zwei gute Stöcke, spanne die Decke drüber – dann schaue ich im Rucksack nach einer Schnur – er hat wirklich an alles gedacht, hat sogar ein Seil dabei und Karabiner – ich binde die Decke fest, ziehe den Brandner drauf – mit dem Gewehr stütze ich den Rücken ein bisschen, damit er mir in der Seitenlage bleibt – dann lege ich meine Jacke drüber und binde die Ärmel hinten fest – das müsste halten – der Brandner ist leicht – so dürr, wie der ist – an dem ist kein Gramm Fett – dafür ist der Rucksack schwer – ich schau, ob ich was zurücklassen kann – er hat doch tatsächlich die Suppe eingepackt – überhaupt, zum Essen ist genug drin – das ist aber nicht schlecht, wer weiß, wann wir wieder nach Haus kommen – es regnet stärker – ich lasse nichts da, schultere den Rucksack, sehe mir den Brandner noch einmal genau an – er lebt, ist warm – ich schaue in die Runde – der Arthur, die Füchse liegen da, als würden sie schlafen – der Arthur hat wirklich ein schönes Fell ...

Aber er war aggressiv, er wollte ihn beißen – ich packe die Bahre, ziehe sie hinter mir her, so schnell ich kann – ich bin gut in Übung, so viele Leiterwägen wie ich in letzter Zeit gezogen hab – trotzdem kommt mir dieser kurze Weg endlos lang vor – endlich steh ich am Waldrand – der Schober ist weg – den gibt's nicht mehr – warum auch nach so vielen Jahren – was jetzt – ich will schon umdrehen, wenigstens einen größeren Baum zum Unterstellen suchen, da seh ich einen Bretterverschlag – wohl auch eine Art Unterstand, mit einem Wellblechdach und einer offenen Seite zur Wiese hin – besser als nichts – das Gras unter dem Dach steht hoch – es ist trocken – wir haben Glück – ich reiße es büschelweise aus, bereite uns eine etwas weichere Unterlage – es blitzt und donnert – ein Gewitter – ein Sommergewitter im November – es ist alles wie ein böser Traum – der Brandner schaut aus wie tot – vielleicht eh gut, dass er ohnmächtig ist – natürlich will ich, dass er wieder aufwacht, aber ich hab auch Angst – Angst vor seinem Zorn – sein Zorn ist groß, und er selbst so unberechenbar – immer diese Ängste – immer diese Rücksicht auf irgendetwas, was einem noch mehr Angst machen könnte – aber natürlich nie rücksichtsvoll – das Leben ist kurz.

Der Regen lässt merklich nach – ich muss so schnell wie möglich nach Hause mit ihm – zu Hause sind Bücher, wo ich nachschauen kann – warum weiß ich so wenig – das kann ihn das Leben kosten – schön ist es hier – der Blick über die wilde Wiese, wie sie erst flach vor einem liegt und dann steil bergauf geht – der dunkle Himmel und wie er sich allmählich verwandelt, heller wird, beruhigend eingetrübt – es gibt einen trüben Himmel, der macht weniger Sorgen als der nichttrübe – der nichttrübe ist klar – Klarheit bringt uns der Wahrheit näher – und vor der Wahrheit habe ich Angst ...

Man könnte glauben, die Welt sei ausgestorben – man könnte glauben, wir seien die letzten Menschen – wenn wir überhaupt welche sind – der Gedanke nach einem anderen, besseren Leben lebenslänglich – selten lebendig – der Brandner ist noch warm – so nah am Tod fällt einem plötzlich alles wieder ein – manchmal der Trost, dass es anderen auch schon einmal so ergangen ist – selten, dass dieser Trost wirkt – Trost ist ein Kapitel für sich – einmal im Spiegel die Schattenuhr von vergangen Erträumtem – wenn der Tod so nah wie das Leben – blauer Himmel – plötzlich blauer Himmel und alles wieder anders – es nieselt nur noch leicht – und dann – aus der Wiese ist ein Regenbogen gewachsen – ich schließe meine Augen kurz, weil ich ihnen nicht traue – aber er ist echt – wunderschön – beidseitig ruht er auf dem Boden auf, wölbt sich wie ein buntes Himmelszelt über die Wiese – verzaubert mich – Flügel, die einem spürbar anwachsen – und dann sterben – das wär kein schlechter Tod, weil man ihn leicht und gelassen nehmen könnte ...

Als Kind wurde uns immer erzählt, dass der Regenbogen eine Brücke in den Himmel sei – man braucht nur den Anfang zu finden, dann wär's ein leichtes, zum lieben Gott zu gelangen – mir schien es sofort eine Möglichkeit, das Fegefeuer zu umgehen – und die Erna sagte uns, dass Engel an der Stelle, wo der Bogen aufruht, goldene Schlüssel hinterließen, mit denen man die schönsten Schätze finden könnte – allerdings nur, wenn man ein Sonntagskind wär – als unser Physiklehrer eines Tages mit der Erklärung ankam, dass ein Regenbogen nichts anderes als eine atmosphärische Lichterscheinung sei, die auf Brechung, Beugung und Reflexion des Sonnenlichtes an Regentropfen und Interferenz beruhe, war er bei mir unten durch – den Zauber hab ich mir nicht nehmen lassen – die Natur verschenkt ihre Formen – und ich, formlos inmitten, konnte mich wie ein Wunder fühlen – zwischendurch den Himmel ganz für mich vereinnahmen, um anschließend der Erde gelassener zu begegnen – ohne Verwunderung geht es nicht – ohne Verwundung geht es nicht mehr ...

Eigentlich könnte ich den Rückweg antreten – es schaut nicht nach mehr Regen aus – jetzt wirkt er wie ein schlafendes Kind – der schneidende Zorn in seinen Augen wär mir lieber – nicht sterben, Brandner, bitte nicht sterben – aber er ist noch warm – Gott sei Dank – mir ist kalt – ich stopfe mir trockenes Gras unter meinen nassen Pullover – warum sind wir überhaupt losgegangen heut früh – warum wollte er in eine Apotheke – ich gehe trotzdem nicht über den Berg – wenn ich mir die Nacht nur vorstelle – hier allein mit dem ohnmächtigen Brandner – und dann schneit's womöglich – immerhin haben wir Ende November – warten aufs Erfrieren – warum macht er nicht wenigstens für einen Moment die Augen auf, sagt mir, was ich tun soll – ich geh – ich binde den Brandner wieder fester, stopfe auch ihm trockenes Gras unter die Jacke, nehme den Rucksack und packe die Bahre – ich will nach Hause – in eine heiße Badewanne und unter meine Flanelltuchent – langsam, gleichmäßigen Schritts trete ich den Rückweg an – gehe, ohne mich umzudrehen – vorbei an den Füchsen, an Arthur, am

Gendarmendenkmal – zu Hause sind die Bücher, wo ich nachschauen kann – als ich aus dem Wald komme, ist die Sonne weg – das Ziehen wird immer mühseliger – die Dämmerung schon im Nacken, gilt kein Verschnaufen mehr – jetzt zählt nur noch der Gedanke an ein heißes Bad, an eine heiße Suppe.

***

Jetzt redet er nicht mehr – seitdem wir zurück sind, redet er nicht mehr mit mir – wer weiß, ob er nicht schon in einer ganz anderen Welt ist – *Die menschliche Tollwut, lyssa humana, wird in Mitteleuropa nur selten beobachtet, gehört aber durch ihren tödlichen Verlauf bei ungeimpften Erkrankten zu den fatalsten Infektionskrankheiten* – ich hätte doch über den Berg müssen mit ihm – er braucht einen Arzt – vielleicht ist es aber auch nur eine Art Erschöpfungszustand – auf jeden Fall will er mich nicht in seiner Nähe haben – auf jeden Fall muss ich bei ihm bleiben – als er in der ersten Nacht endlich aufgewacht ist, hat er mich weggestoßen – ich hab ihm die Pierhöfer'sche Suppe heiß gemacht – er hat sie gegessen – dann hat er geschlafen – bis zur nächsten Suppe – und ist wieder eingeschlafen – ich hab mich in der Küche auf die Ofenbank gelegt und gewartet – auf die ersten Anzeichen – die Inkubationszeit wird unterschiedlich angegeben in den verschiedenen Büchern – sie schwankt zwischen ein paar Tagen und einem Jahr – ich weiß nicht einmal, ob es ihn wirklich erwischt hat – und ob der Arthur überhaupt Tollwut gehabe hat ...

Am nächsten Tag kam das Fieber – aber er trinkt alles, was ich ihm gebe – keine Schluckbeschwerden, keine Beklemmungszustände, kein Erstickungsgefühl,

keine Lähmungserscheinungen, keine Tobsuchtsanfälle
– vielleicht warte ich zu sehr darauf – vielleicht ist bei
ihm alles anders – das Fieber war hoch – er phantasiert
– Mädchen, sagt er, du bist mit dem offenem Messer in
der Tasche zurückgekommen – ich glaube, er meint
mich, aber ich will es erst gar nicht ernst nehmen –
Schüttelfrost und Schwitzen lösen sich ab – Erna – Erna
– dann schläft er wieder friedlich – noch dürrer ist er geworden – aber ich hab keine Angst mehr, dass er stirbt –
jetzt nicht mehr – plötzlich denk ich, der hat keine Tollwut, der nicht ...

Aber vielleicht ist sie noch gar nicht ausgebrochen –
am Anfang war's gespenstisch – das Warten zeitweise
verdrängt durch die Suche nach Medikamenten, aber es
blieb ein Wettlauf – ein Wettlauf mit dem Tod – ich
renne in die Häuser – wahllos – durchsuche die Arznei-
schränke der Ärzte – zwei Ärzte im Dorf, aber die
Schränke sind leer – Lutschtabletten und Hämorrhoi-
densalben – damit schießt mich der Brandner auf den
Mond.

Dann ist mir das Kloster eingefallen – gleich neben
der Kirche – nur ein paar Nonnen, ein kleines Kloster –
das heißt, ich weiß nicht, ob es noch eines ist – ich hab
den Brandner noch gar nicht gefragt – aber ich weiß, wo
es da einen Erste-Hilfe-Schrank geben könnte – gleich
hinter der Küche – auf dem Gang zum Kindergarten –

Die Hauptpforte ist verschlossen, aber bei der Tür
zum Kindergarten hab ich Glück – das scheint noch immer ein Kindergarten zu sein – aber sicher nicht mehr
der von Schwester Leokretia – wer nicht folgsam ist,
kriegt mit der verkehrten Haarbürste zehn Streiche auf
die ausgestreckten Finger – wer nicht rechtzeitig aufs
Klo geht, kriegt nur vier – dafür wird die nasse Hose

sichtbar auf das Ofengitter gehängt – den Kindergarten habe ich nicht in guter Erinnerung – wer zu langsam isst, kriegt die Hauptspeise in die Suppe geschüttet und am Ende noch das Dessert dazu – *Komm, Herr Jesus, sei unser Gast und segne, was du uns bescheret hast* – ich war bei den Schnellessern – wenigstens da brav – Angelika hatte öfters alle drei Speisen beieinander – *Gelobt sei Jesus Christus, in Ewigkeit, Amen* – danach kommt der Mittagsschlaf – hier drin ist alles anders – nein, das Schaukelpferd gibt es noch und es steht da, wo es immer gestanden hat – mein Lieblingsspielzeug – es sieht wie ein echtes, kleines Pferd aus – der einzige Grund, doch noch länger auszuharren – aber eigentlich waren wir froh, als wir nach einem halben Jahr wieder zu Hause bleiben durften – eine triumphreiche Rückkehr ins *Schamalakeland* – in der Doppeltür zum Küchengang fallen mir die Holzklappbetten entgegen – die waren auch immer hier drin verstaut – der Schrank, den ich suche, ist noch da – und in ihm auch noch die Hausapotheke – Verbandzeug, Aspirin, andere Schmerzmittel, Jod, Pflaster, Kompressen, Rizinusöl – eine vollständige Hausapotheke – warum der Brandner nicht auf die Idee gekommen ist, hier nachzuschauen ...

Ich packe alles ein – sicher ist sicher – die Medizin hat er nur sehr widerwillig eingenommen – wozu soll das Aspirin gut sein – aber du hast es mir doch auch gegeben – der Brandner hat sich zeit seines Lebens allein durchgewurschtelt – helfen hat er sich noch nie gern lassen – er hat überall geholfen – aber wehe man wollte ihm helfen – da hat er seinen Stolz.

Kaum war das Fieber vorbei, war ich weg von der Ofenbank – das war am Barbaratag – ich bin reingekommen in die Küche, um die Kirschzweige einzufrischen –

da lacht er mir bös entgegen – gesagt hat er nichts – aber ich hab schon gespürt, was er sich gedacht hat – wer soll denn in diesem Haus noch heiraten, bitteschön, und noch dazu im kommenden Jahr – geht's dir besser, hab ich ihn gefragt – aber er hat getan, als wär ich Luft, hat sich einen Schnaps eingeschenkt und darauf gewartet, dass ich gehe – das hab ich genau gespürt – einen Moment lang hab ich mir noch überlegt, ob ich ihn locken soll mit einem Stichwort für eine Kriegsgeschichte – diese böse Stille macht mich gemein – aber die Barbarazweige in der Hand hab ich plötzlich gedacht, die heilige Barbara hat noch viel mehr aushalten müssen, hab mein Zeug gepackt und bin gegangen.

Das ist keine Tollwut gewesen – gute zwei Tage hat das Fieber gebraucht – so wie bei mir vor ein paar Wochen – das ist keine Tollwut gewesen – aber sie kann noch kommen – jetzt wart ich auf unserer Ofenbank – beim Suppenessen sehen wir uns – als wär nichts gewesen, kommt er und setzt sich dazu – und weicht mir im selben Moment aus – sagt kein Wort – ich werd wieder arbeiten – ab morgen arbeite ich weiter ...

Heute ist Nikolo – ich sitze da, als würd ich auf den Mann mit der Mitra warten – es ist jetzt schon so früh dunkel – an sich ja normal für diese Jahreszeit, aber wenn's tagsüber immer so warm ist, vergisst man ganz, dass schon fast Winter ist – ich möchte mir einen gemütlichen Abend machen auf der Ofenbank und lesen – aber ich bin zu unruhig – rastlos gehe ich von einem Zimmer ins andere, stehe wieder einmal vor dem Fernseher und frage mich, warum ich ihn nicht längst eingeschaltet habe – oder das Radio – oder doch das Telefon – einmal nur den Hörer abheben, um zu wissen, ob man überhaupt noch Verbindung aufnehmen könnte – natürlich will ich es wissen, aber es ist wie ein Bann – ihn brechen, könnte mich zurückreißen in die alten Fluten, in denen ich dieses Mal sicher untergehen würde – lieber nicht – lieber nicht zu viel wissen ...

Ich flüchte ins Schlafzimmer meiner Mutter, rieche an ihrem Polster – rieche sie – niemand riecht so gut wie meine Mutter – niemand hat eine so weiche Haut – den Polster lege ich zurück an seinen Platz, weil ich Angst habe, dass er plötzlich nicht mehr nach ihr riecht – dann sitze ich wieder auf der Ofenbank und schaue ins Narrenkasel – da schneit es – die Berge sind von einer dicken Schneedecke zugedeckt – der Himmel ist rot, weil die Engel backen – Vanillekipferl und Butterkekse – ein Honigkuchenbrot – die Rauchfänge schicken ihre Signale da hinauf in den Himmel – und jeder von uns hat mindestens einmal einen Engel mit echten Flügeln gesehen – wie in *Hans Wundersam* – an den Adventsonntagen sitzen wir zusammen und basteln für unsere Patentanten und Patenonkel, bemalen Kochlöffel, Spanschachteln, häkeln Topflappen oder besticken Kalenderdeckel – dann gibt's heiße Milch und Honigkuchenbrot. Die Kerzen auf dem Adventkranz brennen – wir singen *Tauet Himmel den Gerechten, Wolken regnet ihn herab* – das war mir nicht recht – im Winter wollte ich Schnee, keinen Regen – und warum der Gerechte so was wie ein Schneemann war, blieb mir so und so immer schleierhaft – dann kommt *Oh, Heiland, reiß die Himmel auf* und *Macht hoch die Tür*, und dann darf sich ein jeder ein eigenes Lied aussuchen – die Jüngste fängt an – *Als ich bei meinen Schafen wacht* – das hat so eine schöne Melodie – und am Schluss – *Wenn's Weihnachten wird* – so laut wie möglich – *Weihnacht ist die schönste Zeit, juchhe* – jeden Tag ein Bild im Adventskalender – für jede gute Tat ein

Strohhalm, tagtäglich, die ganze Adventzeit über – die Strohhalme sind fürs Jesuskind in der Krippe – gar zu weich kommt es bei uns aber nicht zum Liegen – es ist so schwer, ein braves Kind zu sein – auch wenn uns der Nikolaus schon am Anfang der Adventzeit anspornt –

Den Nikolaus kriegen wir nicht jedes Jahr zu sehen – der hat einfach zu viel zu tun – meistens schafft er es erst in der Nacht, wenn wir schon schlafen – wir putzen unsere Stiefel und stellen sie wie von ungefähr neben das Bett, aber er hat sich einen Teller aus unserer Küche geholt – das macht er überall anders – unsere Stiefel stinken wahrscheinlich zu sehr nach Schweißfüßen, sagt meine Mutter – ob der Nikolaus wen mithat zum Stiefelriechen, einen Engel vielleicht – oder ob er alle Stiefel selbst durchriecht und deshalb die ganze Nacht durcharbeiten muss – aus dem Dorf ist auch ein Nikolaus unterwegs, immer schon am Abend davor, vor allem aber zahlreiche Krampusse – an diesem Abend draußen zu sein, war so was wie eine Mutprobe – einmal wagten wir es und wurden gehörig verdroschen – im Straßengraben rannten wir nach Hause – das war das Wagnis nicht wert – die Schuhe putzen und brav gewesen sein, wenigstens in den vergangenen Tagen – der richtige Nikolaus war verlässlich, vor dem brauchte man keine Angst zu haben ...

Wie oft hab ich wach bleiben wollen, um zu erfahren, ob er selbst riecht, aber immer bin ich eingeschlafen, und in der Früh stand dann der Teller unterm Nachtkastel – ein Teller ganz für mich allein, gefüllt mit Äpfeln, Mandarinen, Walnüssen, Feigen, Datteln, Erdnüssen, Lebkuchen und einem Schokoladennikolaus – alle paar Jahre hat er es geschafft, schon vor dem Schlafengehen zu kommen – dann standen wir dem Alter nach aufgefädelt da und warteten darauf, von unseren Schandtaten zu hören – der wusste sogar, wann man ins Bett gewischelt hat – ich war froh, wenn unser anschließendes Gebet vorbei und er aus dem Haus war – am liebsten war er mir doch in der Nacht.

Eigentlich wollt ich dem Brandner auch die Schuhe füllen – aber er würd es wieder missverstehen – ich will ja nur, dass es wieder besser wird zwischen mir und ihm – so, wie es schon einmal war – da ist's mit einem Schokoladennikolaus nicht getan, auch wenn der Langmeier sie schachtelweise im Lagerraum stehen hat – ich hab ihm stattdessen den Arthur geholt – gestern bin ich ganz zeitig losgegangen – mit dem Leiterwagen und der Magnum vom Riedelperda – zu den Vier Eichen hab ich den Hund gebracht, ein Grab ausgehoben neben der Minka, aus einer alten Bettlade einen Sarg gebaut und dem Brandner einen Zettel geschrieben – aber erleichtert war ich danach nicht – vielleicht war das auch falsch – vielleicht sollt ich endlich anfangen, mich daran zu gewöhnen – an ein Leben ohne den Brandner ...

Die Inkubationszeit kann bis zu einem Jahr dauern – und dann – das Leben geht weiter – die Leute kommen zurück – das Ringelspiel dreht sich – natürlich kann ich auch ohne ihn – ich muss ohne ihn können, er ist alt – redet er eben nicht mit mir – muss ich mir wenigstens seine Geschichten nicht immer wieder anhören – müd bin ich, so müd – an ein Leben ohne ihn gewöhnen – wie an meine glatzköpfige Puppe – als ich ihr in einem Wutanfall die Haare geschnitten habe, wusste ich noch nicht, dass Puppenhaare nicht wieder wachsen – bei ihr würde es anders sein – ich habe fest daran geglaubt und sie nicht weggeschmissen – wo ist die eigentlich geblieben – auf dem Dachboden oder doch auf dem Müllhaufen –

ich muss mich an gar nichts gewöhnen – ich hab mir das
so schön ausgemalt mit dem Brandner – die ganze Adventzeit, Weihnachten ...

Ich werde schlafen gehen – morgen muss ich früh
aufstehen – die Erdäpfelernte wartet – und der Kukuruz,
die Kürbisse und die Trauben – es klopft – so spät noch
– eine Kette rasselt – ich muss lachen – jetzt seh ich schon
Gespenster – es klopft noch einmal und rasselt zugleich
– der Krampus – doch nicht der Brandner – was will er
denn –

Er ist es aber – er hat sich als Nikolaus verkleidet – er
bringt mir Schokolade, Nüsse, Äpfel – er fragt mich, ob
ich auch brav war und ob ich ein Gebet vorbeten könnte
– ich spiel mit – dann holt er sich den Bart runter und
die Mitra und lacht – hast schon recht, dass du nicht
mehr mit dem gerechnet hast, sagt er, aber er ist halt
auch der Schutzheilige der Kinder – mir geht's besser,
sprudelt er weiter und hebt seine linke Hand hoch, alles
wieder gut – alles wieder gut, wie meint er das – der
Verband ist runter, aber er hat nur noch zwei Finger –
hat er also doch zugebissen – es scheint so, aber es ist gut
verheilt – er zeigt mir seine Hand – wie schnell das geht
bei ihm – in seinem Alter – einen Moment lang weiß ich
nicht mehr genau, ob er nicht immer schon nur zwei Finger gehabt hat – aber nein, es waren sicher drei – hast du
keine Angst, dass er dich infiziert hat – mit was denn,
fragt er mich und lacht schon wieder – kannst du damit
noch kegeln – aber sicher, sagt er – ich zünde die Kerzen
auf dem Adventkranz an und stelle ihm ein Honigkuchenbrot hin – hast du das gemacht, fragt er mich – ja,
ich mag's, wenn's nach Weihnachten riecht – daschau-
her, das schmeckt ja ...

***

Ich muss aufstehen – ich muss endlich aufstehen und alles vorbereiten – für Weihnachten – da kommen sie zurück – alle – ich muss aufstehen und arbeiten, auch wenn ich Fieber habe – der Brandner schneidet schon die Weihnachtsbäume – ich muss den Schmuck aus der Kiste in Mutters Schlafzimmer holen und die Krippe – ich muss aufstehen – der Brandner schneidet schon – wenn ich nicht fertig werde mit den Vorbereitungen, kommen sie nicht – aber ich will, dass sie kommen – warum ist das Bett so nass – ich bin völlig durchgeschwitzt – ich muss wieder geträumt haben – die ganze Nacht – die ganze Nacht wieder ein einziger Traum – der hetzt mich auf den Tag, lässt mich nicht einmal schlafen, wenn's wieder hell ist – es ist bereits nach Mittag – ich esse das trockene Brot auf dem Nachtkästchen auf, trinke das Wasser –

Das Fieber ist wieder vorbei – ähnlich wie beim letzten Mal – gestern noch Blitze, die durch meinen Körper fahren und ihn jedes Mal von neuem verbrennen.

In drei Tagen ist Heiliger Abend – erschöpft bin ich und verwirrt – warum hat mich der Brandner allein gelassen – er wird gar nicht wissen, dass ich wieder einen Fieberschub gehabt habe – seit mehr als einer Woche arbeiten wir getrennt, der Brandner hat es so beschlossen – wir sind weit gekommen, aber so kämen wir vielleicht noch weiter – er wird gar nicht wissen, dass er mich allein gelassen hat – man wisse ja auch nie, wie lange das Wetter uns gnädig gesinnt sei – das leuchtet mir ein, wo ich mir doch so inständig Schnee wünsche – *Hat der Has ein dichtes Fell, kümm're dich um Brennholz schnell*, weiß der Brandner und ich frag ihn, wo er denn einen Hasen gesehen hätte – aber er sagt nur, fertig werden wir soundso nicht, auch nicht bis zum neuen Jahr, aber so viel wie möglich in die Keller gebracht haben oder auch auf die Dachböden, das wär auch schon was – er hat beim Obst weitergemacht, bei den Zwetschken und den Quitten – ich grabe die Erdäpfel aus – Acker für Acker – das dauernde Bücken sei nichts mehr für ihn – das Wetter ist herbstlich geblieben – von Schnee keine Spur.

Wir nehmen unsere alten Gewohnheiten auf – die Mittagssuppe, das samstägliche Rosenkranzbeten, das sonntägliche Kegeln beim Kirchenwirt – davor noch die Schelte, weil ich nicht in der Kirche war – und nach dem Kegeln feiern wir Advent – mit einem ungeweihten Adventkranz, nörgelt der Brandner und zündet die Kerzen an – jeden Sonntag eine Kerze mehr – und erzählt eine Geschichte mit viel Schnee, von armen Kindern, die über Nacht reich werden, von wundersamen alten Weiblein, die die Welt einrenken können, und vom Engelhaar, das, am Holzstoß hängengeblieben, alles in Gold umwandeln könne – auf Weihnachten mit ihm freu ich mich ...

Montags, in aller Frühe, tauschen wir unsere Kinderkittel wieder gegen die Arbeitsschürzen aus – der Alltag nimmt mich in seine Fänge, und ich lass ihn gewähren – er lässt mich wenigstens vergessen – nicht so wie diese Träume, die mit ihren Krallen neue Eiterherde auslösen – Gott sei Dank gibt es immer noch mehr zu tun – ich weiß gar nicht, wie ich jemals denken konnte, was ich hier mit meiner Zeit anfangen würde ...

Dem Wetter kann man nicht trauen, sagt der Brandner und arbeitet weiter, härter, besessener – ja, alles hat sich verändert, sag ich bei der Farferlsuppe, wir werden mit einem Winter ohne Schnee rechnen müssen – aber das ist doch schon seit Jahren so, sagt der Brandner, wo hast du denn inzwischen gelebt, die Kinder kennen den Schnee eh nur noch aus dem Bilderbuch, ist ja auch kein Wunder, so wie wir die Natur zerstören – aber dieses Mal ist's doch noch was anderes, sag ich – wieso was anderes – na, habt ihr letzten Dezember auch noch Erdäpfel geerntet – das nicht gerade, aber da waren wir auch noch zu mehreren – aber ist's nicht geradezu seltsam, dass sich alles so hält – das ist die Konservierungseigenschaft der Natur, schmunzelt er – die was, hak ich nach – ach nix, sagt er, das hängt eben mit dem Wetter zusammen – und das mit den Ratten auch – was haben denn die damit zu tun, fragt er mich, die leben doch nicht mehr – eben, sag ich – was eben – sie sind längst tot, aber sie liegen noch im Teich, als wären sie heut erst reingefallen, sie sind nicht verfault, sie stinken nicht – woher weißt du denn das – ich war da, vor ein paar Tagen, als ich am Rossacker zu tun gehabt hab, ich wolle meinem Kreuz was Gutes tun und mich auf dem Steg ein bisschen in die Sonne legen, ich hab nicht gedacht, dass man von denen noch was sehen würde – und dann ist dir die Sonnenanbeterei vergangen ... recht geschieht's dir, was musst dich auch in die Sonne legen bei der vielen Arbeit, die wir haben – du lenkst ab, Brandner, ich könnt schwören, dass auch die Minka und der Arthur nicht verwesen, und wenn du rausschaust, das ist nicht das saftige Grün vom Frühling, aber die Blätter fallen auch nicht ab – da ist was stehengeblieben.

Ach geh, du spinnst, fährt er mich an und schaut gereizt nach draußen – die Natur geht nicht ihren Gang, da kannst du sagen, was du willst – das wüsst ich wohl besser, du musst der Natur halt auch Zeit geben, ihren Gang

zu gehen, Katastrophen hat's doch schon immer gegeben – wer redet denn gleich von einer Katastrophe, sag
ich, plötzlich hellhörig – ich mein ja nur, sagt er und
schöpft sich Suppe nach, obwohl er noch den halben Teller voll hat –

Die Menschen glauben, dass sie die Natur beherrschen können, aber die macht, was sie für gut hält, das
müsst ihr endlich einsehen – wer ihr, frag ich ihn – na,
du und die anderen, die Japaner zum Beispiel, die waren
so stolz auf ihre sicheren Bauten und technischen Errun-
genschaften, da fällt der Natur ein Erdbeben ein und danach schaut's aus wie nach einem Krieg, ärger noch, das
ist bitter, wenn man die Eigengesetzmäßigkeiten der
Natur so zu erfahren kriegt – einen Moment lang denk
ich, was erzählt er mir denn da, jetzt redet er um sein
Leben oder was – bevor ich was sagen kann, fährt er aber
schon fort, das ist schon so, je mehr die Menschen versuchen, die Naturereignisse technisch und von vornhe-
rein in Griff zu kriegen, desto hilfloser wirken sie am
Ende, wenn trotzdem was passiert ist, Naturkatastro-
phen hat's immer schon gegeben, wie den Krieg, die
Hungersnot, die Pest, früher hat man's nur nicht so mitgekriegt wie heut in dieser neumodernen Zeit, wo einem
ja alles ins Haus nachgetragen wird, ob man will oder
nicht, genaugenommen kann kein Mensch so was aushalten, aber der Alltag überlebt alles, immer schneller,
immer leichter geht's zur Tagesordnung über, wirklich
verdauen kann man eh nichts mehr, es ist zu viel auf einmal, erst wenn's einen selbst erwischt, fangt man an zu
denken, das ist halt das Kreuz mit unserer Zivilisation –
da sind zu viele, die den lieben Gott spielen wollen, donnert der Brandner, als würd er auf der Kanzel stehen,
und haut auf den Tisch, dass die Teller wackeln, aber

dem Himmel sei Dank, der lässt sich das nicht gefallen
– dann packt er den Löffel, schlürft hektisch seine Suppe
auf und schöpft sich noch was nach, als wär er am Ver-
hungern – dann ist's still ...

Man hört nur die Küchenuhr und das Schlürfen vom
Brandner – und in so eine Welt willst du ein Kind gebären, höre ich Jens sagen – nur wenn's einen selbst erwischt, fängt man an zu denken – da hat er schon recht,
der Brandner – was ist das nur für eine Welt, in die wir
hineingeboren sind – ob sich die Menschheit schon immer so rasant auf den Weltuntergang zubewegt hat –
dass man die Suppen noch immer essen kann, ist ja auch
nicht normal – es kann doch nicht nur am Wetter liegen,
dass wir noch immer ernten können –

Wo soll das enden, frag ich in die Stille – ja wo schon,
beim Tod, wie immer – nein, nicht wie immer, selbst der
Tod ist ein anderer geworden, stell dir vor, ich hab recht,
stell dir vor, dass wirklich nichts mehr verwesen kann,
stell dir vor, ich sterb und bleib, wie ich bin, aus mit der
Vergänglichkeit, das ist doch keine Naturkatastrophe
mehr – red nicht so einen Blödsinn daher, was weißt du
schon vom Sterben, bei mir hast dich ja wohl auch getäuscht – wie meinst du das jetzt, frag ich ihn und lege
meinen Löffel unsicher aus der Hand, weil ich spüre,
wie sie anfängt zu zittern – na, am Barbaratag, da bist du
doch schon in der Früh mit einem Kirschzweig dagestanden – ja, und – hast wahrscheinlich geglaubt, dass
ich schon halb hinüber bin – was – na, die heilige Barbara wird oft für Schwerverwundete und Sterbende an-
gerufen – das hab ich nicht gewusst, ich kenn nur den
Brauch vom Heiraten – und deswegen hast du Barbarazweige geholt – jetzt schaut er mich ganz verständnislos
an – nein, nicht deswegen, einfach so, weil Barbaratag

war und das halt so Brauch ist – ja aber, wer soll denn
da bitte wen heiraten – er fangt an zu kudern – dich heirate ich jedenfalls nicht, das kann ich dir jetzt schon sagen – ich werd die Zweige ins Kalte stellen, sag ich und
lach auch, weil ich mir vorstelle, welche Ehe wir führen
würden, dann gehen sie vielleicht gar nicht auf – ich hab
schon das Wasser rausgeschüttet, grinst er ...

Lebst du denn noch gern auf dieser Welt, frag ich ihn
nach einer Weile wieder ernster und wundere mich über
mich selbst, warum mir so philosophisch zumute ist –
das kann man sich nicht aussuchen, das bestimmt schon
der liebe Gott, antwortet er und bröckelt dabei sein Brot
in den Rest seiner Suppe, einen lieben Gott brauchst du
halt, sonst kannst du nicht ans Ewige glauben, einen lieben Gott braucht jeder, da kannst du sagen, was du
willst, dann geht auch alles gut – alles – ja, alles, das
ganze Leben – auch das, was hier passiert ist – dafür
willst du auch den lieben Gott zuständig machen – ja –
und dafür, dass du's mir nicht erzählst – jetzt lass mich
doch in Ruh damit, brummt er mich an, was soll denn
schon groß passiert sein – das frag ich dich – den Leuten
hat's hier nicht mehr gefallen, denen war's halt zu viel
Arbeit auf dem Land, du bist doch selbst in die Stadt geflüchtet, das ist die Wohlstandslethargie, kichert er –
woher hast du denn das Wort – na, von dir – von mir –
ja, das hast du im Fieber gesagt, es hat mir gefallen, ein
gutes Wort – ein Lieblingswort von Jens – allerdings hat
er damit die anderen gemeint und nicht uns – es war immer ein blödes Schlagwort für mich – jetzt kriegt es auf
einmal Gewicht ...

Der Brandner hat seine vollgebröckelte Farferlsuppe
einfach stehenlassen und ist gegangen – wie ein Hase
schlägt er seine Haken, entkommt auf irgendeine Weise

immer meinen Fragen – warum bin ich noch im Bett –
ich muss noch einmal eingeschlafen sein – ein paar Stunden oder so – das Bett ist unangenehm feucht, stinkt
nach Schweiß –

Ich beziehe es neu und lasse das Badewasser ein – ich
muss gehen und dem Brandner sagen, dass ich wieder
das Fieber gehabt habe – die zwei Tage bringen mich
ganz schön in Verzug – das hol ich nicht mehr auf bis
Weihnachten.

Das heiße Wasser tut gut – ob sie wirklich zurückkommen – gestern hab ich auch einen ähnlichen Traum
gehabt – es war Weihnachten, und wir sind alle angekommen – mit dem Zug – ich war also unter den Flüch-
tenden – die Bahnhofshalle groß und freundlich, voll
von Leuten, die ich kenne – Freunde, Geschwister – ein
Mann kommt auf mich zu, ganz freundlich, willkom-
menheißend – dann packt er mich brutal und sagt, dass
er mich jetzt endlich vergewaltigen könne – das habe er
schon immer gewollt – ich erschrecke, wehre mich – er
legt meine zwei Arme auf den Rücken und zerrt mich
weg – ein zweiter kommt dazu – sie freuen sich hämisch
– ich beiße, tobe, schreie um Hilfe – alle schauen betrof-
fen, aber dann tun sie, als wäre nichts – ich bin völlig
verzweifelt, brülle wie am Spieß, sie würgen mich –
dann kommt ein weißhaariger Mann aus der Menge und
hilft mir – wir schauen Christbäume an – er sagt, ich soll
mir einen aussuchen für die Wiedersehensfeier mit allen
– ich bin mit einem Mal allein vor unserer Kirche – es ist
Winter – nach der Mette oder so – ich warte, ob ich wo
mitfahren darf – ich muss dringend ins Ausland und
deshalb über den Berg zum Bahnhof – ich habe meine
weißen Schuhe in der Tasche, weil's kurz zuvor noch
Sommer war, bin barfuß, friere, geniere mich aber, die

Schuhe anzuziehen – ich darf mitfahren mit einem Pferdeschlitten – kaum fahren wir los, beginnt ein irrsinniger Schneesturm – die Pferde gehen durch – wir rutschen alle auseinander, versinken im Schnee ...

Wenn nur diese Träume nicht wären – die Träume, in denen ich mir die Erinnerungen nicht mehr aussuchen kann – beim Aufwachen die wiederkehrende Angst, dass ich meine Stimme verloren habe und nicht einmal mehr schreien kann, anschreien gegen die nächste Traumflut – die Angst um meinen Atem – ich spüre, wie ich kaum noch ganz durchatme, bisweilen dem Ersticken nahe bin – ich glaube, wir haben es uns zur Gewohnheit gemacht, nicht ganz durchzuatmen, mit der Luft zu sparen ...

Ob der Brandner wirklich nicht bemerkt hat, dass ich Fieber hab – bei der Suppe hätt's ihm auffallen können – oder auch nicht – wir haben jetzt öfter einmal zu unterschiedlichen Zeiten gegessen – vielleicht will er seine Arbeit aber auch nicht unterbrechen – stur sein Arbeitspensum fertigkriegen – es ist immer noch so, als würde er auf ein Ziel hinarbeiten ...

Im Halbschlaf träume ich weiter, spinnt sich ein fataler Faden fort – überallhin, nur nicht dahin, wo ich mein Leben gerne hätte – die Einsamkeit ist schwer – mit der kann ich nicht umgehen – gestern hab ich mich nach meiner Mutter rufen hören – geweint und nach meiner Mutter gerufen – nach der weichen Haut – als Kind, wenn wir krank waren, die kleinen Extras – Zwieback und ein weiches Ei an einem Wochentag – eine Geschichte vorgelesen bei hellem Sonnenschein – und ich rufe wieder, aber wenn ich mir ein Bild von ihr schaffen will, geht es nicht – was weiß ich schon von meiner Mutter, was weiß ich schon von meinen Geschwistern – die

Erinnerung sonderbar fern – das Alleinsein wie ein schrilles Loch, kurz nachdem man einen geliebten Menschen auf dem Bahnhof verabschiedet hat – jetzt, wo der Körper nicht mehr brennt, das Fieber wie nicht wirklich dagewesen – auch die Todesangst – das Rufen nach meiner Mutter – alles so weit weg, fast lächerlich, nur dass ich nicht lachen kann darüber ...

Jetzt kann ich mir schon nicht mehr vorstellen, was in mir vorgegangen ist, in den letzten zwei Tagen – ich nehme die Bürste, schrubbe meinen ganzen Körper, bis er rot ist – dann lasse ich heißes Wasser nach, sinke in die Wanne und blase den Schaum ganz sanft vor mich her – so ähnlich muss der Schnee im Himmel beschaffen sein, weil dort ja alles viel leichter ist ...

In drei Tagen ist Heiliger Abend – ich schaue mit Thomas die Eisblumen am Fenster an – jede Blume bringt eine kleine Geschichte in die Welt – nur Liebende können sie verstehen – haucht man die Blume an, verschwindet auch die Geschichte für alle anderen Menschen, bleibt gleichsam das Geheimnis des Liebespaares, sagt er ganz ernst – dann erzählt er mir grinsend die Geschichte, die wir gerade sehen – *Blatutschek* geht einkaufen – und zwar von der Alm hinunter ins Dorf – er muss drei Kilo Karotten einkaufen für seine Frau, die übrigens *Blatutscha* heißt und auch ein Schwein ist – er geht so dahin, bergab durchs Grün – dann fängt es an zu schneien – *Blatutschek* erinnert sich, dass er irgendwo gehört hat, wenn Schnee fällt, gibt's Weihnachten und Weihnachten ist wunderschön – er will seiner Frau nicht nur Karotten, sondern auch eine Überraschung mitnehmen – er geht zum Gemüsehändler, bittet um drei Kilo Karotten und ein, oder wenn er hätte, gleich zwei Stück Weihnachten – der Händler wird stutzig – Weihnachten könne man nicht kaufen, das komme jetzt dann – *Blatutschek* denkt, vielleicht ist beim Kohlenhändler Weihnachten früher angekommen – er geht zum Kohlenhändler – der ist mürrisch und sagt, dass er davon heuer nichts hören wolle, weil er allein, seine Frau vor zwei Wochen gestorben sei – einfach so – *Blatutschek* hat Mitleid – er geht weiter zum Bäcker – der grinst, wer ihm denn das gesagt habe, dass man Weihnachten einfach so kaufen könne – *Blatutschek* erzählt vom Schnee und seinen Gedanken – der Bäcker erklärt ihm geduldig, dass Weihnachten nicht käuflich sei, sondern ein Fest zu einer bestimmten Zeit – *Blatutschek* versteht es noch nicht, aber da kommt der nächste Kunde und der Bäcker muss weiter bedienen – *Blatutschek* ist traurig – er schultert seine drei Kilo Karotten und zieht heimwärts – im Schnee wird *Blatutschek* weiß – und er geht dahin und fängt langsam an zu begreifen, was der Bäcker gemeint haben muss – da stößt er mit dem Fuß gegen einen Stein und hört gleich darauf ein Aua – er dreht sich um – niemand da – er schaut auf den Boden, hat den Stein vor sich, stupst ihn leicht an – der piepst Aua – *Blatutschek* spricht mit dem Stein – der Stein sagt, nimm mich mit, ich bin zwei Kilo Weihnachten – jetzt weiß *Blatutschek* alles – in der einen Hand die Karotten, in der anderen die zwei Kilo Weihnachten kehrt er zu seiner Frau zurück – und sie sind glücklich und essen zur Feier des Tages Karottensuppe.

Unsere Tage auf der Alm waren immer voll von solchen Geschichten – dazwischen rausgerannt in den Schnee und kreischend den Berghang hinuntergerodelt – ich möchte die ganze Welt umarmen und umarme ihn dabei – aufs Große zugehen und das Kleine dabei im Blick behalten – unaufhörlich – ohne die vielen kleinen Dinge wäre das Große nicht anziehend, sondern nur bedrückend – ein winziges Lied schon Musik, eigentlich ein Ton allein – und Summen ist Leben – es kommt immer auf dich selbst an, sagt er, und dann bauen wir einen Schneemann ...

Langsam verdrängt er wieder Jens – warum soll das eine Illusion sein – tagsüber die Hoffnung, dass mich die erste große Liebe heilen kann – nur im Schlaf holen mich die letzten Jahre ein, bedrängt mich diese Vergangenheit – natürlich ist es eine Illusion – einmal war es genau umgekehrt – da hab ich mich ins Leben gestürzt, um die erste große Liebe zu vergessen – zur falschen Zeit am falschen Ort gesucht – einfach durchstreichen, als wär's nie dagewesen, das wäre überhaupt das Beste ...

Ich ziehe endlich den Stöpsel raus, dusche kalt – höchste Zeit, mich anzuziehen und den Brandner aufzusuchen – draußen regnet's – der Himmel schwarz, als ob's schon Abend wär – ich gehe wieder hinein – zum Brandner kann ich morgen auch noch ...

Ich fange an, die Krippe aufzubauen – die hab ich leicht gefunden – in Mutters Schlafzimmer in der großen Truhe – da war sie, seitdem ich denken kann – ich schalte das Licht ein – so früh schon Licht, würde der Brandner keifen – der schimpft in letzter Zeit immer öfter mit mir, weil ich nicht sparsamer bin mit dem Strom – die Heiligen Drei Könige bringe ich zurück in die Truhe, die kommen noch nicht dran – der Engel auf dem First hat einen gestutzten Flügel – seit wann das – wir durften die Figuren doch gar nie berühren – halbaufgebaut lass ich die Krippe stehen – der Kerzenvorrat ist beeindruckend – damit können wir die nächsten zehn Jahre auch noch Weihnachten feiern – ich bin wieder müde, trinke Tee, esse Weißbrot – wenn diese Einsamkeit nicht wär – wenn der Brandner doch wüsst ...

Und mir vielleicht wieder was kochen tät – aber jetzt geh ich nicht mehr hin zu ihm – morgen sag ich's ihm – ich stehe wieder vor dem Fernseher – was hab ich schon zu verlieren – hier bin ich doch halbwegs sicher – und würde vielleicht wirklich erfahren, ob mein Traum wahr wird – ob sie kommen, ob sie alle zurückkommen zu Weihnachten – ich drücke auf den Knopf – ein Rauschen und Flimmern – die ganzen Sender verstellt – ich drehe an den Knöpfen – plötzlich ein Knacken – er ist aus – ich muss was überdreht haben – Mist – hoffentlich hab ich ihn nicht kaputtgemacht – dann muss ich eben den vom Nachbarn holen – nur borgen – heutzutage hat eh jeder einen Fernseher – das Licht ist auch aus – ein Kurzer, scheint's – nur Scherereien – ich hätt ihn vielleicht doch nicht einschalten sollen, den Fernseher – also zum Sicherungskasten – der ist in der Garderobe – komisch, die Schalter stehen eigentlich alle richtig – also doch kein Kurzer – warum nicht, hat der Brandner gesagt, als ich ihn gefragt hab, ob er glaubt, dass die uns den Strom einfach von heut auf morgen abschalten würden – völliger Blödsinn – das gibt's nirgends, dass der ganze Strom weg ist, nur weil man einen Fernseher einschaltet – einen Augenblick steh ich unschlüssig vor dem Sicherungskasten – ich hab alles probiert – ein Kurzschluss ist es nicht – ich muss zum Nachbarn schauen – wenn da auch der Strom weg ist, ist er ganz weg – ich renne los – jetzt will ich gleich wissen, ob ich heute noch fernsehen kann oder nicht – auch im Nachbarhaus geht das Licht nicht ...

***

Natürlich sind sie nicht zurückgekommen – ich bin fast enttäuscht, obwohl andererseits sehr vieles schwieriger geworden wäre – wir essen Karpfen – der Brandner hat ihn dann doch noch serbisch gemacht – Karpfen gibt's heut, keine Suppe, hab ich gesagt – er murrte nur, kann ja nicht alles verkommen in den Tiefkühltruhen – den musst du serbisch zubereiten – wie muss ich den machen – serbisch, mit viel Knoblauch, vorher schön einlegen – eingelegt ist er längst, mit Lorbeer und allem Drum und Dran – gut, jetzt mit viel Knoblauch einreiben und im Rohr rausbacken – und das schmeckt, fragt er mich – der Vater hat ihn so gemacht – lange Zeit hab ich keinen Fisch gemocht, weil ich einmal eine Gräte verschluckt hab – die anschließend endlose Prozedur, die Gräte mit frischem Sauerkraut zu überlisten, sie gleichsam mit den Krautfäden einzufangen wie in einem Spinnennetz, um sie dann mit Gewalt den Schlund hinunterzuwürgen, ist mir heute noch leiblich in Erinnerung – Fischstäbchen sind ungefährlicher – mit einem Fischstäbchen im Mund kann man unbedenklich weiterreden – beim Essen haben die Kinder aber den Mund zu halten, sagt der Vater.

Der Karpfen ist köstlich – dazu das Krenobers, die Erdäpfel und ein Selleriesalat in Weißweinsauce – ein festliches Mahl – und trotzdem will es nicht munden – ich sitze da und stochere im Fischleib, als wollte ich die Gräten alle vorher schon raussezieren – der Brandner nervt mich, wenn er isst – er macht mich richtig aggressiv – die Art, wie er dabei den Unterkiefer mit der Unterlippe vorstreckt, dazu das schmatzende Geräusch – ich könnt ihm den Teller ins Gesicht schmeißen.

Wir haben uns gestritten – im Grunde haben wir uns die ganzen letzten drei Tage gestritten – wenigstens sind dieses Mal die Fetzen geflogen, wenigstens nicht diese schweigende Mauer vom Brandner – ich weiß noch immer nicht, worüber er sich mehr aufregt – über den Strom, der bis heute nicht wiedergekommen ist, oder über die Tatsache, dass ich mein Pensum nicht erreicht habe – gleich am nächsten Tag bin ich zu ihm hin und hab ihm erklärt, dass ich wieder Fieber hatte – er schaut mich nur bös an und zischt, du ungläubiger Thomas – was bin ich – da hast du dir den richtigen Tag ausgesucht und wahrscheinlich weißt du es nicht einmal, gestern war nämlich Thomastag – ja und – der ungläubige Thomas hat auch erst in die Wunde vom Jesus greifen müssen, bevor er geglaubt hat, dass dieser gekreuzigt worden ist – ich versteh ihn noch immer nicht – und was soll das mit mir zu tun haben – warum hast du den Fernseher angeschaltet – langsam merke ich, worauf er hinaus will, und antworte lachend, das hättest du mir halt sagen müssen, dass der Fernseher eine Wunde ist, und denke, dass das Thema damit vom Tisch sein müsste – aber er wird noch böser, dreht sich schnaubend um und will gehen – nicht schon wieder, denk ich, nicht so kurz vor Weihnachten – und rede weiter, nur um ihn am Gehen zu hindern – du glaubst doch nicht, dass der Strom weg ist, weil ich den Fernseher angeschaltet hab, das war doch der pure Zufall – Zufälle gibt's nicht, die Strafen auf dieser Welt werden gerecht verteilt – da werd ich auch zornig – das ist doch der reinste Blödsinn, wofür sollen wir denn bestraft werden – das weißt du schon, tu nur nicht so scheinheilig, rotzt er zurück, und schon sind wir mitten im schönsten Streit – stur ist er – er ist so stur –

Irgendwann hab ich ihn angeschrien – du sturer Trottel – und er zurück – verwöhntes Gfrast – die Türen knallen – so, denk ich, jetzt redet er wieder ein paar Tage nichts mehr mit mir – als Kinder haben uns die Küchenmesser immer auf den Boden der Wirklichkeit zurückgeholt – nach dem wilden Wortgefecht standen wir uns unversehens mit den größten Küchenmessern in der Hand gegenüber – ein gebanntes Schweigen – sticht wer zu – und dann plötzlich von einer Seite – kannst mich eh umbringen, Mörder, Mörder, Mörder – das hat gewirkt – wir haben die Küchenmesser wieder in die Lade gelegt, uns versöhnt und weitergespielt – in Frieden und Eintracht – bis zum nächsten Streit ...

Da war das Streiten noch einfach – aber mit dem Brandner geht es gar nicht richtig – das heißt, dieses Mal war's anders – da haben wir uns wenigstens beschimpft – jetzt ist zwar noch dicke Luft, aber zumindest reden wir miteinander – das Notwendigste wird gesagt – schau, was in eurer Tiefkühltruhe drin ist – über die Feiertage werden wir ein Festessen nach dem anderen essen müssen – hat auch sein Gutes, dass der Strom weg ist, denk ich – die Lust zum Fernsehen ist mir soundso gründlich vergangen – auch zum Radiohören – Erdbeeren hab ich gefunden – fünf Schalen auf einen Sitz weggeputzt – Bauchweh hab ich gehabt, und eine dreiviertel Stunde bin ich auf dem Klo gehockt.

Schmeckt er dir nicht, dein serbischer Karpfen, fragt mich der Brandner – doch, doch, er ist sogar ausgezeichnet – und warum isst du dann nix, spottet er schmatzend – da bleibt mir nichts anderes übrig, als endlich anzufangen – ich vertiefe mich dabei ins Kerzenmeer, das wir mitten auf dem Tisch arrangiert haben, das bringt mich auf andere Gedanken – lässt das Schmatzen Schmatzen bleiben und mich den Unterkiefer mitsamt der Unterlippe vergessen – die Kerzen wärmen mich von innen –

wenigstens ein bisschen Weihnachten – es ist so lange
her, dass ich mich getraut habe, dieser Sehnsucht nach-
zugeben – Jens hat diese Feste ignoriert – nicht aus reli-
giösen Gründen, sondern weil sie bei ihm zu Hause immer in einer Katastrophe endeten – der Vater zerschmiß
am Ende in seinem Zorn das Geschirr, die Mutter rannte
heulend aus dem Haus – die Kinder verdrückten sich
nach und nach in ihre Zimmer und wünschten, dass sich
die Feiertage in Luft auflösen mögen – als er mir zum
ersten Mal darüber erzählte, musste ich unweigerlich an
ein Bild denken, das in unserer Stube hängt – da sitzen
die Kinder allerdings noch am Tisch – aber sie rühren
sich nicht, schauen sich nur betreten an – aus den Augen
des Vaters spricht so ein gewaltiger Zorn, dass ich mich
nur beim Betrachten des Bildes schon fürchtete – gleichzeitig war es genau das, warum ich immer wieder so
lange vor diesem Bild stand – er brüllt und haut auf den
Tisch, dass das ganze Geschirr durch die Gegend fliegt
– und die Mutter schlägt die Hände zusammen, heult
und flüchtet in die Küche – so ähnlich muss es gewesen
sein ...

Der Heilige Abend mit dem Brandner wird anders,
da war ich mir ganz sicher – ich weiß auch nicht, wie ich
mir das alles hab ausmalen können – mit dem Brandner
wird's wie früher – zu Hause – Weihnachten war nir-
gendwo so schön wie zu Hause – der 24. Dezember eine
einzige Folge von Ritualen – jedes einzelne davon unbe-
schreiblich wichtig – in uns geradezu eine Sehnsucht
nach diesen Ritualen – am Vormittag noch werden die
letzten Geschenke bei den Nachbarn verteilt – kleine
Körbe mit Wein, Mehlspeise und Orangen oder Bananen
– zu Mittag gibt's eine einfache Erdäpfelsuppe – die Völ-
lerei geht erst am Christtag los.

Dann müssen wir ins Bett – die Fenster werden mit Decken verhängt, damit uns das Schlafen leichter fällt – schwer bleibt es allemal, so mit der Vorfreude im Bauch – aber alles, was die Spannung erhöht, ist willkommen – wir wollen gar nicht aufbleiben – das Zündeln an der eigenen Aufregung gehört schon zu den ersten Ritualen –

Wenn's dämmert, dürfen wir aufstehen – dann waschen wir uns gründlich, weil wir, welcher Tag es auch immer ist, das Sonntagsgewand anziehen – heut gilt auch kein *modernes Waschen*, wie oft, wenn wir keine Lust haben – dann lassen wir einfach den Wasserhahn laufen und spielen daneben Karten, das geht gut – den Wasserhahn kann man im ganzen Haus hören und jeder weiß Bescheid, dass sich die braven vier Mädchen jetzt waschen – aber heute werden die Karten nicht ausgepackt – die Erwachsenen kann man leicht bescheißen, das Christkind nicht – das wissen wir, darüber muss kein Wort verloren werden.

Im festlichen Gewand versammeln wir uns dann in der Stube – auf dem Tisch steht schon der Adventkranz mit den vier brennenden Kerzen – draußen ist es fast dunkel – Vater beginnt mit dem Freudenreichen Rosenkranz – nach dem ersten Geheimnis *Tauet Himmel den Gerechten* – nach dem zweiten Geheimnis *Oh, Heiland, reiß die Himmel auf* – dann liest mein ältester Bruder aus dem Lukas-Evangelium – *In jenen Tagen erließ Kaiser Augustus den Befehl …* – ganz versteh ich nicht, warum der Josef nicht allein losgegangen ist zum Einschreiben – dann wär er ja auch schneller zurück gewesen, und die Maria hätte ihr Kind in aller Ruhe zu Hause entbinden können – unser Vater geht ja auch allein aufs Amt, wenn er ein Neugeborenes anmelden muss – das wär was, wenn er da jedes Mal die ganze Familie mitnehmen müsst – aber vielleicht hätte der Josef das beim zweiten Kind auch schon anders gemacht – wenn die Hirten sagen *Wir wollen nach Bethlehem hinübergehen und sehen, was geschehen ist, wie der Herr es uns angezeigt hat,* unterbricht Herbert sein Lesen – jetzt teilen meine älteren Schwestern Stöcke mit selbstgefertigten Windlichtern aus – Bethlehem ist bei uns nämlich im Wohnzimmer – wir müssen erst raus in den Schnee und die Außenstiege hoch – Vater sagt, wir sind jetzt die Hirten, *kommt, lasst uns hinauf nach Bethlehem gehen –*

Auf dem Weg nach oben singen wir *Kommt wir geh'n nach Bethlehem* – wir lassen uns allerdings mehr Zeit als die echten Hirten, setzen immer noch eine neue Strophe dran, um den Weg zu verlängern – im Wohnzimmer ist die Krippe aufgestellt – wir nehmen die Kerzen aus unseren Windlichtern und stecken sie in die freien Kerzenhalter – langsam wird der Stall hell – besonders aber oben am First um den Engel leuchtet's, dass einem ganz warm wird dabei – jetzt erst liest Herbert im Evangelium weiter – ... *Maria aber bewahrte alle diese Worte in ihrem Herzen* – dann bringen wir dem Christkind unsere Gaben dar – die gesammelten Strohhalme werden in eine größere Krippe gelegt, die vor der eigentlichen Krippe steht und in der Mutter das Jahr über ihre Wollreste drin liegen hat – bis Mariä Lichtmess liegen da nur die Strohhalme drin und kein Jesukind – ich seh nicht ein, warum Mutter nicht einen Polster dazulegen kann – dann würde die Maria vielleicht doch auch einmal ihr Jesukind reinlegen – die Strohhalme reichen jedenfalls nicht aus – ich betrachte sie auch nicht als mein eigentliches Geschenk fürs Christkind – das ist eher das Lied, das ich singe, oder das Gedicht, das ich aufsage – das kann ich gut, da hat das Christkind auch was zum Freuen – Fell,

Butter und dergleichen bringen eh schon die echten Hirten mit.

Das Christkind wird, abgesehen von den Strohhalmen, reichlich beschenkt von uns – mit kurzen Stücken auf der Blockflöte, auf dem Hackbrett oder auf der Geige, mit Gedichten und Liedern – jeder hat was mitgebracht, und am schönsten sind die Stücke, wo wir alle zusammen musizieren – es klingt wunderschön und schauerlich – mein Vater sitzt stolz im Lehnsessel und tut, als wären wir die Philharmoniker – bevor Vater seine Gabe bringt, singen wir *Es ist ein Ros entsprungen* – dann liest er aus dem Johannes- Evangelium – *Im Anfang war das Wort* ... – danach sitzen wir um die Krippe und beten den Rosenkranz zu Ende.

Mutter verschwindet gleich nach dem Evangelium – wir tun so, als würd sie nur aufs Klo müssen, wollen die Vorstellung bewahren, dass Engel derweil unten in der Stube zugange sind und mit dem Christkind den Christbaum und die Geschenke aufbauen, nicht zu vergessen die Süßigkeitenteller – wenn Mutter vom Klo zurück ist, ziehen wir wieder singend runter bis vor die Stube – die ersten drängen sich schon vor dem Schlüsselloch, erzählen von Flügeln, die sie eben noch gesehen hätten – dann stellt sich der Vater vor die Tür – erklärt uns mit seiner tiefen Stimme ganz bedächtig die Bedeutung von Christbaum und Geschenken – ein sehr wichtiges Ritual – jedes Jahr die gleichen Worte – die Spannung fast unerträglich – wir treten von einem Fuß auf den anderen, hören aber trotzdem zu – treffen die Worte wie alte Bekannte – wissen, dass sie uns vor den Lichterbaum führen – der Jubel schon in uns seit der Erdäpfelsuppe – jetzt kurz vor dem Ausbruch –

Der Weihnachtsbaum ist eigentlich heidnischen Ursprungs, aber auch in der christlichen Religion taucht der Lebensbaum, mit dem Christus und das Kreuz verglichen werden, auf – die Brücke zum Osterfest hin war dem Vater immer sehr wichtig – auch die Betonung darauf, dass Ostern für uns das wichtigere Fest sei als Weihnachten – er holt noch weiter aus – *Schon im Mittelalter wurden Tannenzweige über die Haustür und in die Wohnräume gehängt, um mit ihren immergrünen spitzen Nadeln das Unheil abzuhalten – im Volksglauben konnten Dämonen, Hexen, Krankheiten und Blitz nicht ins Haus kommen, wenn es durch Tannengrün geschützt war – später haben die Leute Weihnachtsbäume an die Decke gehängt, und als dann auch noch die Kerzen dazukamen, wurden die Bäume hingestellt – früher symbolisierten sie im wesentlichen Fruchtbarkeit – der Christbaum, so wie wir ihn da drin stehen haben, ist noch ganz jung – die Kirche hat ihn nämlich erst sehr spät akzeptiert – nicht älter als hundert Jahre ist er –* wir lachen, unter jung verstehen wir natürlich was anderes – *Er ist ein Symbol fürs Leben, die grünen Zweige symbolisieren Hoffnung, die Kerzen Christus den Erlöser und das Licht der Welt, die roten Äpfel deuten auf Adam und Eva, sind also ein Zeichen des Sündenfalls, aber auch der Fruchtbarkeit, die Walnüsse Sinnbild des Kreuzes, die Lebkuchen symbolisieren Nahrung, die Süße des Lebens und Fruchtbarkeit, die Sterne verheißen das Licht in der Finsternis und stehen gleichzeitig für den Stern von Bethlehem, und schließlich der Engel auf der Baumspitze – er stellt den Verkündigungsengel dar –* dann macht er eine Pause, genießt unsere Ungeduld, so wie wir genießen, dass die Spannung noch steigen kann – jetzt kommt er zu der Bedeutung der Geschenke – *Zur Erinnerung daran, dass den Menschen in jener Nacht der Erlöser geschenkt wurde, beschenken wir uns heute gegenseitig* – das ist das Stichwort –

Die Tür geht auf – der Baum strahlt uns entgegen – einen Augenblick ist es ganz still – dann beginnt Mutter mit dem *Oh du fröhliche*, wir setzen gleich ein – laut, jubelnd – köstlich der Schauer, der den Rücken runterläuft – gleichzeitig die Ehrfurcht, die mich überkommt, als stünde ich in einer Kirche – das Kerzengewimmel auf dem Baum ist wie ein Teppich, auf dem man plötzlich abhebt, schwebt wie ein Engel – ich möchte, dass es gar nicht mehr aufhört, dieses Gefühl – aber da ist das Lied zu Ende – Mutter kniet sich vor den Reisekorb mit Geschenken, ruft unsere Namen und verteilt die Päckchen – jetzt folgt ein heilloses Durcheinander von Freudenschreien, Papiergeraschel, Ohs und Ahs und wiederholt gerufenen Namen, weil Mutter nicht mehr durchkommt mir ihrer Stimme – das Geschenkeauspacken ist wie ein kurzer Rausch – schon werden aus der Küche die kalten Platten rausgetragen – eigentlich ein einfaches Mahl, aber für uns doch was Besonderes – belegte Brötchen mit Schinken und Ei und vielem mehr – das gibt's sonst nur, wenn Besuch da ist und da auch nicht jedes Mal – wir sitzen um den großen Tisch und ergeben uns diesem Festmahl, neben jedem von uns der Süßigkeitenteller, sorgsam gehütet vor den anderen ...

Der Brandner weiß, wie wir Weihnachten gefeiert haben, aber er sagt nichts, isst nur, schiebt den Oberkiefer vor – wenigstens ein Lied singen – aber ich bin wie zugenagelt – das, was wir sagen, könnte auch ungesagt bleiben – kannst du mir die Butter rübergeben – der Tisch ist so klein, dass man an alles selbst dran könnte – ich hab auch ein Geschenk für dich, sag ich, als er schon anfängt, den Tisch abzuräumen – ach so – und schon ärger ich mich wieder über ihn, ich hab ihm Handschuhe gestrickt – hast du die selbst gemacht – ja, sag ich.

Im Krieg haben wir ein Paket Streichhölzer, Pfeffernüsse, zwei Tafeln Schokolade und ein Paar Damenstrümpfe gekriegt, dazu noch eine Flasche Bier und eine Flasche Sekt, das war viel, damals – wann war das – interessiert dich das wirklich – ja, warum nicht – er legt die Handschuhe wieder auf den Tisch, schaut mich kurz an und sagt danke – dann holt er seine Pfeife raus – 1941 – dass du dich an das alles so genau erinnern kannst – den Krieg vergisst man sein Lebtag nicht, sagt er – den Krieg, denk ich, für den Brandner war tatsächlich das der Krieg – aber laut trau ich es mich nicht aussprechen – nicht heute, am Heiligen Abend – es liegt schon genug in der Luft ...

Und 1942 war ich zu Haus, weil ich eine Lungenentzündung gehabt hab – so dunkel war's damals auch, sagt er mit Blick auf die Kerzen, selbst am Heiligen Abend haben sie Verdunklungskontrollen gemacht, hätte ja sein können, dass die angreifen – wer – na, die Feinde, verdunkeln und den Dachboden entrümpeln, das war Pflicht, das waren noch Zeiten, Schwammerlsuchen hat man mit Ausweis gehen müssen, das heißt, ich natürlich nicht, ich war ja im Feld ...

Was ist das, warum hat ihn der Krieg bis heute noch nicht losgelassen – man kann so was doch nicht ein Leben lang mit sich mitschleppen, denk ich voller Grauen – irgendwann müssen doch selbst die Träume die Verfolgungsjagd aufgeben – ich hätt nicht fragen sollen, wann das war – im Grunde interessiert es mich doch nicht, zumindest will ich es nicht hören – jetzt redet er wieder den ganzen Abend vom Krieg – der Rest des

Heiligen Abends mit Kriegsgeschichten aufgefüllt – aber
so jäh er angefangen hat zu erzählen, so hört er auch
wieder auf damit – ich hab noch eine Nachspeise, sagt er
und schnalzt genüsslich mit seiner Zunge – dann serviert er Erdbeeren mit Schlagobers – zwei Riesenschüs-
seln – der weihnachtliche Frieden hat heut aber einen
hohen Preis, denk ich ...

Nach dem Essen stapeln wir das Geschirr neben dem
Herd – abgewaschen wird nur noch bei Tageslicht – dafür wird kein Kerzenlicht hergegeben – außerdem ist es
so mit der Wasserschlepperei einfacher – gut, dass die
Erna noch den Brunnen und im Herd die alte Wasser-
wanne hat – die spart uns eine Menge Arbeit – na, was
ist, sagt der Brandner, bist du soweit – wie weit – na, der
Haussegen, weißt du nicht mehr, was das ist – er drückt
mir den kleinen Weihwasserkessel, einen Tannenzweig
und den Weihrauch in die Hand, holt für sich selbst Glut
aus dem Herd und schüttet sie in eine Pfanne – dann
streu ich Weihrauch drüber – ein Handgriff löst den anderen ab, als würden wir seit Jahren gemeinsam räuchern – *Lasset uns bitten: Oh Herr, segne dieses Haus – Gesundheit möge darin wohnen und Heiligkeit, Tugend und
Selbstvertrauen, Demut, Güte, Sanftmut, Milde, Menschen-
freundlichkeit, Treue, Gehorsam und Dankbarkeit gegen Gott,
den Vater und den Sohn und den Heiligen Geist* – er
schwenkt seine Pfanne – Weihrauch erfüllt den Raum –
ich muss an Mutter denken, die den Vater im Kinder-
zimmer leise mahnt – nicht so viel, die Kinder gehen ja
bald schlafen – *Und dieser Segen bleibe über diesem Haus –
über alle, welche hier ein- und ausgehen, komme herab die sie-
benfältige Gnade des Heiligen Geistes – durch Christus, unseren Herrn – Amen* – ich sprenge mit dem Weihwasser
hinterdrein – der Zauber der Raunächte – diese ganze

Handlungsabfolge hatte für mich was Mystisches – wenn wir anschließend ins Bett oder in späteren Jahren zur Mette gingen, schwebte ich wie auf einer Wolke in der festen Absicht, nie mehr schlimm zu sein, nie mehr nur eine einzige Sünde zu begehen ...

Der Brandner geht auch in den leeren Kaninchenstall und zum Schuppen, wiederholt die Segensbitte, als hätte sich nichts verändert in den vergangenen Monaten – dann packen wir alles zusammen, ziehen uns die Jacken über und machen uns auf den Weg – zuerst zu unserem Haus – dann in die Kirche – es ist eine klare Nacht, trotz Neumond – Schnee liegt in der Luft, sagt der Brandner – es riecht nach Schnee – ich glaube ihm, stelle mir vor, wie wir durchs Schneetreiben gehen und alles noch wie früher ist – die erstarrten Ameisen auf dem Ameisenhaufen sind halt erfroren – die silbrig glänzenden Fliegenberge, kleine Maulwurfhügel vom Schnee gezuckert – manchmal ist es so leicht, an der Wirklichkeit vorbeizuschauen – ich friere, also muss es kalt sein – ja, Schnee liegt in der Luft ...

Vielleicht kommen sie morgen erst – heut ist ja nur Heiliger Abend, morgen ist Weihnachten – dann seh ich meine Familie wieder, und wir gehen mit unseren Windlichtern nach Bethlehem – ich schau noch beim Friedhof vorbei, sag ich zum Brandner – normalerweise geht man erst nach der Kirche auf den Friedhof, sagt er – du kannst es ja so machen, geb ich zurück und geh allein ...

Ich zünde die Kerzen auf den Gräbern an – nur keinen auslassen, gerade in so einer Nacht soll man's sich mit den Toten nicht verscherzen – wer weiß, wozu's gut ist – *Dezember kalt mit Schnee, gibt Korn auf jeder Höh*, hat der Brandner gesagt – noch schneit's ja nicht, aber

morgen, spätestens übermorgen müssen wir damit rechnen – und wissen dann, dass alles seinen Sinn hat – an
was anderes will ich jetzt nicht denken – irgendwas wird
schon geschehen – die Welt dann wieder eingerenkt –
man muss nur warten können – wie auf die Leute vom
Dorf ...

Vom Turm hör ich den Brandner auf seiner Posaune
blasen – *Vom Himmel hoch, da komm ich her* – mir wird's
ganz warm – ich setz mich eine Weile zum Vater – der
Vater hat sich immer gewünscht, dass er weiß, wann er
stirbt – es können noch zwanzig Jahre sein, es kann auch
schon morgen sein – Angst hat er gehabt vor dem langsamen Tod – es war heiß draußen, sehr heiß – ein Sonntag im Hochsommer – sie haben den Mesner begraben –
der alte Riegler wird mich bald nachrufen, sagt Vater lachend – Vater geht es gut – den ganzen Vormittag ohne
Schmerzen – er könne Bäume ausreißen – wir sind zurück vom Begräbnis – es wird gekocht – Schweinsbraten
– Vater lacht – heute geht es mir gut – wenn's ihm gutgeht, kann ich vielleicht heute schwimmen gehen, denk
ich – ich lache auch – ich freue mich, dass es Vater gutgeht – nicht nur, weil es ihm gutgeht, sondern weil ich
dann vielleicht baden gehen kann – ich räume im Zimmer auf, denke schon an den Nachmittag – ich sitze am
Klo, höre, wie meine Mutter zu Michaela sagt, schnell,
hol den Pfarrer – ich denke, Scheiße, wieder nix mit Ba-
dengehen – der Pfarrer kommt – wir knien alle, beten –
dem Vater wird das Kinn zurückgebunden – es ist heiß
– Michaela war als letzte bei ihm – es war ein schöner,
schneller Tod – er ist einfach eingeschlafen – der Arzt
kommt etwas später – die Leiche kann nicht lange lie-
genbleiben – es ist zu heiß – sie wird gleich zu rinnen
anfangen – statt des Totenglöckchens die Mittags-

glocken – ein reiner Zufall oder auch nicht – die Kinder
haben alle noch nicht begriffen – die Erwachsenen noch
viel weniger – draußen steht das angerichtete Mittagessen – wir sitzen um den Tisch, stochern im Essen – der
gute Schweinsbraten – dann geht mitten ins Schweigen
plötzlich die Tür auf – wir denken, ein Wunder, es war
alles gar nicht wahr – Sebastian kommt raus – Vater hat
mir in langen Nächten über seinen Tod erzählt, und nie
wusste ich, ob er sich nun freut darauf oder nur größere
Angst hat als vor allem anderen ...

Wie schnell der Tod doch geht, um wiederzukom-
men und genauso wenig begriffen zu werden – die Posaune verstummt.

Jetzt ärgert sich der Brandner wahrscheinlich wieder
über mich, dass er die Glocken nicht läuten kann, nur
weil ich den Fernseher anschalten wollte – der Brandner
hat auch Angst vorm Tod – er weicht ihm aus, wo's geht
– Vater hat sich ans Klavier gesetzt, wenn er derlei Gedanken verscheuchen wollte – dann tönte *Veronika, der
Lenz ist da* durchs Haus, egal zu welcher Jahreszeit –
wenn der Aschenbecher auf dem Klavier voll war, war
auch die gute Laune wieder zurück – schade, dass der
Brandner schon aufgehört hat mit dem Turmblasen – ich
geh zu ihm – ich werde ihn bitten, dass er noch mehr
spielt –

Die Kirche ist leer – er wird doch nicht nach Hause
gegangen sein – vorn am Seitenaltar brennen noch ein
paar Kerzen – dann kann er eigentlich nicht weg sein –
ich schau mich um, hab ein komisches Gefühl – als würd
die Kirche noch regelmäßig voller Leute sein – vielleicht
liegt's aber auch nur daran, dass sie so herausgeputzt ist
– der Brandner hat die Krippe aufgestellt – ganz Bethlehem vor einem und vorne im Zentrum der Stall, darüber

der Stern – er erleuchtet die ganze Stadt – stundenlang
hätt ich als Kind schon vor dieser Krippe stehen können
– Maria sitzt beim Jesukind, die eine Hand an der Fut-
terkrippe, als würd sie das Kind wiegen – mit der anderen zieht sie ihren Umhang fest zusammen – es ist kalt
in Bethlehem – dem Josef auch, der zieht seinen Umhang
mit beiden Händen eng an seinen Körper – *Auf dem Berge
da wehet der Wind* fällt mir ein – und dass ich es als Kind
schon ungeheuerlich fand, dass der Josef nicht bereit
war, der Maria zu helfen, weil er kaum selber die Finger
biegen konnte – aber die Melodie ist schön – ich fang an,
sie zu summen – und langsam kommen auch alle Worte
wieder und das selige Gefühl, so vor der Krippe zu singen – so wird es ja doch noch ein schönes Fest – auch
wenn alles anders gekommen ist – nach und nach sing
ich, was mir gerade einfällt – *Als ich bei meinen Schafen
wacht* und *Es hat sich halt eröffnet* und *Es kommt ein Schiff
geladen* und *Es ist ein Ros entsprungen* – und *Stille Nacht,
heilige Nacht* – da hör ich ein Schluchzen aus der Sakris-
tei, dann ein Schnäuzen – ich will schon aufstehen und
hingehen zum Brandner, da steht er neben mir – sing's
noch einmal, sagt er – ich sing's noch einmal – bis mir
auch die Tränen kommen – verhalten schluchzend sitzen wir vor der Krippe – frohe Weihnachten, sagt er leise
– frohe Weihnachten, Brandner ...

***

Heute ist dieses merkwürdige Jahr an seinem letzten
Tag angelangt – ich sitze in Ernas Stube und warte auf
die Überraschung ...

Ich hab eine Überraschung für dich, hat der Brandner
beim Mittagessen gesagt und dabei ganz geheimnisvoll

mit dem Kopf genickt – ich musste lachen, aber neugierig war ich auch gleich – was denn – das sag ich dir natürlich nicht, sonst wär's ja keine Überraschung – ist's groß oder klein – kommt drauf an, was du unter groß verstehst, aber ich sag nix – kann es sich bewegen – ja, aber ich sag nix – kann man's auch essen – glaub nicht, dass es schmecken würd, aber ich sag nix – also auch nichts zum Trinken – ich verrat nix, sagt er und lässt mich mit meinen weiteren Fragen nur noch eisern auflaufen – jetzt essen wir erst einmal unsere Nachspeise, dann waschen wir ab, dann gibt's einen Kaffee, dann kommt noch eine Kurzpartie Kegeln dran und dann gehst du schön brav nach Hause, also zur Erna, und wartest dort auf mich –

Ein Fuchs ist er, der Brandner – ich sitze natürlich da und grüble, womit er mich dieses Mal rührt – umrührt – die Feiertage sind so schön mit ihm – eigentlich bestehen sie aus lauter Überraschungen – heute früh zum Beispiel ist er plötzlich mit seiner Posaune vor unserem Haus gestanden – ich hab noch im Bett gelegen – erst dachte ich, es wär wieder einer dieser tückischen Träume – ich hab sie plötzlich alle gehört – die Neujahrssänger – Trompeten, Posaunen und die dicke Tuba – aber dann war nur noch die krächzende Stimme vom Brandner übrig – *Wos sull ma da Hausfrau wünschen zum guaten, neugn Johr, wir wünschen ihr das Jesukind wul auf m Hocholtor ...*

Dieser Tage sind dem Brandner meine Schwärmereien für die Kindheit sehr willkommen, und er rutscht selber in die Zeit zurück, erzählt und erzählt und erfüllt mir meine unausgesprochenen Wünsche ...

Am Stephanitag kam er mit einem Kletzenbrot und einer Flasche Wasser an – ich komm grad aus der Kirche, sagt er und drückt mir die Wasserflasche in die Hand,

Stephaniwasser, wirst es noch brauchen können – dann hat er sich gleich an den Tisch gesetzt – ein Messer brauch ich, und ein bisschen Rum und Tee tät gut dazu passen – er hat auf das Kletzenbrot gedeutet und gestrahlt – probier's, drängt er mich, noch bevor ich mich richtig dazugesetzt hab, was glaubst, was da alles drin ist – alles, sag ich, alles, was meine Mutter auch reingegeben hat, wo hast du die Feigen her und die Arancini und die Datteln – da, wo ich die Zibeben her hab und die Pignoli, das ist mein Geheimnis, sagt er und freut sich wie ein Kind –

Oder zwei Tage später – da hat er mich auch aus dem Bett rausgeschmissen – die Birkenrute in der Hand – *Frisch und g'sund, frisch und g'sund, dos gonze Johr frisch und g'sund – nix klunz'n, nix klog'n, bis i wieder kumm schlog'n* – das dürfen doch eigentlich nur die Kinder, sag ich – ich bin doch schon längst wieder ein Kind, sagt er und hält die Hand auf – ich drück ihm ein paar Groschen in die Hand – ich weiß, du hast uns seinerzeit mehr gegeben – das stimmt, meint er mit Blick auf seine Hand, dann lacht er, ich hab aber auch blaue Flecken gehabt von euren Kochlöffeln – ja, weil du am meisten springen hast lassen, da hat dich dann halt auch kein Kind auslassen wollen, was hat es mit diesem Brauch eigentlich auf sich, ich hab nie wirklich verstanden, warum wir an diesem Tag die Erwachsenen haben schlagen dürfen – der Großvater hat immer gesagt, dass an diesem Tag symbolisch Vergeltung für den herodianischen Kindermord geübt wird, erzählt der Brandner, aber ich denk, da mischt sich einiges, das Schlagen mit dem Lebenszweig ist ja auch ein alter Fruchtbarkeitszauber, und manche Leut behaupten, dass es überhaupt nur eine andere Form des Bettelns wär – wie er mir das so erklärt, denk ich, der Brandner weiß eigentlich viel, den kann man alles fragen – ich muss nur einsehen, dass er nicht immer antworten will ...

Er richtet sich's grad, wie er's braucht, der schlaue Hund – zum Beispiel die Sprüche, mit denen er mich bei der Arbeit antreibt – hält ein Wetterspruch gerade einmal nicht, was er verspricht, muss der Mond herhalten – ist der Mond auch nicht in einer günstigen Phase, wird wiederum das Wetter vorgeschoben, das zu erwartende oder das gegenwärtige – oder die Zeit läuft uns davon – gerade wie's passt – in den Tagen zwischen den Jahren ist aber sowieso alles anders – das heißt, eigentlich ist's wegen der Raunächte, dass man in diesen Tagen so besonders aufpassen muss – gestern wollt ich zum Beispiel großen Waschtag machen – was, waschen willst du, fragt er mich entsetzt – ja, sag ich, auf dass wir das neue Jahr sauber anfangen, das müsst doch auch in deinem Sinn sein – das ist ganz und gar nicht in meinem Sinn, sagt er und räumt das Schaffl, das ich schon gerichtet hab, auf die Seite, zwischen Weihnachten und Dreikönig sollten wir das Wäschewaschen lieber bleiben lassen, da geht der Teufel um und legt seine Schlingen, wenn du jetzt die Wäscheleine spannst, könnt sich der Teufel drin verfangen und das ganze Jahr bei uns bleiben, das können wir nicht gebrauchen, erklärt er mir ganz ernst – so ernst, dass ich mich gar nicht trau zu widersprechen – das hab ich nicht gewusst, dass wir nicht waschen dürfen, meine ich kleinlaut und wundere mich allmählich über die vielen Arbeitsverbote in den vergangenen Tagen – ist schon recht, ich hab's ja noch verhindert, sagt er und räumt auch noch die Waschrumpel weg, damit ich nur ja nicht anfange, zu waschen – plötzlich erinnere ich mich, wie der Brandner meine Mutter einmal erwischt hat beim Waschen zwischen den Jahren – dann wird's wohl bald einen Todesfall im Haus geben, sagte er nur und ließ sie mit dem schweren Wäschekorb stehen – ich fand sein Benehmen ungeheuerlich, wo meine Mutter doch im siebten Monat war – mit dem Hans – der Brandner war immer schon abergläubisch, wie hab ich das vergessen können ...

Am Nachmittag ist er dann gekommen und hat mich aufgefordert mitzukommen – wohin, was tun – zum Kräuter sammeln – darf man das denn – warum nicht, das ist eine leichte Arbeit – aber wär's nicht besser, auf den Vollmond zu warten, frag ich lauernd – ach, das kann man auch schon bei zunehmendem Mond machen, sagt er und drückt mir den Korb in die Hand, wer weiß, wie's Wetter wird – ja, ja, *Wenn's im Dezember stürmt und schneit, ist das neue Jahr nicht weit* – der einzige Spruch, den ich mir von klein auf gemerkt hab – er schaut mich nur an und grinst anerkennend – er hat verstanden, dass ich verstanden hab – warum auch nicht – er soll sich's weiter richten, solange ich darunter nicht zu leiden hab – und das hab ich zur Zeit bestimmt nicht – zur Zeit geht's uns gut – der Zauber der stromlosen Tage vielleicht ...

Unser ganzes Leben hat sich ja verändert, seit es keinen Strom mehr gibt – der Brandner und ich sind uns ganz nah – als wär's nie anders gewesen – die Tage sind zu kurz, um sie Missverständnissen preiszugeben – wir müssen das Tageslicht nützen – endlich geht ein anderes Leben los, ein ganz eigenes Leben, ein neues – das Leben mit dem Brandner – in der Nacht keine irrwitzigen Träume mehr – am Tag sind wir lustig und froh – jeden Tag ein Festessen – Rehrücken, Tafelspitz, Schwalbennester, Paprikahendl – mit allem Drum und Dran – wir räumen die Tiefkühltruhen im Dorf aus, suchen uns das Beste raus – bevor's verschimmelt, meint der Brandner schmunzelnd und rückt die Suppen vom Herd – du kochst hervorragend – ja, wenn man so ein Junggeselle ist wie ich, sagt er und strahlt über beide Ohren – so lässt sich's leben mit dem Brandner.

Vor zwei Tagen hat er sogar von mir Gekochtes gegessen – heute koch ich, hab ich am Morgen einfach bestimmt – was denn, fragt er, als hätt er darauf gewartet, dass ich auch einmal an den Herd will – mir ist vor lauter Verblüffung erst gar nichts Gescheites eingefallen – ich hab mich darauf eingestellt, dass ich kämpfen muss, wenn ich ihm diesen Platz streitig machen will – Rostbraten – gut, sagt er, und dazu – Erdäpfel – gut, und dazu – Roten-Rohnen-Salat – sehr gut, und dazu – was dazu – na, die Nachspeise – Heidelbeerstrudel – wenn du meinst – wieso, magst du den nicht – wohl, wohl, da muss ich dir ein Buchenholz holen, sagt er und nimmt die Buckelkraxe – zum Anheizen gemischtes und dann das Buchenholz, das gibt mehr Hitze im Herd, so hat's die Großmutter auch immer gemacht – vor lauter Buchenholz ist mir der Strudel angebrannt – das ist halt ein besonderer Strudel mit dem indianischen Gewürz, sagt er und zwinkert mir zu, weißt du noch, ein Bruder von dir konnte davon doch gar nicht genug kriegen – ja, das war der Heiner, der hat einen afrikanischen Pfarrer gesehen und war so beeindruckt davon, dass er sich eine Zeitlang hauptsächlich von Angebranntem ernährte, weil er auch ein Schwarzer Bischof werden wollte – ja, fällt mir der Brandner ins Wort, und während er monatelang gewartet hat, dass sich seine Haut endlich schwarz färbt, hat er voll Inbrunst französische Predigten von der Küchenbudel heruntergeschmettert –

schötrü omü trawü, sagen wir gleichzeitig und ich wundere mich, dass ich darüber einmal lachen konnte – morgen koch ich wieder, sagt der Brandner – ich staune eh, dass du das gegessen hast, sag ich und deute auf den geschwärzten Strudel – der Mensch hält einiges aus, nach dem Krieg hat's bei uns zu Weihnachten überhaupt nur Erdäpfel und Karotten gegeben, ohne was dazu, das war ein Festmahl, sag ich dir, einfach köstlich – ich muss grinsen – ist gut, Brandner, morgen kochst wieder du – nein, so hab ich das nicht gemeint, beteuert er treuherzig, du darfst auch wieder einmal kochen, wenn man bedenkt, dass dir früher sogar die Würstel aufgesprungen sind, könnt man ja fast meinen, du hast's inzwischen gelernt, fügt er hinzu – dann reicht er mir ein Stamperl Schnaps – da, du hast's verdient, den Rostbraten hätt ich nicht besser machen können.

Wo er nur bleibt, der Brandner – jetzt könnt er allmählich kommen mit seiner Überraschung – ich leg Holz nach und Reisig, weil's dann so schön heimelig riecht – dann richte ich alles für den Haussegen –

Im Vorhaus bleib ich am Spiegel stehen – der Brandner hat eine Petroleumlampe an die Decke gehängt, die gibt ein ganz sanftes Licht – wenn ich mich jetzt so im Spiegel anschau, gefall ich mir richtiggehend – mein Haar ist lang geworden und glänzt viel mehr als früher – ich borg mir Ernas Bürste – was das wohl für eine Überraschung ist, dieses Mal – es bewegt sich und man kann's eher nicht essen – Himmel, der wird doch am Ende nicht mit den Leuten vom Dorf antanzen – das wär wahrlich eine Überraschung – aber eine, die mir im Moment nicht passen würde – sie könnte den Frieden zwischen dem Brandner und mir gefährden – ich will das nicht – ich will, dass alles so bleibt, wie's ist – unmöglich, dass er mit denen ankommt – ich hätte doch bemerkt, wenn sie zurückgekommen wären – der Thomas vielleicht auch – der hat mein langes Haar immer so gemocht – hochgesteckt und dann ein paar wilde Strähnen herausgezogen – die Erna muss doch hier irgendwo Spangen haben – in der Schublade waren sie immer bei den Reißnägeln und Rexgummis – vielleicht war der Brandner deshalb so lieb zu mir in den vergangenen Tagen – weil er gewusst hat, dass sie zurückkommen – die ungewollte Zweisamkeit vorbei – vielleicht war diese ganze Herzlichkeit nur Vorfreude – das kann ich mir aber nicht vorstellen – außerdem passt's nicht zum Weihnachtsgeschenk, das er uns beiden am Christtag gemacht hat – er hat uns ein uraltes, museumsreifes Tandem startklar gemacht – damit fahren wir nach Dreikönig in die Bezirkshauptstadt, hat er gesagt – natürlich nur, wenn's nicht schneit – die Frisur ist mir gelungen – gut schau ich aus – jetzt könnten sie ruhig daherkommen ...

***

Übad Alm hob i's gjuchazt, an anziges Mal – holaria, holareia, holjo – und jetzt is holt scho wieda die Hebamm zan zohln – *holaria, holareia, holjo* – der Brandner sitzt vorne und jodelt in den Wald hinein – heut gehört die Welt ihm – die ganze – er reißt die Hände in die Höhe und johlt, das wird ein gutes Jahr – Brandner, tu sofort wieder deine Hände auf den Lenker, kreisch ich – wieso, es reicht, wenn einer lenkt, grölt er, heute darfst du lenken – er jodelt weiter und winkt den Bäumen zu wie ein König seinen Untertanen – *guates neiges Joahr*, ruft er ihnen zu – *Znoachst han i mi goanz gleim zu mein Dirndl zuwiglegt* –

holaria, holareia, holjo – do hobn die Flöh in da Mittn zum Jammern oanghebt – holaria, holareia, holjo – Brandner, ich schaff das nicht allein, wir müssen beide lenken – ah wos, lenken –

So hab ich den Brandner noch nie erlebt – das war eine wunderbare Nacht – es ist fast schon Morgen, da sagt er zu mir – so, jetzt fahr ich dich nach Haus – wie willst du mich nach Haus fahren – na, mit dem Tandem – aber Brandner, wir sind beide sternhagelvoll – das macht nix, wir haben die Straße ja für uns – wir fahren in die Morgenröte hinein – es geht leicht bergab – der Fahrtwind streift sanft unsere nachtgeröteten Wangen – die Luft riecht schon nach Sommer – *Das wird ein einmaliges Jahr*, lässt der Brandner die Bäume wieder lautstark wissen – singt's alle mit, fordert er sie auf – *Holaria, holareia, holjo* ...

Diese frühmorgendliche Fahrt war wie ein schöner Traum, den ich in völliger Wachheit und Euphorie geträumt habe – die Nacht so, als ob etwas berührt worden sei in mir, etwas Versteinertes – wurde langsam lebendig – Momente, in denen man denkt, dass man nie mehr müde werden würde auf dieser Welt – man muss keine Angst haben, könnte in einem fort schreien, das Leben ist schön – einer dieser so oft missbrauchten Sätze – jetzt ist er randvoll und drängt sich förmlich über die Lippen ...

Gestern Abend wollt ich ihn schon suchen gehen, den Brandner – da kommt er schnaufend mit einem alten Kinderwagen an – zwei Kisten hat er drin, eine große und eine etwas kleinere – komm, hilf mir heben – *Der Farbfernseher, den Sie schon immer haben wollten* steht auf der großen Kiste – so kann man sich täuschen, denk ich und sag, das ist aber eine schwere Überraschung – ja, lacht der Brandner, damit uns heut Abend nicht langweilig wird – die kleine Kiste ist noch schwerer – was er da wohl drin hat, denk ich – vielleicht einen Generator für den Fernseher – oder so was Ähnliches – warum sollte er sonst einen Fernseher anbringen, wo der Strom doch weg ist – einen Farbfernseher ...

Gut, dass du schon alles für den Haussegen vorbereitet hast, wir segnen heut nur bei der Erna, bestimmt er, das reicht für alle, dann wird gefeiert – er zwinkert mir zu, dann stutzt er kurz – schön bist du heute, hast dich für mich so fesch gemacht – ich spür, wie mir die Verlegenheit das Gesicht aufheizt – für wen denn sonst, antworte ich und muss über mich selbst lächeln – ich hole die Glut aus dem Herd – leg noch was nach, sagt der Brandner, heut Nacht darf uns das Herdfeuer nicht ausgehen – dann ist uns Wärme und Nahrung das ganze Jahr über gewiss, fügt er hinzu, bevor ich überhaupt nachfragen kann, und drückt mir unversehens ein Bussel auf die Wange, die gar nicht mehr zu glühen aufhören will – eigentlich bringt mich sonst nicht so leicht was aus dem Gleichgewicht, aber der Brandner hat heute eine Art an sich ...

Nach dem Haussegen tischt er stolz auf – geselchten Schafschinken, selbstgemachte Butter, hartgekochte Eier, Ziegenkäse, geräucherten Aal, einen frischgebackenen Laib Brot, dazu Apfelsekt – greif zu, fordert er mich auf – lauter gute Sachen, wann hast du das alles gemacht – in der Nacht, wenn ich nicht schlafen kann, flüstert er und dreht sich zur Tür, als ob von da wer mithören könnt ...

Mein Gott, sagt er, jetzt hätt ich beinahe die Überraschung vergessen – der wird doch nicht, denk ich – jetzt zu diesem schöngedeckten Tisch, bei Kerzenlicht – der wird doch nicht alles kaputtmachen wollen – ich kann mich nicht zurückhalten – aber Brandner, du wirst doch nicht mit dieser Unsitte anfangen – wieso Unsitte, fragt er und öffnet die Kiste – ta-ta-ta-ta, trompetet er und hebt den vermeintlichen Fernseher heraus.

Aber das ist ja gar kein Fernseher – wieso Fernseher, sagt er, wir haben doch gar keinen Strom dafür – na eben, ruf ich und spring jetzt auch auf, weil ich sehen will, was er da angeschleppt hat – ein Grammofon – ein wunderschönes, altes Grammofon – darf ich vorstellen, trompetet der Brandner wieder strahlend, unsere Festmusik – er öffnet die zweite Kiste – Schellacks, lauter Schellacks – deswegen war die so schwer – such dir aus, was du hören willst – wunderbar, lauter alte Schinken – ja, lauter schöne Musik, nicht dieses neumoderne Gedudel – *Die ganze Welt ist himmelblau, Schöne Nacht, du Liebesnacht* – das wär doch schon was, feixt der Brandner über meine Schulter – nein, warte, ich möchte erst sehen, was sonst noch da ist – *Davon geht die Welt nicht unter, Ich steh im Regen, Dies Bildnis ist bezaubernd schön, Schöner Gigolo, armer Gigolo, Schenk mir doch ein kleines bisschen Liebe, Isoldes Liebestod,* du meine Güte, was da alles dabei ist – hier – der Brandner zieht eine Platte raus und fuchtelt vor mir damit herum – *Lili Marleen* oder vielleicht das – *Ich hab noch einen Koffer in Berlin* – er schaut mich an, na, wär das was – schon wieder wird mir heiß im Kopf – für Sekunden denke ich einmal wieder, der weiß alles über dich – ich hab keinen Koffer in Berlin, wisch ich schnell darüber, aber hier ist was für dich, Brandner – *I muaß in meinem frühern Lebn a Reblaus gwesen sein* – da sind gleich ein paar für dich – *I bin a stiller Zecher, Wer niemals einen Rausch gehabt* – er kontert gleich frech – und hier für dich, *Nur nicht aus Liebe weinen, Oh wie so trügerisch sind* – jetzt komm ich auch langsam in Fahrt – wieder was für dich, *Die Männer sind alle Verbrecher* oder *Wo sind deine Haare* – oh, jetzt bin ich vielleicht zu weit gegangen – aber er lacht nur und sagt, komm, das spielen wir – *Schrammelmusik* – ja, das passt gut zu unserem Festschmaus – ich leg die Platte auf, er kurbelt das Grammofon an und reibt sich die Hände – nehmen S' Platz, gnädige Frau, sagt er dann, verneigt sich vor mir und tut, als ob er mir die Hand küssen wollte – wenn er gut drauf ist, ist der Brandner selbst eine einzige Überraschung, denk ich mir und setz mich ganz vornehm hin – wir lachen – das Feuer im Herd knistert, die Kerzen brennen festlich – nur ab und zu ein kleiner Luftzug, der sie unruhig flackern lässt – mir ist so wohl ums Herz ...

Ach, Brandner, die Überraschung ist dir wieder gelungen, ich find gar keine rechten Worte dafür – musst nichts sagen, meint der Brandner, mir reichen deine Augen – er grinst sein Lausbubengrinsen – wo hast du das Ding eigentlich aufgetrieben – das hab ich da her, wo ich das Tandem her habe – was, vom Golling – ja, der hat noch mehr solche Raritäten – aber das ist doch der Totengräber, verdient der so viel Geld, dass er sich so eine Sammelleidenschaft leisten kann – er hat's ohne Geld gemacht – jetzt mach's doch nicht so spannend, erzähl, dräng ich den Brandner –

Also, das ist so – schon seit Generationen kommen die Totengräber aus der Gollingfamilie, beginnt der Brandner und bestreicht bedächtig sein Brot dick mit Butter – ah, jetzt fängt er bei Adam und Eva an, warum auch nicht, wir haben ja Zeit – ein Ururgroßvater vom Golling war mit einer Hebamme verheiratet, das war ideal, die haben sozusagen Hand in Hand gearbeitet, was man vom gegenwärtigen Golling und seiner Frau nicht gerade behaupten kann, aber das ist eine andere Geschichte – ja, und wie ist der Golling an diese Antiquitäten gekommen, frag ich – nur mit der Ruhe, grinst er, das erzähl ich dir gleich – er lässt den Korken vom Apfelsekt an die Decke schießen – der ist mir dieses Mal gut gelungen, lobt er sich selbst, das ist gar nicht so einfach mit dem Apfelsekt, weißt du, der ist ganz schön empfindlich, letztes Jahr sind mir bei einer Partie Süßen vierzig Flaschen zerknallt, das war eine Schweinerei, kann ich dir sagen – er hebt sein Glas ganz feierlich – auf uns, sagt er – auf uns, sag ich – der Apfelsekt schmeckt gut, aber nicht wie Apfel, denk ich ...

Ahh, grunzt der Brandner genießerisch und nimmt den Faden wieder beim Golling auf – das kann ich bis heute noch nicht verstehen, sagt er kopfschüttelnd – seine Frau hat immer ein bisschen dazuverdient – so ein Totengräber verdient ja nix, hat sie gesagt und sich hingelegt – und das Geld dann in der Wäsche versteckt – sagt wer, frag ich – oh, das hab ich aus sicherer Quelle – ja und, was kannst du dabei nicht verstehen – na, dass sie so gut verdient hat, sie war die schiachste Frau weit und breit – Brandner – wirklich, ich glaub, der Golling hat sie mit der Kerze gefunden, und die anderen können auch nicht mehr als eine Taschenlampe mitgehabt haben – Brandner, entsetze ich mich wieder – das ist die Wahrheit, sagt er mit Dackelaugen, der Golling weiß das übrigens, der erzählt seine Witze darüber, den mit dem Ventilator, kennst du den – nein – den erzählt er mit seiner Frau – aha, sag ich und hoffe, dass er mir den jetzt nicht serviert, Witze sind nicht unbedingt meine Stärke, erstens kann ich über die wenigsten lachen und zweitens merk ich mir nicht einmal die guten zum Weitererzählen – der Brandner nimmt einen großen Schluck und legt los – also der geht so, die Gollingerin liegt im Sterben und verspricht ihrem Mann in den letzten Zügen, sooft ich dir untreu war, werd ich mich im Grab drehen, der Golling will sich die Arbeit des Grabschaufelns ersparen und stirbt bald hinterdrein, im Himmel klopft er beim Petrus an und fragt nach seiner Frau, der Petrus ist ein bisschen ratlos – eine Frau hätten sie schon länger nicht mehr im Himmel gehabt – das gibt's nicht, sagt der Golling und beschreibt sie ausführlicher – ach die, sagt da der Petrus, die haben wir gleich als Ventilator eingesetzt – muss ich jetzt lachen, frag ich den Brandner – nicht unbedingt, sagt er großzügig, ich find ihn nicht schlecht, ich kann lachen, wenn ich mir die dicke Gollingerin als Ventilator vorstelle, der Golling erzählt ihn allerdings besser, überhaupt, der weiß Witze, zum Totlachen – ja, und dann hat er das Geld in ihrer Kombinäsch gefunden und ist zum nächsten Altwarentandler, dräng ich – nein, wieso – ja, um sich ein Tandem zu kaufen – wieso hat er sich das überhaupt gekauft, seine Frau hätt doch eh keine Zeit gehabt zum Radfahren – doch, doch, bei Tag schon, aber der hat das Tandem ja nicht zum Fahren nach Hause geschafft – sondern – er hat es mitgenommen, damit es geschont wird – wie bitte – ja, das ist so ...

Heut machst du's aber spannend, Brandner – ja gell, sagt er und genehmigt sich wieder einen großen Schluck – und ich mit ihm – der Golling ist im Grund nur Totengräber geworden, weil das so in der Familie lag, eigentlich war das keine Arbeit für ihn, der hat schon recht früh ein kaputtes Kreuz gehabt, außerdem hat er nie gern geschaufelt – ja, wer tut das schon gern – sag das nicht, die Totengräber, das sind besondere Leute, was so ein richtig alteingesessener Totengräber ist, der schaufelt schon für sein Leben gern – bist du am End auch einer, frag ich ihn lachend – nein, aber das tät schon zu mir passen – du bist ein seltsamer Kauz, proste ich ihm zu – na, jedenfalls hat der Golling seinen Beruf gewechselt, sobald sein Sohn schaufeln konnte – und was ist er geworden – Museumsaufseher – Museumsaufseher, wiederhole ich und fang langsam an, die Zusammenhänge zu verstehen – ja, in der Landeshauptstadt, und mit Leib und Seele – wenn man da so einen ganzen Tag in diesen geheimnisvollen Hallen herumsteht, kriegt man schon oft Mitleid mit den ausgestellten Stücken, hat er zu mir gesagt, die können ja praktisch von jedem angestarrt werden, die können sich ja praktisch gar nicht wehren – also hat er sie von da weggeschafft, um sie zu schonen, wie er sagt – als man ihm draufkam, hat er sie im Fluss versenkt, stand in der Zeitung – ja, was die Zeitung nicht alles schreibt, sag ich nunmehr voll im Bilde – nein, ein paar Sachen hat er wirklich versenkt, weil man sie tatsächlich da gefunden hat, aber seinen Lieblingsstücken hat er das offenbar nicht zugemutet – hat er noch mehr als das Tandem und das Grammofon – ja, den Kinderwagen aus den Fuffzigern, mit dem ich das alles hergebracht hab, der hält noch was aus, kann ich dir sagen, und wahrscheinlich hat er noch mehr, aber er hat's gut versteckt – hast du denn auch zwischen die Unterwäsche geschaut – das tut man nicht, sagt er streng zu mir – dann geht er kudernd zum Grammofon und legt eine neue Platte auf.

Die *Barcarole* – wir schweigen eine Weile, genießen das Baumeln der Seelen und ein Stamperl Birnenschnaps – der Brandner stopft sich seine Pfeife – ich steh am Fenster und schau in die Nacht – das erinnert mich an Venedig, hör ich mich plötzlich sagen und hätte es in derselben Sekunde am liebsten ungesagt gemacht – weiß auch nicht, warum ich die Stille zerstört habe – du bist viel herumgekommen, hm, sinniert der Brandner – wie man's nimmt, weiche ich aus – den Neid hättest du sehen sollen, als ich deine Karte aus Paris bekommen hab – was, daran kannst du dich noch erinnern – das war das einzige Mal, dass wir von dir gehört haben, jeder wollte die Karte sehen – Jens war böse, als er mitgekriegt hat, dass ich eine Ansichtskarte geschrieben habe – unser erster Streit – solche Sentimentalitäten können wir uns nicht leisten, hat er mich angeschnauzt – hast du da Urlaub gemacht, fragt der Brandner – ja – für mich war das damals tatsächlich fast ein Urlaub – sicherlich ein Fluchturlaub, aber wir konnten uns relativ frei bewegen – wir waren verliebt und haben nicht mitgekriegt, wie uns die Realität davonlief – heute könnt ich dem Brandner eigentlich alles erzählen, denk ich – heute wär genau der richtige Zeitpunkt, das spür ich – aber warum soll ich mir den Abend verderben und das gut Verdrängte ausgraben – ich will es nicht – nicht einmal daran denken – wenn das Leben mit dem Brandner so weitergeht, brauch ich auch gar nicht mehr daran zu denken – Paris, schwärmt der Brandner, das waren noch Zeiten – wie du auf den *Elferturm* die Kanonen raufgeschleppt hast, sag ich, will ihm gleichsam ein Stichwort zuschieben – er grinst nur und versinkt in weiteres Schweigen ...

Plötzlich steht er hinter mir und holt tief Luft – was ist – ich dreh mich um – er schaut mir in die Augen, dann kehrt er mir den Rücken zu und fragt wie von ungefähr – wo hast du eigentlich dein Kind gelassen – mir verschlägt's kurz den Atem – wo führt uns diese Nacht heut noch hin, denk ich und versuche Ruhe in mein Hirn zu kriegen, das kann er doch gar nicht wissen – wie

kommst du darauf, dass ich – das müsste jetzt auch
schon erwachsen sein, fällt er mir ins Wort – was, frag
ich ihn ganz entgeistert und bemerke im selben Augenblick, dass er von etwas ganz anderem redet – na, ich
kann's mir ja ausrechnen, meint er bei sich, so viele
Jahre, wie du weg bist, so alt ist es fast – Brandner, wovon redest du – na, bist du damals nicht weg, weil du
schwanger warst – nein, wie kommst du darauf – alle
haben das geglaubt, der Thomas auch – was, ihr habt
alle gedacht, dass – ja, sagt er, warum hättest du sonst
gehen sollen, wir konnten es uns nicht anders erklären –
unversehens schüttelt sich mein ganzer Körper vor Lachen – all die Jahre habt ihr geglaubt, dass ich deswegen,
pruste ich los – ja, was ist daran so witzig, fragt er und
reicht mir sein Schnäuztüchel – das ist einfach komisch,
wenn ich mir das so vorstelle, wie ihr über meinen Sohn,
es war doch ein Sohn, über den ihr geredet habe, oder –,
wie ihr über meinen Sohn und mich getratscht habt – du,
der Brandner droht mir mit dem Finger, jetzt wirst du
bösartig, wir haben nicht getratscht, wir haben uns Sorgen gemacht – die ganze Zeit, frag ich noch immer
schnaufend – er denkt nach – die ganze Zeit eigentlich
nicht, nur am Anfang – jetzt lachen wir plötzlich beide,
schnaufen und schnäuzen uns –

Aber warum bist du dann weg, fragt der Brandner
mich wieder ernst – einfach so, ich kann dir das eigentlich gar nicht erklären, wirklich Brandner, genau weiß
ich es nicht – ich war jung, und es war so eng hier, und
der Thomas hat mich gefragt, ob ich ihn heiraten
möchte, da bin ich weg – aber du hast ihn doch geliebt –
ja, sehr – aber – ich weiß auch nicht – ich glaub, ich
kann's verstehen, beruhigt mich der Brandner – er spielt
die *Barcarole* von vorne und summt leise mit – die Liebe

geht halt keine geraden Wege, unterbricht er sein Summen, und das Leben schon gar nicht – ja, wahrscheinlich ist es so einfach, Brandner, stimm ich ihm zu und füll unsere Stamperl wieder auf –

Aber doch auch viel schwieriger als alles andere – die Liebe bringt uns um, sag ich und wundere mich, dass ich da jetzt erst draufkomme – wie meinst du das, fragt er mich – sie lässt nichts Endgültiges zu, sie durchbohrt uns, es gibt nichts Fertiges in ihr, und wenn doch, zündet sie es an – das ist doch gut, erwidert der Brandner – ja, was das angeht, schon, aber sie braucht dafür auch unser ganzes Blut, sie legt jede Art von Ernte in Brand und löscht dann mit unserem Blut – mit unserem verwirrten Blut, setzt der Brandner hinzu, und wir trinken andächtig ein Stamperl Schnaps auf unsere Erkenntnis – nein, du siehst das aber zu schwarz, fängt er wieder an, die Liebe gibt uns doch auch eine Kraft wie sonst nix – ja, aber was hab ich von der Kraft, wenn sie mich dann zermalmt, schau, im Grunde bleibt einem das eigene Leben doch ein Leben lang fremd – genau, fällt mir der Brandner ins Wort, und nur die Liebe schafft's, dass wir trotzdem gern leben – ja, aber wir verstehen's nicht, weil wir's nicht so für sich lassen können, wie's ist, sondern immer einen Sinn brauchen – du, ich nicht, fährt der Brandner wieder sanft dazwischen, ich hab ja den lieben Gott – der macht das Leben auch nicht einfacher – doch, beharrt der Brandner –

Diese Sinnfrage, spinne ich den vernebelten Faden weiter, diese große Sinnfrage legt sich tagtäglich vor mich hin wie ein Stein – manchmal kann man drüberspringen, manchmal ist er größer geworden als man selbst und alles rundherum unbezwingbar – man wird sich den Kopf daran wundschlagen und irgendwann nicht mehr wieder aufstehen, nach einem der üblichen, immer wiederkehrenden Kämpfe, und hat man was gefunden, verwischt man's mit dem grausamsten Teil unseres Körpers – dem Gehirn nämlich – und so sucht man eben ewig – Amen, sagt der Brandner, du redest wie der Thomas, wenn er am Stammtisch seine Predigten hält, lauter besondere Worte, das klingt schön, wenn ihr so daherschwadroniert – das ist der Schnaps, grins ich zurück, der lässt einen manchmal so wunderbar in der Sprache baden, und dann der Kerzenschein, da kann man der Aussichtslosigkeit Raum lassen, ohne sich dabei weh zu tun – ja, sagt der Brandner, so ein bisschen Selbstmitleid braucht man halt dann und wann, wie den Knoblauch ...

Heute Nacht sind wir unverwundbar, der Brandner und ich – das spüren wir beide – heute Nacht können wir daherreden, was wir wollen – ich merk den Alkohol ganz schön, Brandner, wir sollten weiteressen, damit wir eine anständige Grundlage haben für dein Gebräu – der Brandner lacht – nein, wir tanzen eine Runde, sagt er, dann sehen wir wieder klar – er legt eine schmissige Polka auf und wirbelt mich im Kreis, als hätt er sein Leben lang nur Polka getanzt – gleich noch einmal, jauchzt er, da fühlt man sich jung, das tut gut – Brandner, nicht so wild, ich verlier meine Schuhe – immer noch besser als das Gebiss, blökt er – als was, ruf ich – als das Gebiss – die Polka ist aus – du hast doch gar kein Gebiss, oder – ich schau dem Brandner prüfend auf den Mund – nein, ich brauch so was nicht, mir reichen meine paar Zähne, aber dein Vater, kudert er los – er holt sich ein Mostkrügerl und lädt mich auf die Ofenbank – jetzt kommt der Most dran, der ist gut gegen den Durst.

Das war auch zu Silvester, erzählt er noch immer kudernd – dein Vater hat in den frühen Morgenstunden eine Solopolka getanzt, auf dem Tisch – und da ist er irgendwie ausgerutscht – vom Tisch runter und quer durch den ganzen Raum – und, frag mich nicht, wie er das gemacht hat, das Gebiss hinter ihm her – wir haben uns gekugelt vor Lachen – zuerst auf dem Bauch dein Vater, quer durch eure große Essstube und hinterdrein das Gebiss, wiehert der Brandner, und wir lachen wieder gemeinsam los – die Geschichte kannte ich noch gar nicht, sag ich erschöpft, aber die, wie er die Zähne verloren hat, die kenn ich gut, in zahlreichen Variationen, die hab ich immer gern gehört, mein Vater als Held hat eine Frau gerettet und dabei seine Zähne eingebüßt – erzähl du sie mir einmal, Brandner, du warst doch dabei, oder – ja – aber bist du wirklich sicher, dass du sie von mir hören willst, vielleicht erzähl ich sie ein bisschen anders als dein Vater – das macht nichts, ich bin's gewohnt, dass ich manche Geschichten nicht gleich wiedererkenne, von ihm und von dir ...

Also gut, sagt er, während er ein paar Scheite Holz nachlegt – es war Winter, draußen lag meterhoher Schnee, kalt war's – Brandner – was ist – erzähl die Geschichte – aber ich erzähl sie ja, das gehört schon dazu, das muss man wissen, damit man verstehen kann, warum wir nicht heimkommen konnten – ah ja – wir waren in der Hauptstadt, tagsüber hatten wir auf den Ämtern zu tun, dein Vater hat, wenn ich mich recht erinnere, wieder einmal ein Kind angemeldet – in der Hauptstadt – ja, oder er hat den Landeshauptmann gefragt, ob er der Taufpate wird, oder so was Ähnliches, also jedenfalls war es sehr kalt, aber schon so, dass man draußen nicht hätte auf den Bus warten können – außerdem wär vielleicht gar keiner gefahren, der Schnee lag sehr hoch – da hat dein Vater gesagt, Brandner, ich weiß, wo's warm ist, und ich war froh, dass er sich auskannte in der Stadt und wir sind dann dahin – wohin – na dahin, wo's warm war, aber wir hatten eigentlich nicht genug Geld mit – wo wart ihr – na, du weißt schon wo – am Kai, bei den Huren – ja, aber nicht das, was du jetzt denkst – ja, was denn – na, aufwärmen wollten wir uns, nur aufwärmen, und die haben das auch gleich verstanden, und so sind wir halt ins Reden gekommen – im Puff – ja, im Puff, du wirst's nicht glauben, aber Huren können gut zuhören, obwohl, in diesem Fall haben sie eigentlich weniger uns zugehört als wir ihnen – so, was haben sie euch denn erzählt – na, woher sie kommen und warum sie da gelandet sind, ihre Lebensgeschichten halt, das war ein sehr interessanter Abend, das kannst du mir glauben, und sie haben uns Tee zum Trinken gegeben und so halt – und so – naja, Rum wird schon auch dabei gewesen sein, weil's halt auch so verteufelt kalt war – kurz und gut, das hätt alles sehr schön sein können, wenn sie dabei nicht ihr Geschäft vernachlässigt hätten, das hat den Chefs nicht gefallen, obwohl, an so einem kalten Tag, wer geht da schon zu einer Hure – na, ihr – ja, aber das war's eben, mit uns haben sie nichts verdient – die Huren sind natürlich nicht auf der Nudelsuppe dahergeschwommen, die haben gleich die Jüngste zum Schmierestehen eingeteilt, aber irgendwie haben die Chefs trotzdem Lunte gerochen, und plötzlich standen sie vor uns, zwei Stück, nicht sehr angenehm, zuerst haben sie uns nur verwarnt, wenn wir in zehn Minuten die Frauen noch immer von ihrer redlichen Arbeit abhalten würden, würd es uns schlecht ergehen – als sie wieder weg waren, hat eine von denen gesagt, dass die sicher nur gedroht hätten, heut kämen die nicht wieder, heut wär's viel zu kalt, heut machten die ihren Kontrollgang nur einmal – aber es sind keine zehn Minuten vergangen, waren die schon wieder vor der Tür und die Huren konnten uns gerade noch verstecken, auf dem Klo – sie würden uns holen, wenn die Luft rein wär, haben sie noch gesagt, wir sollten auf keinen Fall vorher zurückkommen – da saßen wir also zu zweit auf dem Klo, jeder hatte einen halben Klodeckel für sich, kalt war's, und die Zeit wollte nicht vergehen, da hat dein Vater gesagt, dass er nicht auf dem Klo erfrieren möchte – dann schon lieber einem Zuhälter davonrennen, hat er gesagt, davon würde einem wenigstens warm – ich war dagegen, aber er hat mich gar nicht gefragt, hat das Fenster aufgemacht und sich rausgezwängt – draußen hat er kurz miaut wie eine Katze, das haben wir uns so ausgemacht, und gerade wie ich mich auch hab durchs Fenster zwängen wollen, hab ich ihn jaulen hören, da bin ich wieder auf den Klodeckel runtergerutscht – und derweil haben sie dem Vater die Zähne rausgeschlagen, frag ich – ja, sagt der Brandner kleinlaut – die Geschichte hab ich allerdings noch nicht so gekannt, der Vater sprach immer von einer reichen Dame, die er beschützt hätte und die ihn an ihrem Reichtum dann teilhaben lassen wollte, aber das hätte er abgelehnt – das ist eigentlich alles gar nicht gelogen, meint der Brandner diplomatisch, eine der Damen war wirklich reich, kinderreich halt, und der Vater hat ihr gefallen – mit dem Beschützen war's aber eher anders herum, sag ich grinsend – wie's halt ist, meint der Brandner, meistens beschützen die Frauen die Männer – oh, Brandner, das sind ja ganz neue Töne – ach, sagt er nur und schenkt uns die Mostkrüge so voll, dass wir sie gleich ordentlich antrinken müssen – und, hat mein Vater dir dann eigentlich noch Vorwürfe gemacht, dass du verschont wurdest – da kennst du deinen Vater schlecht, sagt der Brandner und lächelt, als wär er ganz weit fort, wie ich mich bei ihm entschuldigt hab, hat er gesagt, ich hätt dir auch nicht geholfen, Brandner, ich bin doch noch viel feiger als du, und damit war die Sache erledigt, auf dem restlichen Heimweg hat er eine Trauerrede gehalten auf seinen Erich – auf wen – auf seinen Erich, das war ein Stockzahn, den er zwei Jahre lang rein- und rausgesteckt hat und zu dem er ein sehr freundschaftliches Verhältnis hatte, besonders im Suff, und den hat er im Schnee verloren und nicht wiedergefunden, und da hab ich ihm dann ja auch wieder geholfen – beim Suchen – nein, beim Trauern ...

Du hast den Vater gut gekannt, Brandner – ich glaub schon, wir waren fast wie Geschwister, dein Großvater hat mich behandelt wie einen eigenen Sohn – wieso eigentlich, ich mein, wie bist du in die Familie gekommen – ach, das ist eine kompliziertere Geschichte, sagt der Brandner so, als wollte er nicht weiter darüber reden – erzähl sie trotzdem, bitte ich ihn – heut ist doch genau die richtige Nacht dafür – komisch, das hat mich bis jetzt noch niemand von eurer Familie gefragt – klar, weil sie's entweder gewusst haben oder weil's ihnen ergangen ist wie mir, seit ich denken kann, hast du einfach zu uns dazugehört – der Brandner war der Brandner ist der Brandner – jetzt erschreckt mich dieser Gedanke ein bisschen, da lebt man ewig mit wem zusammen und weiß vielleicht gar nicht, wer er ist – das kommt öfter vor, als du denkst, sinniert der Brandner vor sich hin – erzähl, bitt ich ihn aufs Neue –

Das ist gar nicht so einfach, wo soll ich da anfangen – wo du willst – also bei meiner Mutter – er holt sich seine kalte Pfeife vom Tisch – nur zum Zuzeln, erklärt er mir, dann kann ich besser denken – meine Mutter war an sich ein einfacher und herzensguter Mensch, aber sie hat zeit ihres Lebens was Besseres sein wollen – nicht mehr arm sein und in der Stadt leben, das waren ihre Ziele – sie ist dann als junges Mädel auch sobald wie möglich in die Stadt und hat dort eine Arbeit als Dienstmädchen angenommen – sie hat's gut gehabt dort – der Mann war was Obereres in der Landesregierung, die Frau ein bisschen kränklich – beide waren sehr freundlich zu meiner Mutter – Kinder hatten sie keine, und da ist's halt passiert – wie die Frau wieder einmal daniedergelegen ist und der Doktor ihr eine Spritze verabreicht hat, damit sie schlafen kann, ist dem Mann der Abend so leer vorgekommen und meiner Mutter auch – von da an haben sie sich regelmäßig gefunden, bis er eines Nachts zu wenig aufgepasst hat, in dieser Nacht bin ich entstanden – du, frag ich gedehnt – ja, ich, ich bin ein lediges Kind, ich selbst hab das auch lang nicht gewusst, hab geglaubt, dass der Parmpichler mein Vater war, und hab ihn ja auch Vater geheißen – aber der Parmpichler wär nur gern mein Vater gewesen, der wollte meine Mutter unbedingt heiraten – aber sie hat nie ja gesagt, sie ist ihrem Eckhart treu geblieben, obwohl ihr natürlich gleich gekündigt wurde – sie ist wieder nach Haus gekommen – das war sicher nicht einfach für sie – nein, die einzigen, die sie's nicht spüren haben lassen, waren unsere Nachbarn, deine Großeltern –

Meine Mutter hat dann den elterlichen Hof übernommen, weil ihr Bruder im Ersten Weltkrieg gefallen ist, der Parmpichler hat ihr dabei geholfen – und deinen Vater hast du nie kennengelernt – nein, sie hat mir erst kurz vor ihrem Tod von ihm erzählt, da war er aber auch schon tot – deine Mutter ist dann aber eigentlich auch recht jung gestorben, frag ich zögernd – ja, damals sind die Leut alle noch jünger vom Sensenmann geholt worden, ich war gerade vierzehn Jahre alt, als meine Mutter an einer Grippe starb, und wenn mir dein Großvater nicht geholfen hätt, wär ich in ein Waisenhaus gekommen, aber irgendwie hat's der geschafft, dass mir der Hof geblieben ist, und im Krieg, wie ich im Feld war, hat er mir drauf geschaut – was, der Großvater hat auf dem Acker und im Stall gearbeitet – ja, so gut er's eben konnte, er ist damals von den Nazis zwangspensioniert worden, da war er, glaub ich, froh, dass er was anderes zu tun gehabt hat, und die Großmutter auch, der Großvater war nämlich ein schwermütiger Mensch, für den ist eine Welt eingebrochen, als sie ihm die Arbeit weggenommen haben – und ich hab immer geglaubt, der Großvater wär wie ein Fels gewesen – auf eine gewisse Art vielleicht ja, lenkt der Brandner ein, für die Leut zumindest, da hat er als ein strenger, gerechter Mensch gegolten, jähzornig zwar, aber trotzdem auch beherrscht und weitsichtig – zu Hause hat aber die Großmutter die Hosen angehabt, die war der Fels, die Ruhe selbst, und grundgütig, der Brandner lacht kurz auf, es gab nur wenige Dinge, die deine Großmutter aus der Ruhe bringen konnten – zum Beispiel, wenn man das Fenster aufgemacht hat beim Krapfenbacken, sag ich – ja, da geriet sie in Rage, aber größere Schicksalsschläge hat sie immer gelassen genommen, sicher auch, weil sie ein sehr gläubiger Mensch war, ihre Totgeburten zum Beispiel – das hat halt so sein sollen, hat sie gesagt, während der Großvater noch immer das Geschirr für eine achtköpfige Familie einkaufte, weil er sich sechs Kinder gewünscht hat – beide haben sie dann dem lieben Gott gedankt, dass sie mich als zweiten Sohn bekommen haben, erzählt der Brandner, und seine Stimme wird dabei immer leiser – der Großvater hat mich auf eine Landwirtschaftsschule geschickt und mich gleichzeitig immer sehr dazu angehalten, auf mein Herz zu hören – der Großvater war mir der liebste Vater, sagt er noch, dann lehnt er sich zurück und zuzelt an seiner Pfeife ...

Eine Weile hören wir der Stille zu – ich lass wieder diese ungebrochene Geborgenheit aus den Kindertagen in mich hineinkriechen – so ein Einssein mit sich und der Welt – Widersprüche, die man zulassen kann – wir haben eine gemeinsame Sprache gefunden, der Brandner und ich – für diese Tage jedenfalls – alles ist mit einem Mal so einfach – plötzlich reißt's den Brandner hoch – Mitternacht ist's gleich, da müssen wir was tanzen – er geht zum Grammofon und kramt in den Platten –

Da ist er ja, sagt er, heut haben wir aber Glück, darf ich bitten, gnädige Frau, der Kaiserwalzer – dann schweben wir im Dreivierteltakt über den Stubenboden ins neue Jahr hinein – der Brandner drückt mir ein Bussel auf die Stirn und sagt, du bist schon recht – du aber auch, sag ich, und wir tanzen weiter, obwohl die Musik schon aus ist – er dreht mich einfach und lacht wie ein Kind dabei – wenn die wüssten, wie schön wir's hier haben, ruft er – was wär dann, frag ich – dann wären sie längst zurück.

Er lässt sich auf den Stuhl fallen – da, was das Herz begehrt, Ziegenkäse, Eier, Schafschinken, Apfelsekt, und die werden jetzt irgendeine Astronautennahrung futtern – wieso, frag ich – oder was anderes eben, sagt er, aber auf jeden Fall nicht so einen köstlichen Aal – komm, lädt er mich ein, den hast du noch gar nicht probiert – und dann sitzen wir wieder am Tisch und lassen's uns schmecken – dazu musst du unbedingt den neuen Apfelwurm kosten, ein Aal ohne Schnaps geht gar nicht, da, trink ruhig ein bisschen mehr, das hält den Verstand klar – welchen Verstand, frag ich – na eben, antwortet er, prost – ich glaub, ich trink genug, Brandner, wenn wir weiter so saufen, kannst du mich nach Haus kugeln – er streicht mir über die Wange, nein, ich trag dich ...

Erzähl noch was von dir und von deinem Leben, bitt ich ihn – was soll ich denn da erzählen, gar so aufregend war mein Leben auch wieder nicht – ich find schon – ach, sagt er und öffnet die nächste Sektflasche – das ist auch alles schon so lang her, überhaupt, wozu soll's gut sein, sich an früher zu erinnern, das Leben liegt doch vor uns – er lässt den Korken schnell aus, dass er wieder richtig an die Decke schießen kann – und dann fängt er an, vom Krieg zu erzählen – von dem Jahr, wo's mitten im Krieg zum Jahresende einen Lastwagen voller Bananen und kistenweise Champagner gegeben hat – da hätt man um Mitternacht fast meinen können, dass der Tommy angreift, so haben wir alle unsere Korken in die Luft geschossen –

Der Krieg ist also nicht das, was er unter früher versteht, denk ich – der Krieg ist die Ausnahme schlechthin – die wichtigsten Jahre für den Brandner – aber irgendwie will ich das nicht glauben – so, wie ich den Brandner jetzt kennenlerne, passt das alles nicht zusammen – jetzt wär eigentlich der richtige Moment, ihn darauf anzureden – auf diese ganzen Widersprüche, auf diese Verherrlichungstendenz – aber er ist so schön mittendrin, erzählt wieder einmal die Geschichte mit dem Fohlen, das in derselben Nacht auf dem See für sie getanzt hätte, und eigentlich wär das Eis auch dick genug gewesen, aber das muss eine blöde Stelle gewesen sein – das

Fohlen versank also – beim letzten Mal war's ein Schaf oder eine Ziege, jetzt weiß ich es auch nicht mehr genau – jedenfalls strampelt es, fast wie ein Mensch – sie ziehen es mit einem Seil heraus – er wär von allen noch der Nüchternste gewesen und hätte das Lasso geworfen – ein Wurf hätte genügt – er hätte dann auch gleich das weitere Kommando übernommen – abreiben – aber der Champagner sei zu schad gewesen, da hätten sie lieber den billigen Schnaps aus den Baracken geholt – bis das Fohlen sich endlich gerührt hätte und im Dusel zum heimischen Stall losgetorkelt wäre, wären die Reibenden ihren Rausch losgeworden vor lauter Schwitzen – er kippt ein Stamperl Schnaps dazwischen und erzählt ohne Übergang von den Tauben weiter – die haben wir ja absichtlich volllaufen lassen – eine gute Methode, sag ich dir – die haben uns ja alles vollgeschissen – zu Silvester – nein, nicht zu Silvester – das war in einem anderen Jahr und ganz woanders – wir haben sie auf einen Turm gelockt und ihnen Schnaps zum Trinken gegeben – das hättest du sehen sollen, wie die losgeflogen sind – die haben natürlich ihre Flügel gar nicht gescheit in die Höh gekriegt und sind abgestürzt – von da oben auf den Boden geknallt und tot waren sie – Brandner, das ist grauslich, das ist ekelhaft, das ist Tierquälerei – Tauben sind gefährliche Krankheitsüberträger, und es sind einfach zu viele geworden, entschuldigt er sich, wir haben die loswerden müssen, ich hätt's vielleicht nicht beim Essen erzählen sollen, da, trink noch was, dann geht's gleich besser – wir sollten schlafen gehen, Brandner – was, ins Bett willst du schon, jetzt fängt's doch erst richtig an –

Er kramt neuerlich in den Platten – *Bis früh um fünfe, kleine Maus, geh'n wir noch lange nicht nach Haus,* singt er vor sich hin – hier, das passt – und dann fordert er mich wieder zum Tanzen auf – *Mit dir, mit dir, möcht ich am Sonntag angeln geh'n,* trällern ein paar junge Männerstimmen, und wir wetzen wie zwei Teenager über den Stubenboden – zwischendrin trällert er mit – na, wie wär's damit – womit, frag ich atemlos – angeln am Sonntag – warum nicht, bei dem Wetter ist das sicher drin, lach ich und will mich zum Ausschnaufen hinsetzen – nix da, weitergetanzt wird, das sind die Schlager meiner Jugendzeit, ruft der Brandner so, als hätte er sie selbst geschrieben – er ist in Fahrt – unglaublich, welche Kondition er hat – zwischen den einzelnen Schlagern nimmt er immer einen großen Schluck von irgendeinem Glas, das ihm gerade unterkommt, erzählt einen Witz oder eine kurze Geschichte, und weiter geht's – er merkt gar nicht, wie er sich da einen Mordsrausch zusammensäuft – das war halt noch Musik, die haben noch Lieder komponieren können, und heut, was machen sie heut, predigt er, auf den Mond fahren, um die Chinesische Mauer sehen zu können, das ist aber auch schon alles, und das nennen sie dann die Errungenschaft des Jahrhunderts, dabei ist das die Errungenschaft des Jahrhunderts – wir tanzen einen Tango – was, der Tango – ja, der Tango – *Ich hab was Schönes erdacht für heute Nacht,* singt er mir ins Ohr und reißt mich dann wieder herum, das ist der schönste Tanz auf der Welt, es gibt nur noch eins, was schöner ist – was denn, frag ich und denk, dass er jetzt den Walzer nennt – Vögeln – was – Vögeln, wiederholt er und zieht mich fester an sich heran, weißt du nicht, was das heißt – doch, ich kenn das auch – wie gut, will er wissen – Brandner, das fragt man nicht so direkt – keine Angst, ich verführ dich schon nicht, obwohl, ich hab früher viel gevögelt, flüstert er und rutscht mit seiner Hand im Tangorhythmus rückenabwärts – Brandner, du hast einen richtigen Rausch, lach ich ihn an und nehm seine Hand ebenfalls im Rhythmus von meinem Hintern – ja, grinst er, wenn ich noch jung wär, hätt ich keinen Rausch, da würd ich jetzt was anderes machen, das kannst du mir glauben – den Thomas kann ich gut verstehen, sagt er und hat schon die nächste Platte aufgelegt – *Solang nicht die Hose am Kronleuchter hängt, sind wir noch nicht richtig in Schuss*, kräht er lauthals mit, und wir rutschen mittlerweile von einer Stubenecke in die andere –

Jetzt such ich was aus, brems ich ihn – und du setzt dich hin – *Lili Marleen* oder *Erst wann's aus wird sein ...* – ich weiß, dass das beides Lieblingslieder von ihm sind – um Gottes willen, keines von beiden, stöhnt er, da werd ich grad noch traurig am End von so einer schönen Nacht, komm gscheiter her und erzähl mir was Lustiges – fürs Erzählen bist bei uns du zuständig, sag ich – nein, jetzt bist du dran, erzähl was – aber was – egal was, lustig soll's sein, erzähl einen Witz – du weißt doch, dass ich mir keinen Witz merk – einen wirst dir schon gemerkt haben in deinem Leben, so jung bist doch auch wieder nicht – Brandner, ich weiß einen einzigen Witz, aber der passt jetzt nicht – erzähl ihn, befiehlt er mir – aber der ist eigentlich gar nicht richtig zum Lachen – ich lach bestimmt, verspricht er mir, erzähl – ich weiß gar nicht, ob ich ihn noch zusammenkrieg, ich hab nämlich auch einen ganz schönen Rausch – zier dich nicht – also gut, auf deine Verantwortung, sag ich und verdamm mich, dass es ausgerechnet dieser komische Sterbewitz ist, den ich mir gemerkt hab – aber vielleicht kriegt ihn der Brandner eh nicht mehr ganz mit – na wird's, fordert er mich auf –

Also, der Hubervater liegt im Sterben – ah, stöhnt der Brandner – was, kennst du den, frag ich beinah erleichtert – nein, antwortet der Brandner, aber er fängt schlecht an – du wolltest ihn ja unbedingt hören, sag ich und erzähl weiter, um den Witz endlich hinter mich zu kriegen – da ruft er seinen Sohn zu sich und sagt, lieber Bub, mit mir geht's bergab, und du sollst meinen Hof kriegen, aber bevor du ihn übernimmst, schau dir die weite Welt an – ich hab das auch gemacht, bevor ich den Hof übernommen hab, und ich hab es nie bereut – fahr wohin du willst, steig in den besten Hotels ab und genieß es – und solltest du einmal Schwierigkeiten kriegen, sag einfach, ich bin dem Hubervater sein Bub, dann wird's schon gutgehen – der Bub schaut sich also die Welt an und fliegt nach Paris, London, Amsterdam, New York, ja sogar nach Hongkong – und wenn es Schwierigkeiten gibt, braucht er wirklich immer nur zu sagen, ich bin dem Hubervater sein Bub, und alle Wege zu einer angenehmen Reise sind sofort geebnet – in Japan kriegt der Gute dann Heimweh und denkt, jetzt wird's auch Zeit, sonst stirbt mein Vater am End noch, bevor ich heimkomm – er kommt zurück und hat Glück, sein Vater lebt noch, aber es geht ihm schon ganz schön schlecht – er setzt sich zu ihm ans Bett und erzählt ein bisschen von der Reise, wie schön sie war und so, der Vater lächelt – der Bub sagt, aber eines muss ich dich jetzt fragen, du hast mir gesagt, dass ich immer sagen soll, dass ich dem Hubervater sein Bub bin, wenn ich in Schwierigkeiten komm – und, fragt der Vater, hat's am End nicht gewirkt – doch, das ist es ja gerade, wie geschmiert hat's gewirkt, aber warum, Vater, was hast du dazu gemacht – ja, weißt du, das war so, sagt der Hubervater und holt tief Luft – und dann ist er gestorben.

Der Brandner schaut mich an, sagt aber nichts – ich steh auf und leg ein paar Holzscheite nach, nur um der plötzlich eingetretenen Stille zu entkommen – ha, legt der Brandner endlich los, der ist gar nicht so schlecht – meinst du – der ist sogar gut, du hast ihn nur schlecht erzählt – er ist mit einem Mal wieder hellwach und wirkt fast nüchtern –

Das ist schon ein Kreuz mit dem Sterben, sagt er leise und ist dann wieder eine Weile still – hast du Angst davor, frag ich ihn vorsichtig, nachdem ich mir fünf Mal überleg, ob's nicht gescheiter wär heimzugehen, bevor's ganz ernst wird – aber er hat angefangen ...

Hast du Angst davor, frag ich ihn noch einmal ein bisschen lauter – er schüttet ein Achtel Sekt runter und lacht auf, für einen, der schon einmal drei Tage im Leichenschauhaus aufgebahrt war, hat der Tod nichts ... manchmal schon, unterbricht er sich selbst und wird wieder ernst, aber wenn ich jetzt so drüber red, eigentlich nicht, man hätt halt noch gern ein bisschen was geregelt, dir hätt ich auch noch einiges zu sagen, aber ich denk immer, es hat noch Zeit – hat's doch auch noch, will ich ihn unsinnigerweise aufmuntern, du stirbst nicht so schnell, Unkraut verdirbt nicht – sag das nicht, der Sensenmann tut, was er will, meinen Sohn würd ich jedenfalls nicht auf eine Weltreise schicken, bevor ich geh, mit dem würd ich mich lieber noch einmal anständig besaufen – das kann ich mir vorstellen – was – na, wie du mit deinem Sohn dasitzt und deine Schnäpse durchkostest, eigentlich schade, dass du keine Kinder hast, Brandner – er horcht auf – was sagst du – es ist schad, dass du keinen Sohn hast, wiederhol ich, so als wär der Brandner plötzlich schwerhörig geworden – wieso, ich hab doch einen – was, du hast einen Sohn –

Brandner, Brandner, da erfährt man Sachen, wo hast du ihn denn versteckt – da, sagt er und zieht seine Brieftasche aus dem Hosensack, da – er drückt mir ein abgegriffenes, aber noch gar nicht so altes Foto in die Hand – das bin ich mit ihm, brummt er –

Mir bleibt einen Moment lang die Luft weg – aber das ist doch – ja, sagt er, das ist der Thomas – das, das hab ich nicht gewusst, stottere ich vor mich hin – ohne dass ich mich dagegen wehren könnte, überrollt mich ein rasendes Herzklopfen – er hat's auch erst vor kurzem erfahren, beruhigt mich der Brandner – es ist nicht, weil ich's nicht gewusst hab, stottere ich weiter – ich weiß, nimmt mir der Brandner das Reden ab, es ist wegen dem Foto, weil du ihn plötzlich gesehen hast – ja – ich starr auf das Foto – vor mir verschwimmt alles – du liebst ihn ja noch immer, sagt der Brandner erstaunt – es gibt Dinge, für die man sich wünscht, dass die Zeit doch lieber stehengeblieben wär, hör ich mich sagen, während ich unbeholfen das Foto wegschiebe – Mädel, du hast zu viele Heimatfilme gesehen, sagt er lachend und schiebt das Foto wieder zu mir, das kannst du haben – das brauchst du doch selbst, sag ich schon wieder gefasster, sonst hättest es nicht in deiner Brieftasche – nein, nein, nimm's nur, zur Erinnerung an die besten Männer deines Lebens, setzt er stolz hinzu und füllt unsere Stamperl voll.

Ich schüttle mich wie ein nasser Hund – das ist heut eine Nacht, ein Wahnsinn – das Jahr fängt gut an, prostet mir der Brandner zu – plötzlich muss ich lachen – dann waren wir ja doch beinah verwandt, Brandner – das wär nicht das Verkehrteste gewesen, sagt er heiter, aber du hast ja wegmüssen, aus dem Dorf, wie sie – sie – na, die Mutter vom Thomas – stimmt, sie war eine Hiesige, eine

liebe Frau eigentlich, warum hast du sie nicht geheiratet
– die Frage hat sich gar nicht gestellt, mein Gott, sie war
um eine Ecke älter als ich, wir haben uns von klein auf
gekannt – wie's dann mit uns passiert ist, war schon
Krieg, ich hab gar nicht gewusst, dass sie schwanger ist
– und wie ich nach Haus gekommen bin, war sie weg,
jahrelang hab ich sie nicht wiedergesehen, die Leut haben gesagt, dass sie geheiratet hätte in der Stadt, der
Thomas war schon fast erwachsen, als sie wieder herge-
zogen sind – achtzehn war er, sag ich, und der Brandner
zwinkert mir zu, dass du dich daran noch erinnern
kannst, bist du da überhaupt schon zur Schule gegangen
– so groß wie ihr alle immer getan habt, war der Alters-
unterschied auch wieder nicht zwischen uns – jedenfalls
hab ich damals überhaupt erst erfahren, dass ich einen
Sohn hab, erzählt er weiter – und wann hat er's erfahren
– wie sie gestorben ist, sie wollte es so – er gähnt –

Komm, jetzt tanzen wir noch einmal, und dann bring
ich dich nach Haus – *Mein Liebeslied muss ein Walzer sein,*
singt der Brandner wieder mit, während er mich im
Dreivierteltakt elegant an der Tischkante vorbeiführt –
du kennst wohl auch jedes Lied – jedes nicht, meint er
geschmeichelt, aber das ist aus der Lieblingsoperette
von der Erna – er singt selig weiter, bis ihm die Tränen
kommen und mir auch – diese Nacht ist ein einziges
Wechselbad der Gefühle – in mir ist alles möglich – ich
bin rundum zufrieden, könnte Bäume ausreißen, auf der
Straße tanzen, barfuß übers Wasser laufen – gleichzeitig
bin ich müde, jederzeit imstande umzufallen – die Tränen wärmen uns, waschen unsere Augen aus – der
Brandner lässt mich mitten im Lied stehen, um sein
Schnäuztüchel zu holen – dann schnäuzt er sich

geräuschvoll und schenkt sich noch einen Schnaps ein, anstatt mit mir weiterzutanzen ...

Warum ist aus euch eigentlich nie was Richtiges geworden – aus der Erna und mir, fragt er – ja – ja, mein Gott, die Erna wollt halt nicht, und dann wollt ich nicht, und dann sie wieder nicht, nie wollten wir zugleich – so kann's gehen, sagt er, zuckt mit den Schultern und holt seine Jacke. Wieder eine Geschichte, die ich nie wirklich erfahren werde, denk ich – dabei kann ich mich heute nicht beklagen – heut hat er viel preisgegeben – trotzdem – tagaus, tagein erzählt er Geschichten, so viele Geschichten – Geschichten über andere – die, die mit ihm selbst zu tun haben, hat er gut verwahrt, um nicht zu sagen eingeschlossen – ich frag mich, ob er sie noch kennt – es bleibt doch viel, worüber er nicht redet – und ich dann automatisch auch nicht, obwohl in mir allmählich das Bedürfnis dazu aufkommt ...

Was ist los, was denkst du, reißt mich der Brandner aus meiner Grübelei, und ich hab gleich ein schlechtes Gewissen, weil ich nach so einer Nacht noch immer was auszusetzen habe – der Fahrtwind hat mir dann Gott sei Dank alles aus dem Kopf geblasen ...

Wie wir diese Fahrt geschafft haben, ist mir ein Rätsel – und der Brandner ist dann auch noch allein nach Hause – ich hab zu ihm gesagt, bleib doch hier und schlaf bei uns deinen Rausch aus – kommt gar nicht in Frage, hat er geantwortet – jetzt fahr ich mich wieder heim – er drückt mir noch ein Bussel auf die Stirn – wenn ich einmal nicht mehr bin, fängt er an und schaut mich so ernst an, dass es mir einen richtigen Stich gibt – was ist dann, frag ich ihn, weil er nicht weiterredet – pass auf dich auf, sagt er nur – dann hat er sich jodelnd aufs Rad geschwungen – hoffentlich hat er's überhaupt nach

Hause geschafft – ich muss nach ihm schauen – es ist
schon wieder dunkel – wir haben den ganzen Tag geschlafen – warum auch nicht – wir sind niemandem Re-
chenschaft schuldig – wenn ich nur wüsste, wie er das
gemeint hat – pass auf dich auf ...

***

Der Brandner ist weg – ich weiß nicht, was ich tun soll –
ohne den Brandner bin ich aufgeschmissen – zuerst habe
ich mir noch keine Gedanken gemacht – der schläft seinen Rausch aus – und vielleicht braucht er auch wieder
einmal zwei Tage für sich allein – in den vergangenen
Tagen sind wir viel beieinandergehockt – das sind wir
beide nicht gewohnt – wir brauchen auch unsere Ein-
samkeiten dazwischen – zuerst hab ich ihn noch nicht
gesucht – ich war zwar am Neujahrstag oben bei der
Erna, nachschauen, ob er gut nach Hause gekommen ist
– aber als er nicht da war, hab ich ihn nicht gesucht ...

Es kommt öfter einmal vor, dass er zwei Tage nicht
zu sehen ist – wie bei einer Katze – dabei hätte mir da
schon was auffallen müssen – die ganze Schweinerei
von der Silvesternacht war noch da und kein Feuer im
Herd – das ist ungewöhnlich für den Brandner – das
hätte mir auffallen müssen – stattdessen habe ich aufge-
räumt, das Geschirr abgewaschen, den Boden gewischt ...

Ich hätte ihn gleich suchen müssen – so lange war er
noch nie weg – morgen ist Dreikönigstag – zuerst hat er
mir noch nicht gefehlt – diese reichen Tage mit ihm in
mir – es ging mir gut – so gut – ich hab sie nachwirken
lassen wie beseelende Liebesnächte – mir waren seit langem wieder Flügel angewachsen – die alltägliche Arbeit

ging so leicht von der Hand – ich genieße es, das Wasser vom Brunnen zu holen, die Späne fürs Anheizen zu spalten, die Buckelkraxe mit den großen Holzscheiten vom Schuppen ins Haus zu tragen ...

Seitdem wir keinen Strom mehr haben, scheint mir alles viel sinnvoller – natürlich hab ich am nächsten Tag mit dem Essen gewartet – der Schweinsbraten ist mir vorzüglich gelungen – da hätte ich schon gern gehabt, dass der Brandner mitisst – ich hab ihn reichlich mit Knoblauch bespickt und ganz viel Kümmel dazu geschmissen, so wie er's am liebsten mag – die Kruste war genau richtig – aber das Krachen im Mund hat mir noch deutlicher gemacht, dass ich allein bin – allein so einen Festschmaus essen, das ist nichts – und gar jetzt, wo ich schon den vierten Tag allein daran speise – der Braten wird nicht weniger – ohne Brandner schmeckt das Essen nicht – da kann ich ja gleich weiter Suppen essen gehen – ich hätte ihn nicht nach Hause fahren lassen dürfen – da fängt's schon an – und damit, dass ich dann erst nach zwei Tagen zu suchen angefangen hab ...

Ich bin in die Häuser gegangen – vom Berg bis ins Tal hab ich systematisch gesucht, hab in jedem Haus gehorcht, ob ich ein Stöhnen höre, hab laut nach dem Brandner gerufen – aber als ich auf den Hofbauerwald zugekommen bin, um da noch in den vereinzelten Gehöften nachzuschauen, die hinter dem Wald liegen, kam ich mir mit einem Mal gnadenlos blöd vor – so in die leeren Häuser zu rufen, was soll das bringen – es gibt doch nur zwei Möglichkeiten – entweder will er sich nicht melden oder er ist nicht da – tot ist er bestimmt nicht.

Gestern war ich wieder bei der Erna oben – da hat eine Schale Eier auf dem Tisch gestanden, frische Eier –

als ob die Erna zurück wär, dachte ich zuerst – aber das war natürlich der Brandner – tot ist der nicht, der lebt, das spür ich – aber er braucht meine Hilfe – seit gestern weiß ich das – aber ich weiß nicht, was ich tun soll – gestern auf dem Nachhauseweg von der Erna hab ich das Tandem gefunden – im Straßengraben – völlig zerbeult – die Fahrt in die Bezirkshauptstadt können wir vergessen – dann bin ich an den Waldrand zu seinem Hochsitz – von da oben kann man weit ins Land schauen – vielleicht, dass ich was seh – vielleicht, dass mir da einfällt, was ich tun soll ...

Aber mir ist nichts eingefallen – nur, dass er weg ist und dass ich ohne ihn aufgeschmissen bin, und dann verfalle ich in ärgste Ahnungen – dass er nie mehr wiederkommt und dass er das in der Silvesternacht schon gewusst hat – deshalb hat er so viel von sich preisgegeben – das ist natürlich der pure Blödsinn – ich bin auch bald unverrichteter Dinge nach Hause gegangen – aber heute sitz ich schon wieder hier oben ...

Warum lässt sich der Brandner nicht finden – ohne ihn bin ich aufgeschmissen – nicht weit her mit meinen frischen Flügeln, ich weiß – man muss den eigenen Flügeln vertrauen und nicht gleich ans Abstürzen denken, sonst kann man das Fliegen ja gleich lassen, hat Jens einmal gesagt – der hat leicht reden – der hat ja nur aus Flügeln bestanden – ein schöner Platz, den sich der Brandner für seinen Hochsitz ausgesucht hat – dabei ist er eigentlich gar kein Jäger – er schaut nur gern, hat er gesagt – der Blick über die Wiese bis an den Hofbauerischen Waldrand ist wunderschön – wenn man die Augen schließt, heben sich die Konturen der paar Obstbäume deutlich gegen den Himmel ab – es sieht aus wie eine Federzeichnung auf einem grau befeuchteten Blatt –

bald wird alles blühen, in sattem Grün dastehen – warm genug wäre es schon – aufmachen darf man die Augen natürlich nicht zu schnell – dass der Holunder noch voll in der Frucht steht, auch die Blätter der Apfelbäume nie welk geworden sind, die roten Früchte der Hagebutte wie Steine am Strauch verharren, verstimmt einen nur wieder – ändern kann ich's ja doch nicht – tagsüber braucht man gar keine Jacke mehr – mitten im Winter ...

Ein beruhigender Platz ist das hier oben, ein guter Platz zum Tagträumen – aber nicht heute – heute ist meine Unruhe am größten – irgendwas hat mich in den Krallen – in der Nacht sind die Träume wiedergekommen, haben meinen Schlaf zerstückelt bis zur Unkenntlichkeit – nach den Feiertagen mit dem Brandner dachte ich, jetzt schaff ich es, nicht mehr daran zu denken – aber die Vergangenheit ist nicht mehr abzuschütteln, hat Platz genommen in einem, sich ausgebreitet, ob man will oder nicht –

Natürlich sind es nicht nur die Träume, ist es auch das zerbeulte Tandem, die frischen Eier, die versteinerten Hagebutten – nicht nur die Vergangenheit, die mich immer wieder einholt, auch die Zukunft – in den Träumen heute Nacht hat sich wieder alles zugleich über mich gestülpt – am härtesten dabei die Begegnung mit ihr – im Traum –

Ich bin wieder im Zug gefahren – plötzlich der Wahnsinn um mich – ein Irrenhaus, ein fahrendes, ratterndes – ein Chinese, der aus Fahrplänen Flieger bastelt, der junge Mann mit einer heiligen Zeitschrift und flammenden Augen, die alte Frau im gelben Mantel und dem dazu passenden Schal – sie ist von Anfang an aussteigebereit – der Mantel zugeknöpft, der Kragen aufgestellt, die Handtasche auf dem Schoß – sie schaut stur zum Fenster hinaus – ich möchte ihr Gesicht näher sehen, beuge mich nach vorn – die Frau bin ich, denke ich plötzlich – aber ich will es nicht sein – ich will diese schmalen Lippen und ausgeweiteten Augen nicht – sie fängt an zu reden – sie spricht mit meiner Stimme – ich steige panisch aus – ich renne auf dem Bahnsteig, renne fast alles um – ich flüchte vor den Bullen – Jens und die anderen sind schon weg – vor mir die Frau mit dem Würstlwagen – heiße Würstl, Schokolade, Bier, Limonade, Kaffee – ich komm nicht an ihr vorbei – sie dreht sich um – es ist Johanna – einen Moment lang bin ich betäubt – ich renne weiter – ich denke im Traum, später, später will ich mit ihr reden – jetzt hab ich keine Zeit – oder ich schreibe ihr – dann am See – der Weg wäre ganz kurz, man müsste nur durchschwimmen – aber ich kann nicht – es geht nicht – zu viel Schlamm – dann eine Gaststube, wir suchen den Wirt – wir haben uns verirrt, nicht im Wald, sondern auf den Straßen – der Brandner plötzlich mit dabei – wir finden uns nicht zurecht im Schilderwegweiserwald, und es sind keine Menschen zum Fragen da – dann eine Schlucht – ich muss Windeln aufhängen an einem Strick, der über diese Schlucht gespannt ist – die Frau mit dem gelben Mantel steht neben mir und lacht hämisch – ich wache auf, gehe gleich an den Brunnen, tauche meinen Kopf in den Brunnentrog, um das hämische Lachen loszuwerden ...

Ein Jahr ist es her – dass ich sie genau an ihrem Todestag in einem Traum wiedertreffe ...

Seltsame Zufälle sind das – Johanna schreibt auf einen Schmierzettel – man könnte so weit weg und bleibt wie meistens – mitten in einer Sitzung reicht sie mir den Zettel – ich will ihn weitergeben – sie sagt, nein, der ist nur für dich – das war um die Weihnachtsfeiertage, in denen uns meistens das Heimweh eingeholt hat – sie spricht es aus – ich hab Heimweh, trotz allem, was mich hier gut bettet – trotz allem, was mich hier gut bettet … – uns hat nichts gebettet – eben das hat gefehlt – das Bett – zu irgendeiner Zeit hatten wir alle Heimweh – nur nicht zugeben – das Leben in der Illegalität verbietet Heimweh, verbietet auch, allzu oft nachzuforschen, was wir warum tun – wir waren alle heimatlos – das Herz an der Nabelschnur nachgeschliffen – zu oft außer uns, erwürgen wir uns gleichzeitig mit diesen Fernen – der Alltag frisst die Seele, spuckt sie dann aber wieder aus – komisch, Johanna war nicht die erste von uns, die dran glauben musste, aber sie war die erste, mit der ich wirklich befreundet war – davor waren es Opfer – Opfer der Revolution – unserer Idee – notwendige Opfer, die gegen die Gleichgültigkeit gebracht werden müssen – sinnlose Opfer, sagte Johanna – als der Unfall passierte, hab ich das erste Mal nachgedacht, ihr immer wieder Briefe geschrieben im Geist – Rechtfertigungen …

Johanna wollte aussteigen, ein neues Leben anfangen, von vorne – nur noch das eine Mal mitmachen – das eine Mal hat ihr das Leben gekostet – mein Zorn groß – nur noch stumme Schreie – ich werde ihren Tod nie verstehen.

Jens redet weiterhin vom bewaffneten Kampf als der einzigen Möglichkeit, sich Gehör zu verschaffen – er ignoriert meine Zerrissenheit – das war ein Fehler – das war seine Art von Trauer – er hat alle Brücken hinter sich verbrannt, sagt er – die Entwurzelung verbunden mit der Illegalität – er kennt nicht die ewige Suche nach einer Heimat, das eigentliche Nicht-Verwinden der Entwurzelung, weil die Wurzeln nie ganz ausgerissen waren – er kennt diesen inneren Zwiespalt nicht, behauptet er – ich glaube ihm nicht.

In den Feiertagen immer eine gewisse Desorientierung von uns allen – als wären wir alle nicht mehr bei der Sache – in den ersten Jahren ist mir das nicht aufgefallen – in den ersten Jahren dachte ich, nur ich bin rückfällig, habe den Strich unter mein Leben nicht genau genug unternommen ...

Habe ich wirklich gemeint, ich könnte ihren Sterbetag einfach vorbeigehen lassen – der Bauch lässt sich nicht irreführen – Nachweinen bringt auch nichts – nichts daraus gelernt haben ist härter – oder hab ich daraus gelernt – sie hat mir geholfen, dass ich rechtzeitig abgehauen bin – aber was bedeutet schon rechtzeitig, wenn es am Ende doch zu spät ist.

Es ist noch nicht zu spät – das Leben hier ist meine Chance – der Brandner wird schon wiederkommen – heute ist die letzte Raunacht – die arbeitsreicheren Zeiten gehen wieder los – der wird wiederkommen und mir sagen, was zu tun ist – ohne den Brandner bin ich aufgeschmissen ...

***

Ich geh dann wieder, sagt der Brandner – und wo such ich dich, wenn der Ofen wieder spinnt – der spinnt nicht wieder, antwortet er mir nur – nickt und geht.

Wie beim letzten Mal – Waschen ist Weiberarbeit, behauptet er – warum hast du dann deine dreckige Wäsche bis jetzt allein gewaschen frag ich ihn – ja, bis jetzt, antwortet er gedehnt, bis zur letzten Wäsche hat die Maschine ja noch mit angepackt – ach, und jetzt, wo's eine Schinderei wird, ist's Weiberarbeit – genau, sagt er nur und klopft mir aufmunternd auf die Schulter – Brandner, droh ich ihm, ich bin nicht mit dir verheiratet – eigentlich schad, kontert er kokett – ich muss lachen – neuerdings fängt er richtiggehend an, mit mir zu schäkern ...

Der Alltag hat uns zwar wieder und mit ihm auch die Suppen und die Knochenarbeit, aber zwischen uns ist's entspannter als in den Monaten vor Weihnachten – abgesehen von dem Rest schlechten Gewissens – das hat er wohl noch, der Brandner, obwohl er's nicht zugeben will – mich da tagelang im Ungewissen zu lassen, das gehört sich nicht, hab ich ihn beschimpft – hast recht, hat er zugegeben – was aber eigentlich passiert ist, bleibt sein Geheimnis, und seine Bemühungen, mich davon abzulenken, sind groß – allein, was er sich beim Wiederkommen einfallen hat lassen – das war am Abend vor Dreikönig, in der letzten Raunacht – ich wollt mich schon zum Schlafengehen richten, da pumpert's am Stubenfenster, und wie ich schauen will, was das sein könnte, poltert's im Vorraum – ich nehm mir also eine Kerze, um dort nachzusehen, aber da ist niemand – dann hör ich ein Raunzen am Badezimmerfenster – als ob eine Katze herein wollte – aber als ich da schau, ist wieder nichts zu sehen – und auch nichts mehr zu hören – ich geh also in die Stube zurück und überlege, was ich tun soll – Angst hab ich komischerweise keine gehabt – da steht mitten in der Stube eine Buckelkraxe – bis obenauf mit Nüssen und gedörrten Zwetschken gefüllt ...

Die Pudlmuata, dämmert's langsam in meinem Kopf, und ich spür, wie meine Hände plötzlich vor Aufregung zittern – die hab ich ganz vergessen – natürlich, *die Pudlmuata* geht in der Dreikönigsnacht um, poltert und schmeißt den Kindern Nüsse und gedörrte Früchte in die Stuben – zu sehen kriegt man sie nie, aber auch wenn sie poltert, braucht man keine Angst vor ihr zu haben – sie ist eine Gute – trotzdem haben wir uns als Kinder doch auch immer ein bisschen gefürchtet an diesem Abend – die Buckelkraxe ist natürlich die große vom Brandner – während ich beinah zärtlich über die Nüsse und Zwetschken streiche, rinnen mir die Tränen nur so über die Wangen, und ich weiß gar nicht, was es ist – ob's mehr die Erleichterung ist, dass der Brandner wieder da ist, oder seine liebevolle Aufmerksamkeit ...

Dann denk ich, der wird doch nicht die ganze Kraxe mit Nüssen und Zwetschken gefüllt haben, und grab mit der Hand tiefer in die Kraxe hinein – da spür ich Wolle – einen Socken – ich zieh ihn heraus – ein Socken vom Brandner – was soll das nun wieder bedeuten – ich hol eine Schüssel und schütte die Nüsse und Zwetschken um – Wäsche liegt darunter, nur Wäsche – und ein Zettel, darauf steht – wäscht du mir meine dreckige Wäsche bitte auch gleich mit, wenn du schon dabei bist, ich brenn dir einen Extraguten, Brandner – auf alles wär ich gekommen, aber nicht darauf – so ein gefuchster Hund, denk ich noch, da steht er schon ganz unschuldig in der Tür und fragt, ob ich für den Haussegen bereit wäre –

Der Haussegen vor Dreikönig wird ganz ernst genommen – in dieser Nacht treiben sich besonders viele Mächte herum, böse wie gute, bedrohen Haus und Hof, gefährden Gesundheit und Gedeihen oder bringen Kraft und Segen – auch der Brandner ist dieses Mal genauer mit dem Räuchern und Besprengen – er geht nicht nur in jeden Raum, sondern auch ums Haus und in den Garten – außerdem hat er eine Kreide im Säckel, mit der er einen Drudenfuß auf die Betten malt – mir ist's mit einem Mal sehr seltsam zumute – als würden wirklich Geister mit uns ziehen – dann zeichnet er auch das

C+M+B mitsamt Jahreszahl auf die Türstöcke – müssten wir da nicht auf morgen warten, auf die Sternsinger, frag ich ihn frech, weil ich diesen unheilvollen Druck auf der Brust loswerden möchte – weißt du denn, was das heißt, fragt er mich herausfordernd zurück – natürlich, sag ich, Caspar, Melchior und Balthasar – ja, sagt er mit einem leisen Triumph in seiner Stimme, so kann es auch gedeutet werden, aber eigentlich steht es für *Christus mansionem benedicat* – und was heißt das – das ist lateinisch, teilt er mir stolz mit – das hab ich mir fast gedacht, spotte ich, aber was heißt es auf deutsch – Christus segne dieses Haus, antwortet er nachsichtig und erzählt mir, dass früher meistens die Hausherren selbst diese Segensformel auf den oberen Türbalken gezeichnet hätten ...

Er redet noch weiter über die Sternsinger, aber ich hör ihm nur noch ganz entfernt zu, bin irgendwie weggetreten und muss an meine Brüder denken, wie sie verkleidet und bemalt durch die schneeverstürmten Jännertage zogen und am Ende nur noch krächzend nach Hause kamen – die Kälte dieser Tage ist mir plötzlich gegenwärtig und die stille Friedlichkeit der schneebedeckten Felder – der diesjährige Winter dagegen stimmt alles andere als friedlich, beunruhigt eher – der diesjährige Winter war noch gar nicht da – der ist einfach ausgelassen worden.

He, was hast du denn, rüttelt mich der Brandner – ach nichts, sag ich – wir packen unsere Räucherutensilien und ziehen durch das Dorf auf den Berg rauf zur Erna – auf dem Weg fängt der Brandner mit dem samstäglichen Rosenkranz an – ich hab gar nicht mehr gewusst, welchen Wochentag wir haben – in den Feiertagen hab ich jegliches Gefühl dafür verloren – aber der

Brandner vergisst den Samstag nicht – und auch am Sonntag mit Kirchgang und Kegeln hält er stur fest ...

Als wir bei der Erna sind, duftet es uns schon im Vorraum entgegen – ich hab einen feinen Braten im Rohr, raunt er mir zu, bevor wir unseren letzten Räucherrundgang starten – ich riech nur Knoblauch, meine ich lachend, als ich mich dann an den gedeckten Tisch setze – der Brandner hat sich Mühe gegeben, sogar ein weißes Tischtuch aufgelegt – wofür so ein schlechtes Gewissen nicht manchmal gut ist, denke ich und warte neugierig auf das Festmahl – es ist ein Schweinsbraten – oh, ein Schweinsbraten, entfährt's mir – ich überleg mir kurz, ob ich ihm nicht sagen soll, dass mir der Schweinsbraten nach den vergangenen Tagen beinahe zu den Ohren rauskommt – da sagt er aber schon, ja, das ist doch deine Leibspeise, oder, und ich hab viel Kümmel dazugegeben und ihn mit extra viel Knoblauch bespickt – so magst du's doch besonders gern, meint er und legt mir umständlich mit seiner linken Hand ein dickes Stück auf meinen Teller – warum er für derlei Handgriffe nicht endlich seine rechte Hand benutzt, ist mir schleierhaft – als müsste er mir beweisen, was man alles mit zwei Fingern leisten kann – nimm dir auch was von den Erdäpfeln, fordert er mich auf, und da ist auch noch ein Krautsalat – ja gern, erwidere ich etwas abwesend –

Irgendetwas verwirrt mich, seitdem der Brandner im Türrahmen gestanden hat – ich komm nicht dahinter, was es ist – vielleicht, dass er so tut, als ob nichts gewesen wär – das kann mich aber eigentlich nicht mehr überraschen – iss doch was, drängt mich der Brandner, heute musst du noch einmal kräftig zulangen, ab morgen gibts nämlich wieder Suppen – das ist nicht dein Ernst – es wird nicht anders gehen, wir werden gar nicht zum Kochen kommen, wir haben zu viel Arbeit vor uns ...

Dass es wieder mit den Suppen weitergeht, ist mir ein Grauen, obwohl ich an diesem Abend jede Suppe lieber gegessen hätte als den Braten – was hast du denn, fragt mich der Brandner, passt was nicht – nein, nein, es ist alles in Ordnung, sag ich und würge den ersten Bissen mit einem etwas gequälten Lächeln hinunter – eine Weile kauen wir schweigend –

Also gut, sagt der Brandner plötzlich ganz entschieden, ich hab halt zu viel Schuss gehabt – was, frag ich nunmehr völlig irritiert, wovon redest du – na, davon, warum ich mich ein paar Tag nicht hab anschauen lassen, ich hab einen Unfall gehabt, ich hab's nicht mehr derbremst, du hast das Rad ja gesehen, aus unserer Ausflugsfahrt wird so bald nix mehr werden, leider – aber wir haben eh keine Zeit, fährt er fort, ohne dazwischen Luft zu holen – so, sagt er energisch und legt seine rechte Hand auf den Tisch.

Jetzt erst fällt mir auf, dass er sie bandagiert hat – bis hin zum Ellbogen – hast du dir die Hand gebrochen, frag ich ihn und will über sie drüberstreichen – er zieht sie weg – vielleicht, sagt er, weh tut sie halt – soll ich sie mir anschauen – ach was, das brauchst du nicht, so arg ist's nicht – er steht auf und holt aus dem Fensterschrank einen Schnaps, seine Pfeife und den Tabak, obwohl wir gerade erst zum Essen angefangen haben – für ihn ist das Thema abgeschlossen, so setzt er seine Zeichen.

Und jetzt bist mir nicht mehr bös, bettelt er und hält mir das eine Stamperl hin – ich war dir gar nicht bös, aber genauer wissen möcht ich schon, was war, wo hast du zum Beispiel die frischen Eier her und überhaupt, wo warst du, warum hab ich dich nicht gefunden –

Du hast halt nicht genau genug geschaut, sagt er – und – wie er da gelegen sei, hätt er sich alles überlegt – was dringend zu erledigen sei und wie wir dann weiter vorgehen könnten, dass wir die Äcker in den besten Lagen aussuchen müssten, um sie im Frühjahr zu bestellen – das braucht alles seine Zeit, sagt er – deshalb sei's gut, wenn wir jetzt schon anfingen ...

Im Grunde würden wir ja im Schlaraffenland leben, meint er, wir könnten uns theoretisch ja alles aussuchen, was wir wo anbauen, welche Bäume wir abernten, wo wir wohnen und dergleichen – und praktisch – was praktisch – ja, warum nur theoretisch, frag ich ihn – weil praktisch wär das alles nicht ganz so einfach, das müsste schon gut überlegt werden – da sollten wir erst einmal die Vor- und Nachteile abwägen, redet er sich umständlich in eine Erklärung hinein, man könne nicht hier einen und am anderen Ende des Dorfs den nächsten Acker bestellen – kein Wort davon, dass ein Teil der Äcker ja noch gar nicht abgeerntet ist und dass es, so hart wie die Erde an manchen Flecken festsitzt, gar nicht sicher ist, ob wir sie mit unseren Händen bewirtschaften können – er tut noch immer so, als sei das Dorf leer, weil die Leute das Reisefieber gepackt hat – und das zufällig alle am selben Tag ...

Hafer könnte er sich vorstellen und Frühjahrsweizen und Gerste – natürlich erst in zwei Monaten – und im Garten sollten wir Radieschen, Spinat und Schwarzwurzeln säen, außerdem könnten wir auch Frühsalat ziehen, aber im Mistbeet, und das müsste dann auch noch regelmäßig zugedeckt werden – warum – na, weil's zu kalt ist, du Tschapperl – aber Brandner, wir haben beinahe Sommernächte – ja, ein paar Tag lang, aber es wird wieder kalt, wirst sehen, der Winter kommt noch, wart nur, wir werden sogar noch Schnee kriegen, prophezeit er und setzt dann einen seiner Wettersprüche hintendran, sozusagen als Beweis – *Ist es grün zur Weihnachtsfeier, fällt der Schnee auf die Ostereier* ...

Aber warum reden wir dann jetzt schon übers Aussäen – die Zeit kommt schneller, als du denkst, du musst das alles lernen, sagt er mit einem Mal ganz ernst, mein letzter Herzschlag ist nicht mehr gar so weit – mich reißt's einen Moment lang, aber im nächsten Augenblick denk ich, dass der Brandner mich mit solchen pathetischen Sätzen einfach nur gefügig machen will – der weiß ganz genau, dass das bei mir sitzt – ich suche seine Augen – er schaut mich an wie ein Kind ...

Und was steht an Dringendem an, wechsle ich gewaltsam das Thema – Obstbäume schneiden, Christbäume abputzen und die dreckige Wäsche, sagt er – die Bäume machst du, die Wäsche ich, stelle ich provokativ fest – nein, nein, lenkt er schmunzelnd ein, wir machen das schon zusammen, ich helf dir natürlich beim Wassertragen – plötzlich lachen wir beide –

Der Brandner schenkt Schnaps nach und wirft das Grammofon an – den Rest des Abends schwelgen wir in alten Weihnachtsweisen, wie früher, als wir noch Kinder waren – obwohl bei uns die Krippe erst zu Lichtmess abgeräumt wurde, hatte ich immer das Gefühl, dass die Weihnachtszeit mit dem Abend vor Dreikönig vorbei war – da saßen wir noch einmal vor dem brennenden Lichterbaum und musizierten, bis die Kerzen runtergebrannt waren – am nächsten Tag war der Christbaum aus der Stube verschwunden, und in der Küche lag ein neuer Quirl, den einer der Buben aus der Baumspitze gefertigt hatte – die Weihnachtslieder vom Grammofon haben mich diese Geborgenheit noch einmal spüren lassen – das war der letzte gemütliche Abend mit dem Brandner seither ...

Einmal eingetaucht in die Arbeit, tut sich immer noch mehr und mehr davon auf, scheint das zu Erledigende an manchen Tagen schier nicht mehr bewältigbar – zudem bedrängt uns das Wetter – wir haben inzwischen Ende Jänner, und es wird von Tag zu Tag spürbar wärmer – die Kirschbäume stehen in voller Blüte – der Frühling setzt seine eindeutigen Zeichen – Schneeglöckchen, Schlüsselblumen, Hundsveilchen und Narzissen – daneben ernten wir die reifen Trauben vom Herbst, weil der Brandner findet, dass wir viel zu wenig Wein hätten – aus dem Nichts tauchen Käfer aller Art auf und gelb glänzende Fliegen – einerseits beruhigt mich das, weil wir dann nicht die einzig beweglichen Lebewesen bleiben, anderseits stimmen mich die auftauchenden Schwärme unruhig ...

Du übertreibst, meint der Brandner, als wir uns beim Hofer zur Grießnockerlsuppe treffen, das sind noch lange keine Schwärme, im Krieg hab ich einmal erlebt, was so ein richtiger Mückenschwarm ist, das war in Südfrankreich – wie der über mich hergefallen ist, hab ich am helllichten Tag geglaubt, es sei Nacht, einzeln haben die ganz harmlos ausgeschaut, wie Gelsen eben, aber im Schwarm hat man Angst gekriegt – und dann ist auch prompt die Malaria ausgebrochen, nur, das war damals ganz was anderes – die paar Mücken sind ungefährlich, und so lange sie uns nicht auffressen, müssen wir auch nichts gegen sie unternehmen, wischt er meine Bedenken vom Tisch, das Problem wird sich außerdem ganz von selbst lösen, sobald es wieder kalt wird, und es wird noch einmal richtig kalt, das spür ich, beteuert er und erschlägt mit seinem Löffel lautstark eine lästige Fliege.

Ich glaub's ihm nicht – die Natur scheint mir durcheinander geraten zu sein und wir mit ihr – der Löwenzahn blüht, ich schneide ein paar junge Blätter, um mir am Nachmittag den Suppengeschmack mit frischem Salat zu vertreiben – nicht einmal eine Minute später hole ich kübelweise die Holunderdolden von den umliegenden Sträuchern – dem Brandner zum Trotz – er hat mich gefragt, warum ich's damit so eilig hätte – da hab ich rotzig geantwortet, dass ich davon noch gern einen Schnaps möchte, und wenn wir noch länger zuwarten würden, kämen uns die Stare zuvor – ha, lacht er darauf, die Vögel sind doch nicht blöd, die wissen Bescheid, dass es noch einmal kalt wird, oder hörst du einen Vogel – nein – eben, die kommen erst, wenn die Kälte vorbei ist – welche Kälte, frag ich aufmüpfig –

Mädchen, du wirst noch an mich denken, sagt er nur und nickt vielsagend mit seinem Kopf – dann treibt er mich an – beeil dich damit, ich brauch dich beim Reitbauern, da hab ich ein paar gute Weinfässer gefunden, die müssen wir noch auswaschen – auf dem Weg zum Reitbauern steh ich plötzlich mitten in einer Krokuswiese – ein weiß-violetter Teppich, der mir entgegenstrahlt und mein Herz unmittelbar zum Lachen bringt ...

Das ist unsere Wiese – ein Wahnsinn – unsere Wiese – als wären all die Jahre nicht vergangen – ich hocke mich auf einen umgefallenen Baumstamm und umfange staunend diese prächtige Wiese meiner ersten Liebe – das Krokusmeer versöhnt mich mit dem Frühling – was kann er denn auch dafür, dass der Winter sich nicht hat blicken lassen – und eigentlich ist sein Aufwachen doch wunderschön – schon als Kind hab ich diesen

Jahreszeitenwechsel sehr bewusst miterlebt – besonders die ersten Tage des Frühlingserwachens – auf dieser Wiese haben wir an unseren Plänen gesponnen, eine Urwaldreise ersonnen und die verschiedenartigsten Gipfel erklommen – ein Ort, geschaffen zum Träumen ...

Wenn der Thomas allein zurückkäme – ohne die anderen – warum soll das unrealistisch sein – nur er, weil er sich Sorgen macht um seinen Vater – und er käme an dieser Wiese vorbei – noch in diesen Tagen, wenn sie so blüht – und wir würden da weiterleben, wo unsere gemeinsamen Tage aufgehört haben – natürlich ein Wahnsinn, auch nur daran zu denken – aber schön wäre es – so schön – und dann, warum soll überhaupt wer zurückkommen, wenn nicht einmal die Vögel ...

Oder hörst du einen Vogel, hat der Brandner mich gefragt – nein – es wird überhaupt immer stiller hier, kommt mir vor – nur noch die Geräusche, die wir selbst verursachen, manchmal der Regen, wie er aufs Dach trommelt – aber sonst – oft eine unheilvolle Stille, wenn man ihr nachhorcht – sie bohrt sich in den Kopf hinein – laut und drohend – deshalb tut die körperliche Arbeit auch so gut ...

Der Brandner wird schimpfen, dass ich hier die Zeit versitze auf der Wiese – der weiß längst, dass diese Tagträumereien nichts weiter als Fallen sind, vor denen es mich zu bewahren gilt – er bestimmt über mich und meine Zeit wie eh und je – und ich fang an, ihn zu verstehen – ich lass ihn bestimmen – nur nicht am Waschtag – einmal in der Woche bin ich mein eigener Herr – dabei haben wir gar nicht so viel dreckige Wäsche – aber einmal in der Woche hab ich einen Waschtag angesetzt –

Mittlerweile ist's mir ja recht, dass ich alleine an der Waschrumpel arbeite – überhaupt nachdem ich die

Waschküche von unserem Bad in Ernas Bad verlegt habe – die Erna hat noch einen Badeofen, den man mit Holz beheizen kann – ein uraltes Ding, das sie gar nicht mehr benutzt hat, aber weil es so sperrig war, hat sie es nie rausgeschafft – da mussten wir nur den Wasserbehälter aufstemmen – jetzt schütte ich von oben das Wasser hinein und heize dann den Ofen an – dann richte ich mir das Grammofon – mit Musik arbeitet's sich besser – danach sortiere ich die Wäsche, erst das helle Zeug, dann das dunkle – und dann geht's an die Waschrumpel – mit Escamillos Hilfe *Auf in den Kampf* – ich werde noch zu einer richtigen Opernkennerin, sag ich zum Brandner immer nach so einem Waschtag – wenn noch was übrigbleibt vom heißen Wasser, lass ich mir anschließend ein Bad ein – das ist ein Genuss fürs Kreuz – vom Flur lass ich zum x-ten Mal die *Habanera* erklingen – so lässt sich die Weiberarbeit ganz gut verwinden – der Brandner löst sich für diese Stunden in Luft auf – dem passt es nicht so recht, dass ich bei der Erna wasche – ich tu so, als würd ich das nicht merken – er hat mir einen Badeofen für unser Haus versprochen – aber das ist doch nicht nötig, hab ich ihm gesagt – doch, doch, dann kannst du zu Hause baden, sagt er beinahe scheinheilig – und ich verschieb es einmal mehr, ihm den Zusammenziehvorschlag zu unterbreiten ...

Eigentlich wär's das Vernünftigste, aber der Brandner war zu lange Junggeselle – da ist nichts mehr zu machen ...

***

Mir ist, als hätte ich die Vögel singen hören – und das hohe Frühlingssirren von Kreissägen – mehrere auf einmal – es braucht eine Weile, bis ich aus dem Bett steige und mich herzklopfend ans Fenster schleiche – bis ich mich traue – draußen regnet es – kein Mensch sitzt mit einer Säge im Obstbaum – das muss ich geträumt haben ...

Ich weiß die Wirklichkeit nicht mehr von den Träumen zu unterscheiden – dazwischen das im halbwachen Zustand Weitergeträumte – oder Weitergesponnene – was denk ich, was träum ich, was ist – keine Grenzen mehr zwischen diesen einzelnen Zuständen – zumindest keine erkennbaren Grenzen mehr – auch im Nachhinein fällt mir das Auseinanderhalten schwer –

Der Brandner ist Wirklichkeit – er hält beruhigend meine Hand, gibt mir was zu trinken, legt mir ein nasses Tuch übers Gesicht – ich möchte ihm danken, aber da sink ich schon wieder in einen dieser Fieberträume zurück – ich geh mit dem Brandner durch eine internationale Obstausstellung – da liegen Früchte in den herrlichsten Farben – man darf mitnehmen, was man will – wir packen auch dementsprechend ein – dann kommt es zum Streit mit den Angestellten, nicht wegen des Obstes, sondern aus politischen Gründen – wir wollen gehen, ehe der Streit eskaliert, werden gefangengenommen – ich kann entkommen – ich sehe, wie der Brandner einen orangen Kittel übergezogen kriegt, eine bunte Zwangsjacke – er wird in eine Hütte am Wasser gesperrt – sie sieht aus wie das Schwanenhäuschen – ich bin Führer eines Befreiungsplans – wir werfen dem Brandner und seinen Mitgefangenen Kiwis, Avocados und Orangen ins Häuschen – gleich hinter der Hütte geht eine Berglandschaft los, moosbewachsene Hügel, Wahnsinnsfarben, spätstehende Sonne – da wohnen die Mamelucken – sie beschützen ihren morgenländischen

Herrscher, den man nicht sieht – sie kommen uns auf ihren Pferden entgegen, mit Speeren – wie im Film – sie sind die Feinde unserer Feinde – wir hoffen auf ihre Hilfe – ihr Anführer ist Jens – er hat eine Frau auf seinem Pferd, aber das bin nicht ich ...

Ich wache auf, will aufstehen, um meinen Kopf in kaltes Wasser zu tauchen – der Brandner drückt mich beruhigend in die Polster zurück – er legt mir ein kaltes Tuch auf – es ist angenehm – ich schlafe in den nächsten Traum hinein – eine Müllhalde – Dreck, Schlamm, Abfall, verrostete, niedergerissene Stacheldrähte – ich bin unterwegs mit einem alten Rucksack – ich weiß nicht genau, wo ich hin will, stoße an die Stacheldrähte – obwohl sie niedergerissen sind, sind sie ein Hindernis für mich – ganz oben, mehr oder weniger am Rande des Abgrundes, steht ein Tisch mit weißem Tischtuch – da sitzen Polizisten und trinken Tee – sie haben einen roten Mond auf der Stirn – einer lacht – er sieht haargenau aus wie Jens – dann eine Schlägerei im Nebenraum – ich verstecke mich in der Speisekammer, habe gleichzeitig ein schlechtes Gewissen, dass ich mich verstecke und nicht mitkämpfe – vor der Tür hör ich die Polizisten miteinander reden – ich bin eingesperrt – in der Speisekammer stehen nur Suppen – das muss mich zum Stöhnen gebracht haben – ich hör, wie der Brandner zu mir sagt, wach auf, du hast einen Alptraum.

Ich sehe, wie das Fenster aufgemacht wird – umrisshaft – ich bin froh, dass mein Alptraum unterbrochen wurde – trink einen Schluck Wasser, flüstert der Brandner – das Wasser verbrennt im Bauch – ich möchte schlafen, nur schlafen, fall ins Bett zurück und bin schon dem nächsten Traum ausgeliefert – das Fieber schmeißt mich förmlich in den Kampf mit diesen Träumen – die

Träume siegen – mir bleiben bleierne Glieder – als wär ich mit Schlafmitteln vollgepumpt ...

Das kann nicht sein – ich will den Brandner fragen – er schlägt mit einem nassen Geschirrtuch um sich – es klingt wie eine Peitsche – was machst du da, Brandner – ich erschlag die Viecher – warum – weil sie dich ganz zerstechen – er knallt sein Geschirrtuch wieder gegen die weiße Wand – ein schwarzer Fleck bleibt – wie an unseren Kinderzimmerwänden – die waren im Sommer voller Flecken – schwarze und rote – mit dem Schlapfen erschlagene Gelsen – dabei war es weniger das Stechen als das Surren – das Surren war zum Wahnsinnigwerden – komisch, die Viecher hier surren gar nicht – deshalb stören sie mich auch nicht – hör auf, Brandner, lass sie in Ruhe, diese Tiere sind das letzte Leben neben uns – red nicht so einen Stuss, flucht der Brandner, diese Scheißviecher saugen dich noch aus, schau dich an, wie du ausschaust, ganz scheckig bist du – glaubst du, dass die schuld sind an meinem Fieber – möglich ist alles – was, auch dass ich Malaria hab, kann das sein, ich meine, in diesen Breitengraden – doch, das hat's schon einmal gegeben, 1947, im Sommer, da hat hier auch die Malaria grassiert, mehr als zweihundert Fälle, kennst du noch den Wiesenteufel – ja, der lebt da hinter dem Hofbauerwald in irgend einem dieser Höfe – na, Höfe ist leicht übertrieben, Keuschen sind das eher da hinten, jedenfalls hat die Malaria damals dem Wiesenteufel die halbe Familie ausgerottet ...

Gefährlich ist nur das Weibchen, schnauft der Brandner, während er unablässig weiterschlägt – was – na, von der Anopheles-Mücke, das Männchen saugt kein Blut, aber das Weibchen schon, und so überträgt es die Krankheit – woher weißt du das denn schon wieder –

vom Krieg – und woher weißt du, ob es ein Männchen
oder ein Weibchen ist – wenn es einen roten Flecken hin-
terlässt auf der Wand, dann war's ein Weibchen – und
vorher, wie kannst du das denn vor dem Erschlagen erkennen – weiß ich nicht, das weiß nur der Fachmann –
du bist kein Fachmann – nein – er schlägt mittlerweile
mit seiner eingefatschten Hand zu – Brandner, hör auf,
ich möchte schlafen – Fledermäuse brauchten wir halt
oder Schwalben, flucht der Brandner unter verhaltenem
Schlagen weiter ...

Dieses Mal ist das Fieber ärger – dieses Mal kommt
der Durchfall dazu – das sind die Suppen, sag ich – das
hättest du gern, lacht er und streicht mir zart die nassen
Haare aus dem Gesicht – mir ist so heiß, Brandner,
kannst du die Sonne nicht wegschieben, sie macht mich
ganz betrunken – die geht bald von selbst, beruhigt er
mich, in ein paar Tagen ist's wieder kalt – woher nimmst
du nur diese Siegessicherheit – *Sonnt der Dachs sich in der
Lichtmesswoche, bleibt er vier Wochen noch im Loche* – du
hast wohl für alles einen Spruch parat, stöhne ich – der
Hundertjährige Kalender sagt's auch, insistiert er sanft –
sagt der auch, dass wir alle Fieber kriegen – jetzt stell
dich nicht so an mit deinem Fieber, das geht doch wieder vorbei – und kommt wieder, und niemand weiß warum und woher ...

Ist's so besser, fragt er mich – er hat das Fenster mit
einer dunklen Decke verhängt – ja, sag ich noch und tauche wieder unter im Traumsumpf – ich bin auf einer
Demo – mit den anderen – ich weiß, dass es Leute von
uns sind, aber ich erkenne keinen – es ist ein friedlicher
Zug – am Straßenrand wird Theater gespielt – witzige
Einlagen – geistreich – plötzlich quietschende Reifen –
ein Polizeiaufgebot kommt angerauscht – mit Helmen

und Schlagstöcken – die gehen einfach dazwischen, drängen uns auseinander, schwingen ihre Stöcke – ich sehe es, kann aber meinen Kopf nicht rechtzeitig einziehen – Blut rinnt mir in den Kragen – es ist plötzlich Nacht – ich bin auf einer dunklen Straße unterwegs – ich weiß, dass ich die Stadt kenne und die Straße und die Menschen, aber ich kann trotzdem nichts erkennen – es ist zu dunkel – dann bin ich im Dorf – der Brandner ist tot – ich beerdige ihn – in einer Schublade in unserem Keller – ich schiebe die Schublade zu und leugne seinen Tod – dann wieder bei Jens – ich will wieder zurück – ich will sogar in den Kader – er sagt, dass man mich nicht mehr wolle, weil ich eine Verräterin sei – das meinen die anderen auch – bis auf eine Frau mit einem Bein – ich kenne sie von Illustrierten-Titelbildern – sie war ein Mannequin – sie besteht darauf, dass ihr Fall mit meinem zu vergleichen sei und dass wir uns nicht rausdrängen lassen dürften – mir sind die Haare ausgegangen – ich habe schon eine halbe Glatze – der Rest ist schütteres, gräuliches Haar – man sieht Blut auf meinem Schädel und eine verkrustete Narbe – Jens will mich aufmuntern – er sagt, es wächst wieder nach, und fängt ganz hysterisch zu lachen an – das Lachen dröhnt in meinem Kopf – oder sind das wieder die Kreissägen – nein, die waren nicht echt, hat der Brandner gesagt, Tschapperl, wir haben doch gar keinen Strom ...

Das Zimmer ist dunkel – heiß ist es und stickig – der Brandner ist nicht da – Gelsen sitzen auf meinem schweißnassen Arm, Fliegen kitzeln auf dem Haaransatz – war ich beim Heueinfahren – das kann sein, die Jahreszeit hätten wir danach – die Hitze stimmt – wozu sollten wir aber das Heu einfahren – für welchen Stall – der Brandner hat's gescheit gemacht – der wird sich gleich waschen gegangen sein – den jucken die trockenen Halme nicht mehr – ich möchte aus meiner Haut – die ist zu dünn geworden – das welke Gras sticht mich wie kleine Reißnägel – die Haut kann es nicht davon abhalten – ich brauche eine andere Haut – diese kann ich vergessen – und die Haare auch – die verklebten – vom Schweiß – oder ist das wirklich Blut – nein, im Traum war es Blut – in Wirklichkeit ist es nassgeschwitzt – und von dieser Insektenmeute vollgeschissen.

Auch das Lachen war nur im Traum, kann nur im Traum gewesen sein – der Jens ist doch gar nicht da – warum kann er mich nicht in Ruhe lassen – bestimmt wäre er mir über den Kopf gefahren – Gott sei Dank bin ich rechtzeitig aufgewacht – er hätte seine Handschuhe ausgezogen und wär mir über den Kopf gefahren, um die Narbe mit seinen Händen sehen zu können und das schüttere Haar – Gott sei Dank bin ich aufgewacht – ich will mich von ihm nicht mehr berühren lassen – nicht einmal im Traum –

Soweit hätte es nicht kommen sollen, dass ich ihn hasse – oder hasse ich ihn überhaupt noch – ich liebe ihn nicht mehr – dabei war unsere Liebe so groß, so unvergleichbar – sie machte mich zu allem fähig – sie ließ mich über ein Jahrzehnt in Demos mitpilgern, obwohl ich von klein auf Angst hatte, mich in Massen zu bewegen, sie ließ mich bedingungslos in den Widerstand einsteigen, obwohl ich damals wie heute ein unpolitischer Mensch war, sie war die Rechtfertigung für Autodiebstähle, für Banküberfälle, für meinen Umgang mit einer Kalaschnikow – die Liebe machte alles möglich, die Liebe war der Grund, warum ich nie nachgefragt habe – was für eine Liebe muss das gewesen sein – wo war ich in ihr – wo war ich mit meinem Kopf – wie konnte ich ihm so verfallen – was war an diesem großen, schlanken, fahrigen Menschen – leben, leben, leben – es klang immer so, als hätte er das Leben erfunden – vielleicht weil er als Kind so viel mitgemacht hat – den SS-Vater, den frühen Tod der Mutter, ein Heim nach dem anderen, als Dreizehnjähriger schon eine fünfjährige Lebensgemeinschaft mit einer richtigen Frau, wie er sagte – oft hatte ich allerdings das Gefühl, dass er es gar nicht selbst erlebt hatte, sondern nur nebenherlief und sich in seinem Leben zuschaute – irgendwas sonderte ihn immer von seinem tiefsten Inneren ab – oft ins Wasser gesprungen, aber nie nass geworden – seine Gehirnwindungen knapp am Wahnsinn gebaut – gleichzeitig war er ein Spießer – ein elender Spießer – jetzt denk ich über ihn, als wär er tot – wie konnte ich ihm so verfallen ...

Warum nicht – es war nicht alles Scheiße, im Gegenteil – er hat mich mit seinem Witz ins Leben mitgenommen – in ein randvoll ausgefülltes Leben – ich habe Gefallen daran gefunden – seine Erotik, unser chaotisches In-den-Tag-Leben, später der existentielle Kitzel, die Macht, das Alles-oder-Nichts-Spiel – zwanzig Jahre durchs Leben geschleudert wie auf einer Achterbahn – an den steilen Stellen kreischend gelacht – zwanzig Jahre, würde der Brandner nachfragen – ist das nicht ein bisschen lange – natürlich war es zu lange – sonst wären wir nicht da gelandet, wo wir gelandet sind – aber ich will es trotzdem nicht hören – also werd ich dem Brandner doch nichts erzählen ...

Ich werde schlafen – nein, doch nicht schlafen, ich will nicht mehr träumen – aber wie soll ich mich wachhalten ohne das brandnerische Umsichschlagen – ich kann nicht mehr denken – ein Gedanke stört den anderen – ein vollkommenes Durcheinander, eine Verwirrung sondergleichen ist da oben in meinem Hirn, zittert durch meinen Körper und erfasst ihn mit Knochenfingern – im Halbschlaf will ich sie ordnen, die Gedanken – mein Leben umordnen – so viele Fehler gemacht – dass man aber auch so vieles zu spät bemerkt und, das ist das eigentlich Schlimme daran, rückgängig machen möchte ...

Ich muss an die frische Luft – ein Blitz erhellt mein Zimmer für Sekunden – ist das schon wieder ein Traum – ich muss zum Fenster – jetzt hör ich den Donner – ein Gewitter – ich muss raus, schauen, ob das wirklich ein Gewitter ist – ob es auch regnet – wie ich das Aufstehen geschafft habe, weiß ich nicht mehr – aber ich muss draußen gewesen sein – das war kein Traum – ich stand vor der Haustür und hab zugeschaut, wie aus dem Tröpfeln ein Niederprasseln wurde – ein Sommergewitter – ich zähle die Sekunden zwischen Blitz und Donner, horche, wie das Gewitter näher kommt und sich wieder entfernt – wie das Prasseln aber bleibt – als würde mich wer an der Hand fassen und mit sich ziehen, taumle ich über den Treppenabsatz in den Garten, stehe lachend mitten im strömenden Regen – das war für mich als Kind schon immer ein wunderbares Gefühl – ich und die Natur – wir sind die Größten ...

Oder war das doch nur im Traum – nein, ich war völlig durchnässt, als der Brandner angerannt kam – er hat mich gepackt und reingetragen – es wird alles wieder gut, es wird alles wieder gut, hat er in einem fort gesagt und mir sanft befohlen, dass ich mir ein trockenes Gewand überziehe – sonst holt dich der Tod – er redet mit mir wie mit einem Kind – dass du mir nicht mehr allein rausgehst, solange du Fieber hast – reg dich doch nicht so auf, Brandner, es ist ja nichts passiert – aber es hätte was passieren können, du bist in einem gefährlichen Zustand, wie ein Mondscheiniger – das ist wahr, woher weißt du das – dafür hab ich einen Blick, jetzt sei brav und leg dich wieder ins Bett – nein, nicht ins Bett – warum nicht – ich will nicht wieder träumen – ich werde dich wachhalten, du musst ins Bett, das ist der einzig sichere Ort, du musst keine Angst haben, redet er beruhigend auf mich ein – ich habe keine Angst, mir geht's nur nicht gut – das geht schon vorbei, besänftigt er mich weiter, während er das Leintuch nachspannt und die Polster aufschüttelt – er redet einfach so fort, redet mich ins Bett hinein, redet und redet – ich hab Schwierigkeiten, ihm zu folgen, aber darum scheint es auch gar nicht zu gehen – er redet um sein Leben, verirrt sich in seinen eigenen Geschichten – aber warum –

Er flüchtet hilflos in seine Kriegsgeschichten – im Krieg hätte er auch oft Angst gehabt – die meisten hätten doch eigentlich Angst gehabt – einmal hätten sie einen Fluss überqueren müssen – in der Dämmerung – und die Brücke war gesprengt worden – sie hätten Baumstämme ins Wasser geworfen und wären darüber balanciert – etliche wären dabei ertrunken, einfach davongeschwemmt worden – die Angst hätte ihn über diese Baumstämme gejagt – richtig geholfen hätte sie ihm – ein anderes Mal wäre ein guter Kamerad, ja, fast ein Freund, neben ihm im Graben von einem Granatsplitter erwischt worden – auch da hätte er es mordsmäßig mit der Angst zu tun gekriegt – aber der Kamerad hätte Glück gehabt, weil er ein Spieler gewesen sei und seine Karten auch an der Front in der Hemdtasche mitgeführt hätte – der Granatsplitter sei in den Tarockkarten steckengeblieben – die ganze Angst also umsonst – so könne es auch gehen – ein anderes Mal wiederum hätte sich die Angst überhaupt erst im Nachhinein eingestellt – er hätte Nachtwache halten müssen – auch an der Front – unwegsam wäre ihm das Gebiet wohl vorgekommen – wie ein frischgefurchter Acker – des Morgens seien ihm dann die Augen aufgegangen – er hätte sich mitten auf dem Schlachtfeld befunden und sei auf Köpfen herumgestanden – mit dem Aufgehen der Sonne hätte ihn dann eine grausige Angst befallen, die er gar nicht genau beschreiben könnte – einfach eine Angst halt – eine, an die er noch manchmal denken hätte müssen ...

Angst ist schlimm, wenn man allein ist – wenn man zu zweit ist, braucht man gar keine Angst zu haben, redet er weiter auf mich ein und hängt wieder eine Kriegsgeschichte dran – einmal hat es einen Kameraden erwischt – Lungenschuss – Erwin hat er geheißen, der Kamerad – der Angstschweiß ist ihm übers ganze Gesicht geronnen – der hat schon seine Familie grüßen lassen – da hab ich ihm eine Zigarre in die Hand gedrückt – rauch die, hab ich gesagt – nachher geht's dir besser – brauchst keine Angst haben, wir flicken dich wieder zusammen, hab ich gesagt – der hat an der Zigarre gezogen und der Rauch ist wieder aus dem Schussloch rausgekommen – den haben wir retten können, weil er keine Angst mehr gehabt hat – der lebt vielleicht heut noch ...

Der Brandner erzählt und erzählt – ich hör ihn nur noch von weitem, falle in einen seichten Schlaf, habe immer mehr das Gefühl, dass es gar nicht der Brandner ist, der da redet, sondern Jens – ein Irrwitz schlechthin – Jens erzählt mir Kriegsgeschichten – ich will das alles nicht – mir wird schwarz vor den Augen – alles dreht sich – ich fuchtle im Nebel herum, finde nichts, an das ich mich klammern kann – ich muss wieder aufwachen

– ich muss irgendwas sagen, sonst hört er nie mehr auf mit seinem Krieg.

Ist das alles wahr, was du da erzählst, hör ich mich mit schwerer Zunge fragen – eine blöde Frage, denk ich im selben Augenblick, als ob es was ändern würde, wenn es nicht wahr wäre – was, fragt der Brandner irritiert – ach nichts, sag ich – ja, was denkst du denn, antwortet er mir entrüstet, alle meine Geschichten sind wahr – er schaut mir direkt in die Augen – sie sind zwar nicht immer so passiert, aber sie sind wahr – Brandner, du bist ein Schelm – geht's dir besser, fragt er mich – ich weiß nicht – du warst bewusstlos – war ich lange weg – nein, nicht lange – und das Fieber, wie viele Wochen geht das schon – nicht einmal eine Woche, zwei Tage, wie beim letzten Mal – bist du sicher, mir kommt es dieses Mal viel länger vor, so, als ob es gar nicht aufhören wollte ...

Und ich hab die Vögel gehört, du auch, haben wir schon Sommer – aber nein, Tschapperl, Lichtmess ist vorbei und der heilige Blasius – bist du sicher – ganz sicher, ich hab doch selbst erst die Kerzen geweiht – und ich lass dich wieder mit der ganzen Arbeit allein – ach was, die paar Tage, sagt er, Hauptsach, dir geht's wieder besser – er lacht – die Arbeit ist kein Frosch, sie hüpft uns nicht davon – das sagt die Schönebnerin immer ...

Er füttert mich liebevoll mit einer Reisschleimsuppe – schmecken tut's wahrscheinlich nicht besonders, entschuldigt er sich – aber gesund ist's, ergänze ich ihn – ach, Brandner, was tät ich ohne dich – musst nicht glauben, dass ich dich nicht auch brauch, sagt er ganz ruhig und bestimmt – die Suppe verbreitet in mir eine angenehme Müdigkeit – erzähl noch was, bitte ich den Brandner – aber nichts vom Krieg, mehr was, wovon ich einschlafen kann – vom heiligen Bischof Blasius – ja, so was –

Und er erzählt, warum der heilige Blasius als Helfer gegen Halskrankheiten verehrt wurde – wie der Sohn einer Witwe beinahe an einer Gräte im Hals erstickt wäre und wie der Bischof Blasius ihn dann gerettet hätte – wie, weiß ich nicht mehr – an der spannendsten Stelle muss ich eingeschlafen sein – endlich in einen tiefen, erholsamen Schlaf gefallen – ich muss die ganze Nacht durchgeschlafen haben –

Draußen hat es wieder zu regnen aufgehört – morgendliches Vogelgezwitscher hat mich geweckt – dieses Mal bin ich mir sicher, dass es kein Traum war – hat mich doch das Gekrächz des Eichelhähers aus einem wirklichen Traum geholt – rrährräh, kreischt es von draußen herein, und ich ergebe mich unwirsch dem hellen Tag – hätte dieser verdammte Eichelhäher nicht ein paar Sekunden später schreien können – es war endlich einmal ein angenehmer Traum – ich möchte das Ende wissen – aber wenn man es so dringend wissen will, erfährt man es nie – irgendeiner, irgendwas weckt einen dann immer zu früh.

Ich hab am Waldrand gesessen, im weichen Moos, und auf die Krokuswiese geschaut – plötzlich tauchen Menschen auf aus der Wiese – strahlende Gesichter – allen voran Johanna – sie sagt, ich bin wieder da – wir fallen uns in die Arme – die anderen kommen näher – sie bewegen sich im Walzertakt – unter ihnen auch Thomas – er tanzt nicht – er geht direkt auf mich zu – ich will auch aufstehen und ihm entgegenlaufen ...

Rrährräh, zerreißt mir der Vogel meinen Traum – rrährräh – erst will ich mit Gewalt fertigträumen – Johanna wollte mir noch etwas sagen – und dann erst das

Wiedersehen mit ihm – auch die anderen waren mir gut – vielleicht ist die ganze Wiedersehensangst umsonst – heute hätte ich es erfahren können ...

Mir geht es viel besser – der Brandner ist gar nicht da – der wird schlafen – er hat's verdient – ob er noch immer darauf besteht, dass es noch einmal kalt wird – jetzt muss er es eigentlich auch einsehen – die Morgensonne strahlt – jetzt kann ich doch wieder raus – ich hab kein Fieber mehr, und es regnet nicht – jetzt würde es mir der Brandner sicher auch erlauben ...

Es ist warm – wie an einem Sommermorgen – ohne lang zu überlegen, schlage ich den Weg zur Krokuswiese ein, setze mich am Waldrand ins Moos und warte – die Fiebertage sind also wieder gegangen – gekommen und gegangen wie bei den letzten Malen, nur dass ich mich erschöpfter fühle – ich schaue in die Wipfel – die Wolken ziehen leicht darüber hin – in meinem Kopf für Momente die Ahnung, wie alles wird – kann uns doch nur noch ins Verderben führen – dennoch ist dieses Leben die beste Lösung für mich – alles fügt sich, wie man's braucht – fügt es sich noch – Sterben gehört auch zum Kreislauf – hier stirbt nichts mehr.

Mit einem Mal ein Würgen – nie mehr den Wandel miterleben – die zarte Verästelung im Winter, wenn das Laub gefallen ist – das vorsichtige Knospen, das frohlockende Blühen, um dann wieder vergoldend dem Winter entgegenzugehen – der Herbst war immer meine Lieblingsjahreszeit – aber ein ganzes Jahr Herbst – oder alles zugleich – Frühling, Sommer, Herbst – ohne den Winter – warum nur – was kann da geschehen sein – was immer, es muss gewaltiger als die Natur selbst sein – kaum vorstellbar – der Anblick der Wiese beruhigt mich – obwohl, irgendwas ist anders –

Die Maulwurfhügel – die waren beim letzten Mal noch nicht – aber das ist gut, das ist sogar sehr gut – die Sonne wirkt ermüdend – jetzt ein kleines Bad im Wiesenteich das wär gar nicht schlecht – warm genug wär's auch – aber ich trau mich nicht, ohne den Brandner zu fragen – ich bin noch nicht lang genug aus dem Bett – ein Herzkasperl im Teich – das kann ich dem Brandner nicht antun – lieber die Augen schließen, die Sonne genießen und meinen Traum von vorher zu Ende träumen –

Rrährrähh – wieder hat mich der Eichelhäher aus dem Traum geholt – ich bin erneut eingeschlafen – ich muss nach Hause, wer weiß, vielleicht sucht mich der Brandner längst – ich muss an die Arbeit – so wollte ich den Traum nicht zu Ende träumen – so bestimmt nicht.

Sie sind alle wiedergekommen – wir sitzen an einer großen reichgedeckten Tafel und feiern ausgelassen das Wiedersehen – am anderen Ende der Tafel sitzt meine Mutter – ich schreie über den Tisch, dass der Brandner gestorben sei – schon vor einem Vierteljahr – und fange plötzlich an zu weinen – hemmungslos – es zerreißt mich fast dabei – aber ohne Tränen ...

***

Was der Brandner kann, kann ich schon lange – ich muss nur eine gute Perücke finden – obwohl, der hat sich schon was sehr Gutes einfallen lassen – als Schneemann – geht einfach als Schneemann – mitten in sommerlicher Hitze – darauf muss man erst kommen ...

Er hat sich in unseren Garten gestellt – das heißt, erst hat er mich ja wieder einmal warten lassen, einen ganzen Tag lang – wir haben ausgemacht, dass wir die

Foastwochn mit einem Sauschädeltanz anfangen – wie sich's eben gehört, auch wenn gar kein Sauschädel zum Stehlen da ist – da tun wir halt so, als ob, sagt der Brandner, und ich steige gleich voll Begeisterung in die Vorbereitungen dafür ein – schwelgend in der Erinnerung an meine Kindheit stelle ich unsere Stube um für die Gerichtsverhandlung und schaffe auch Platz fürs Tanzen – dieses Mal ohne Grammofon – der Brandner wollte seine Posaune mitnehmen – ich bring dir bei, wie man darauf spielt, versprach er mir –

Und dann kam er nicht daher – den Mittwoch über hab ich ihn auch schon nicht gesehen – einen Moment lang kam mir der Gedanke, dass ich mich vielleicht in der falschen Woche befinde – aber der Blick auf unseren Abreißkalender wies untrügerisch auf den *Foastpfingsta* hin – also hab ich mir überlegt, wie ich die Zeit des Wartens sinnvoll nutzen könnte – da bin ich aufs Krapfenbacken gekommen – aber die Krapfen sollten mir nicht gelingen ohne den Brandner mit seinen guten Ratschlägen – und meine gute Laune schien es sich auch langsam zu überlegen, ob sie nicht vollkommen fehl am Platze wäre.

Draußen war's heiß – ich hatte keine Lust, eine weitere Arbeit anzugehen, um sie dann womöglich zu unterbrechen, wenn er doch noch käme – also wanderte ich ziellos durchs Haus – stand unschlüssig vor dem Spiegel – als was soll ich morgen gehen und übermorgen und überübermorgen ...

Wir werden ein paar Tage lang zum *Faschingssingen* unterwegs sein, wenn wir das ganze Dorf beglücken wollen, hat der Brandner gesagt und sich dabei die Hände gerieben – das fängt ja gut an, denk ich, wenn er schon zum Sauschädeltanz nicht auftaucht –

Und während ich mir so überlegte, ob ich mir meine Laune nun gänzlich verderben lassen sollte, griff ich wie von ungefähr zur Schere und fing an, meine Haare abzuschneiden – immer kürzer, bis ich aussah wie ein Mann – da war klar, wie ich mich verkleiden würde ...

Außerdem beschloss ich, wenn er morgen nicht kommt, geh ich eben allein *Faschingssingen* – ich brauch das – als Abwechslung nach diesen arbeitsreichen Wochen – wenn er es nicht braucht, ist das sein Kaffee – er schien es sich dann aber auch überlegt zu haben, und am Freitag stand er plötzlich da – mitten auf der grünen Wiese als Schneemann – so, dass man ihn nur von hinten sehen konnte – einen Moment lang hab ich gemeint, er wäre echt – so gut war er gepolstert und ganz in Weiß – dann war mir natürlich klar, dass er nur fürs Verkleiden einen Tag gebraucht haben wird – und ich dachte, ich hätte schon einen besonderen Aufwand getrieben mit meiner Verkleidung – ich hab mir ein schwarzes Gilet herausgesucht, das noch alle Knöpfe dran hatte und eine gewisse Fülle zuließ – dann habe ich mir den Bauch ausgestopft, damit mein üppiger Busen keine Extraformen mehr zeichnen konnte – aus den abgeschnittenen Haaren habe ich mir Koteletten und einen Schnauzer geklebt – dazu ein schwarzer Anzug, mit breiten Hosenträgern gesichert, und Vaters Hut – zufrieden habe ich mich vor den Spiegel gestellt und den stattlichen Mann darin beäugt – dann fing ich an, meine Stimme zu verstellen – einen halben Tag habe ich geübt und geübt – es hat alles nichts genutzt – als ich den Brandner erkannte, bin ich in helles Frauenlachen ausgebrochen – eins zu null für dich, Brandner.

Du schaust aber auch nicht schlecht aus, lobte er mich gnädig – den Sauschädeltanz holen wir natürlich

nach – das darf man bis zum Rosenmontag, erklärte er
mir – und als er die Krapfen sah, meinte er, halb so
schlimm, ich kann eh keine essen – warum nicht – weil
ich nichts angreifen kann mit meinem Kostüm – dann
fütter ich dich einfach, sag ich – keine schlechte Idee – er
schmunzelt – doch, das könnt mir gefallen – aber nur,
solange du als Schneemann gehst, bitte ich mir aus ...

Und so ziehen wir seit Tagen durch die Gegend – ein
seltsames Paar sind wir schon – der feine Herr und der
Schneemann – wir wandern von Haus zu Haus, singen
unser *Faschingsgstanzel* und lassen uns mancherorts be-
wirten – der Brandner weiß schon wo – beim Stadler
zum Beispiel gibt's einen vorzüglichen Marillenschnaps
– da gehen wir rein, bestimmt der Brandner – wir pflanzen uns also in der Küche auf und singen forsch drauflos
– dann folgt eine Pause, in der die nichtanwesenden
Hausleute uns auf einen Schnaps einladen – wir sagen
gern zu – aber nur kurz, wir müssen heut noch weiter –
dann nehmen wir Platz, weil wir ja nicht unhöflich sein
wollen, und nach einer abermaligen Redepause für die
Nichtanwesenden flüstert der Brandner mir den Stand-
ort vom Schnaps zu – er weiß, wo die Leute ihre Schätze
stehen haben ...

Wenn ich wieder an den Tisch komme, liegen auch
schon die Krapfen da – natürlich nicht der erste Wurf,
sondern der zweite – ich hab unter Brandners Anleitung
ein zweites Mal gebacken – dieses Mal habe ich einen
guten Schnaps in den Teig gemischt, damit die Krapfen
beim Rausbacken nicht so viel Fett saufen – die Großmutter hat's auch immer so gemacht, sagt der Brandner
– außerdem musste ich die Krapfenstecher nehmen und
die Marmelade dann ganz genau in die Mitte der unte-
ren Form legen, damit der Krapfenrand auch ja gut wird

– dabei hat mir der Brandner unentwegt zugeschaut und vorher hat er mir noch den Marmeladenspritzer versteckt – mit solchen Dingern zu arbeiten sei der pure Dilettantismus sogenannter moderner Hausfrauen – Gott sei Dank sei auch die Hausfrau dieses Hauses an derlei Stümpereien vorbeigegangen und wüsste noch, wie man Krapfen zu backen hätte, lobt er in wortreicher Rede die vor ihm liegenden Krapfen, als wären sie in der jeweiligen Küche entstanden.

Darauf erhebe ich die Flasche – Gläser brauchen wir nicht – erst darf ich einen kräftigen Schluck nehmen, dann setze ich dem Brandner die Flasche an die Lippen – und dann erzählt er von den ansässigen Leuten – irgendwelche Geschichten weiß er immer – vom Stadler zum Beispiel erzählt er die legendäre Mehlsackgeschichte aus dem 49er Jahr – da hatte der alte Stadler so ein schlechtes Jahr, dass er seine Mühle fast zusperren musste – bis er draufgekommen ist, woran es gelegen haben muss – seine Schwiegermutter hat überall herumerzählt, dass er amerikanisches Mehl unter sein eigenes mischen würde – wahrscheinlich das gleiche, woran in der Landeshauptstadt so viele Menschen gestorben seien – das Mehl aus Amerika ist ganz anders als unseres und ganz und gar nicht gesund – das ist schlecht, behauptete sie überall im Ort – wie ihr der Stadler dahintergekommen ist, hat er sie besucht – am Stephanitag – mit einem Plastiksack voller Mehl – den hat er draußen liegenlassen – nach dem Mittagessen hat er ganz scheinheilig gesagt, dass er noch ein Weihnachtsgeschenk für sie hätte – er hat sie rausgelockt, sie in ihrem Sonntagsgewand kurzerhand auf den Mehlsack gesetzt und den steilen Abhang hinter ihrem Haus hinuntersausen lassen – dabei habe er nur einen einzigen Satz gesagt –

nämlich, da hast du dein amerikanisches Mehl – sie hingegen hätte in ihrem Entsetzen immerzu *Feuer* geschrien – die ganze Leitn runter – und die Leitn ist lang – einen guten Kilometer mindestens – *Feuer, Feuer, Feuer*, hätte sie in einem fort gekiat – Feuer, kreischt der Brandner und freut sich, dass er die Geschichte wieder einmal zum Besten geben darf ...

Ich kann mich nicht erinnern, wann ich das letzte Mal so viel gelacht habe – so ist's recht, sagt der Brandner, diese Tage muss man auskosten, die Fastenzeit hat uns früh genug – und die Arbeit auch, denk ich und versteh mit einem Mal, warum diese Feiertage und ihre Bräuche auch als willkommene Unterbrechung des arbeitsreichen Alltags so wichtig waren – früher war der Fasching in meinen Augen ein Kinderfest – die Großen hatten wohl ihren Sauschädeltanz, aber das zählte nicht so richtig, weil man sich dafür nicht verkleidete – wir hingegen durften uns in diesen Tagen öfter verkleiden – für die Schule, für ein Faschingsfest zu Hause und fürs *Faschingssingen* – mit den Nachbarskindern sind wir über den Berg gezogen – *Heit is da Faschingirda, heit gemma wieda aus und wenn die Kropfn bochn san, dann gemma wieda z'Haus*, sangen wir vor jedem Haus und steckten dafür Krapfen und Eier ein.

Mit dem Brandner kann's so lustig sein – an manchen Häusern bleiben wir stehen und er schüttelt nur den Kopf – da ist niemand daheim, sagt er bedauernd – was so viel heißt wie *Da gibt's nichts Gescheites zum Trinken* – außerdem kehren wir nur in die vergnüglichen Lebensgeschichten ein – den düsteren Schicksalen versperren wir dieser Tage unser Ohr ...

Gestern allerdings hat der Brandner seine gute Laune für ein paar lange Augenblicke verloren – das war beim

Suppenessen – ich hab ihn gefüttert – er hat mich ange-
strahlt und ganz schön mit mir geschäkert – Gott sei
Dank bist du kein wirklicher Mann, sagt er zwischen
zwei Löffeln Suppe, dabei, wenn ich dich so anschau,
könnt man's fast meinen, dass du einer wärst, so gut
hast du dich hergerichtet, die Perücke hast du vom
Dachboden, oder, das ist ja fast deine Haarfarbe – was,
frag ich – na, die Perücke, die du aufhast – ich hab keine
Perücke auf, das sind meine eigenen Haare – was,
schreit er, springt auf und will mit seinen weißen
Schneemannstummeln mein Haar vom Kopf schieben –
dabei hat er mir die restliche Milchsuppe über meinen
Anzug verschüttet – der stinkt jetzt erbärmlich ...

Deshalb suche ich mir für heut noch ein neues Kostüm – und vielleicht eine Perücke – damit der Brandner
meine kurzen Haare nicht mehr sehen muss – da ist er
eigen – eine Frau mit kurzen Haaren, so was käm ihm
nicht ins Haus – und wo deine doch so prachtvoll waren,
jammert er meinen Haaren nach – aber Brandner, ich
hab sie einfach nicht mehr ausgehalten bei der Hitze –
hättest sie halt zusammengebunden – du weißt doch,
wie widerspenstig sie waren, und viel zu viele, jetzt ist
mein Kopf richtig befreit – dein Kopf ist alles andere als
befreit, du hast einen ganzen Schwarm Vögel drin sitzen, raunzt er weiter an mir herum, bis ich ihm die Pfeife
in den Mund stopfe und ein Bussel auf seine Wange drücke.

Auf dem Dachboden, hat er gesagt, hätten wir Perücken, sicher in der Kostümkiste, wo sonst – aber hier
muss ich erst einmal die Fliegen wegkehren, bevor ich
nach irgendwas anderem schauen kann – ich war lange
nicht mehr hier oben – genaugenommen, seitdem ich die
Minka gefunden habe – ein kalter Schauer läuft mir über

den Rücken, wenn ich daran denke – aber was soll mich hier noch groß erschrecken – durchlüften könnte nicht schaden ...

Als was soll ich gehen, dass der Brandner sich nicht die ganze Zeit auf meine Haare beziehen kann – wenigstens noch den einen Tag – morgen ist Aschermittwoch – da versinken wir ohnehin wieder in unserer Arbeit – aber heute Nachmittag will ich noch einmal richtig draufhauen mit dem Brandner.

Wir haben es doch auch wahrlich verdient, nach diesen letzten Wochen der Schinderei – an dem Tag, an dem die Vögel wiederkamen, hat der Brandner sein ganzes Konzept geändert – er hat mir seine Saatpläne vorgelegt, und wir haben gleich angefangen – von wegen bis Josephi sollten wir aber doch noch warten – innerhalb von zwei Wochen war der Sommer da – Margeriten schießen neben den Krokussen aus der Wiese, der Hahnenfuß richtet zart, aber nicht minder stolz seine Köpfe über den Märzenbechern auf – fremd beäugen Pechnelken und Wiesenglockenblumen die matten Hundsveilchen unter sich – wir sind die meiste Zeit barfuß – vielleicht brauchen wir in absehbarer Zeit gar keine Schuhe mehr – als Kind hab ich in den Monaten ohne den Buchstaben R nur noch zum Kirchengehen Schuhe gebraucht – das hab ich am Sommer fast am meisten gemocht – barfuß sein – schon nach ein paar Wochen hatte ich mir eine eigene Ledersohle ergangen – selbst Stoppelfeld und Schotterstraße konnten mir dann nichts mehr anhaben ...

Ob der Brandner es eingesehen hat, dass wir schon längst Sommer haben, weiß ich nicht – er sagt nichts dergleichen, zumindest scheint er sich damit abgefunden zu haben – dann gibt's wenigstens kein Sudelwetter beim Tauen, stellt er lakonisch fest, während wir Wasser schleppen – die meiste Zeit verbringen wir mit Gießen, will mir scheinen – es ist zu heiß, die kurzen Regenschauer zwischendurch geben nicht viel her – wir müssen gießen, damit unsere Saat überhaupt erst einmal aufgehen kann – die Felder, die wir bestellen, liegen alle beieinander – sternförmig sind sie um eine wilde Wiese mit ein paar Obstbäumen angelegt – diese Wiese sozusagen eine kleine Insel, auf der wir uns immer wieder ausruhen können ...

Den Mittelpunkt bildet ein alter Kirschbaum, auf dem sich der Brandner als Kind schon Bauchweh geholt hat – die besten Kirschen weit und breit – er trug schon im Mai Früchte – eine Woche noch, und er wird sie dieses Jahr im Februar tragen – der hätte sich wahrscheinlich auch nicht gedacht, dass er so was auf seine alten Tage noch erleben würde – allerdings ist nicht sicher, ob Kirschbäume Kalender lesen können, meint der Brandner grinsend, warum soll sich der also groß was denken – aber immerhin wär's eine interessante Überlegung, erwidere ich, können Bäume denken und was denken sie sich inmitten dieses Wirrsals und was, wenn sie denken könnten, würden sie tun – jetzt fängst du schon wieder damit an, stöhnt der Brandner – na, sag – was soll ich da sagen, die Natur ist ein Chaos, immer gewesen – das würden die Bäume sagen – ja, oder was Ähnliches – und was würden sie tun – was schon, das Gleiche wie die Menschen auch – und das wäre – irgendwie weiterleben, sagt er und beendet abrupt die ohnehin kurze Pause – er spannt sich ins Pfluggeschirr, das wir uns zusammengeschustert haben und zieht los – und ich, hinterdrein, drücke die Pflugscharen mittels der hölzernen Handgriffe so gut es geht in die Erde – den Handpflug haben wir vom Golling ausgeborgt – der erleichtert viel – einmal mehr wissen wir den Totengräber und seine Sorge um manches alte Stück zu schätzen – wenn ich mir vorstelle, dass wir sonst mit dem Spaten umgraben müssten ...

Da ist es mir schon lieber, ab und zu den Ochsen zu spielen – wir wechseln uns natürlich ab – aber der Brandner ist der bessere Ochse – auch für den Mist hat er die bessere Hand – du schmeißt zu viel Mist drauf, schimpft er mit mir und reißt mir die Mistgabel weg – der Boden ist gut, der braucht fast gar keinen Mist – das stimmt, die Erde ist wie geschaffen für unser Vorhaben – leicht, sandhaltig, keine Steine, kein Lehm – da kennt sich der Brandner aus – einen besseren Flecken hätte er uns gar nicht finden können – auch keinen schöneren, denk ich, wenn ich mich beim Erdäpfelauslegen zwischendurch ein bisschen strecke und auf unsere blühende Insel schaue ...

Beim Erdäpfelauslegen bin ich schneller als er – das hat er mir gleich ganz überlassen – ein bisschen weiter auseinander und die Keime immer schön nach oben stehen lassen – das war alles, was er auszusetzen hatte – dann hat er sich ans Aussäen gemacht – kein Wort mehr von Mistbeeten oder von Frosteinfall, vom Bauernkalender oder vom Mondeinfluss – er sät einfach drauflos – Weizen, Hafer, Radieschen, Karotten, Rote Rüben, Kohl und Karfiol – sogar schon Zucchini und Kukuruz – mir überlässt er das Kürbiskernsetzen und das Zwiebellegen – kurz bevor die Sonne untergeht, sitzen wir noch einmal unter dem Kirschbaum und betrachten unser Werk – viel zu viel, was wir da anbauen, denk ich – viel zu viel.

Für wen bauen wir das alles an, Brandner, die Hälfte wird uns verfaulen – ein bisschen Vorrat muss man immer haben, erwidert er bestimmt – da merkt man dir wieder den Krieg an, sag ich, es ist doch reichlich Vorrat da, schau in die Kaufhäuser und in die Gasthäuser und in den Pfarrhof und überhaupt im ganzen Dorf – ja, aber wenn sie zurückkommen, gibt er zu bedenken – ja, wenn sie zurückkommen ...

Nur, wo soll das hinführen – plötzlich ist alles gleich dringend – wir lassen uns von den Jahreszeiten hetzen – besonders von denen, die gar nicht mehr stattfinden – wir wissen nicht, wo wir anfangen, geschweige denn, wie wir nachkommen sollen mit der Arbeit – das muss dir doch auch auffallen – du erledigst die Frühjahrs- und Sommersaat in einem, ich leg die Erdäpfel aus und setz gleich drauf die Kürbiskerne – und daneben soll ich die Paradeiser aussäen – im Freien – um die Zeit – ich kann mich noch gut erinnern, dass ihr früher möglichst bis in den Mai gewartet habt, um die vorgezogenen Pflanzen draußen zu setzen.

Was willst du eigentlich, das ist doch praktisch, jetzt können wir alles in einem machen, müssen nicht immer aufpassen, ob's nicht doch noch zu kalt ist, wenn das nicht praktisch ist – auf den ersten Blick vielleicht, aber es nimmt uns die Zeit für andere Arbeiten, die auch gemacht werden sollten, oben bei der Erna ist der Grünkohl zu ernten und der Winterspinat, bei uns im Garten Porree und Rapunzel, außerdem sind wir noch immer nicht mit der Herbsternte fertig, und jetzt sag du nicht, wir haben Zeit, weil, wenn wir das Zeug irgendwann essen wollen, haben wir keine Zeit mehr, in unserem Garten haben sich die Schnecken bereits breitgemacht – und das werden nicht die einzigen Schädlinge bleiben –

Ach was, das siehst du zu schwarz, sagt der Brandner, mit den Schnecken werden wir fertig und mit allem anderen Viechzeugs auch – es sind aber viele – was viele – na, Schnecken – streu Kalk oder Asche, irgendwas Raues halt, oder stell ihnen ein Häferl Bier hin, das zieht sie magisch an und dann ersaufen sie drin, aber nein, das Bier ist zu schad, am besten, du sammelst einen Häfen voll, dann übergießt du sie mit kochendem Wasser, das lässt du eine Weile stehen, bis es so richtig stinkt, bis dahin haben sich die Schnecken dann auch schon aufgelöst in eine schleimige Masse, damit begießt du dann die Stellen, an denen die Schneckenplage am größten ist – uah, Brandner, das ist grauslich – aber hilfreich.

Der Brandner lässt sich nicht beirren – jetzt, wo er sich entschlossen hat, noch vor dem März auszusäen, zieht er auch seine weiteren Pläne gnadenlos durch – abends kann er kaum noch aufrecht stehen – das ignoriert er – bevor er sich mühsam nach Hause schleppt, stopft er sich unter dem Kirschbaum die Pfeife und strahlt versonnen ...

In ein paar Wochen wird hier alles durcheinander wachsen, sagt er, Getreide, Gemüse, die Wiesenblumen, nicht zu vergessen die Kirschen – ein Paradies – auf dem Heimweg trennen sich unsere Wege – ich mache einen Umweg über den Wiesenteich – solange die Sonne untergeht, schwimme ich – dem Brandner passt das nicht – noch dazu im Wiesenteich – willst du dich umbringen – Brandner, ich kann schwimmen – das nutzt dir am End gar nix, murrt er, auf dem Wiesenteich liegt ein Fluch – die Mosleitner hat auch schwimmen können und ist ersoffen, weil ein kalter Strudel sie mit sich gerissen hat – das ist lang her, Brandner, und außerdem war sie doch angeblich betrunken – mondscheinig war sie, widerspricht mir der Brandner, der Vollmond hat sie in den Teich gelockt und ihr zum Aufwachen gar keine Zeit gelassen, das war eine Sache von Sekunden – warst du dabei – nein, natürlich nicht, es war ja in der Nacht – woher weißt du das dann – das haben alle gewusst – aha – und so was kann jedem von uns passieren – jetzt übertreib doch nicht so – ich übertreib nicht, alle sieben Jahr kommt in dem Teich einer um – auf dem Wiesenteich liegt ein Fluch, wiederholt er eindringlich, du kennst doch noch den Ebner, der hat auch schwimmen können – ja, aber der war herzkrank und ist in der größten Mittagshitze ins Wasser gesprungen, da darf er sich nicht wundern, dass er so was nicht überlebt – und was war mit der Leitner Anni, zählt der Brandner die Opfer des Teichs weiter auf, ohne auf meinen Einwand einzugehen – ja, was war eigentlich mit der, frag ich –

Ha, fängt er an und holt bedeutungsvoll Luft, siegessicher, endlich eine Geschichte gefunden zu haben, mit der er mich umstimmen kann – die Anni war schwanger und hat den Sepp als Vater angegeben – der hat alles geleugnet, weil er kurz vorm Heiraten war – beim Maibaumaufstellen ist's dann rausgekommen, da hat man ihren Bauch schon gesehen und sie ein bisschen aufgezogen, ob sie überhaupt wüsst, wer der Vater sei – der da, hat sie laut gerufen und auf den Sepp gezeigt – der Sepp ist rot geworden und seine Braut auch – dann hat er blöd gelacht und versucht, sich herauszureden – da könnt ja jede daherkommen, und sie sollte es doch wegputzen lassen, bevor sie da irgendeinen Unschuldigen angeben würde – zwei Tage später hat man die Anni am Teichufer gefunden – zuerst haben die Leut gleich gesagt, dass sie aus Verzweiflung ins Wasser gegangen wär, dann hat man aber Würgemale festgestellt, und dann haben sie wochenlang nach dem Mörder gesucht – der Sepp hat nämlich ein Alibi gehabt – die Kriminalbeamten haben geflucht – plötzlich hat sich niemand mehr an was erinnern können, und mit der Spurensuche sind sie auch nicht weitergekommen, weil's in den zwei Tagen, bis man sie gefunden hat, anständig geregnet hat – am End hat der Sepp von sich aus gestanden, warum, weiß keiner, man hat ihn nur immer wieder am Wiesenteich herumschleichen sehen, der Teich muss ihn gezwungen haben – aber was, Brandner, die Anni hat sich geweigert abzutreiben, da hat der Sepp durchgedreht und sie erwürgt, das hat ihm keine Ruh gelassen – jetzt erinnere ich mich wieder – meine Mutter hat damals den Mut der Anni immer so hervorgehoben, und ich hab das nie richtig verstanden, weil ich Mut immer mit Heldsein und Überleben verbunden hab – ich muss damals an die zehn Jahre gewesen sein ... – zuletzt hat's den Franzl von der Mühle erwischt, fährt der Brandner hartnäckig fort, der war noch keine sechs Jahre alt – wann war das, daran kann ich mich nicht mehr erinnern – vor ungefähr fünfzehn Jahren – ach deswegen – ja, da warst du nicht mehr hier – und dann – was dann – wen hat der Teich als nächstes verschluckt – eigentlich niemanden mehr, sagt der Brandner nach einer kurzen Pause – mhm, alle sieben Jahre, Brandner, was – ja, erkennt er gleich, da muss ich jetzt einen vergessen haben, wart, vielleicht fällt er mir noch ein – lass es, ich geh schwimmen, ob er dir einfällt oder nicht.

Den ganzen Tag freu ich mich schon aufs kalte Wasser, ich versprech dir, dass ich aufpass – wenn du tot bist, nutzt mir das ganze Versprechen nichts, brummt der Brandner und geht seiner Wege – warum er nur so ein Geschiss darum macht – vielleicht, weil er selbst nicht schwimmen kann – ich kann's jedenfalls – lachend lasse ich mich vom kalten Wasser umarmen – eine Wohltat, wenn ich in kräftigen Zügen und Stößen meinen Körper wieder zu mir gehörig fühle und mich dann schnaufend, wie neugeboren auf den Steg setze, um der rot-goldenen Kugel zuzuschauen, wie sie im Wasser versinkt und einen dünnen Nebelfilm über die Teichoberfläche zaubert – mit einem Mal wird es unruhig – die Frösche stimmen sich ein, irgendwo im Wald schluchzt eine Nachtigall, heult ein Uhu – die Nacht schickt ihre ersten Boten – leichtschweren Herzens gehe ich langsam in der Dämmerung nach Hause – wenn mir gerade danach ist, sammle ich Bockerl ein zum Herdanzünden, oder Fichtenzweigtriebe, die ich zu Hause in ein großes Gurkenglas einlege mit Honig und Sechzigprozentigem und dann aufs Küchenfensterbrett stelle, da, wo die Sonne am längsten steht – sentimentale Anwandlungen, die mich mit der Natur versöhnen – man muss nicht alles verstehen – am Waldrand blühen Hänsel und Gretel, Weißwurz und Taubnessel friedlich nebeneinander – bald werden wir uns an diese neuen Naturabläufe gewöhnt haben ...

Wahrscheinlich viel eher, als wir denken – und dann ist schon alles normal – dass die Vögel wieder da sind, beruhigt, auch dass man die Frösche hören kann, die Maulwürfe unter den Erdhaufen weiß – selbst über die Schnecken bin ich froh und über die Gelsen – der Sommer eben – es ist alles wie immer – ein bisschen anders, aber ansonsten wie immer – der Sommer lässt sich nicht mehr leugnen – heute treiben wir noch einmal ordentlich den Winter aus – morgen ist Aschermittwoch ...

Der Brandner sagt, der Fasching sei ein vielfältiger Geselle und längst nicht nur der Winteraustreiber – die

Foastwochn zum Beispiel sei dazu da, noch einmal richtig fett und reichlich zu essen, bevor die Fastenzeit begänne – ab Aschermittwoch wird das Schmalz weggesperrt – welches Schmalz, frag ich ihn dreist bei der Erdäpfelsuppe – und überhaupt, von reichlichem Essen merk ich auch nicht viel – das ist nur, weil ich als Schneemann nicht kochen kann, entschuldigt er sich und schaut mich dabei unverschämt an – du, wenn du frech wirst, hör ich auf, dich zu füttern – dann musst du die Suppen allein aufessen, kontert er, und wir lachen ...

Ich hätte nicht gedacht, dass das so gut gehen würde mit dem Bedienen – einen Tag wird's gehen, dann wird er sich die Schneemannsstummel abnehmen vor lauter Ungeduld – aber nichts dergleichen – er traut mir sogar zu, dass ich ihm die Pfeife stopfe – nicht zu fest und nicht zu locker, hat er nur gesagt, als ich ihn gefragt habe, wie ich sie denn zu stopfen hätte – das Kegeln haben wir natürlich ausfallen lassen müssen – das könne ich nun wahrlich nicht für ihn erledigen, entschied er – dafür haben wir in unserem Übermut gemeinsam Posaune gespielt – ich hab dir doch versprochen, dass ich's dir beibringe, hat er gemeint – dann musste ich ihm das Mundstück an die Lippen halten – er bläst und ich betätige den Zug – es klingt schauerlich.

Das ist das Schöne am Brandner – bisweilen ist er für jeden Blödsinn zu haben – nur nicht dafür, dass ich mir eine halbe Glatze schneide – wenn ich nur eine halbwegs annehmbare Perücke finde, werd ich sie auch tragen – ihm zuliebe – warum nicht – aber ich weiß gar nicht, ob in der Kiste wirklich noch Kostüme drin sind – dann schaust halt einmal nach, würde der Brandner sagen – und recht hätte er – ich weiß auch nicht, warum ich so zögerlich bin, warum ich mir für das Fliegenwegkehren so viel Zeit genommen habe – das heißt, natürlich weiß ich es.

Es ist die Angst vor einer neuerlichen unliebsamen Entdeckung – aber wenn ich die Perücken finden will, muss ich sie auch suchen – wer weiß, ob ich die Kiste überhaupt aufkriege – doch, die lässt sich leichter öffnen, als ich dachte – oh Gott, was ist das – jetzt hab ich mich selbst zum Narren gemacht – gut, dass das niemand sieht – Kontoauszüge und Steuerausgleiche, fein säuberlich nach Jahreszahlen geordnet – kein rosarotes Ballkleid, keine Perücke und auch kein Ungeheuer ...

Irgendwer hat hier gründlich umgeräumt – aber hatten wir nicht zwei Kisten mit Kostümen – besser gesagt, eine Kiste und eine richtige Truhe voll mit alten Gewändern, verschiedensten Kostümen, Tüchern, Hüten, Schuhen – zwei richtige Schnellfeuerhosen waren da noch drin – die Quelle für unsere Verwandlungsspiele – da haben wir dann Burgherr und Ritterfräulein oder Modeschau oder feine Dame gespielt, bis hin zu richtigen Theaterstücken, in denen hauptsächlich viel und voller Inbrunst gestorben wurde ...

In der Kiste waren die Faschingskostüme und in der Truhe das *echte Gewand* – ausrangierte Anzüge, aus der Mode gekommene Leibschürzen, Nachthemden und dergleichen mehr – die Entjungferungstruhe – ob es die überhaupt noch gibt – da werde ich wahrscheinlich jetzt noch rot, wenn ich die wiedersehe ...

Warum es unbedingt auf dem Dachboden sein musste, weiß ich nicht mehr so genau – vermutlich, weil wir da wirklich am ehesten ungestört waren – es war ein Sonntag im Mai – es muss Ende Mai gewesen sein – ich hatte mir erste Kirschen an die Ohren gehängt, und Thomas hat eine Schafwolldecke und Wein mitgebracht

– wir haben nicht darüber geredet, aber wir wussten beide, dass wir es heute zum ersten Mal geschehen lassen wollten – die Zeit war reif – ein Kuss allein machte mich schon halb ohnmächtig vor Sehnsucht nach dem, was danach kommen könnte – für Thomas war es natürlich nicht das erste Mal – umso sicherer fühlte ich mich mit ihm – auf dem Dachboden war es zwar duster, aber auch heimelig warm – die ersten Tage im Jahr, an denen sich die Hitze unter den Dächern zu stauen begann – Thomas ließ uns alle Zeit der Welt – ganz sanft stieß er mit seiner Zunge gegen die Kirschen und berührte dabei wie von ungefähr mein Ohr – der Schauer ließ mich zu Wachs in seinen Armen werden – genüsslich biss er in die Kirschen, um sie dann in einem unendlich langen Kuss mit mir zu teilen – sein Blut schoss schon durch meinen Körper, tausend Mal in einer Sekunde – es war herrlich – behutsam fing er an, meine Bluse aufzuknöpfen – ich überließ mich ganz seinen Händen, seinem Schenkeldruck, seinem unruhigen Atem – er legt mich auf die Truhe, breitet zärtlich mein Haar wie einen Fächer über die ganze Breitseite, wickelt eine Strähne um seinen Zeigefinger und lässt mich schmachten – sanft küsst er meine Nase, meine Stirn, meine Augen, mein Haar – Zentimeter für Zentimeter mein Haar, während seine andere Hand vorsichtig unter meinen Rock kriecht und inmitten meiner Oberschenkel unruhig rastet – die Lust an dem Punkt, wo sie weh tut – wunderbar weh – langsam schiebt er sich über mich – noch spür ich ihn nur durch seine Hose – ich öffne meine Augen, weil ich seine sehen möchte, mich in den Tiefen seiner blauen Schlünde verlieren will – er ist aber damit beschäftigt, seine Hose loszuwerden – ich schau geradewegs in den grauen Dachbodenhimmel, an dem schwarze Schatten hängen – oh nein, stöhn ich – du musst keine Angst haben, flüstert er mir ins Ohr – oh nein, stöhn ich verzweifelter und will von der Truhe runter – er drückt mich sacht zurück – ich pass auf, das versprech ich dir – es ist nicht, was du glaubst, stöhn ich weiter, weil ich in meinem Zustand gar nicht richtig reden kann – er lacht leise – einmal ist's halt das erste Mal – nein, Thomas, schau – leicht ungeduldig, aber doch nachsichtig hebt er den Kopf in die Richtung, in die mein Finger zeigt – direkt über mir hängen Fledermäuse – mit einem Ruck sitz ich, und die Fledermäuse schwirren in alle Richtungen über unsere Köpfe davon – auf der Schafwolldecke Fledermausscheiße – das Blut der Jungfrau, sagt Thomas – und lachte und schrieb ein paar Tage darauf ein Gedicht, das sehr lustig war – ich hab es leider verbrannt, weil ich nicht wollte, dass es wer zu sehen kriegt ...

Hinter den alten Fensterläden könnt ich noch schauen – ja, da ist sie, die Truhe – auch die ist nicht schwierig zu öffnen – Mist, heut hab ich einfach kein Glück – da sind Wintersachen drin – Mäntel, Hauben, Schals – die werden wir nie mehr brauchen, wie's ausschaut – und jetzt – was mach ich jetzt – ohne Perücke, ohne rosarotes Kleid –

Ich könnte als personifizierter Winter gehen – nicht gerade sehr originell, hör ich den Brandner sagen – so was sagt er wie der Thomas – daran allein hätte mir schon auffallen müssen, dass die beiden ...

Den Thomas hätte ich nie verlassen dürfen – das war der größte Fehler meines Lebens – vielleicht aber auch nicht – wer weiß, ob's gutgegangen wär mit uns ...

Jedenfalls hätt ich nicht durch die Scheiße des vergangenen Jahres müssen – wenn einem doch nur die guten Stunden im Kopf blieben – die Vergangenheit ablegen wie einen Wintermantel – das wär was – ablegen und einmotten, zumindest die unheilvollen Tage – nicht die guten Stunden mit ihm – nicht das Lachen und Reden und Staunen und Schweigen und Blödeln und Vögeln und Laufen und den Wald umarmen – davon hätte ich jede Sekunde festhalten wollen.

Wir auf der saftigen Sommerwiese – wir haben uns gerade geliebt – er liegt danach da und lächelt, glücklich – wir auf dem Hochsitz aneinander gelehnt – die Zeit verliert ihre Bedeutung – am Fluss, dem wir bis zum Bach zurückfolgen – sein Kopf in meinem Schoß – ein Gesicht, in dem manchmal alles auf einmal zu lesen war – Verlorenheit, Liebe, Glück, Zerfahrenheit, Schrecken, Angst, Mut, Tiefe, Weite bis hin zu den Stäben, von denen er mir immer sprach – er wie der Panther in einem Gedicht von Rilke – das hab ich nicht begriffen, da ihm doch alle Möglichkeiten offen schienen, er schließlich immer tat, was er für richtig hielt – er sollte sich also mit seinen Flügeln einen Käfig gebaut haben – ein zaghaftes *Du* sollte ihm dann allen Zweifel nehmen – dieses du, das wir immer verwendeten, wenn wir spürten, dass es für unsere Liebe keine Worte mehr gab ...

Ein ganzes Leben mit ihm hätte wahrscheinlich anders ausgesehen – früher oder später wäre der nüchterne Alltag eingekehrt – warum hätte das bei uns anders sein sollen – warum nicht – manchmal reicht schon das Wissen, dass es einen Menschen gibt, mit dem einen eine ganz einzigartige Geschichte verbindet, die einem niemand mehr wegnehmen kann – ich zieh mir den schwarzen Mantel an und setz mir ein Kopftuch auf – dann geh ich als Vogelscheuche ...

***

Ein abgeschminktes, leeres Gesicht vor dem Spiegel – die nackte Haut erzählt keine Geschichte – sie ist die Geschichte – unten drunter sind wir ja alle nackt – nur nicht zu viel bewegen – meinen Kopf würd ich für heute gern abgeben – irgendwo deponieren – ich kann mich nicht erinnern, wann ich das letzte Mal so einen mordsmäßigen Kater gehabt habe ...

Warum musste ich aber auch mein Gesicht so vollschmieren – eine Vogelscheuche mit roten Lippen und gelbumrandeten Augen – so was gibt's doch eigentlich gar nicht – und jetzt hab ich ewig gebraucht, bis die Farbe endlich weg war –

Aber lustig war es gestern – sehr lustig – bis Mitternacht haben wir gefeiert – genau bis Mitternacht – dann sind wir brav nach Hause gegangen –

Ich hab stundenlang nicht einschlafen können – ich glaub, ich bin noch immer besoffen – nur nicht zu viel bewegen – eine überdeutlich empfundene Nacht – wenn mir alles wie schon einmal erlebt oder geträumt vorkommt – dann bin ich um ein Geheimnis reicher – Geheimnisse, die man erzählt, sind schon keine Geheimnisse mehr ...

Eine Zusammenkunft in unserer Hinterhofwohnung – das muss ich geträumt haben – ein konspiratives Treffen – ich wollte aber nicht dabei sein – lieber woanders – irgendwo – in einer ganz großen Stadt, wo keiner den anderen kennt – nur nicht mitmachen müssen beim Maskenspiel – und schon mittendrin – nie gewehrt, weil das alles beschwerlicher machen würde – wer mitmacht, muss wissen, wie man hier ein und aus geht – reden, um sich zu beweisen, dass man noch lebt – eine Welt, in deren Luft immer die gleichen Sätze liegen – auf Worten ist   gut   ausgeruht   –   Rezepte   für   die

Sprengstoffherstellung austauschen, als handle es sich um Apfelkuchen – alles aufschreiben – zur Nervenberuhigung – die Vorwürfe der unvorsichtigen Wohnungssuche einfach überhören – schlecht geplante Banküberfälle, bei denen Unschuldige verletzt wurden, schnellstens vergessen – Skrupel aus dem Weg wischen – ist ja niemand gestorben – es war außerdem für die Sache – wir wollen nur die Welt verändern – zum Guten – jetzt gehen die Verteidigungsreden los – rhetorischer Kampf und Provokationsspiel setzen ein – wird alles in einen Topf geschmissen, weil keiner von uns Kritik verträgt – ich höre nicht mehr zu, kritzle Blitze auf meinen Papierblock – sie werden immer runder – Mondgesichter – zeichnen würde ich gerne können – Blumen und Tiere, nicht den Querschnitt von einem selbstgebastelten Pistolenschalldämpfer – ich schaue in die Runde – und dann die Vorstellung, sie alle einmal eingeseift unter der Dusche zu sehen und plötzlich kein Wasser mehr ...

Komisch, warum mir so was ausgerechnet heute durch den Kopf geht – weil ich betrunken bin natürlich und zugleich verkatert – da gibt es dann keine Kontrolle mehr im Hirn – ob der Brandner auch so einen schweren Schädel hat – wahrscheinlich nicht – der wird längst in der Kirche sein – sich das Aschenkreuz aufmalen – wie ein geheimer Schutz – aufregend auch das Faschingbegraben – wenn im Dorf eine Strohpuppe verbrannte – der Winter nunmehr endgültig vertrieben – ich hab's heute in der Nacht schneien sehen – das muss ich auch geträumt haben – Federn sind vom Himmel gefallen – ich bin in einen Zug gestiegen und abgereist – wieder dieser Zug – Zeichen meiner Nichtzugehörigkeit – die Schienen, Pfeile ohne Spitzen – dabei weiß ich doch, wo ich jetzt hingehöre – hierher und zum Brandner.

Was man sich im Rausch alles zusammenreimt – die Federn kann ich leicht erklären – die müssen mit meinem Fund zu tun haben – als ich gestern aus dem Haus bin, hab ich auf dem Weg zum Brandner Eichelhäherfedern gefunden – als ob sie mir was sagen wollten, hab ich mir gedacht, aber was – so sei es eben mit diesen Zeichen, man verstünde sie immer erst danach, sinnierte der Brandner, als wir die Federn betrachteten – schön sind sie, mit den blau-schwarz-weißlichen Streifen – ich hab sie in die Manteltasche gesteckt – den Mantel könnte ich jetzt gebrauchen – mir ist kalt – lächerlich, ich weiß – noch dazu wo gleißendes Licht durch die Fenster reinflutet – meine Augen schmerzen richtiggehend – ich trink nie wieder was.

***

Sie konnten zusammen nicht kommen, der Schnee war viel zu tief – das ist absurd, das glaubt mir keiner – wenn meine Zeitrechnung noch stimmt, ist es heute auf den Tag genau einen Monat her, dass ich zum Schaufeln angefangen habe ...

Manchmal, wenn ich mich mitten im Schneeschaufeln umdrehe und die schmale Schneise zurückverfolge, hoffe ich inständig, dass ich im nächsten Moment doch noch aufwache und sich alles nur als ein böser Traum entpuppt – aber es ist kein Traum – die Kälte ist echt und auch der Schnee ...

Der Winter hat unseren Hochmut bestraft – das könnte der Brandner gesagt haben – wie es dem wohl geht – ich habe gehofft, dass er von der anderen Seite her schaufelt, aber das kann nicht sein – ich habe nur noch ein kurzes Stück vor mir – ungefähr hundert Meter durch den Wald und noch einmal so viel über die Wiese, die schon zu Ernas Haus gehört – heute müsste ich es eigentlich schaffen.

Vor zwei Wochen war ich beinahe schon einmal so weit, dann hatte ich wieder einen dieser Fieberschübe – währenddessen hat es natürlich weitergeschneit – ich musste von vorne anfangen – als Kinder hätten wir damit unsere Freude gehabt, vielleicht ein Schneelabyrinth gebaut mit möglichst hohen Wänden – oder ein Iglu-dorf ...

Ich habe Blasen an meinen Händen – zudem sind sie noch rissig von der vielen Erdarbeit – manchmal kühle ich sie minutenlang im Schnee – das tut gut – bis ich mir vorstelle, dass sie festfrieren ...

Hoffentlich ist dem Brandner nichts passiert – ich hätte ihn noch am Aschermittwoch aufsuchen müssen – aber anfangs hab ich den Schnee nicht so ernst genom-men, hab gemeint, dass es einen Tag schneien würde, wenn's hoch kommt, zwei – eine Laune der Natur, die ich am besten überschlafe – einen Tag später lag der Schnee bereits so hoch, dass ich über eine Stunde brauchte, um überhaupt zum Schuppen zu gelangen ...

Die Schneeschaufel hab ich, Gott sei Dank, gleich ge-funden – auch einen Schlitten und etliche Paare uralter Skier – damit wär ich aber längst versunken – kopfschüt-telnd hab ich mich an die Arbeit gemacht, auf das Dorf zu geschaufelt, mittendrin laut aufgelacht – eine Sisy-phusarbeit – über Nacht schneit es das Geschaufelte wieder zu – tagsüber Nebelschwaden – ich verliere da-rin die Orientierung – aber es ist nie für lange – man kann zuschauen, wie sich die Schwaden auflösen, wie eine Bettdecke ins Nichts gezogen werden – dann nur die Sonne und klare, kalte Luft – der Schnee blendet –

ich schließe meine Augen beim Schaufeln – aber das ist keine Lösung – anderseits finde ich zu Hause keine Sonnenbrille – den Weg bis zum Langmeier musste ich mit geschlossenen Augen schaffen – da würden doch die Sonnenbrillen auf mich nur warten – hoffentlich – früher hat der alles gehabt, Süßigkeiten, Schmierseife, Sauerkraut, Schuhe, Häkelnadeln mit der dazugehörigen Topflappenwolle, Käse, Unterhosen, Kaffee, Nägel, Gummistiefel, Messer, Taschentücher, Suppenpulver und was das Herz sonst noch alles begehrt – ich hab als Kind immer den Drang verspürt, ein bisschen herumzustierln, alles einmal in die Hand zu nehmen, was da in den Regalen hinter der Budel stand oder lag – die kleinen vollgestopften Greißlerläden haben ja förmlich dazu eingeladen – oder die Trafiken, geheimnisvolle Orte, von denen ich mich immer magisch angezogen fühlte – aber so wie damals sind die alle nicht mehr – jetzt red ich schon wie der Brandner – recht hat er aber auch – mittlerweile sind Einheitsläden daraus geworden mit genormten Regalen, aus denen man sich so und so selbst bedienen kann.

Der Langmeier hat Sonnenbrillen – in allen Farben – ich pack auch noch eine Schachtel Schokolade auf den Schlitten und Zündhölzer, Wollsocken und ein warmes Flanellnachthemd – über dem Eingang vom Langmeier sind ein paar Buchstaben runtergefallen – das K und das H von *Kaufhaus* und der ganze Meier von *Langmeier* – es muss länger her sein, dass das passiert ist, die Buchstaben sind nicht auffindbar ...

Sanft ummantelt vom Schnee wirkt sonst alles wie früher, beinahe unverändert – das Dorf liegt ruhig da – oder doch vergessen, als wär man daran vorbeigegangen ...

Unter dem Schnee schlafende Straßen, jahraus, jahrein getreten – in den Häusern die ewigen Gerüche aus den schmalen Ritzen der mehr oder weniger gebrechlichen Hauswände – es könnte was Tröstliches haben – aber der spurenlose Schnee bleibt unheimlich – die dröhnende Stille treibt mich an – erst das regelmäßige Schürfen der Schneeschaufel schafft endlich Ablenkung ...

Nach ein paar Tagen muss ich meinen Gang zum Brandner schon unterbrechen, mich erst um das Nötigste zum Überleben kümmern – ich trage das Holz aus den nächsten Nachbarhäusern zusammen – und auch die Lebensmittel – im wesentlichen Fleisch – die Leute scheinen das Fleisch gehortet, es dann aber aus irgendeinem Grund nicht mitgenommen zu haben – komisch, dass mir jetzt erst auffällt, dass so viel Fleisch da ist – auch die vielen Häuser, die in den letzten Jahrzehnten dazugekommen sind – nicht dass ich sie gar nicht gesehen hätte, aber bewusst wahrgenommen hab ich sie nicht ...

Wie schnell ich mich schließlich an alles gewöhne – so, als wär's nie anders gewesen – die täglichen Handgriffe dabei wie Brücken – sichere Brücken, wenn ich in der Dämmerung nach Hause komme – einheizen, die Stiefel mit Zeitungspapier vollstopfen – die über den Tag getrockneten Decken wieder in die Fenster legen zum Abdichten – Mantel, Schal, Handschuhe und Haube stattdessen zum Trocknen aufhängen – über dem Herd – im Nachhinein scheint es mir wie ein seltsamer Zufall, dass ich am Faschingsdienstag die Wintersachen auf dem Dachboden entdeckt habe ...

Wenn ich vor dem Essen noch einmal aus dem Fenster schaue, will es bisweilen noch immer nicht in meinen

Kopf, dass das da draußen Schnee ist – die dicken Schneeflocken entführen mich auch unweigerlich in meine Kindheit – der Freudentaumel über den ersten Schnee im Jahr – Schneeballschlachten und Wettkämpfe bei den Vier Eichen – da war unsere Skipiste – die schwierigste Strecke ein Hang von ungefähr sieben Metern Länge, wenn überhaupt – aber steil – kaum ging man so richtig in die Hocke, war man auch schon im Ziel, riss seine Arme in die Höhe und rief Sieger – das eigentliche Kunststück daran war, dass wir oft nur einen Ski oder einen Stock zur Verfügung hatten – später suchten wir uns längere Abhänge – die Pfirsichbäume als Slalomstecken – das war praktisch, aber mitunter auch schmerzhaft – dabei wurde auch richtig gestoppt – Leonhard hatte zur Firmung eine Uhr mit Sekundenzeiger bekommen – bei genauer Betrachtung eine etwas parteiische Uhr, weil immer nur der Besitzer gewinnen durfte – war es einmal eindeutig, sozusagen mit freiem Auge erkennbar, dass er nicht der Schnellste war, mussten die Durchläufe wiederholt werden – so lange, bis der Sieg seiner war – wir ärgerten uns zwar sehr, getrauten uns aber nichts zu sagen, weil das mit Sicherheit den Verlust der Stoppuhr bedeutet hätte, und so eine Abfahrt mit Sekundenzeiger erzeugte beinahe olympische Gefühle in einem, die man nicht mehr missen mochte ...

Auch nach dem Essen sitze ich wieder am Fenster und lasse mich vom stetigen Flockenschleier einfangen – in mir eine wohlige Müdigkeit vom langen Tag an der kalten Luft – Zufriedenheit und ein gewisser Stolz – ich habe mich und mein Haus winterfest gemacht – allein – bald würde ich den Brandner erreicht haben – viel würden wir dann nicht tun können – der Winter als Befreier von diesem Arbeitszwang, der sich mittlerweile auch in

mir festgesetzt hat – ich mache sogar schon Pläne, wie
ich meine Freizeit gestalten würde – ich würde mir die
besten Skier raussuchen, sie in alter Manier abziehen, so
gut es geht – mit dem Hobel vom Brandner – die Füh-
rungsrillen müsste ich eventuell noch vertiefen – dann
die Bretter ein paar Mal mit Leinöl einlassen, bis sie mich
geschmeidig die altgedienten Abhänge hinuntergleiten
lassen könnten – wenn's sein muss ohne Stöcke – die hab
ich nämlich noch nicht gefunden – auf jeden Fall zurück-
rutschen in die Kindertage – vielleicht sogar einen
Schneemann bauen – einen, der dem Brandner ähnlich
schaut ...

Aber das Pläneschmieden fand ein jähes Ende – das
Fieber kam wieder – seitdem ist alles verdreht in mir –
alles drängt sich aus mir raus – nichts will mehr zu mir
gehören, alles will weggehen – nicht sterben, sondern
auswandern – es hat genug von mir – eine Folge der un-
verdauten Träume vielleicht – ich kann das Alleinsein
nicht mehr aushalten, die Einsamkeit nicht mehr genießen –

Die Träume machen sich über mich her wie eine
fleischfressende Pflanze über ihr Opfer – die Saugnäpfe
der Fangarme überall zugleich – ich bekomme ein Kind,
ein völlig unfertiges – nur Knochen und Schlatzmasse –
ab dem Kopf muss es in einen Plastiksack gesteckt werden, und mit einem Schlauch wird Luft und Nahrung
zugeführt – ich hoffe, dass es stirbt, will es so nicht – will
es nicht einmal mehr sehen – aber dann steht meine
Schwester da – mit eben solch einem Kind – sie sagt zu
mir, dass es jetzt üblich sei, solche Kinder zu gebären,
und dass sie sich ganz normal entwickeln könnten –
dann war das Kind plötzlich älter – ein bildhübsches,
blondgelocktes Wesen, und ich muss es immerzu allein

lassen, weil ich für uns sorgen muss – Geld verdienen, weil es keinen Vater gibt – dann bin ich allein unterwegs in einer Stadt am Meer – ich will über eine Brücke – das gelingt auch, aber dann wird die Straße immer enger, geht an einem Felsen entlang – unter mir nur Schlund – es wird ein ganz schmaler Pfad – ich kann mich nur noch am Felsen entlangdrücken – ich schreie nach meinem Kind – es muss hier irgendwo sein – dann finde ich Gelegenheit zu einem Abstieg und komme auf eine ganz normale Straße – ich habe ein Auto, suche nach einem Parkplatz – harmlose Bilder wechseln sich mit den alles erdrückenden ab – ich habe nichts mehr unter Kontrolle – zitternd, ratlos – will nur noch ruhig auf dem Rücken liegen – was ist jetzt los – wie geht es weiter – warum habe ich keine Kraft mehr, keinen Willen – wofür auch – alles rutscht nur noch weg und wendet sich ab – natürlich gibt es immer wieder solche Tage – die Tage, in denen man ein paar Mal stirbt, sich häutet – dieses Mal kommt es mir ärger vor – begleitet von einem sonderbaren Heimweh – auch die Nabelschnur macht die Häutungen mit ...

Mit der Dämmerung kommt die Angst vor dem Abend – vor dem Alleinsein – allabendlich die Angst vor dem Alleinsein – ich weiß kaum noch was mit mir anzufangen – natürlich gäbe es genug zu tun – lesen, stricken, flicken – aber ich komme nie über den Anfang hinaus.

Dann wandere ich wieder rastlos durchs Haus, stelle Möbel um – als ob es daran läge – ich verkrieche mich in unserer Höhle – ein heimeliger Winkel hinter unserem Essstubentisch – aber auch die Kindheit verschließt sich mir an solchen Abenden – eine einzige Begebenheit drängt sich vor – wie ich mit Angelika auf einer Baustelle im Lehm versunken bin – es war nach Feierabend

– wir hatten dort am Tag zuvor winzige bunte Fliesen entdeckt, von denen wir ein paar mitgehen lassen wollten – die Baustelle war so groß, es würde schon nicht auffallen – kaum hatten wir die Fliesen in der Tasche, war auch schon das schlechte Gewissen mit uns – den Rückweg wollten wir also abkürzen, so schnell wie möglich weg vom Tatort – dabei versank Angelika mit ihrem Stiefel – erst wollten wir nur den Stiefel retten, dann wollte ich sie retten, und schließlich steckten wir beide rettungslos fest – ein, zwei Stunden vergingen, bis man unsere Hilferufe erhörte – für uns eine halbe Ewigkeit, in der wir glaubten, qualvoll sterben zu müssen, weil wir immer tiefer sanken – zwei Meter vor uns das Schild *Baustelle betreten verboten, Eltern haften für ihre Kinder* – die Großen haben uns dann auch dementsprechende Vorwürfe gemacht.

Dass wir uns in Todesangst befunden haben, hat keiner von ihnen mitgekriegt – sicherlich hätten sie es für lächerlich befunden – mir geht die Angst von damals plötzlich wieder durch den Körper – das ist das Letzte, was ich jetzt gebrauchen kann – nicht mehr daran denken – das ist das Beste, nicht mehr daran denken – ablenken, die Kunst beherrsche ich doch.

Auf dem Tisch liegt die Dorfchronik – eine Sage erzählt, dass unser Dorf einst eine Stadt war – unten in der Au – dann verschluckte ein Hochwasser diese Stadt – die Bewohner flüchteten auf die höher gelegene Talstufe – da entstand das heutige Dorf – ich schlage die Dorfchronik wieder zu – das letzte Kapitel unseres Dorfs wird wahrscheinlich nie mehr geschrieben werden – es sei denn, sie kämen alle wieder – aber warum sollten sie, wenn sie bis jetzt nicht gekommen sind ...

Der Schnee nimmt mir die Hoffnung – mit einem Mal glaub ich, dass es nie mehr warm werden wird, kann ich mir die anderen Jahreszeiten gar nicht vorstellen – der Wiesenblumenstrauß auf dem Fensterbrett ist wie aus einer anderen Welt – ich muss ihn berühren, und selbst dann erscheint er mir noch unwirklich – als seien die Farben nicht mehr die, die sie einmal waren – ich weiß aber nicht, ob blasser oder stärker – ich weiß nur, dass sie in meiner Erinnerung anders sind – lebendiger – aber wie sollen sie auch lebendig sein, sie schlafen nicht mehr – der Wiesenbocksbart zum Beispiel hat Tag und Nacht seine Blüten geöffnet, macht nie mehr seine Faust, wegen der wir ihn als Kinder immer Boxerblume nannten – na, und – ich muss aufhören, meine Gedanken an derlei Dinge zu verschwenden – dem Brandner in diesen Angelegenheiten widersprechen, ist was anderes – mit ihm darf ich diese Fragen zulassen – aber allein ...

Sie kommen, sie kommen nicht, sie kommen, sie kommen nicht, er liebt mich, er liebt mich nicht – was will ich eigentlich wissen – die gelben Blütenblätter lassen sich nur schwer zupfen – sie kommen nicht – ein blöder Aberglaube eigentlich – vielleicht kommt bei den Margeriten was anderes raus – ich will nicht allein gelassen werden – ich weine – nachts sitze ich mit angezogenen Beinen auf dem Bett und starre in die Dunkelheit, treibe auf meinen eigenen Tränen dahin – es hilft nichts, aber es schadet auch nichts – untertags schaufle ich wie eine Besessene – ich spüre, wie ich dabei schrumpfe – meine Gelenke, meine Knochen – alles zieht sich schmerzlich zusammen, will den Atem nicht durchlassen – Sucht nach Wärme – die Nebelschwaden zerquetschen mein Hirn – nach und nach ...

Heute ist Frühlingsanfang – müsste zumindest sein – würde ich nicht täglich den Kalenderzettel abreißen, wüsste ich wahrscheinlich nicht mehr, in welchem Monat wir uns befinden – wenn ich annehme, dass der Fieberschub so lang wie die anderen war, ist heute Frühlingsanfang – zwei Meter noch und ich habe den Wald hinter mir – dann muss ich nur noch über die Wiese – heute Abend trink ich einen Selbstgebrannten vom Brandner – der wird lachen, wenn er mich in meinem Vogelscheuchenmantel sieht, wie ich den Schlitten hinter mir herziehe, einen Sack voller Schmutzwäsche drauf.

Eine Nebelschwade – nicht schon wieder – dieses Mal stinkt sie und verändert fortwährend ihre Farbe – ganz anders als die anderen Nebelschwaden – das ist auch keine – das ist Rauch – da oben brennt was – da oben brennt ein Haus – das muss das Haus von der Erna sein ...

***

Dem Brandner ist nicht mehr zu helfen – jetzt werden wir wieder tagelang nicht miteinander reden – natürlich ist es das Verkehrteste überhaupt – so kann man nicht miteinander umgehen und schon gar nicht, wenn man unter einem Dach lebt – aber was zu viel ist, ist zu viel – den Streit gestern muss ich erst verdauen – und die anderen Schläge in die Magengrube im Grunde genauso – ich verstehe es einfach nicht – warum hat er noch immer kein Vertrauen zu mir – nach all dem gemeinsam Erlebten ...

Vor einer Woche noch waren wir uns so nah – du bist die Einzige, auf die man sich in dieser Welt verlassen kann, hat er gesagt, als ich ihn aus dem brennenden Haus getragen habe – seine Arme fest um meinen Hals geschlungen wie ein Kind – sein Kopf glühte – mein Gott, der ist ja noch in der halben Schneemannmontur, dachte ich, als ich ihn auf den Schlitten legte – seine Hände waren bandagiert wie im Fasching – der wird doch nicht wochenlang krank in der Stube gelegen sein, schoss es mir weiter durch den Kopf, bis er schließlich zu dem verzweifelten Hilferuf ausgeholt hat und das Haus in Flammen setzte – schleunigst bin ich noch ein- mal ins Haus, um ein paar Decken zu holen – in die hab ich den Brandner eingewickelt – dann hab ich ihn ohne viel zu überlegen aufgesetzt, vor mich gezwängt und den Unglücksort sofort verlassen.

Als wir ins Flache kamen, wurde es schwieriger – ich musste ihn auf den Bauch legen, hab ihn mit meinem Schal festgebunden und so schnell wie möglich nach Hause gezogen – seine Füße schleiften im Schnee mit – das Fieber war hoch – trotzdem hat er nie sein Bewusst- sein verloren – zwischendurch stöhnte er immer wieder, dem Himmel sei Dank, dass du gekommen bist – und – du hast mir schon wieder das Leben gerettet – hoffent- lich, Brandner, ich bring dich jetzt nach Haus zu mir – ist schon recht, hat er gesagt und sich auf den Schlitten binden lassen –

Zu Hause habe ich gleich seine Füße trockengerieben und ihn ins elterliche Schlafzimmer verfrachtet – fürs Erste so, wie er war – mir schien es wichtiger, ihm was zum Trinken und zum Essen zu bringen – wer weiß, wie lange er ohne Nahrung war – er rührt die Haferschleim- suppe gar nicht an, trinkt nur Tee und redet von den Viechern, um die ich mich kümmern müsste – Brandner, du phantasierst, schlaf erst einmal eine Weile – nein, ich weiß schon, wovon ich red – du musst hinschauen, du musst ihnen was zum Fressen geben, versprich es mir – er hat sich so lange nicht beruhigt, bis ich die Stiefel und den Mantel angezogen habe – schaden kann's ja nicht, noch einmal raufzuschauen, dachte ich und machte mich auf den Weg ...

Das Feuer züngelte immer noch vor sich hin, griff auch halbherzig auf die Nachbarhäuser über – komisch, wie kann das passieren bei dem hohen Schnee – andrerseits, so richtig in Flammen stand kein Haus – als würde der Schnee die Flammen blenden und sie gleichsam zur Mäßigung anhalten – von weitem sieht es wunderschön aus – bunte Rauchwolken, die langsam in die Luft steigen, wie aus einem Märchen – das Feuer selbst beinahe unwirklich in seinem intensiven Rot – beim Näherkommen verlieren die Rauchwolken ihr Leben – tote Schönheiten – tote Schönheiten von der Art, wie sie uns schon seit Monaten jagen, durchzuckt es ganz kurz meinen Kopf ...

Ich beeile mich – das Feuer lass ich – irgendwann wird es schon aufhören, im vereisenden Schnee verenden – es hat keinen Sinn, eine große Löschaktion zu starten – wie auch – bis zu uns wird es nicht kommen, das ist die Hauptsache – ich suche die Tiere, von denen der Brandner geredet hat, gehe ums Haus, schaue in den Schuppen – finde natürlich nichts – rätsle, wie er das gemeint haben könnte – es muss das Fieber sein, beschließe ich und gehe noch einmal vorsichtig ins Haus, um ein paar Dinge zu retten – das Grammofon, einige Platten, die Waschrumpel, ein paar Flaschen Schnaps – dann hole ich den Kinderwagen aus dem Schuppen und verlasse das vor sich hin sengende Nest von der Erna –

Wie ich den Kinderwagen mit Mühe durch meine geschaufelte Gasse schiebe, denke ich mit einem Mal, ob ich nicht nach Wichtigerem schauen hätte müssen – Dokumenten und dergleichen – eine Geschichte vom Brandner fällt mir ein – natürlich eine aus dem Krieg – vom Almer und seiner Familie – die sollten ausquartiert werden von den Tommys, weil sich das Haus angeblich vorzüglich als Offiziersstützpunkt geeignet hätte – eine Stunde gab man ihnen, um ihre nötigsten Habseligkeiten zu packen – das haben sie dann auch gemacht – inzwischen hat es die Almerische Großmutter mit ihrem allseits bekannten Einfallsreichtum geschafft, dass sie doch nicht rausmussten – da fingen sie also wieder an, alles auszupacken, und stellten fest, dass sie in der Eile lauter unwichtige Sachen eingepackt hatten ...

Diese verdammten Kriegsgeschichten – jetzt fallen sie mir schon von selbst ein – obwohl, die ist ja gar nicht so schlecht – erzählt einiges von der hiesigen Schläue – die Almerische Großmutter hat nämlich einfach einen Lippenstift genommen und den vier Kindern ein paar Punkte auf das Gesicht und die Arme verpasst – dann hat sie sie ins Bett gesteckt und einen der Offiziere gefragt, ob ihm denn auch mitgeteilt worden sei, dass die Kinder Masern hätten – dabei hat sie die Tür leicht geöffnet, gerade so, dass er sich davon überzeugen konnte – sie muss genau den richtigen Offizier erwischt haben – der Räumungsbefehl wurde umgehend rückgängig gemacht.

Wieder daheim, hör ich den Brandner schon an der Haustür – er ruft nach der Erna – sein Fieber ist gestiegen – ich hätte ihn nicht allein lassen dürfen – seine Augen glänzen – Erna, sagt er ganz zärtlich zu mir – ich widerspreche ihm nicht, mache ihm kalte Umschläge,

Essigpatscherl und einen Lindenblütentee – er phantasiert vor sich hin – schreib dir das auf, sagt er, das Wasser und der Schnaps müssen beim Mischen die gleiche Temperatur haben, am besten lagerst du beides ein paar Tage im gleichen Raum – und immer das Wasser zum Schnaps schütten und nicht umgekehrt, ganz vorsichtig musst du das machen, wenn du das zu schnell machst, wird er trüb, schreib dir das auf – aber, Brandner, das Schnapsbrennen überlass ich doch dir, sag ich mit einem hilflosen Lächeln – ich werd aber sterben, und dann musst du wissen, wie's geht, ich geb dir auch meine Geheimrezepte – dann sinkt er wieder erschöpft zurück und schläft kurz ein.

Geht's besser, frag ich ihn ganz verzweifelt, wenn er wieder aufwacht und nach Wasser verlangt – nein, sagt er – was glaubst du, was du hast – eine Grippe, sagt er, meine Füße waren ja ganz nass und kalt von der Schlittenfahrt – aber, Brandner, das Fieber hast du doch schon länger – ja, sagt er, wird schon eine Grippe sein oder was Ähnliches – warum hast du das Haus angezündet, frag ich ihn, mehr um mich selbst zu beruhigen – ich will, dass er wach bleibt, nicht immer wieder wegtritt – ich hab das Haus nicht zufleiß angezündet, stöhnt er, ich bin eingeschlafen und hab was Wildes geträumt – dabei muss ich die Kerze umgeschmissen haben – dann hab ich geglaubt, das gehört noch zum Traum, das Schlafzimmer würde nur im Traum brennen – und dann muss ich aufgestanden und in die Stube hinübergesiedelt sein, aber wie das war, weiß ich nicht mehr – da bin ich wieder eingeschlafen oder was – erst wie du mich gerufen hast, bin ich wieder zu mir gekommen ...

Die Erna wird mich nie mehr in ihr Haus lassen, fängt er zu jammern an – dann fragt er mich wieder ganz sachlich – ist es ganz ausgebrannt – nein, gar nicht, sag ich – das Feuer hat sich nur ganz langsam verbreitet – weiß der Teufel warum – brennt's noch, fragt er mich – nein, lüg ich – da hab ich Glück gehabt, flüstert er und schließt wieder für eine Weile seine Augen ...

Und die Viecher, leben sie noch, fängt er von neuem an – Brandner, ich hab sie gesucht, aber ich hab keine gefunden – was, du warst gar nicht bei ihnen – doch, ich war schon wieder bei der Erna, wie ich's dir versprochen hab, aber ich hab keine Tiere gefunden – die sind ja auch nicht bei der Erna, zum Wiesenteufel musst du – das hast du mir nicht gesagt – dann geh jetzt – aber, Brandner, da brauch ich Tage, bis ich mich zum Wiesenteufel durchgeschaufelt habe – du musst meine Schneeschuhe nehmen – was, du hast Schneeschuhe – ja, hinterm Haus von der Erna sind sie – da hab ich nichts gesehen – du musst bis zum Misthaufen, beim Gartentürl liegen sie, geh – er fuchtelt mit seinen Armen herum, scheucht mich weg – beruhig dich, Brandner – mit den Schnee-schuhen musst du hin – ja, morgen, heute nicht mehr, es ist schon dunkel – dann sterben sie auch, klagt der Brandner – sie werden schon nicht sterben, wenn sie's bis jetzt ausgehalten haben – was für Viecher sind es denn eigentlich, frag ich ihn trotzig, ich sehe nicht ein, dass ich wieder in den Schnee soll, nur um dem Brand-ner danach irgendwelche Hirngespinste auszureden – Brandner, das hast du alles geträumt – nein, schreit er und fällt wieder zurück – sein Puls ist noch da – ich ma-che mich auf eine höllische Nacht gefasst – es geht aber eigentlich – er schläft fast die ganze Zeit ...

Am Morgen ist das Fieber deutlich gesunken – der Brandner ist ein zäher Hund, denk ich – geh jetzt endlich – was – wohin soll ich gehen, ich hab fast die ganze

Nacht nicht geschlafen – das ist deine Sache, hol dir die Schneeschuhe und geh zum Wiesenteufel – ich mach mich also wieder auf den Weg zur Erna – jetzt geht es ja gut – die Schneise ist halbwegs festgetreten – über Nacht hat es nicht geschneit – den ganzen Weg über bin ich fest davon überzeugt, dass ich umsonst gehe, aber dann finde ich die Schneeschuhe tatsächlich – am Gartentürl beim Misthaufen, wie er's gesagt hat – da muss ich schon einmal schlucken – er hat Schneeschuhe zur Verfügung gehabt, es aber nicht für nötig befunden, in dem ganzen Monat wenigstens einmal bei mir vorbeizuschauen – warum, fragt er mich, du bist doch ganz gut zurechtgekommen – bis auf die letzte Woche ist er regelmäßig zum Wiesenteufel gegangen – mit den Schneeschuhen durch die Klamm, weil der Weg kürzer ist – aber auch gefährlicher.

Du hättest krepieren können, und ich hätte nicht einmal gewusst, wo ich dich suchen soll – hättest eh nix mehr von mir gehabt – er zieht meine Vorwürfe ins Lächerliche – das eigentlich Ungeheuerliche kommt nämlich erst – er hat sein Leben aufs Spiel gesetzt, um ein paar Hendln das Leben zu erhalten – und damit noch nicht genug – die Hühner haben fast keine Federn mehr – ganz zerrupft sind sie mit ihren paar Federn in der Gegend herumgelegen – rot-blaue Fleischhaufen – wie nackte Pavianärsche – dann waren da noch zwei Kaninchen – die sahen erst so aus, als würden sie nur schlafen, aber wie ich sie mit dem Fuß weitergeschoben habe, haben sie sich nicht gerührt – nur an ihren Ohransätzen war reges Leben – riesige Wunden voller Maden – mir ist schlecht geworden – außerdem lagen im Nebenzimmer tote Meerschweinchen – ein einziges Viech hat überlebt – ein winziger, missratener Kanarienvogel – er kreischt mich an – nicht laut, aber durchdringend – ich finde anfangs den Käfig nicht, weiß nur, dass da einer sein muss – als ich ihn endlich entdecke, reiße ich gleich das Türl auf – ich weiß auch nicht, was in mich gefahren ist – anstatt dem Vogel was zum Essen zu geben, reiß ich das Käfigtürl auf und will ihm gleich die ganze, dreckige Freiheit geben – er versteht das auch, fliegt ins Zimmer und taumelnd aufs Fenster zu – ein heller, klirrender Knall, dann ein dumpfer Fall – leblos lag er auf dem Bettvorleger – ich will schreien, krieg aber keinen Ton raus, renne los – einfach weg, aus dem Haus, bis der tiefe Schnee keinen Schritt mehr zulässt – ich muss das kurze Stück also wieder zurück, um die Schneeschuhe anzu-schnallen – ich komme kaum vom Fleck, versinke immer mehr im Schnee – endlich fange ich an zu schreien ...

Auf dem Heimweg sammelt sich dann die Wut – die ärgsten Flüche lasse ich auf den Brandner nieder – nicht nur, dass er mir früher nichts von den Tieren erzählt hat – er hat mich auch, als er mich da hingeschickt hat, völlig im Unklaren gelassen – den Vorwurf hat er ungerührt auf sich sitzen lassen – mir wird jetzt noch schlecht, wenn ich an den grausigen Anblick denke – und erst der bestialische Gestank – sie waren tot, kreisch ich ihn an – das rührt ihn – das ist nicht wahr, sagt er – doch, wenn ich's dir sage – das muss in den letzten Tagen passiert sein, überlegt er leise und fährt mich dann ungestüm an, warum bist du nicht gleich dahin – weil ich gar nicht ge-wusst habe, wovon du redest – hast du wenigstens die frischen Eier eingesteckt – was soll ich eingesteckt ha-ben, Brandner, bist du noch ganz bei Trost, ich bin so schnell wie möglich weggerannt, du hast keine Vorstel-lung, wie es da ausgeschaut hat, wie vor dem Weltun-tergang – wie vor dem Weltuntergang, wiederholt der

Brandner lachend, du bist ein hysterisches Weibsbild – und du bist ein alter, eigensinniger Depp – er lächelt mich an – ich werde noch zorniger, stapfe aus dem Zimmer und knalle die Tür hinter mir zu – dann hol sie wenigstens jetzt, ruft mir der Brandner nach – hol sie doch selbst, schrei ich zurück und will aus dem Haus, irgendwohin zum Dampfablassen – da steht er in der Tür und sagt ganz ruhig, glaub mir, wenn ich's könnt, hätt ich's längst gemacht – sagt es und fällt in sich zusammen.

Brandner, um Gottes willen, Brandner, was hast du – er ist wieder ohnmächtig – panisch lege ich ihn ins Bett und reiße gleich das Fenster auf – da öffnet er schon wieder seine Augen – geh und hol jetzt die Eier, sagt er leise und bestimmt, wir werden sie noch brauchen – ich schließe das Fenster und verlasse wortlos das Zimmer.

Natürlich bin ich gleich gegangen – mit der Buckelkraxe – die Angst immer noch in den Knochen, die Wut aber auch – gleichzeitig ein Ärger über mich selbst, dass ich mich vom Brandner so herumschicken lasse – am liebsten würde ich ausziehen – ins Haus von meiner Schwester oder in den Pfarrhof – da ist ein schöner, großer Kamin – soll er doch schauen, wie er allein zurechtkommt – wenn es so weitergeht, werde ich ausziehen, beschließe ich – die Eier hole ich noch, aber dann lasse ich mir nichts mehr befehlen – meine Beschlüsse erleichtern den Gang wesentlich ...

Beim Wiesenteufel stinkt es allerdings so erbärmlich, dass ich am liebsten sofort kehrtmachen würde – mit einem Mal wird mir klar, dass mir der Gestank deshalb so auffällt, weil's immer weniger zu riechen gibt – den Frühling und den Sommer konnte man eigentlich nur sehen, nicht riechen – die Eier sammle ich mit angehaltenem Atem und halbgeschlossenen Augen ein – so schnell es geht – draußen setzt ein Schneetreiben ein – in der Keusche ist es duster – ich zünde eine Kerze an – die Küche sieht aus wie ein verkommener Stall – der Brandner hat Heu und Stroh hereingeschafft – die Hendln haben auf den Herd geschissen – die Buckelkraxe ist schon halbvoll mit Eiern – dazwischen immer eine Lage Zeitungspapier – wenn man diese zerrupften Hendeln da liegen sieht, würd man nicht denken, dass die noch legen konnten – ob man die Eier überhaupt noch essen kann – aber wenn man danach geht, darf man eh nichts mehr essen oder trinken – auch im Schlafzimmer haben die Viecher gelegt – das Bett wirkt benutzt – der Brandner muss hier auch geschlafen haben – natürlich, in den Tagen, in denen er mir spurlos verschwunden schien – das Leintuch ist gelb gefleckt, verschwitzt oder vollgepisst, was auch immer – mein Groll schwillt wieder – sobald der Brandner halbwegs gesund ist, kriegt er was zu hören von mir – halb ohnmächtig vor lauter Luftanhalten schultere ich in der Küche den Buckelkorb und schmeiße beim Umdrehen die Kerze vom Tisch – das Stroh fängt sofort Feuer – im ersten Schreck will ich gleich drauftreten, aber dann kommt plötzlich eine tiefe Befriedigung über mich – die Vorstellung, diesen Ort ohne große Anstrengung zu vernichten, gefällt mir – das Feuer läuft dem Stroh nach – in mir eine kindliche Freude – ich tanze aus dem Haus, schaue noch eine Weile zu, wie sich auch die Flammen leichtfüßig hocharbeiten – dann trete ich den Heimweg an.

Der Brandner sagt nichts – er kniet gerade am Herd, als ich nach Haus komme, schürt das Feuer und legt ein Stück Holz nach – hastig, wie mir scheint, aber das kann auch an meiner Aufgedrehtheit gelegen haben – hörst du mir überhaupt zu, frag ich ihn, weil ich den Eindruck hab, dass er sehr weit weg ist – er nickt stumm – dann sagt er, ich geh wieder schlafen, klemmt sich eine Schuhschachtel unter den Arm und geht – was willst du denn mit der Schachtel, frag ich ihn – die Eier musst du gleich in Kalk einlegen, erwidert er, eins zu zehn, ein Teil Kalk, zehn Teile Wasser, pass auf, dass es nicht zu scharf wird, sonst verbrennen sie uns – wer – die Eier natürlich – mit der Anweisung lässt er mich stehen – ich komm gar nicht dazu, ihn zu fragen, wie's ihm geht ...

Den Rest des Tages reden wir nicht mehr – und auch am nächsten Tag sagt er nichts – beleidigter Spinner, denk ich und geh auch meiner Wege ...

Bis ich ihn am Tag darauf beobachte, wie er mit seiner immer noch bandagierten linken Hand liebevoll über den Hackstock streicht – der Brandner lebt nicht mehr lang, hab ich plötzlich begriffen – da ist es mir eiskalt den Rücken hinuntergelaufen – ich bin hin zu ihm und hab ihn gebeten, dass er mich nicht ausschimpft – die Eier hätte ich nämlich nicht in Kalkwasser eingelegt, sondern in Wasserglas, welches ich beim Langmeier noch gefunden hätte – ich hab nicht genau gewusst, wie ich das mit dem Kalk machen soll – mit Wasserglas kenn ich mich aber aus – meine Mutter hat sie früher auch immer so eingelegt – ein Liter Wasserglas auf sieben Liter Wasser – ist schon recht, nimmt der Brandner mein Friedensangebot gleich an – in seiner Jugend hätte man die Eier oft in Gerste eingelegt – vorzugsweise die Augusteier, weil das die besten seien – die hätten gut bis Weihnachten gehalten, erzählt er weiter, während er mir seinen Arm auf die Schulter legt und wir gemeinsam in die warme Stube zurückgehen ...

An diesem Abend hatte er wieder einen Fieberanfall – das muss doch Malaria sein, will er mich überzeugen

– hör auf damit, sag ich nur und nehm ihm vorsichtig
die Verbände von den beiden Händen ab – was machst
du da – ich will wissen, wie viel Finger du noch hast ...

Heute, beim Hackstock war es mir plötzlich klar –
der Brandner hat die gleichen Fieberschübe wie ich, nur
öfter, außerdem verliert er seine Finger dabei – nach und
nach – warum ist mir das nicht früher aufgegangen – er
will mir widersprechen – Brandner, warum hast du kein
Vertrauen zu mir – er schaut mich nur an – in seinem
Blick alles auf einmal – wie beim Thomas, denke ich und
sehe im selben Moment ein, dass ich ihn nie ganz verstehen werde – dass das aber auch nicht notwendig ist –
der Brandner ist der Brandner.

An seiner linken Hand hat er nur noch einen Finger
– an seiner rechten drei – sind doch fast noch die Hälfte,
sagt er und lächelt mich zaghaft an – mit dem Kegeln
wird's halt nicht mehr so einfach sein – da werd ich dich
jetzt wohl öfter gewinnen lassen müssen – mit der Rechten bin ich einfach nicht so geschickt ...

In welchen Abständen verlierst du sie – wen – na, die
Finger – monatlich ungefähr einen – und sonst – sonst
ist noch alles dran, er grinst – nein, ich meine die Fieberschübe, die hast du doch öfter als ich, haben die sich verändert, sind sie länger geworden, wie geht's dir dabei –
was willst du eigentlich wissen – er streicht mit seinen
vier Fingern über meine beiden Hände und schaut mich
ernst an, willst du wissen, wie lange ich noch lebe, das
lässt sich nicht ausrechnen – aber vielleicht aufhalten,
sag ich und nehm seine Hände behutsam in meine – wie
denn – das weiß ich auch nicht, aber ...

Mädel, Mädel, das wär schön, wenn man alles selbst
bestimmen könnte, aber da spielt der da oben nicht mit
– der Großvater hat immer gern ein altes Märchen

erzählt – in dem geht der König im Garten spazieren –
da läuft ihm sein Gärtner entgegen und bittet ihn inständig um sein schnellstes Pferd – der König fragt, warum
– der Gärtner erzählt ihm, dass er heute dem Tod begeg-
net sei und dass dieser ihn heute noch holen solle – wenn
er aber nun schnellstens mit dem Pferd nach Bagdad
reite, werde der Tod ihn hier gar nicht finden – der König gibt ihm das Pferd – ein paar Stunden später trifft er
den Tod und fragt ihn, warum hast du meinen Gärtner
so erschreckt – der meint, er habe ihn nicht erschreckt –
er sei nur erstaunt gewesen, dass er ihn hier angetroffen
habe, weil er nämlich den Auftrag habe, ihn heute noch
zu sich zu holen, aber in Bagdad ...

Der Brandner ist mit seinem Tod weiter als ich –
Kunststück, er ist dann ja aus dem Schneider – beschis-
sener ist es immer für die, die zurückbleiben – aber wie's
ausschaut, beißt er eh nicht so schnell ins Gras – mir
kommt vor, dass er die Fieberschübe besser wegsteckt
als ich – gestern schien es ihm jedenfalls schon wieder
gut zu gehen – er hat mir aufgetragen, vom Buchberger
die Suppe zu holen – im Winter sei's praktischer, die
Suppen nach Hause zu nehmen, weil die anderen Häuser so ausgekühlt wären – das leuchtet mir ein.

Ich hole also die Suppe – ein Ritschert – braune Boh-
nen, Rollgerste, Erbsen, Linsen, Speck und Selchfleisch –
ich freu mich richtig drauf – seit langem wieder einmal
ein Suppenessen mit dem Brandner – das muss doch ein
gutes Zeichen sein, denk ich ...

Aber es war keines – genaugenommen fing es ja
schon vor dem Suppenessen an – er sagt, er hätte sich
noch gern gebadet – so einfach ist das hier nicht wie bei
der Erna, geb ich zu bedenken, es dauert Stunden, bis
wir genügend Wasser aufgekocht haben – dann dauert

es eben Stunden – ja, aber können wir währenddessen nicht schon die Suppe essen, ich hab einen großen Hunger – wenn's nicht anders gehe, grantelt er vor sich hin und setzt sich mürrisch an den Tisch – am besten legst du dich nach dem Essen hin, und wenn die Badewanne voll ist, weck ich dich, schlag ich ihm vor – wenn's nicht anders geht – ja, lach ich, so ab und zu könnten wir jetzt doch wieder den Strom gebrauchen, meinst nicht auch – wozu denn, murrt er, ich hab mich Zeit meines Lebens nass rasiert – ach, Brandner, du weißt schon, wie ich das meine ...

Schweigend löffeln wir unsere Suppe – mhm, das ist eine der besten Suppen bisher, sag ich und schöpf mir noch einen Teller voll, willst du auch noch was – ich kann nicht so schnell essen mit der Rechten, siehst es doch – dann schweigen wir wieder – endlich fängt er an zu reden, und ich denk erleichtert, jetzt geht's wieder mit ihm – wie viel Suppen hast du denn im letzten Monat gegessen, fragt er mich – keine, antworte ich, irgendwas Gutes musste es ja haben, dass du nicht da warst – und was hast du stattdessen gegessen – hauptsächlich Fleisch und Erdäpfel – Erdäpfel und Fleisch – ja, das muss auch weg, davon ist so viel da, rundum in den Nachbarhäusern hab ich Berge von Fleisch gefunden, warum eigentlich, du müsstest das doch wissen, warum ist so viel Fleisch da – von den Notschlachtungen, sagt er und fängt umständlich an, an seiner Pfeife herumzuhantieren – welchen Notschlachtungen – na, die im Spätsommer, sagt er und hält mir die Pfeife hin, auf dass ich sie stopfe – willst du mir nicht endlich sagen, was wirklich passiert ist – später, sagt er – wann später – drück den Tabak nicht so fest rein, so kann ich sie doch

gar nicht gescheit rauchen – er nimmt mir die Pfeife ab
und zuzelt dran ...

Ich kann warten, sag ich und fang an, den Tisch abzuräumen – du hast also keine Suppe gegessen, stellt der
Brandner resignativ fest – wie viel hast du denn gegessen – ein paar – stehen sie dir auch bis da, frag ich und
halt meine flache Hand unters Kinn – nein, sagt er ungewöhnlich streng, ich hab keine Zeit gehabt, ich hab mich
um die Tiere kümmern müssen – ja, so eine Ausrede hab
ich natürlich nicht vorzuweisen, sag ich ironisch – red
nicht blöd, herrscht er mich plötzlich an, die Suppen
müssen gegessen werden – warum – wenn er mir so
kommt, kann ich auch stur sein – so halt, bestimmt er –
das ist kein Grund, wenn ich jetzt nicht genau erfahre,
warum, esse ich keine einzige Suppe mehr – weil sie
sonst gar nicht wiederkommen, erklärt der Brandner –
was hat das eine mit dem anderen zu tun –

Es war eine Wette, erzählt er kleinlaut – als sie weg
sind, wollten sie mich unbedingt mitnehmen – ich war
aber stur und hab sie ausgelacht – in ein paar Monaten
werdet ihr alle wieder zurück sein, hab ich gesagt, was
wetten wir – gut, hat die Erna gesagt, wir kochen dir jeder eine Suppe, wenn du die letzte gegessen hast und
wir sind noch nicht zurück, hast du die Wette verloren –
was ist das denn für eine komische Wette, frag ich und
weiß nicht, ob ich lachen oder schreien soll – der Erna
ist's natürlich nicht um die Wette gegangen, antwortet
er lächelnd, die wollte sicherstellen, dass ich jeden Tag
was Warmes esse – und die anderen – wollten halt ihre
Hetz, die meisten haben mitgemacht, hast ja gesehen,
wie viel Suppen da sind – ja, allerdings – fassungslos
schüttel ich den Kopf – das darf alles nicht wahr sein –
wegen so einer Scheißwette werde ich gezwungen,

jeden Tag Suppe zu essen – wirst sehen, lenkt er ein, die Wette geht auf, die gewinn ich, an dem Tag, an dem wir die letzte Suppe essen, kommen sie zurück – wie willst du das wissen – das spür ich – ich kann es immer noch nicht glauben – worum habt ihr denn eigentlich gewettet – um ein paar Flaschen Schnaps – was, nein, das ist nicht wahr, um ein paar lausige Flaschen Schnaps – nein, natürlich um den besten – Brandner, du bist unmöglich – ich weiß.

Willst du denn überhaupt, dass sie zurückkommen – bei den meisten ist es mir wurscht, aber ein paar hätt ich schon gern wiedergesehen, bevor ich geh – die Erna und deine Mutter und vielleicht den Thomas, sagt er und zuckt mit seinen Schultern, den möchtest du doch auch wiedersehen, oder –

Wann kommen sie denn dann nach deiner Rechnung wieder – ja, wenn du Suppe gegessen hättest, zu Ostern, aber jetzt musst du einen Monat draufschlagen – also im Mai – ja, irgendwann im Mai – warum hast du mir das nicht früher erzählt – was – das mit der Wette – weil du dich dann geweigert hättest, weiter die Suppen zu essen – wahrscheinlich hat er recht – trotzdem ...

Dann wird er mich am Anfang wahrscheinlich überhaupt nur akzeptiert haben, weil ich ihm beim Suppenessen geholfen habe – langsam frag ich mich außerdem, was ich in der nächsten Zeit noch alles erfahren werde – so nebenbei und rein zufällig – im Krieg, hör ich ihn sagen, haben wir auch einmal so eine ähnliche Wette abgeschlossen – das war an einem Sommerabend, wir haben draußen im Freien Karten gespielt, ein gemütlicher Abend war das – ein Kamerad fing an ... – hör auf, Brandner, hör sofort auf.

Was ist los, fragt er mich – hör auf mit diesen Kriegsgeschichten, ich kann sie nicht mehr hören – ist ja gut,
will er mich beruhigen – nein, nichts ist gut – im Krieg,
ich hör von dir immer nur *im Krieg*, und dann kommen
lauter lustige Geschichten, aber das war nicht der Krieg
– sondern, fragt er mich ganz ruhig und schaut mich dabei mit diesem Nach-dem-Krieg-haben-wir-angefan-
gen-wie-die-ersten-Menschen-Blick an – ein Irrsinn war
er, ein großer Irrsinn, ich rede nicht von der Front – da
hauen sich die Soldaten die Schädel ein und wissen es
vorher – das ist zwar im Grunde auch ein Irrsinn, aber
ein anderer – ich rede vom Dritten Reich, von den Kon-
zentrationslagern, von Millionen von Menschen, die unschuldig und grausamst gestorben sind, von Millionen
von Menschen, die schuldlos ihre Heimat verloren haben – aber in deinem Krieg scheint es so was nicht gegeben zu haben – ich weiß auch nicht, was in mich gefahren ist, warum ich ausgerechnet jetzt damit anfange –
dein Krieg kommt mir mehr vor wie eine Almwande-
rung, gesellige Stunden voller Kameradschaft, manchmal ein steiler Abhang, bei dem man naturgemäß aufpassen muss, und die Nächte ein bisschen gruselig –
aber sonst, Versteckenspielen im Gebüsch, Lausbuben-
streiche – jetzt bin ich gemein, das sind Sätze, die nie
wieder aus der Stube rauskönnen – will ich ihm eins
reinwürgen oder muss es wirklich raus – und dann die
Geschichte mit dem Fohlen, rattert es bei mir weiter wie
aus einem Maschinengewehr – welchem Fohlen, fragt er
nach – na, dem, das angeblich auf dem Eis getanzt hat –
ach – ja, ach, einmal ist es ein Fohlen, dann wieder eine
Ziege, dann wieder ein Schaf, das ändert sich bei dir völlig beliebig, hat überhaupt nichts mehr mit irgendwelchen Realitäten von damals zu tun – harmlose

Geschichten, abgewandelt, wie sie gerade gut ankommen – jetzt revanchiere ich mich ja doch für die Bauchschläge der vergangenen Tage – dann sollte man deiner Meinung nach nicht mehr über den Krieg erzählen, fragt er noch immer ruhig – doch, schrei ich – aber nicht solche Geschichten, die den Krieg zu einem simplen Kameradschaftstreffen machen, an die Gräuel muss erinnert werden, immer wieder, auch wir müssen es unseren Kindern erzählen, damit es nicht wieder passiert, ihr widersprecht euch, könnt euch an vieles nicht erinnern – wer ihr – na, deine Generation, manchmal hab ich das Gefühl, dass ihr euch selbst nicht erklären könnt, warum das alles so weit gekommen ist – deshalb erfindet ihr Geschichten oder redet vom Sich-Selbst-Retten und nur pro forma dabei gewesen sein, aber eigentlich nichts gemacht haben – ein mehr oder weniger verzweifeltes Zurechtrücken von Dingen, die eigentlich gar nicht mehr zurechtgerückt werden können, auch nicht müssen – niemand wird mehr sagen können, wie's wirklich war – und wir sind auch gar nicht die, die das Recht haben, euch anzuklagen – aber ihr verteidigt euch trotzdem in einem fort, euer Leben lang – eine Gesellschaft, die so lebt, ist angefault – jetzt redet Jens – Menschen, die aus einem Unverhältnis zum Leben rotieren, alles dreht sich nur um sie selbst und ihren engsten Bereich, ein Kreis, der sich langsam zuzieht wie eine Schlinge – tödliche Kurzsichtigkeit – warum sagt der Brandner nichts mehr – warum starrt er mich so an – nur deshalb ist es möglich, dass die Rechten wieder was zu sagen haben – in einem Staat, der wie eh und je die kleinweise Entmündigung betreibt, schwere Antibiotika für einen harmlosen Schnupfen einsetzt – und daneben der hochgepriesene Fortschritt in einer Welt, in der man bald keine Luft mehr kriegen wird – das eigene Durchlavieren so ziemlich das Jämmerlichste dabei – der Wegschaumechanismus – und wie man sich's jederzeit richtet – wehren sollten wir uns stattdessen – wehren gegen den Staat, diese verfaulende Gesellschaft, gegen die lebenden Lügner, gegen –

Amen – laut und entschieden schneidet mir der Brandner meine Aufzählung ab, mittendrin – die Luft ist raus – ich habe den Faden verloren ...

Er steht auf – jetzt geht er, denk ich – aber er begibt sich nur zum Herd, legt ein paar Scheite Holz nach – eine tonnenschwere Stille im Raum – ich habe zu viel geredet – und bin doch eigentlich kaum was losgeworden – ich könnte mich gleich entschuldigen – manches zurücknehmen – nur nicht mehr diese Stille zulassen ...

Der Brandner räuspert sich – Stellungskoller – was, frag ich etwas verwirrt – wie vor einem Stellungskoller, im Krieg hatten wir das öfter, erklärt er ganz ruhig, es gibt ganz typische Anzeichen dafür, entweder wurden die Leute melancholisch, haben nichts mehr gegessen und waren nur durch Befehle zu was zu bringen, oder sie waren mürrisch, fingen plötzlich an handgreiflich zu werden, wegen jeder Kleinigkeit, oder sie lachten die ganze Zeit, sprangen wie kleine Kinder herum und warfen sich ins Gras, oder sie redeten und fanden kein Ende, redeten über Gott und die Welt, ohne dazwischen Luft zu holen, hörten gar nicht mehr auf ...

Spätestens da hätte ich rausgehen sollen – der hat mir gar nicht zugehört, denke ich und stiere vor mich hin, durch die Wiesenblumen hindurch zum Fenster hinaus – eine Weile ist es wieder still, eher eine erschöpfte Stille, nicht die unheilvolle – wir schauen beide zum Fenster hinaus – na, der Brandner kichert, liebt er dich oder liebt er dich nicht – was – er zieht die abgezupften Margeritenstengel aus dem Wiesenblumenstrauß – als wär das meine einzige Sorge – du kannst auch feststellen, wie viel Kinder ihr kriegt, du brauchst nur die Scheibenblüten abreißen und in die Luft schmeißen und –

Hör auf mit dem Blödsinn, Brandner – heut ist wohl alles, was ich sag, ein Blödsinn, höhnt er – aber jetzt sag ich dir einmal etwas, was kein Blödsinn ist, jetzt sag ich dir einmal die Wahrheit über deinen Thomas – lass mich in Ruh – aha, selber austeilen, aber nichts einstecken wollen – also hat er doch zugehört – seine Stimme wird höher, kriegt was Kläffendes – jetzt teilt er seine Watschen aus – dein göttlicher Thomas ist ein vollkommen heruntergekommener Trottel – man muss die Schulen abschaffen, sagt er, weil sie die Kinder verderben, ha, er kann nicht unterrichten, die Schüler nehmen ihn gar nicht ernst, lachen ihn aus, seine Familie hat er längst im Stich gelassen – die arme Frau hängt mit den drei Kindern allein da, weil der gescheite Herr sein Leben nicht bewältigt, nur noch säuft und herumphantasiert von einer besseren Welt, ein Alkoholiker ist er, sonst nix, ein versoffener Spinner –

Und warum erzählst du mir das alles – ich dachte, es könnte dich interessieren, du malst dir doch weiß Gott was aus mit ihm und eurem Wiedersehen, das merk ich doch, da ist es wohl höchste Zeit, dass ich dich warne – danke, ich brauche deine Warnung nicht.

Zu spät, dafür aber umso hochmütiger, stolziere ich aus dem Raum – warum hat mich das so getroffen – ertappt hat er mich – natürlich habe ich davon geträumt – wieder von vorne anfangen zu können – mit ihm – ein Wahnsinn eigentlich – ich darf es gar nicht laut denken – die kleinen und großen Irrtümer des Lebens anscheinend vorprogrammiert – dazwischen teilt die Realität ihre Faustschläge aus – wenn man doch manchmal so zwischendrin aus seiner Haut könnte und erst wiederkäme, wenn alles vorbei ist ...

Ob ich den Brandner auch so getroffen habe – ich muss hin zu ihm – wieder reden – wir vergeuden unsere gemeinsame Zeit, spüren dabei beide, dass wir nicht mehr viel davon haben – und trotzdem spielen wir die beleidigten Leberwürste – der eine wartet auf den anderen – so ein Blödsinn – langsam wachse ich wieder in die Erde zurück – ich werde zu ihm gehen – mich entschuldigen und seine Arbeitsanweisungen entgegennehmen – arbeiten – arbeiten ist das Beste – solange ich noch meine zehn Finger habe ...

***

Auf dem kurzen Weg zum Osterhasen hätte ich beinahe meine Kindheit verloren.

Es ist alles vorbei, beruhigt mich der Brandner, du bist vor dem Osterfeuer in Ohnmacht gefallen, aber jetzt ist alles wieder gut, dein Fieber ist auch wieder weg – schlaf noch ein bisschen.

In Ohnmacht gefallen – vielleicht, dass ich einfach verschwinden wollte – den vergangenen Tagen nicht mehr nachhängen – nicht, dass sie nicht schön gewesen wären – aber das ist es gerade – die trügerische Geborgenheit – die trügerische Geborgenheit allein schon beim Vorgang des Erinnerns – als wär ich noch durch meine Kindheit zu retten ...

Dieses Mal hab ich den Brandner mitgenommen – zurück in die reichen Kindertage – weißt du noch, damals ... – er hat zugehört und mitgelacht – hin und wieder gibt er mir Antwort auf Fragen, die mich schon als Kind beschäftigten, die ich mich aber nie zu stellen getraute – dann steigt er selbst in die Kinderschuhe und lässt mich in seine frühen Stuben schauen.

Draußen schneit es wieder – oft können wir stundenlang unserem verworrenen Leben entkommen – ganz ruhig sitzt er an meinem Bett – an meiner Seite – als ob er langsam mit mir verwachsen wollte – dass es immer so lange braucht, bis man einen kennt – was sagst du, Brandner – nichts ...

Am Gründonnerstag hat das Fieber angefangen – dieses Mal ist es leichter, dafür dauert es aber auch länger – ich möchte aufstehen – du bleibst schön im Bett – er schiebt den Tisch heran und deckt für das gründonnerstägliche Abendmahl – gerührt schau ich ihm zu, wie er umständlich alle Vorbereitungen trifft – woher nimmst du eigentlich die Gewissheit, dass heute Gründonnerstag ist – na, woher wohl, vom Kalender natürlich, antwortet er, und vom Mond – das Osterfest ist immer am Sonntag nach dem ersten Vollmond im Frühling und im Kalender steht, dass dieser Vollmond auf den Gründonnerstag fällt –

Welche Suppe essen wir denn heute – keine, sagt der Brandner und lächelt – heute gibt es Spinat und Spiegeleier. Die Karwoche – allmählich erinnere ich mich – der Vater und der Großvater haben uns das alles wiederholt erklärt – Ostern ist das wichtigste Fest – die Karwoche hatte eine besondere Stellung im Kirchenjahr – die große Woche, die heilige Woche, die stille Woche –

Mit dem Palmsonntag fängt sie an – die ersten drei Tage in der Woche sind dann eher lästig – da wird geputzt – das ganze Haus, bis in den allerletzten Winkel – egal, zu wie vielen wir sind, die Arbeit nimmt kein Ende

– endlich ist dann aber der Gründonnerstag da – ab jetzt
sollen wir gar nicht mehr arbeiten – nur das Notwendigste – viel Zeit haben wir aber soundso nicht übrig,
weil wir meistens in der Kirche sind – besonders am
Karfreitag, obwohl an dem Tag gar keine Messe gelesen
wird.

Wenn wir zu Hause Kirche spielen, sprechen wir immer lateinisch – *Dominus vobiscum,* singt der Heiner und
wir antworten *ex in celsis vobilzeltum tuo* – zu Hause dürfen wir Mädchen ministrieren – unsere Messen zu
Hause bestehen hauptsächlich aus Prozessionen, Kom-
munionen und Vergeltsgotter – der Klingelbeutel ist
eine Zipfelmütze auf einem Besenstiel – in dem landeten
natürlich nur Knöpfe – ha, lacht der Brandner laut auf –
glaubst du, dass das in der Kirche anders war – erst als
die Körbe aufkamen, hat sich das geändert, weil da halt
jeder sehen konnte, was man reinlegt ...

Manchmal unterbricht der Brandner unsere Reise in
die Kindertage abrupt, weil er in die Kirche möchte – er
werkelt da an den Glocken herum – ich bring sie zum
Klingen, wenn sie aus Rom zurückkommen, verspricht
er mir stolz – muss das denn sein, Brandner, du bist doch
auch noch nicht ganz auf den Beinen – ach, mir geht's
gut, widerspricht er, und bis zur Osternacht wird's dir
auch wieder gutgehen, wenn schon sonst nix, das Osterfeuer und die Glocken werden wir haben – wie früher in
deiner Kindheit, sagt er, nickt mir liebevoll zu und zieht
sich meinen Vogelscheuchenmantel über – lang bin ich
eh nicht weg ...

Das stimmt, nach einer Stunde kommt er oft schon
wieder, und wir setzen unsere Reise fort – er erzählt mir
vom Feuer – *vom Notfeuer – heidnische Frühlingsfeuer, die
dem Boden segenspendende Kraft gaben – Scheite wurden*

aneinandergerieben und entzündeten ein Feuer, das über die Äcker hin brannte – der Ursprung der Osterfeuer ist sicher darin zu suchen, obgleich sie von der Kirche natürlich zu Jubelfeuern der Auferstehung gemacht worden sind – für mich war es einer der aufregendsten Momente, wenn aus dem Osterfeuer vor der Kirche Licht genommen und weitergegeben wurde – ein Kerzenmeer – und dabei das noch eintönige, aber schon feierliche *Lumen christi, Deo gratias ...*

Dann die Wasserweihe – vor allem, wenn dabei erwachsene Menschen getauft wurden, was immer wieder einmal vorkam – ganz innig beteiligte ich mich an der Litanei für sie – *Heilige Maria, Mutter Gottes – Piepfüruns – Heiliger Johannes der Täufer – Piepfüruns –* am eindrucksvollsten aber noch davor, wenn die Glocken zurückkommen – da hab ich immer die Luft angehalten vor Freude – durch und durch gingen mir die Glockenklänge, und strahlenden Herzens kamen mir gleichzeitig die Tränen ...

So ähnlich muss es mir heut ergangen sein – die Glocken schwangen jubelnd über mich weg – plötzlich drehte sich alles – mir war, als würde eine Glocke ihre Flügel verlieren und direkt auf mich runtersausen – als ich aufwachte, lag ich wieder in meinem Zimmer – war das alles also nur ein Traum – aber da war der Brandner schon an meiner Seite, gab mir heißen Tee und beruhigte mich wortreich –

Jetzt weiß ich wieder genau, wie es gewesen sein muss – es war schon fast dunkel, da hat mich der Brandner hinausgeführt auf unsere Wiese – er hatte im Lauf der letzten Tage einen riesigen Osterfeuerberg aufgeschichtet – ein paar Meter davon entfernt stand unsere Gartenbank – die ist schwer, die muss er mit größter

Mühe dahin geschleift haben – fürsorglich wickelt er mich in ein paar Decken – da bist du sicher, die Bank steht weit genug weg vom Feuer – dann schüttet er einen ganzen Kanister Benzin auf den Gstauderhaufen und entzündet ihn – hoch und hell lodert das Feuer, verschluckt die Mondkugel dahinter – in mir mit einem Mal eine Heiligkeit – ich kenn das schon – es versinkt dann alles um einen herum, und für Sekunden gibt es nichts, was man sich nicht vorstellen könnte – beinahe für Minuten – der Brandner setzt sich neben mich – schön, sagt er nur, und wir schweigen nebeneinanderher – nach einer Weile steht er unvermittelt auf –

So, jetzt geh ich in die Kirche zum Glockenläuten, du bleibst schön hier sitzen, ich bin auch bald zurück – er redet auf mich nieder wie auf ein Kleinkind – brauchst du noch eine Decke – ich schüttle meinen Kopf – eilig stapft er davon, verschwindet wie eine Erscheinung im Nebel – ich bin gleich wieder da, ruft er noch einmal zurück – das Feuer brennt jetzt gleichmäßig dahin – rundum zerläuft der Schnee, versucht sich gar nicht zu wehren gegen die Flammen – die wirken wie fröhlich tanzende Gestalten – es beruhigt ungemein, sich darin zu verlieren – trotzdem geht mir unser Gespräch vom Nachmittag nicht aus dem Sinn ...

Vom Ostereiersuchen im Obstgarten sprachen wir – und vom Eierscheiben auf unserer Abtatschelwiese – das war eine ganz besondere Wiese, weil sie an drei Seiten von einer durchgehenden Hecke begrenzt war, in der man sich wunderbar verstecken konnte – die vierte Seite war ein Abhang, nicht sehr steil, aber zum Eierscheiben ideal – am Ostersonntag duldeten wir auch die Erwachsenen bei unseren Spielen – und am Ostermontag mussten sie sogar kommen und zuschauen, weil wir da unseren Radzirkus zeigten, bei dem anschließend der Hut durch die Zuschauermenge ging – selbstverständlich durften die Buben dabei nicht mitmachen, weil die in der Karwoche beim Ministrieren genug Geld verdient hatten ...

Weißt du noch, wie ich bei meiner Kunststückefahrt in einem Haufen von Klosterschwestern gelandet bin – das war eine Hetz, lacht der Brandner, die kreischenden Klosterschwestern, das kann man gar nicht vergessen – und dann lachen wir beide – obwohl, meine Knie waren auch ganz schön zerschunden danach – aber das warst du ja gewohnt, prustet der Brandner – das stimmt, schnauf ich – meine Knie haben allerhand mitgemacht – überhaupt, wenn so Narben erzählen könnten – ja, sagt der Brandner mit einem Mal ganz ernst, dass mir bang wird ...

Und weißt du noch, wie du mich am ersten April um eine Dachschere geschickt hast, zieh ich ihn gleich in die nächste Geschichte hinein – zum Grabner – und möglichst schnell sollte es gehen, weil du sie unbedingt brauchen würdest – ich schwing mich also eifrig auf meines Bruders Rad und fahr los – der Grabner hat gar nicht danach gesucht, sondern erst gefragt, wer mich schickt – und ich hab gesagt, der Brandner und dass es arg pressieren würde – es würd wohl eher pressieren, dass ich in einen Kalender schau, feixte da der Grabner und überließ mich meinem blöden Gesicht – der Brandner kudert wieder los –

Das hab ich ganz vergessen – was, frag ich – dass ich dich dieses Jahr in den April schick – da hättest dir aber auch was besonders Gutes einfallen lassen müssen, *Spenadelsaft* und *Haumiblau* hätt ich dir nicht mehr vom Langmeier geholt – der Brandner seufzt versonnen ...

Das waren noch Zeiten, als ihr Gfraster gefolgt habt, das waren noch Zeiten – schöne Zeiten waren das eigentlich, sinniere ich – ich denk gern an meine Kindheit, das war schon ein kleines Paradies – ja, wirklich, war's das wirklich – aber das weißt du doch, du warst doch praktisch auch ein Teil unserer Familie – eben deswegen – was – deswegen weiß ich auch, dass es nicht nur schöne Zeiten gegeben hat, du warst doch oft recht unglücklich – das waren Kindersorgen, die vergisst man mit der Zeit – glaubst du wirklich – worauf willst du hinaus, Brandner – er schaut mich an, als müsst er erst den lieben Gott fragen, ob er weiterreden soll ...

Na, sag – du könntest das vielleicht falsch verstehen – ach was, red – er zögert – die ganzen letzten Tage denk ich mir das schon – ja, was denn – dass du über deine Kindheit redest wie ich über den Krieg – was – nein, versteh mich jetzt nicht falsch, das soll keine Retourkutsche sein, aus dem Alter bin ich draußen – außerdem hast du ja recht gehabt, dass ich mir da was vormache – es ist nur so – ich bin alt, ich kann mir das leisten, du bist jung – du kannst nicht ewig in eine Welt flüchten, die es gar nicht mehr gibt – in ein paar Tagen bin ich tot, dann musst du dich entscheiden, dann hilft dir deine Kindheit nichts mehr – er schaut mich ruhig an – nicht bös sein, Mädel, ich mein's gut mit dir, sagt er leise ...

Ich verstehe sofort, dass er nicht darauf aus ist, mir weh zu tun – aber trotzdem krieg ich meinen Mund nicht auf – nicke nur – betäubt – seit dem Augenblick wirkt der Zauber der Kindheit nicht mehr recht ...

Beunruhigt nimmt der Brandner unsere Reise wieder auf – fast unbeholfen will er mich spüren lassen, dass er mir nichts wegnehmen möchte – und schon gar nicht meine Kindertage – du hast mich gefragt, was es mit dem Osterhasen auf sich hat – der Hase ist ein Sinnbild der Fruchtbarkeit, tastet er sich zögernd in eine neuerliche Erklärung, dass der Hase die Ostereier bringt, der Brauch kommt wahrscheinlich aus dem Bürgertum, auf dem Land haben sie den erst zu Anfang unseres Jahrhunderts übernommen ...

Es tut gut, dass der Brandner weiterredet, auch wenn ich ihm längst nicht mehr zuhöre – die Kindheit, ein Spiegel, in den ich mich noch zu schauen traute – jetzt ist's, als ob die Milch meiner frühen Tage sich über eben diesen Spiegel ergossen hätte – stumpf ist er geworden – ein erblindeter Spiegel ...

Warum nur diese Liebe zum Obstgarten, zu den Vier Eichen, zum Dachboden, zum Wiesenteich, zu den Marillen- und Zwetschkenbäumen am Haus – schöne Landschaften gibt's überall – gute Orte – aber die Kindheit – unwiederbringlich schön – die schönste, die wärmste – die eigentlich weite Welt – und doch trügerisch – naturgemäß durchzogen von Kränkungen, von Kummer und Zweifel, von denen mich nur noch Tagträumereien retten konnten – das Gefühl, von den Erwachsenen nicht verstanden zu werden, wenn sie meine Sorgen abtaten – hab du erst einmal meine Sorgen – und dann schon gar nichts mehr erzählen – außerdem zuweilen die Angst, wenn man ihre Angst spürte – ihr Flüstern, wenn sie ratlos waren – das war also die Geborgenheit meiner reichen Kindheit, meines Quells ...

Der Brandner hat recht – ich muss was tun – das Osterfeuer brennt nur noch ganz niedrig, kriecht dem Schnee nach – da fangen die Glocken an zu läuten – erst die kleine, dann die mittlere, dann die große – sie hören gar nicht mehr auf – wüsste ich nicht, dass der Brandner gegangen ist, sie zu läuten, könnte ich meinen, das seien

die *Dreckglocken* – wie früher – wenn schlechtes Wetter
kam, hörte man die Glocken vom Nachbardorf – die
Dreckglocken – ich will aufstehen – mir ist schwindlig –
um mich schwarzes Eis – *Im Eis erstarrten Quell verblieb
ich ohne dich* – das hab ich einmal gelesen, das hat mir
gefallen – jetzt hat es eine Bedeutung für mich ...

Plötzlich dreht sich alles – ist das das Sterben – sollte
es mich am Ende vor ihm erwischen – schwer fällt die
Glocke auf meinen Schädel – auf dem kurzen Weg zum
Osterhasen hab ich meine Kindheit im schwarzen
Schnee begraben – jetzt bin ich müde ...

***

Das ist, weil du schnarchst – weil ich schnarche, dass ich
nicht lache, wie willst denn du das hören, durch die
Wand, lächerlich – du schnarchst, wiederholt der Brandner mit dem Triumph in der Stimme, den er immer hat,
wenn er weiß, dass ich mühsam um einen Gegenschlag
ringe –

Und du brunzt im Stehen – na und – was heißt, na
und, eine Schweinerei ist das, rund ums Klo, und ich
muss es putzen – ihr Weiberleut seid doch alle gleich,
das ist euer Neid – Schmarren, der Neid wird's sein, auf
was denn, bitte schön, frag ich ihn und schau abschätzig
auf sein Hosentürl – jetzt hab ich Oberwasser – ich hab
mein Leben lang im Stehen gebrunzt, da werd ich nicht
auf meine letzten Atemzüg aufhören damit, schießt der
Brandner zurück und verlässt das Haus.

So geht das jetzt tagaus, tagein – er mokiert sich darüber, dass ich das Petroleum verschwenden würde, ich,
dass er mit dem Wasser wohl reichlich großzügig in der
Gegend herumschütte – er erträgt mein morgendliches

Muffeln nicht, ich kann sein Schlürfen beim Suppenessen noch immer nicht aushalten – und dann erst das lautstarke Zischen durch die Zähne, wenn er sich nach dem Essen die Speisereste rauszuzelt – da krieg ich Zustände ...

Dazwischen droht er mir immer wieder – ich zieh aus, brauchst gar nicht so blöd lachen, ich zieh in mein Haus – warum nicht in ein anderes, das weiter weg ist, wenn schon, denn schon – du nimmst mich nicht ernst, aber du wirst schon noch sehen, murrt er – dann packt er sein Werkzeug und geht – aber nicht in sein Haus, sondern zur Erna auf den Berg – er baut ihr Haus wieder auf – das sagt er zumindest – ich kann's mir schlecht vorstellen – er hat nur noch drei Finger – aber natürlich ist es ihm zuzutrauen – dem Brandner ist alles zuzutrauen ...

Die Suppen seien bald aufgegessen, dann kämen sie wieder, und dann wolle er wenigstens der Erna gerade in die Augen schauen können, bevor er selbst ins Gras beiße – was geht's mich an – ich bin froh, dass ich eine Zeitlang meine Ruhe habe – obwohl ich dann gar nichts mit ihr anzufangen weiß – dasitze und warte – auf was eigentlich – vielleicht auf den Tod – darauf, dass sich was ändert auf jeden Fall – auf den Sommer, auf den Brandner – ja, sicher auch auf den Brandner – den grantigen – und ich nehm mir fest vor, nicht mehr so gereizt zu reagieren, wenn er mit seinen Nörgeleien anfängt – einfach nicht widersprechen ...

Aber das ist leichter gesagt als getan – er wird immer unleidlicher – nichts kann ich ihm recht machen – einmal ist die Suppe zu stark gesalzen, dann sind die Vorhänge wieder nicht richtig zugezogen – dann ist der Tee zu heiß, oder ich hab den falschen Schnaps angebrochen

– ein anderes Mal ist es die schlechtgestopfte Pfeife – du wirst's halt nie lernen, raunzt er mich an – das ärgert mich, und ich keif zurück, dass er seine Schuhe doch im Vorraum stehenlassen und den Schnee nicht überall mitschleppen möge – ha, meckert er, der nasse Fußboden trocknet wenigstens, aber deine Haare lösen sich nicht einfach in Luft auf, überall fliegen sie herum, und im Bad sind die Ausgüsse damit verstopft – sei froh, dass sie nur noch kurz sind, antworte ich gehässig – grauslich ist das – du musst sie doch eh nicht wegputzen – dass ich sie anschauen muss, reicht schon, und wer weiß, ob du sie mir nicht auch noch in die Suppe mischst – der alte Depp merkt eh nix, imitiert er mich mit zu hoher Stimme, unzumutbar, sowas ist unzumutbar – aber dass ich deine vollgerotzten Taschentücher aus dem Hosensäckel ziehen muss, bevor ich die Hose wasche, das ist zumutbar oder wie – wirst es wohl überleben ...

Manchmal wundere ich mich über uns, wie wir uns nach so kurzer Zeit des Zusammenlebens schon wie ein ausgeleiertes Ehepaar benehmen können – zu eng aufeinander gerückt – als ob wir nie anders gelebt hätten – nur wenn er Fieber hat, ist es besser, beruhigen wir uns vorübergehend – immer, wenn es kommt, fällt mir ein, dass seine Tage gezählt sind ...

Aber sobald es vorbei ist, geht die alte Leier wieder los – um Punkt sieben Uhr möcht ich meinen Kaffee, klagt der Brandner, warum geht das nicht, warum frühstücken wir an einem Tag um sieben, am nächsten um acht und am übernächsten gar um zehn, was ist das für eine schlampige Lebensweise – ich presse meinen Mund zusammen, weil ich nicht schon wieder anfangen möchte, aber es hilft nix – kannst dir ja deinen Kaffee selber machen – und schon hab ich zurückgeschossen –

das ist wie ein Zwang – vielleicht, dass wir es auch brauchen, um den Winter irgendwie zu übertauchen – uns zu beweisen, dass wir noch leben ...

Wir haben Anfang Mai, und noch immer ist kein Sommer in Sicht – oder wenigstens Frühling – Hauptsache, es wird wieder wärmer – ein eisiger Wind hält uns oft mehr als den halben Tag im Haus, und der Schnee liegt, als wäre er festgeklebt – am liebsten wär ich weit weg – reisen – von da nach dort und immer weiter und weiter – und immer weniger werden dabei, bis man ganz unbedeutend wird und sich auflösen kann – ohne viel Aufsehen zerfällt ...

Zerfällt und nicht verfault, wie wir hier – ich will nicht zwangsläufig verfaulen – nicht alles kleinrechnen – nachrechnen und vorzählen – warten können – nicht immer von sich ausgehen – vom Kopf her ist das klar – als müsste man manches ein zweites Mal erleben, um endlich früher Entscheidungen zu treffen ...

Aber man packt es wieder nicht – natürlich kann man das Auseinanderleben mit Jens nicht damit vergleichen – natürlich war es ganz anders – und doch – Vorwürfe, Vergleiche und wieder Vorwürfe – wenig Achtung, wenig Toleranz – kein verliebtes Darüberhinweggehen mehr – ich beschimpfe ihn, weil er nichts sagt – ein gegenseitiges Aufdecken, Vorhalten eines Spiegels, der man oft selbst ist, weil man die nervenden Angewohnheiten des anderen bekämpft, indem man sie annimmt ...

Wir rannten im Kreis und stiegen uns dabei gegenseitig auf die Fersen – wir hätten uns umbringen können und gleich darauf umarmen – auf jeden Fall war nichts mehr mit Fliegen – die Flügel nur noch nass und schwer – bis auf die Nacht nach Johannas Tod – es muss die

Trauer gewesen sein, die uns in dieser Nacht zusammengeschweißt hat – sein Lächeln wieder warm und offen – meine Zuneigung da, als wär sie nie weggewesen – ich staune wie schnell dieser Stängel Wasser saugt – schäme mich auch, weil ich uns so schnell aufgegeben hatte – schließlich lassen sich die Körper nicht einfach so zur Seite drängen – sie finden zueinander, wenn sich die Köpfe noch plagen – der gemeinsame Schmerz um sie hat uns kostbar beschenkt – wäre es eine Tochter geworden, ich hätte sie Johanna genannt ...

Aber zurückholen kann man damit auch niemanden – besser gar nicht dran denken – besser nach vorne schauen – abends, vor dem Schlafengehen, betrachte ich jetzt immer meine Hände, suche nach ersten Anzeichen – ziehe vorsichtig an jedem einzelnen Finger –

Der Brandner sagt, es tut nicht weh, wenn sie abfallen – gar nichts spüre man – das sei ja gerade das Schlimme ...

Ansonsten reden wir wenig miteinander und hätten uns doch viel zu sagen – er wagt es nicht mehr, über den Krieg zu erzählen, ich verliere kein Wort mehr über meine Kindheit – hauptsächlich spielen wir uns Stichwörter für die täglich gleichen Sätze zu – manchmal sitzt er auf der Ofenbank mit der kalten Pfeife im Mundwinkel und seziert ganz gelassen seinen Zustand – die Angst vor dem Tod wird eine Zeitlang weniger, wenn man darüber redet, sagt er – es gibt nichts, womit der nicht fertig wird, denk ich mir ...

Aber im nächsten Augenblick besteht er darauf, dass er das Holz hackt und ich abwasche – mit seinen drei Fingern, lachhaft – ein sturer Hund – und dann erst beim Kegeln – einen Schöpfer hab ich ihm am Unterarm festkleben müssen – der soll die Kugel mithalten, tut es auch, reißt aber gleichzeitig die Haut auf – die Haut eher als das Leukoplast – seine Unterarme sind wund – aber wir hören nicht auf zu kegeln – eher krepier ich, lacht er.

Wenn uns wenigstens die alltäglichen Arbeiten ablenken könnten – aber was ist da schon groß zu erledigen – Wasser schleppen, Holz hacken, die Betten lüften, die Suppen aufwärmen – natürlich – zu tun gäb's genug – du könntest das Zinnkraut endlich auf dem Dachboden auslegen, zum Trocknen, schlägt mir der Brandner im Befehlston vor, oder die Asche im Garten verstreuen – auf dem Schnee – ja, auf dem Schnee als Dünger, oder bügeln – wie bitte – bügeln, der Golling hat bestimmt auch ein altes Bügeleisen dabei – aber wozu soll ich bügeln und für wen, ich hab nie gebügelt, wieso soll ich ausgerechnet im stromlosen Zeitalter damit anfangen, frag ich ihn und breche in ein beinah hysterisches Lachen aus –

Dann lass es doch bleiben, sagt er und kurbelt mit beiden Händen das Grammofon an.

Wir hören seit Tagen immer das Gleiche – die Ouvertüre zu der *Macht des Schicksals* – sie ist wunderschön, aber sie hängt mir zu den Ohren raus wie der weiße Schnee zu den Augen – manchmal ist es so einfach, sich das Leben gegenseitig madig zu machen ...

***

Hier bist du, Brandner, ich hab dich überall gesucht – warum bist du hier, bist du jetzt doch umgezogen – ich hab gemeint, es ginge wieder besser mit uns – geht's ja auch, sagt der Brandner heiter und setzt sich in seinem Bett auf, ich hab nur nach dem Rechten geschaut – im Bett hast du nach dem Rechten geschaut – freche Krot, im Haus natürlich, und jetzt hab ich mich ein bisschen ausgerastet, es war doch mehr zum Aufräumen, als ich gedacht hätt – warst schon lange nicht mehr da – ich war überhaupt nur zwei, drei Mal da, seitdem ich zur Erna gezogen bin ...

Was hast du da in deiner Hand – ach so, ja, es sind die ersten – ein bisschen verwirrt halte ich ihm den Bund Radieschen hin wie einen zartgebundenen Blumenstrauß – seit dem Betreten dieses Hauses habe ich ganz vergessen, warum ich den Brandner suche – groß sind die, sagt der Brandner und strahlt – ja, strahl ich jetzt auch und breite die Radieschen stolz auf der weißen Bettdecke aus – unsere erste gemeinsame Ernte – das muss gefeiert werden, sagt der Brandner, auf der Kredenz in der Küche steht ein Schnaps, ein ganz besonderes Wasser, den holst du und dann stoßen wir an.

Die Küche vom Brandner ist wie die Küche von der Erna voll von Erinnerungen – ich komm mir plötzlich vor, als wär ich Jahrzehnte in meinem Leben zurückgerutscht, so wenig hat sich hier drin verändert – blitzblank ist es überall, als würde der Brandner Besuch erwarten – bevor ich die Stamperl aus der Kredenz hole, schau ich die Ansichtskarten in den Glastürln an – umdrehen muss ich sie nicht – heute brauch ich keine harmonische Vergangenheit – heut weiß ich, dass alles seinen Lauf nimmt – einen guten ...

Ein gnadenvolles Leben vor uns – jetzt könnte es ewig so weitergehen – wir brauchen keinen Strom und keine Leut – wir haben ja uns – und der Brandner weiß immer einen Weg – die Tage werden nicht nur trockenes Brot bringen – man muss dieses Misstrauen gehenlassen und auch den Missmut – seit ein paar Tagen wird es wieder stetig wärmer – der Schnee ist patzig, die Luft dampft vor sich hin – es scheint ganz so, als ob der Winter wirklich ein Ende hätte – das hat mir und dem Brandner sehr geholfen – wir können uns wieder zeigen, dass wir uns mögen – als ich heute die frisch ausgezogenen Radieschen in der Hand gehalten habe, nass vom Schnee und noch voller Erde, hab ich mit einem Mal wieder gewusst, wozu das alles ...

So ein wiedergefundener Sinn verdreht einem das Leben um hundertachtzig Grad – ich hätt tanzen können, lachen und schreien und den Kirschbaum umarmen auf unserer Insel – aber dann war es mir wichtiger, gleich den Brandner zu finden, dieses Glück mit ihm zu teilen – gleichsam die vergangenen Wochen vom Tisch zu wischen –

Ich bin gleich zur Erna gerannt, weil ich dachte, ihn da beim Hausaufbauen anzutreffen – aber da war er nicht – dann hab ich ihn bei mir zu Hause gesucht – da war er auch nicht – der Wiesenteufel ist mir noch eingefallen, und ich wollte mich schon auf den Weg machen, da hab ich zufällig von unserem Küchenfenster aus gesehen, dass beim Brandnerischen Haus die Fensterläden zurückgeschlagen waren ...

Den Schnaps in der einen Hand und die Stamperl in der anderen geh ich wieder ins Schlafzimmer – der Brandner liegt da, als wär er tot – ich krieg einen Schreck – Brandner, flüstre ich – er schlägt die Augen gleich auf – Gott sei Dank, sag ich erleichtert – was ist – ich hab schon geglaubt, du bist tot – gerade jetzt werd ich sterben, zwinkert er mir zu, wo's wieder schön ist mit dir ...

Ach, Brandner, jetzt kann's ja nicht mehr lang dauern, und dann werden wir wieder alle Hände voll zu tun haben – na ja, lächelt der Brandner – das könnt schwierig werden – er hält seine beiden Hände in die Höhe – du hast wieder einen Finger verloren – ja, eins zu eins steht's jetzt, der Kasperl und die Prinzessin, sagt er ganz trocken und bewegt die Finger wie Stabpuppen, oder vielleicht doch eher die Hex, für die Prinzessin ist der Finger halt schon zu verschrumpelt – Brandner, du bist unmöglich – ja, so bin ich halt.

Weißt was, heut am Abend feiern wir richtig, sagt er, während ich die Stamperl vollfülle, und keine Suppe – einverstanden, keine Suppe – und dann tanzen wir wieder einmal Tango, summt er und schaut mich ganz verwegen an – ich hab schon geglaubt, du willst nur noch nach der *Macht des Schicksals* tanzen, lach ich – nein, das Schicksal legen wir jetzt erst einmal auf die Seite, wann krieg ich endlich den Schnaps – wart, zuerst ein Radieschen.

Ich putz die Radieschen an meinem Ärmel ab und steck ihm eines in den Mund – mhm, genüsslich lässt er sich füttern, und seine Augen leuchten, als wär's die erste Ernte in seinem Leben – du musst das heutige Datum eintragen, sagt er mit vollem Mund, in meinen Kalender – du hast einen Kalender geführt – ja, da in der Schuhschachtel liegt er – er deutet mit dem Kopf aufs Nachtkastl – da drin – ich will das Nachtkastl aufmachen – nein, schüttelt er den Kopf, zuerst den Schnaps, ah – der ist köstlich, der beste Tropfen, warum hast du den so zurückgehalten – ich hab gar nicht mehr gewusst, dass ich den noch hab, kichert der Brandner, der ist fast zehn Jahr alt – der schmeckt noch nach was, sag ich und füll uns die Stamperl gleich nach.

Welches Datum haben wir eigentlich heute, fragt mich der Brandner, während er sich wieder zurücklegt – den achten Mai – den achten Mai, du weißt, was für ein Datum das ist – ja –

Den Tag werd ich wohl nie vergessen, sagt er mehr zu sich und starrt an die Decke, noch in der Nacht davor hat sich unsere Batterie ins Sudetenland abgesetzt – wir haben auf Befehle und Treibstoff gewartet – es hat ausgeschaut, als wär alles intakt – Meldefahrer hat's gegeben zu den Stäben, und Befehle hat's auch noch gegeben – trotzdem haben wir nicht genau gewusst, was wir tun sollen – komisch war das – dann hat der Kommandant die Zugführer zu sich gerufen – sie haben Radio gehört – plötzlich kommt aus dem Lautsprecher auf Deutsch, dass die Amerikaner Prag erreicht haben – die Tschechoslowakische Republik wäre ausgerufen – dann mussten wir alle antreten – *Meine Herren*, hat der Kommandant gesagt, *meine Herren, die Russen haben in breiter Front den letzten Angriff gestartet, die alte tschechische Bunkerlinie am Kamm des Erzgebirges ist von unseren Truppen besetzt, unser nächstes befohlenes Marschziel ist Komotau, die Straße dahin ist noch frei, wir fahren, sobald wir Sprit haben* – dann hat er eine Pause gemacht – *ich habe nur den einen Willen, dass wir nicht dem Ivan in die Hände fallen, abtreten* – ein paar Stunden später sind wir aufgebrochen – aber nicht planmäßig – die russischen Panzer waren zwei Kilometer vor dem Ort – die haben die Bunkerlinie überrollt – in Teplitz-Schönau geht der erste Wagen mit einer Mine in die Luft – wahrscheinlich Partisanenarbeit – ein paar Kilometer hinter der Stadt wird die Straße immer freier – wir fahren durch ein leeres Dorf – und hinter dem sehen wir Menschen, die in die Felder rennen – *die stiften*, schreit einer von uns – und schon fallen die ersten Schüsse – unser Wagen hält – drei russische Panzer vom *Typ T34* versperren die Straße – wir springen in den Straßengraben – jetzt geht nur noch was zu Fuß – derweil schießt es aus den Panzern, mit MGs und schwereren

Geschützen – hinter uns, aus der Wagenkolonne kommen auch die anderen raus – Soldaten, Flüchtlinge, Frauen und Kinder sind dabei – alle schauen, dass sie auf den Hang hinaufkommen können – von den Einschlägen der Panzergeschütze schaut der schon aus wie ein Vulkan mit lauter Kratern – wenn wir nur den Gegenhang erreichen, dann sind wir gerettet – wie ich da hinauf bin, hab ich mir gedacht – so viele Menschen, und man ist doch allein in so einer Stunde – und dann ist mir eingefallen, mein Gott, in einigen Stunden ist Waffenstillstand – schon wie ich ein Bub war, hab ich gedacht, der ist am schlimmsten dran, der im Krieg die letzte Kugel kriegt – und jetzt ist es soweit – jetzt erwischt's mich ...

Es war wie eine Treibjagd – wir waren keine Menschen mehr, wir waren Viecher – ich weiß nicht, wie lang wir gebraucht haben, bis wir am Gegenhang sicher waren – ewig lang ist es mir jedenfalls vorgekommen – aber ich hab gelebt – das war die Hauptsach ...

Und dann – was dann – was habt ihr dann da oben gemacht – weitermarschiert sind wir halt, stundenlang, dem Waffenstillstand entgegen, wir wollten alle nur noch heim – dann bist du so spät noch gefangengenommen worden – ja, praktisch, wie der Krieg schon aus war, am Abend danach haben mich zwei Tschechen erwischt, die haben mich gleich an den Ivan weitergegeben.

Und die Gefangenschaft, darüber hast du nie geredet – das war auch keine schöne Zeit, obwohl, ich hab eh Glück gehabt, ich war nur ein paar Monate gefangen – er schließt erschöpft die Augen.

Du musst läuten gehen – du musst läuten gehen, fängt er mit einem Mal an zu stöhnen – dann wissen die

Leut im Dorf Bescheid, dann kommen sie wieder, es sind doch nur noch zwei Suppen – das muss wieder das Fieber sein – die Trestern musst du ein paar Tage in Wasser legen, dann hast du einen guten Essig, natürlich kannst du auch den alten Most nehmen, Essig brauchst du so viel wie möglich – phantasiert er jetzt – Brandner, was ist – kannst du überhaupt dengeln, das muss ich dir noch zeigen, sobald der Schnee weg ist, müssen wir die Sensen rausholen – wozu, Brandner, lass das Gras doch wachsen – ich widerspreche ihm nur, weil ich wissen will, ob er überhaupt bei sich ist – ist schon gut, sagt er und lächelt matt – ich sollte Tee kochen, aber ich spür, dass ich jetzt nicht weg kann – die Heidelbeeren musst du allein brocken – er lacht – obwohl, das tät vornehm ausschauen mit meinen zwei Fingern – ich lache auch – erleichtert – solang der Brandner seinen rauen Humor hat, ist noch nicht alles verloren ...

Wenn sie wiederkommen, fängt er mit einem Mal ganz verzweifelt an – sie kommen nicht wieder, Brandner, was ist geschehen – ich weiß auch nicht, warum, aber plötzlich ist mir klar, jetzt oder nie – bitte sag's mir, ich flehe dich an –

Weggegangen sind sie, und du bist gekommen – Brandner, erzähl mir nicht das, was ich weiß, erzähl mir das, was ich nicht weiß, und erzähl mir von dir, warum bist du geblieben – ach, das ist nicht wichtig, sagt er matt, schau, ich weiß von dir doch auch kaum was, haben wir nicht alle unsere kleinen Leichen im Keller, über die wir nicht reden – ja schon, aber – jetzt ist es was anderes, glaubst du, wahrscheinlich hast du recht, gut, ich sag dir alles, was ich weiß, bring mir davor noch was zum Trinken, ein Glas Wasser – ist recht, ich beeil mich – du musst rüber zu eurem Brunnen, mein

Brunnenschwengel ist abgebrochen – gut, ich bin gleich
wieder zurück …

***

Der Brandner ist tot.

***

Der Wind ist nicht wiedergekommen, der Schnee ist hart
geworden – man kann nicht einmal mehr zeichnen darin
– die Sonne sticht kleine Feuerpfeile in die Eisstille – der
Regen lacht dröhnend, und der Mond tut, als hätte er
mit all dem nichts zu tun – kann es noch schaden …
   Friss oder stirb – aber wie – aufhängen könnte ich
mich – oder hier mit dem Schinakel vom Fremdenver-
kehrsverein ans andere Ufer rudern – und kurz bevor
ich ankäm, ankern und noch einmal prüfen, ob ich auch
wirklich genau über dem Mönch lieg mit dem Boot – da
ist der Teich gute drei Meter tief – da könnte man sicher
ertrinken – sich vom Wiesenteich verschlingen lassen –
ein Opfer sein – komisch, hier vom Holzsteg aus wirkt
er ganz harmlos – die Oberfläche glatt wie ein Spiegel –
das muss in den letzten Tagen passiert sein – dass er auf-
getaut ist – und trotzdem in den Wäldern dahinter noch
Schnee – im Westen ist der Himmel ganz klar – grün,
violett, blau gefärbt – im Osten breitet sich ein blass roter
Teppich für die Sonne aus – sobald sich der goldene Hügel über den Horizont schiebt, werde ich gehen – ich will
nicht sehen, wie die Sonne einen neuen Tag gebiert …
   Kalt ist's – ich friere – ich sollte wieder ins Bett zurück – aber da tun die unbarmherzigen Tatsachen am
meisten weh, wird es einem auf der Höllenfahrt leicht

zu heiß – die Tränen sickern ein – ihr Salz brennt – in den offenen Wunden, im rohen Fleisch – ungestalt, müde ...

Zuerst kam mir das Fieber recht – wochenlang einfach den Tod vom Brandner verschlafen – das wär's gewesen – aber natürlich sind auch die Träume mitgekommen, lassen schon nach ein paar Tagen den erlösenden Schlaf gar nicht mehr zu – schauen Sie, hat man im Geschäft gesagt, wir haben diese Spangen nicht mehr – und wir können sie auch nicht wieder kriegen – und ich hab gesagt, warum denn nicht, man muss sie doch einfach nur bestellen – und er hat gesagt, nein, wir wollen sie nicht mehr bestellen – und ich sag, das sind doch ganz normale Spangen, die kann man doch wieder bestellen – ich brauche noch eine, mir fehlt eine – ich habe sie verloren, ich muss sie fallen gelassen haben – vielleicht liegt sie auf dem Klo – gestern hab ich meine Haare auf dem Klo frisiert, und heute war sie nicht mehr hier, die Spange – vielleicht – ich hab hinuntergezogen, bevor ich ins Bett gegangen bin und – aber warum erzähl ich Ihnen das alles – können Sie diese Spangen nicht wieder bestellen – und er hat gesagt, nein – nein, wir bestellen sie nicht mehr – wir bestellen überhaupt keine Spangen mehr – die Haare fallen ja alle aus – und dann können wir sie nicht verkaufen – und ich sage, dann bestellen Sie drei Stück, und ich kauf die drei Stück – wenn ich wieder eine verliere, ich mache meine Haare meistens auf, wenn ich abends noch einmal aufs Klo gehe – und er sagt, nein, drei sind zu wenig – und ich sage, gut, dann eben fünf – und er, nein, fünf sind zu wenig – und ich, dann eben zehn – ich weiß bei Gott nicht, was ich mit zehn anfangen soll, aber – und er sagt, nein, wir bestellen keine Spangen mehr – die Leute kriegen keine

Haare mehr nach – die Haare fallen ja überall aus – und auch Ihnen werden sie ausfallen, und dann wissen Sie nicht, was Sie mit den restlichen, ich weiß ja nicht, in wie viel Tagen Ihre Haare ausfallen werden – und dann bin ich gegangen – der Brandner hat vor dem Geschäft auf mich gewartet – ich schluchze, Brandner, was soll ich machen – er umarmt mich – wir gehen zum Fleischhauer und kaufen uns eine Wurstsemmel, tröstet er mich.

Dann bin ich aufgewacht – ich habe gehofft, dass er neben mir sitzt und meine Hand hält – aber der Brandner ist tot.

Der Brandner ist tot, wie leicht sich das dahinsagt – und hat mich doch tagelang verstummen lassen – danach ohnmächtige Schreie, die die Wirklichkeit nur so lange zulassen, wie sie erträglich ist – sehr weit weg, mit scharfen Gedanken, die beweisen, dass die Sinnlosigkeit mit jedem Schnitt kein Blut verliert – ob er es gewusst hat – ob er deshalb nach Hause gegangen ist – in sein Mutterhaus – nur zum Sterben ...

Der Tod ist so gewaltig – ich erstaune, wie er einen einholt – plötzlich hat nichts anderes mehr Platz – die Endgültigkeit, die einen knebelt – und dann der Versuch, ihn zu verstehen – warum eigentlich – reicht doch, dass er da war – wiederkommt – so ist's halt – das sind die Zeiten, wo nur das Beten bleibt, hat der Brandner einmal gesagt – für irgendwen – für alle – mir ist nicht einmal das Beten geblieben ...

Ihr habt eben keinen Gott, keinen Mond, kein Nix, dröhnt mir der Brandner im Kopf – als die Träume anfingen, mich in eine Ecke zu drängen, hab ich mich zu ihm gesellt, neben ihm mein Lager aufgeschlagen – nur, um nicht allein sein zu müssen – immer wenn ich aufgewacht bin, hab ich mich gewundert, dass er noch schläft

– unverändert liegt er im Bett – friedlich – die Radieschen auf der weißen Bettdecke, sie decken die fingerlosen Hände zu – das Wasserglas hab ich auf dem Nachtkastl stehen gelassen – wenn er aufwacht, dass er gleich was zum Trinken hat ...

Aber der wacht nicht mehr auf – das muss ich endlich begreifen – der ist schon längst ganz woanders ...

Menschen finden und nicht wiederfinden – Orte suchen – aufsuchen – vergessen – an allem selber schuld – lacht kein Herz mehr – nicht mehr allein sein können – ich kann fliegen – sie sprang vom Turm und sagte, ich kann fliegen – fein sein, beieinanderbleiben – für ewig allein sein müssen – nach dem Krieg haben wir angefangen wie die ersten Menschen – kein Junger macht sich heute einen Begriff, wie das war – ich lass mich nicht unterkriegen – nicht von so einem Tod – wie gut, dass es das Fieber gibt, denk ich zwischendurch – da muss man nicht aufstehen – da kann man nichts entscheiden – wie gut, dass es das Fieber gibt ...

Natürlich muss ich mich trotzdem entscheiden, früher oder später aufhören, auf ein Wunder zu warten – hier kann ich nicht bleiben – diesem Leben hier bin ich allein doch gar nicht gewachsen – dem harten Landleben – ich muss lachen über die Vorstellung, die man in den harten Stadtlebenzeiten in sich zuließ – aufs Land ziehen und nur noch die Natur genießen – die reine, unberührte Ländlichkeit – von wegen – irgendwann kommt der Hunger ...

Aber wo soll ich hin – dem Jens möchte ich nie mehr begegnen.

Abends streune ich durchs Dorf – halbblind, den Fieberschleier vor den Augen, kommt es mir vor, als hörte ich jeden Tag ein Stück mehr Frühling – oder sogar

Sommer – sommerhaften Frühling – Igel und Katzen, wie sie rammeln – Hunde bellen – ein Pfau schreit – die Frösche haben sich auf ihre Wanderung begeben – eine Amsel holt sich was zum Fressen – auf einmal diese ganzen Geräusche – auf einmal sieht man alles, obwohl es doch schon dagewesen sein muss, als meine Augen noch offen schauten – schon erstaunlich, wie viel man nicht wahrnimmt, weil man es sieht ...

Dann das Bedürfnis, alles aufzuschreiben – alles aufschreiben, so, als könnte man es damit ein bisschen länger halten – doch für die gewaltigen Erschütterungen gibt es ohnehin keine Worte – für diese tiefen Wandlungen – welche Geschichte sollte ich denn erzählen – die Geschichte vom *Roten Mond* – bevor sie zu Ende geschrieben ist, wird sie schon niemand mehr wissen wollen – die Geschichte vom Brandner – wen soll die interessieren – von der Minka und dem Arthur – wen noch ... – was kann ich überhaupt ausrichten – andererseits – ich schmeiß einen Kieselstein in den Teich, und die ganze Oberfläche verändert sich – es sei denn, der Teich ist zugefroren – aber die ganze Welt wird doch nicht erfroren sein ...

Warum soll ich nicht auch was bewegen können – den Staat wie Jens – den Stammtisch wie Thomas – als ob da so ein großer Unterschied wäre – wenigstens das ununterbrochene Geratter im Kopf einbremsen – aber die Hand verweigert sich ohnedies – zu viele Bilder auf einmal – da wüsste ich gar nicht, wo ich anfangen sollte ...

Nichts liegt näher als der Bahnhof – das hab ich einmal im Zug gelesen – eine Reklame – und handschriftlich dazugefügt – außer dem Tod – ich kann hier noch lange leben – ich brauch doch nicht viel – ich wasche mich nicht mehr – seitdem der Brandner tot ist, wasche ich mich nicht mehr, ziehe mich weder aus noch um – die Wollsocken sind meine zweite Haut.

Die meiste Zeit ist mir kalt – obwohl es um mich zusehends wieder wärmer wird – aber das geht an mir vorbei – das Wetter geht an mir vorbei – zum Essen brauch ich auch kaum was – im Moment trink ich nur Tee und Wasser – die Suppen esse ich nicht – auch wenn es nur noch zwei sind.

Die Suppen esse ich auf keinen Fall – ich will nicht, dass sie wiederkommen – die Schweine – die sind schuld – ihr Schweine habt ihn verrecken lassen – natürlich war er alt – trotzdem – irgendwem muss mein Zorn doch gelten – natürlich habe ich jeden Tag damit rechnen müssen – anders als bei Johanna –

Die Trauer dennoch ähnlich – für Wochen die restlose Verweigerung – als hätte ich die natürlichen Bedürfnisse gar nicht mehr zu stillen – Monate noch haben meine Gedanken mir Johanna trotzig am Leben gehalten – bis hin zu lauten Zwiegesprächen, die ich mit ihr führte, als ich nicht mehr weiterwusste – mit ihr im Rücken konnte ich mir helfen – hätte ich in meinem Leben Autofahren gelernt, wäre ich jetzt da, wo sie ist ...

Und du bist der Pranke des Staats natürlich wieder entkommen, höhnte Jens, der sich immer schon darüber geärgert hatte, dass ich nie in den Kader eingestiegen bin, dass es von mir noch kein Foto auf den Fahndungslisten gab – nur ungefähre Angaben über meine Existenz – nicht zum Kern zählend – du denkst, dass du auf die Art nicht mordest – aber gedanklich musst du sie mit uns begehen, die Morde – ewig kannst du dich nicht aus deiner Verantwortung stehlen – welcher Verantwortung – der den Opfern des Systems gegenüber.

Plötzlich überfiel er mich mit einer Suada von Vorwürfen, Bemängelungen, Zurechtweisungen – vor allen anderen – das war ungefähr eine Woche nach dem missglückten Anschlag – wir kamen zusammen, um zu besprechen, was passiert war – bis heute weiß ich es nicht – alles war genau kalkuliert wie immer – auf die Sekunde genau – alle Möglichkeiten erwogen – eventuelle Zufälle mit einbezogen – es gab wohl eine Erklärung, aber ich konnte ihr nicht mehr folgen – ich saß am Fenster – nebenan wurde ein altes Gebäude niedergerissen – obwohl es doch eigentlich gar nicht baufällig aussah – meine Konzentration mit einem Mal aufgesaugt von den beiden riesigen Schaufeln, die die Wände zum Stürzen brachten – ein Türstock schwankt – die Mauern fallen in sich zusammen – und dann nur noch eine Staubwolke – nach einer Weile schien alles fast wie vorher – es fiel nicht sehr auf, dass das Haus niedergerissen worden war ...

Solche Schaufeln hatten meine Seele zwischen die Zähne genommen und über der Schutthalde wieder aus den Klauen gelassen – der Aufprall hat ein Loch hinterlassen – das kann heut noch weh tun.

Inzwischen besprachen sie schon den nächsten Anschlag – der Alltag der Illegalität bestand zunehmend aus Flucht – irgendwann waren die Anschläge die einzigen Ziele, für die man diese Lebensweise noch vor sich selbst vertreten konnte – nach Johannas Tod stellte ich mir zum ersten Mal ernstzunehmende Fragen – einer der Zeitpunkte, wo ich einfach gehen hätte müssen ...

Stattdessen hab ich auch die nächsten Gelegenheiten verstreichen lassen – in der irrwitzigen Hoffnung, das Kind könnte unsere Liebe wieder ins Leben ziehen – daran glaubte ich noch, als er ohne große Überlegung seinen Lösungsvorschlag auf den Tisch knallte – mitsamt dem Geld dafür – entweder, oder – das sei wohl klar – beides ginge nicht – das Kind im *Roten Mond* – undenkbar – die Verantwortung, untragbar – dann über Nacht die fatale Einsicht, dass das lebende Kind uns nicht mehr retten kann, aber das tote, weil ich damit eine klare Entscheidung für Jens getroffen hätte, ein Zeichen gesetzt – der schiere Wahnsinn naturgemäß – nichts war mehr gut danach.

Im Nachhinein verstehe ich mich nicht mehr – warum hat es so weit kommen müssen – warum lässt sich ein Mensch so viel gefallen – die Fremdheit nicht mehr aufzuhalten – ich, nur noch ein Bündel von Aggressionen – er wird kalt und knapp – es sitzt im Bauch – und was in diesem Bauch einmal tot ist, wird nicht mehr lebendig.

An den Schmerz, den immerwährenden, allmählich gewöhnt – das hört nicht mehr auf zu bluten da drin – eine steinschwere Faust auf den Kopf, die Narkose – die Zeit steht still – kurz – eine Ewigkeit lang – noch im halbbetäubten Zustand schleicht sich die Verzweiflung ein – der Bauch eine inwendig brennende Höhle – weinen um ein ungeborenes Kind, das leise vom schwarzen Pfeil getroffen worden war, bevor ein weicher Schoß es wärmte – Adler schütteln mich wach, greifen mich aus den weißen Leintüchern – weggeputzt – Jens hat sich mit einer anderen Frau getröstet – mit einer weniger hysterischen – aber nur kurz – als ich mich nach ein paar Tagen scheinbar beruhigt hatte, kam er wieder, als wäre er nur kurz verreist – da war ich der Liebe schon nicht mehr ausgeliefert – da war das Gehen plötzlich ein leichtes, geschah es einfach – als hätte das Kind in mir seine Seele zurückgelassen ...

Die Frucht meines Herzens – ungelebtes Leben – Leben, das leben will – leben hätte müssen – mehr der Vater oder die Mutter – mehr der Großvater, der ist weiter weg – dein Großvater schlägt die Bäume, damit sie Holz haben für die Hölle – trag's aus, trag's nicht aus, trag's aus, trag's – schlacht es, bevor es zu spät ist – schlacht es und hab's lieb – die Liebe abgetrieben, weil das Leben abgetrieben – *Eiapopeia, was raschelt im Stroh* – es ist – es ist nichts – egal, ob Bub oder Mädel, das ist mir egal – ich nehm beides – der Staub einer Reise, den man nicht mehr abschütteln kann – so ein Leben zeugen – reiner Egoismus – damit man sich selbst nicht vergisst – nein, doch nicht reiner Egoismus – wenn du einen Vater willst – wenn du ihn kennengelernt hättest – er ist im Grunde … – doch nicht der Vater – Großvater ist besser – der Großvater ist weiter weg – der Großvater schlägt die Bäume, damit sie Holz haben für die Hölle – dein Herz hat schon geschlagen – morgen stehen uns die Sinne ganz woanders – morgen brauchen wir keine Kinder mehr – Blödsinn – und wenn du dann fragst, warum – ach was, irgendwas, und du kommst zu mir und fragst mich – mich hättest du gefragt – und wärest zu mir gekommen – sterben hättest du nicht sollen …

Wär ich doch mutiger gewesen – aber die Leitner Anni war auch mutig und hat sich gleich selbst mit weggeputzt – ich hätte es hier gebären können – der Brandner hätt mir bestimmt geholfen – als erstes hätten wir geschaut, ob alle Finger dran sind.

Wenn ich nur wüsste, was hier geschehen ist – der Brandner hat sich geschlichen – wie der Huber im Witz – das ist nicht mehr zum Lachen – ich bin wiedergekommen mit dem Wasserglas in der Hand – ich hab mich sehr beeilt – da liegt er – schläft er schon wieder, denk ich – Brandner, Brandner, ich bin schon wieder da – da ist dein Wasser – ich war so aufgeregt – jetzt würde ich alles erfahren – Brandner, wach auf – aber er hat mich nur seltsam angeschaut – so starr – mit offenen Augen geschlafen ...

Tot war er – ich werde nichts mehr erfahren – das heißt, er hat doch von einem Kalender gesprochen – die Schuhschachtel – ob das die gleiche Schachtel ist, mit der ich ihn einmal vorm Herd gesehen hab – im Nachtkastl ist sie, hat er gesagt ...

***

Obenauf liegen die Kalenderblätter – aus einem Buch rausgerissene Monate mit allerlei Vermerken – es fängt mit dem September letzten Jahres an – da sind aber kaum Eintragungen, nur eigenartige Zeichen – fast, als handle es sich um eine Geheimschrift – Anfang Oktober scheint's erst richtig loszugehen – vermutlich der Zeitpunkt, an dem die Leute das Dorf verlassen haben – die grünen *Fs* wahrscheinlich die Fieberschübe – schwer auszumachen, wann sie anfingen – auch Anfang September steht schon ein *F* drin – dann der Verlust der einzelnen Finger – das ist eindeutig, da braucht's keinen Schlüssel dafür – schon eher wieder für die Eintragungen über Ernte und Schnapsbrennen – wilde Abkürzungen – ich bin mir nicht einmal sicher, ob es wirklich ist, was ich denke – wie Schmierzettel – wären da nicht die gedruckten Wochentage, wüsste man gar nicht, wie man sie lesen soll – da werd ich noch ein paar Tage brauchen – trotzdem sind sie jetzt schon aufschlussreich, weil sie meine Vermutungen bestätigen – im Nachhinein begreife ich einiges ...

Ich hab nicht die Ruhe, mich länger dabei aufzuhalten – erst will ich wissen, was sonst noch drin ist – die Schuhschachtel ist voll – ich kippe sie aus – entschuldige, Brandner, aber das muss sein – ich stell mir vor, wie er *Ist schon recht* sagt, und fange behutsam mit dem Stierln an – der Staatsbürgerschaftsnachweis, die Geburtsurkunde, der Taufschein – ein längst abgelaufener Pass mit einem sehr jugendlichen Foto – der Brandner mit einem Scheitel – Volksschulzeugnisse – die üblichen Dokumente, scheint's – aber nicht nur – ein kleines Päckchen – eingeschnürt in ein weißes Taschentuch – was das sein könnte – irgendein Relikt aus dem Krieg – nein, seine Finger – natürlich nur die von hier …

Vom Krieg ist gar nichts dabei, kein einziges Erinnerungsstück, wie mir scheint – nicht einmal ein Foto – den Krieg behält man auch so im Kopf – auf den ersten Blick schauen die Finger aus, als wären sie aus Plastik – gar nicht grauslich – ich pack sie trotzdem wieder ein – eine wunderschöne silberne Taschenuhr – mit den Initialen meines Großvaters – ein Rosenkranz – ein silberner Ring, innen der Name seiner Mutter eingraviert – eine alte Füllfeder – Gebetsbilder – ein Foto von der Erna – und – meine Karte aus Paris – die Karte unter dem Wichtigsten von dir – Brandner, ich fühl mich geehrt – jetzt aber die Zeitung – die hab ich mir für den Schluss auf die Seite gelegt –

Vom dritten Oktober ist sie – da war ich schon auf der Flucht – wahrscheinlich war das die letzte Zeitung, die der Brandner überhaupt bekommen hat – ziemlich dünn ist sie – das sind überhaupt nur zwei Blätter – die erste und die letzte Seite – das ist nicht wahr – aber mehr ist nicht da – eine Seite voller Anzeigen – eine Seite mit Fernsehprogramm und dergleichen – auf der Titelseite

ist ein Absatz mit blauem Kuli umrandet – *Evakuierungs-
maßnahmen im Endstadium – Die Räumungsarbeiten in den
gestern genannten Gebieten werden mit dem heutigen Tag
fortgesetzt. Das nunmehr letzte Dorf auf der Liste wird heute
evakuiert. Man nimmt an, dass es sich um eine reibungslose
Aktion handeln wird, zumal die Bewohner genauestens infor-
miert sind und sich, bis auf einen Außenseiter, an die bisheri-
gen Anweisungen gehalten haben. Ein ausführlicher Bericht
dazu auf Seite drei* – sehr witzig – die ist nicht da – vielleicht erfahre ich auf der zweiten Seite mehr – eine poli-
tische Erklärung – darüber, ob man den Unfall hätte verhindern können – Schwampf – eine Seite lang Schwampf
– kein einziger Hinweis, um welchen Unfall es sich ge-
handelt haben könnte – aber eigentlich kann ich's mir ja
ausrechnen – vielleicht gibt's doch noch einen anderen
Hinweis auf der Titelseite – obwohl, den hätte der
Brandner doch bestimmt auch blau umrandet – der Au-
ßenminister ist wieder zurückgekehrt von seiner China-
reise – schön für ihn – die Fußballergebnisse und dass
wieder ein Trainer gehen musste – das Wetter, die Toto-
und Lottozahlen – bis hin zu den üblichen Geschichten
von Dow Jones und Dax – was da alles für schlagzeilen-
würdig befunden wird – eigentlich unglaublich.

Das war's – gut – also, mehr werde ich nicht mehr
erfahren – ich muss den Brandner dabei erwischt haben,
wie er die Zeitung verbrennen wollte – deshalb seine
Verlegenheit, als er mit der Schuhschachtel am Herd saß
– ja, so muss es gewesen sein – oder so ähnlich – ist auch
egal – mehr will ich gar nicht mehr wissen ...

Was soll werden – alle Möglichkeiten stehen mir offen – also weiß ich noch weniger, was tun – mir selbst
werde ich vor allem nie entkommen können – egal, wo
ich hingehe – überall werde ich sie finden – die

Anspielungen, die tückischen, auf Vergangenes – dann kann ich auch gleich hierbleiben – wer sagt denn überhaupt, dass mir auch die Finger abfallen müssen ...

***

Heute Nacht habe ich beschlossen, den Brandner zu begraben – innerhalb weniger Tage ist es hochsommerlich heiß geworden.

Ich selbst gehe der Sonne dieser Tage aus dem Weg – tagsüber schlafe ich im Keller, und in den Nächten treibe ich mich im Dorf herum – ich könnte sagen, dass ich nach dem Rechten schaue, aber es wäre gelogen – ich finde mich noch nicht zurecht in meinem Chaos von Unfalltoten ...

Auf meinem nächtlichen Gang zum Brandner dachte ich plötzlich, was, wenn ich eines Tages hinkomme und die Leiche ist in der Hitze tagsüber zerflossen – wie ein Schneemann ...

Also habe ich beschlossen, ihn zu begraben – bei den Vier Eichen – ich lege ihn zu Minka und Arthur – mitten in der Nacht habe ich damit begonnen – der Vollmond leuchtet mir – die Vorbereitungen sind aufwendig – ich will es ordentlich geschehen lassen – das bin ich dem Brandner schuldig – als Sarg nehme ich den Spind aus seinem Schuppen – den habe ich als erstes hierher geschafft – danach das Grammofon, Werkzeug und Lackfarbe – den Spind bemale ich – der Brandner soll ein schönes Totennest haben – anschließend habe ich das Grab ausgehoben – bis kurz vor Sonnenaufgang – dann habe ich den Brandner geholt – im Kinderwagen – so leicht, wie er ist, hätte ich ihn auch tragen können – im

Spind liegt ein weißes Leintuch und eine Flasche Schnaps – wer weiß ...

Ich sollte morgen weitermachen – die Hitze zwingt mich zum vermehrten Innehalten – frühmorgens schon eine tropische Hitze – aus dem Grammofon immer noch ein Tango nach dem anderen – der Brandner hat sich *Ich hatt einen Kameraden* gewünscht – aber das halt ich nicht aus – nicht jetzt – vielleicht später.

Der Brandner schwitzt nicht – er liegt da – ganz friedvoll – die Radieschen lasse ich ihm – die Finger auch ...

Du wirst mir fehlen, du sturer Hund – deine wachen Augen, deine Geschichten, dein Lausbubengrinsen, deine Trinkfestigkeit, dein Gezeter, dein Raunzen, überhaupt deine Unarten – die werden mir wahrscheinlich am meisten abgehen – aber ich muss dich eingraben – es ist nicht nur wegen der Hitze – wenn ich hierbleiben will, muss ich einsehen, dass du nicht mehr da bist.

Mach's gut, Brandner – ich dank dir für alles – ich dank dir – wenn nur die flirrende Hitze nicht wär – ich sollte vielleicht doch erst in der kommenden Nacht weitermachen – als wäre mein Blut so heiß geworden, dass es nicht mehr gerinnen kann – und ich weiß nicht mehr, ob es die Sonne ist, die mich so lähmt, oder der Abschied vom Brandner – ich muss ihn zuschaufeln – jetzt gleich – wenn die Sehnsucht zu arg wird, kann ich ihn ja wieder ausgraben – ich weiß ja, dass er nicht verwest – mir ist nur heiß, weil ich angezogen bin – ich muss mich ausziehen – der Gestank wird kaum auszuhalten sein – der Brandner hat gar nicht gerochen – so lange man lebt, stinkt man noch – den eigenen Gestank werd ich wohl noch aushalten – am schlimmsten die Füße – wochenlang die gleichen Socken getragen ...

Aber mit einem Mal ist die Vorstellung, wieder barfuß gehen zu können, gut – wenn ich hier fertig bin, werd ich schwimmen gehen – den Brandner zuschaufeln, die Glocken läuten und dann geh ich schwimmen ...

Jetzt leg ich ihm doch noch den *Kameraden* auf – weil du's dir so gewünscht hast – meine Füße haben sich verändert – irgendwas ist anders – hat sich meine Trauer bis in die Zehen verbreitet – natürlich, mir fehlt ein Zeh – links fehlt mir ein Zeh – einfach abgefallen, im Wollsocken verlorengegangen – was ist denn mit dem Kameraden los – die Nadel hängengeblieben – soll ich jetzt zuerst den Zehen suchen oder die Grammofonnadel prüfen – jetzt hör ich den Brandner lachen – hellauf – da schaut man monatelang auf die Finger, und derweil fallen einem die Zehen ab ...

***

Im Traum ist hier alles zu Wasser geworden – ich bin aus dem Haus gegangen und rundum war Wasser – Wasserfälle, ein riesiger, nimmer endender See – dazwischen die Häuser eingefügt, als wären sie so gewachsen – wie ein Märchenland – wir bewegen uns ganz selbstverständlich darin – am Anfang bin ich enttäuscht, weil alles anders geworden ist und ich es so wollte, wie's in meiner Kindheit war – aber die Schönheit des Ganzen überwältigt mich – man würde das Wasser jetzt brauchen, sagt die Erna – das Dorf war wieder bewohnt – es war ein gutes Leben – im Traum.

Ich habe mich aufgemacht – meine Sachen gepackt und mich aufgemacht – so lange ich gehen kann – ich weiß zwar nicht, ob man ohne Zehen wirklich schlechter geht, aber ich will es auch nicht darauf ankommen lassen – ich nehme den Weg über den Berg – den Kinderwagen hab ich bald stehengelassen – was brauch ich denn das alles – das Grammofon, den Wintermantel, das Zelt, den Kochtopf – es ist zu heiß – ich kann das Zeug ja später nachholen – nach den ersten Kilometern also schon umgepackt – was in den Rucksack vom Brandner passt, wird mitgenommen – der Inhalt der Brandnerischen Schuhschachtel, bis auf die Finger – Proviant für ein paar Tage – das Gewehr, Schnaps – das Foto von Thomas und Brandner, die Eichelhäherfeder ...

Ich gehe und sage, was ich weiß – von hier oben wirkt das Dorf immer noch paradiesisch – fast unverändert – saftiges Grün zieht sich an den Hängen hoch – Schnee liegt noch um die verbrannten Häuser – trotz der Hitze – das stört die Idylle aber keineswegs – es ist, als ob der Schnee das Dorf verbrannt hätte – ich trage die Asche zu den nächsten Menschen – schön ist es hier, wenn auch tödlich schön – zum Wiederkommen schön.

Sibylle Schleicher
Der Mann mit dem Saxofon
Roman, 406 Seiten
Erschienen bei Klöpfer & Meyer, Tübingen

Hannah, Schauspielerin, ist auf dem Rückflug einer Auslandsreise, die ihr Leben verändert hat. Auf dem Schoß hält sie ihr Tagebuch und sie lässt die vergangenen Wochen Revue passieren. Aber es ist mehr passiert, als das Papier festhalten kann. Eine ungewöhnliche Reise, die als Flucht begonnen hat: Als Hannah den leblosen Körper ihres Geliebten auf der Unterbühne ihres Theaters liegen lässt, in der Gewissheit, schuld an dessen Tod zu sein, und die Einladung zu einem Filmcasting in der Ukraine wie gerufen kommt. Der Plan geht wider Erwarten auf. Hannah kommt auf die Besetzungsliste. Der Film erzählt die Lebensgeschichte eines jüdischen Chemikers. Drehort ist Lemberg. Hannah kann bleiben.

„Ein Roadtrip durch die historisch-traumatische Verunsicherung Europas. Ein Lesegenuss mit Sogwirkung und einem feinen Humor, der berührt."

Oliver Haffner, Regisseur

„Die Geschichte einer Sinnsuche und einer tatsächlich faszinierenden Reise in die dunkle Seite unserer Existenz, die dem Sein und Schein unserer Schauspielerwelt gegenübergestellt wird."

August Zirner, Schauspieler

„Die kleinen Gesten der Liebe sowie eine große Fülle von Geschichten mit kulturellen und historischen Verweisen erzählt Sibylle Schleicher sehr einfühlsam. Ihre Charaktere zeigen Tiefe, auch die breite Riege der Nebenfiguren besticht durch ihre feinen Konturen."

Klaus Zeyringer, Literatur & Kritik

Sibylle Schleicher
Die Puppenspielerin

Roman, 250 Seiten

Erschienen bei Kröner Stuttgart, Edition Klöpfer

»Glückskinder haben sie uns genannt. Weil wir an einem Sonntag geboren sind. Im Sommer, in der Nachmittagssonne und kein Krieg im Land.«

Als Kinder haben sich die Zwillingsschwestern Sarah und Sophie eine gemeinsame Welt geschaffen, die sie bis weit in ihre Erwachsenenwelt hinein verbindet und verbündet. Die beiden sind ein eingespieltes Team. Sarah baut die Puppen, Sophie schreibt die Stücke. So bewahren sie sich einen großen Teil ihrer phantasievollen Zwillingswelt auch noch im Getriebe von Familie und Beruf. Dann aber verändert eine Krankheit ihr Leben.

„Eine Erzählung vom Sterben, die in jedem ihrer Sätze das Leben feiert. Man wird sie atemlos bis zum Schluss lesen und am liebsten wieder von vorn beginnen wollen. So ein Buch ist das."
Sibylle Knauss, Schriftstellerin

„Eine schwere Erkrankung – wie der ‚Rote Wolf' – bedroht die gesamte Existenz. Beziehung ist dann oft das beste Mittel gegen Angst und Isolation, insbesondere dann, wenn man bereits neun Monate im Mutterleib geteilt hat – denn dann ‚kennt man sich in- und auswendig'. Die Puppenspielerin ist eine traurig-schöne, bewegende Zwillingsgeschichte, die auf charmante Weise die Tragfähigkeit gemeinsamer Beziehungserfahrung beleuchtet, Kosten und Nutzen psychischer Abwehrreaktionen behutsam wägt und damit den Blick wieder frei macht auf unsere eigentlichen Werte und Bedürfnisse. Das gibt Hoffnung und macht Mut."
Dr. Klaus Hönig, Psychotherapeut

Sibylle Schleicher
gefunden
gedichte und fotos
Lyrik- und Bildband mit Fotografien von
Heinz Bruckschwaiger, 140 Seiten
Erschienen bei edition lex liszt 12, Oberwart

Auf **ungefunden** folgt Jahrzehnte später **gefunden**.

Ein Gedichtband mit Bildern. Dem Werden, Wachsen und Vergehen wird dieses Mal der Stein gegenübergestellt. Als Ruhepol, aber auch als lebendiges Zeichen für Erinnerung. Die Gedichte stehen im Dialog mit Bildern von Steinen, die Heinz Bruckschwaiger Zeit seines Lebens fotografiert hat. Steine in der Natur, Steine bearbeitet für den alltäglichen Gebrauch bis hin zu den Werken von Heinz Bruckschwaiger, zu denen unter anderem auch Grabsteine zählen. Dem vermeintlich harten Stein wird ein schwebender Tonfall gegenübergestellt, der mitunter in eine handfeste Geschichte mündet.

Sibylle Schleichers Sprache ist sinnlich, stark assoziativ, zeichnet surreale Bilder, lässt aber auch einfache Momente als solche stehen. Es geht um Leben und Sterben. Eine Hommage an Heinz Bruckschwaiger.

»**frage**
ist eine mauer
an der grenze
wirklich schutz
oder nur
wahrzeichen
der angst«